David B. Coe

Die Chroniken von Amarid I

Der Fluch des Magiers

Aus dem Amerikanischen
von Regina Winter

Knaur

Die amerikanische Originalausgabe erschien 1998 unter dem Titel
Children of Amarid – Part One bei Tor Books, New York.

Besuchen Sie uns im Internet:
www.knaur.de
www.knaur-fantasy.de

Deutsche Erstausgabe Februar 2002

Redaktion: Alexander Groß
Umschlaggestaltung: ZERO Werbeagentur, München
Umschlagabbildung: Attila Boros,
Agentur Thomas Schlück, Garbsen
Die Landkarten wurden unter Verwendung einer Vorlage
von Elissa Mitchell gezeichnet.
Satz: Ventura Publisher im Verlag
Druck und Bindung: Nørhaven Paperback A/S
Printed in Denmark
ISBN 3-426-70229-0

5 4 3 2 1

Für Nancy,
die auch dann zuversichtlich war,
als ich es nicht sein konnte

KARTEN

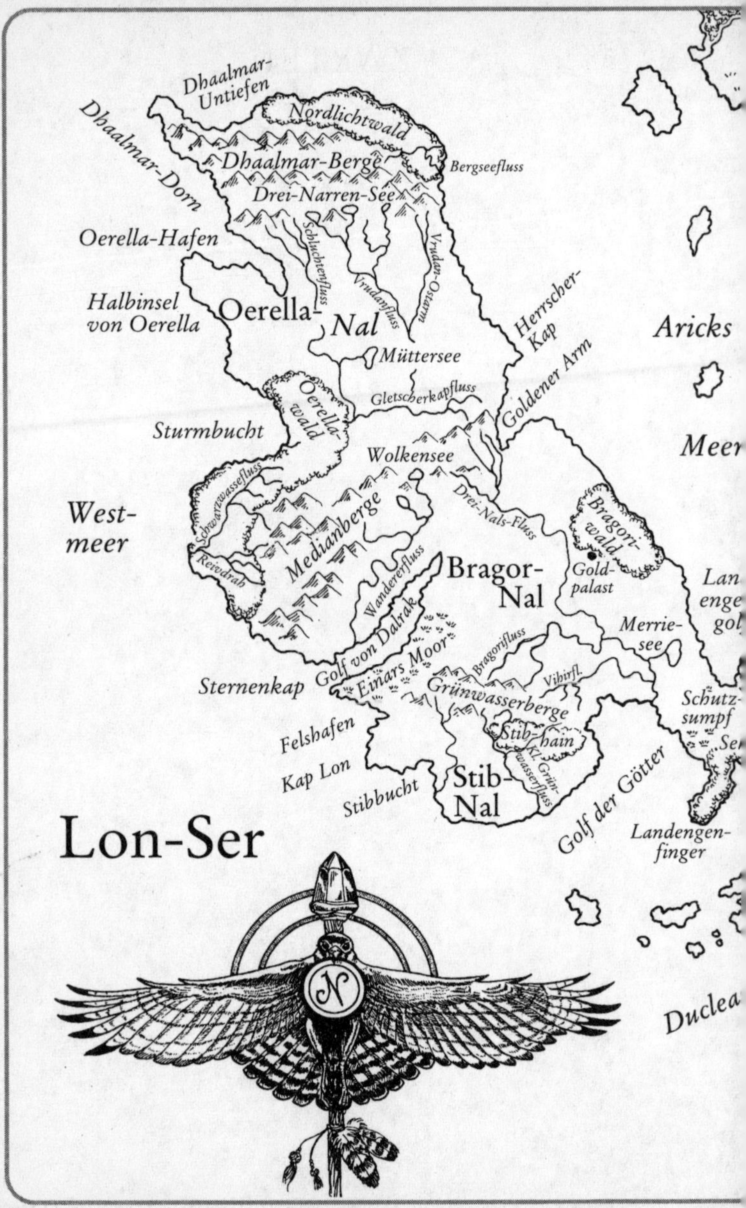
Lon-Ser
Dhaalmar-Untiefen
Dhaalmar-Dorn
Nordlichtwald
Dhaalmar-Berge
Bergseefluss
Drei-Narren-See
Oerella-Hafen
Schlachtenfluss
Vrudanfluss
Vrudan-Ostarm
Halbinsel von Oerella
Oerella-Nal
Herrscher-Kap
Aricks
Müttersee
Goldener Arm
Oerella-wald
Gletscherkapfluss
Sturmbucht
Meer
Wolkensee
Schwarzwasserfluss
Drei-Nals-Fluss
Bragori-wald
West-meer
Medianberge
Reiwdrah
Wandererfluss
Bragor-Nal
Gold-palast
Golf von Dalrak
Einars Moor
Bragorifluss
Merrie-see
Sternenkap
Grünwasserberge
Vibirfl.
Schutz-sumpf
Felshafen
Stib-hain
Kl. Grün-wasserfluss
Kap Lon
Stibbucht
Stib-Nal
Golf der Götter
Landengen-finger
Duclea
N

Tobyn-Ser
Aborij
Meerenge von Aborij
Leoras Wald
Falkenfinderwald
Brisalli
Greenbough
Taima
Accalia
Bergseefluss
Dacia-See
Parnesheimberge
Larian-Fl.
Amarid
Kleiner Fluss
Nordebene
Prannai
Vier Fälle
Oberes Horn
Dhaalisminfluss
Tobyns Wald
Halcya
Nordbucht
Seeberge
Waldnebelsee
Flußdreieck-Traverse
Aricks Zorn
Saphirfluss
Phelans Dorn
Südbucht
Lastri
Smaragdhügel
Dünensee
Kaera
Wildflut
Unteres Horn
Sern
Große Wüste
Tobyns Ebene
Wasserbogen
Lange Fluss
Moriandralfl.
Lon-Tobyn-Landenge
Südsumpf
Ducleas Tränen
Feuergrassee
Therons Hain
Schattenwald
Flusshafen
Halsschmuck
Golf von Creyllon
Sägeblatt
Südarchipel
Ceryllhöhle
Ceryllon

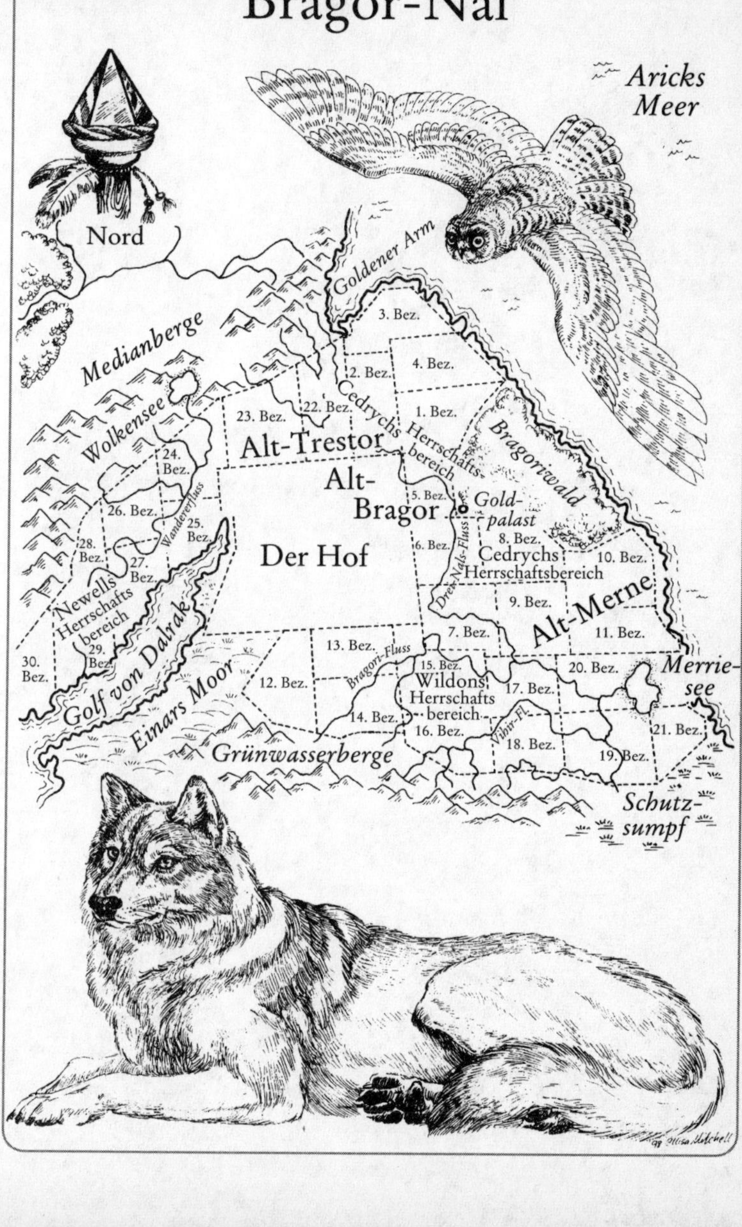
Bragor-Nal
Aricks Meer
Nord
Goldener Arm
Medianberge
Wolkensee
3. Bez.
2. Bez.
4. Bez.
Cedrychs Herrschaftsbereich
23. Bez.
22. Bez.
1. Bez.
Bragorwald
Alt-Trestor
24. Bez.
Alt-Bragor
5. Bez.
Goldpalast
26. Bez.
Wandererfluss
25. Bez.
28. Bez.
6. Bez.
8. Bez.
Der Hof
Cedrychs Herrschaftsbereich
10. Bez.
27. Bez.
Drei-Nals-Fluss
Newells Herrschaftsbereich
9. Bez.
Alt-Merne
7. Bez.
11. Bez.
29. Bez.
30. Bez.
Golf von Dalrak
13. Bez.
Bragori-Fluss
15. Bez.
20. Bez.
Merriesee
12. Bez.
Wildons Herrschaftsbereich
17. Bez.
Einars Moor
14. Bez.
16. Bez.
Vibir-Fl.
21. Bez.
18. Bez.
Grünwasserberge
19. Bez.
Schutzsumpf

1

Gerek erwachte im ersten Morgenlicht, stand leise auf und zog sich an. Er küsste seine Frau, die nur halb wach wurde und sich umdrehte und gleich wieder einschlief. Dann schlich er ins Nebenzimmer, wo sein Sohn lag. Gerek lächelte, als er den schlafenden Jungen sah, der sich in einer anrührenden Position auf dem Bett ausgestreckt hatte. Koris kleine Füße ruhten auf dem Kissen, den Kopf hatte er gegen die Wand gedrückt. Gerek setzte sich neben seinem Sohn aufs Bett und schüttelte ihn sanft.

»Kori, Kori«, sagte er leise. »Ich will zur Insel, um Shanblätter zu pflücken. Möchtest du mitkommen? Oder willst du lieber weiterschlafen?«

Der Junge drehte sich um und gähnte, die Augen immer noch geschlossen. »Ich komme mit«, erwiderte er verschlafen.

»Schön«, sagte Gerek immer noch leise. »Dann musst du jetzt aber aufstehen.«

»In Ordnung«, murmelte Kori, aber die Augen schlug er noch immer nicht auf.

Sein Vater lachte leise.

Einen Augenblick später öffnete der Junge die Augen und gähnte abermals. Gerek half ihm aus dem Bett, zog ihn an und führte ihn an der Hand in die Küche.

»Willst du jetzt etwas essen oder lieber warten, bis wir zurückkommen?«, flüsterte Gerek.

Der Junge überlegte einen Augenblick und verzog nachdenklich das vom Schlaf verquollene Gesicht. »Ich glaube, ich habe jetzt schon Hunger«, sagte er schließlich. Sein

Vater legte einen Finger an die Lippen, um ihn darauf aufmerksam zu machen, dass er leiser sprechen sollte. »Kann ich ein Stück süßes Brot haben?«, fuhr Kori nun flüsternd fort.

Gerek nickte und ging auf Zehenspitzen in die Speisekammer. Er kehrte mit zwei Stücken des weichen Brots zurück, gab eins davon seinem Sohn und biss selbst in das andere. Nachdem sie gegessen hatten, zogen Mann und Junge dicke braune Jacken über und verließen leise das Haus.

Die Morgenluft war kühl und feucht, und der brackige Geruch des nahen Hafens lag schwer über dem Dorf. Der Himmel war blau, und die ersten Sonnenstrahlen warfen lange Schatten vor die beiden, als sie durchs Dorf und dann zum Strand hinunterliefen. Dort angekommen, gingen sie zwischen den kleinen Holzbooten hindurch, die auf den Sandstrand gezogen waren, bis sie schließlich den Einbaum erreichten, den Gerek im Frühjahr zuvor gebaut hatte. Im Boot lagen drei hölzerne Paddel, zwei von der üblichen Größe, das dritte, das für Kori bestimmt war, halb so groß wie die anderen. Kori nahm sein Paddel und eines der größeren heraus, wobei ihm das letztere ein wenig Schwierigkeiten machte, und sein Vater schob den Einbaum über den Sand, bis das Boot die glasartige Wasseroberfläche erreicht hatte. Dort hielt er inne und ließ Kori einsteigen und zum Bug klettern. Anschließend nahm Gerek seinen Platz im Heck ein und begann, den Einbaum vom Strand wegzupaddeln.

Feiner Nebel, der von der Wasseroberfläche aufstieg, teilte sich und wirbelte an den Seiten des Einbaums entlang, als das Boot auf eine große, bewaldete Insel eine halbe Meile vom Ufer entfernt zuglitt. Die Bäume der Insel hatten unzählige Grünschattierungen, ihre Blätter waren noch frühlingsfrisch. Dünne Nebelfahnen wanden sich über der Waldinsel wie Finger einer geisterhaften Hand. Hinter der Insel, in weiter Ferne, lag dichter Nebel wie eine Decke über der hellen, grünlichen Erhebung des Unteren Horns.

Kori, im Bug des kleinen Bootes, paddelte und wechselte geschickt das Paddel von einer Seite zur anderen, wie sein Vater es ihn gelehrt hatte. Gerek lächelte und schüttelte den Kopf. Es ist unglaublich, dachte er, als er den Jungen beobachtete, dass er schon *fünf* Jahre alt ist. Wo waren diese Jahre nur geblieben?

»Du paddelst gut, Kori«, rief er. »Sieht aus, als solltest du bald schon hier hinten sitzen und steuern.«

Kori drehte sich zu seinem Vater um, ein stolzes Lächeln auf seinem jungen, sonnenbeleuchteten Gesicht. Dann wandte er sich wieder nach vorn und begann, noch entschlossener als zuvor zu paddeln. Wieder lächelte Gerek.

Als sie die Insel erreicht hatten, steuerte Gerek das Boot zu einem kleinen Strand am Südende, sprang heraus und schob den Einbaum hoch auf den Strand. Kori stieg aus dem Boot, und dann gingen Vater und Sohn in den Wald hinein.

Ein schmaler, ausgetretener Pfad, den die beiden schon öfter benutzt hatten, wand sich zwischen Ahorn, Eichen, Ulmen und Espen hindurch und führte vom Ufer aus zunächst stetig höher, bis das Gelände mehrere hundert Fuß weit im Wald wieder flach wurde. Die Sonne fiel schräg durch die Baumwipfel und warf Lichtstrahlen durch den rauchähnlichen Nebel, der noch überall zwischen den Baumstämmen hing. Das Klopfen eines Spechts hallte durch den Wald, dann sang irgendwo hoch oben auf einem Ast eine Drossel.

Gerek und Kori begannen, den dicht bewachsenen Boden nach den winzigen, samtig blauen Shan-Blättern abzusuchen, um derentwillen sie gekommen waren. Normalerweise roch man Shan, bevor man es sah. Es wuchs dicht am Boden und schlängelte sich unauffällig durch das trockene Laub und die Büsche. Aber es hatte einen deutlichen, süßen, kühlen Geruch, der nur ein kleiner Hinweis auf den Geschmack war. Viele im Westen von Tobyn-Ser benutzten die getrockneten Blätter als Gewürz, einige kauten die Blätter sogar, wenn sie noch frisch waren. In höherer Konzentration hatten gedämpfte Shan-Blätter einen gewissen Wert als Arzneimittel, und sie waren in jeder Form ein beliebter und kostbarer Handelsgegenstand. Gerek hatte vor, den größten Teil dessen, was sie an diesem Morgen fanden, einem Händler aus Abboriji zu geben, der versprochen hatte, ihm dafür mehrere Ellen eines Stoffes zu überlassen, den Shayla bewundert hatte. Mit dem, was sie für Gereks Fische und Shaylas selbst geflochtene Körbe erhielten, hätten sie sich ein solches Material nicht leisten können, das hatte Gerek Shayla schon gesagt. Aber mit diesem Shan ... Gerek lächelte in sich hinein; er konnte es kaum erwarten, Shaylas Gesicht zu sehen.

Er und Kori zogen langsam durch den Wald und füllten ihre Säcke mit Blättern, wobei der Junge den Bereich rechts des Pfades absuchte und Gerek sich links hielt. Nach beinahe einer Stunde kehrte Gerek auf den Pfad zurück und rief von dort aus nach seinem Sohn.

»Wie sieht es aus, Kori?«

»Gut«, erwiderte der Junge. Einen Augenblick später stand er atemlos vor seinem Vater. »Sieh mal, wie viel ich schon

habe!« Kori riss den Sack auf, der beinahe voll mit blauen Blättern war. Ihr Duft schien den ganzen Wald zu durchdringen.
»Das ist prima«, sagte Gerek, »aber lassen wir noch ein paar fürs nächste Mal übrig.«
»Also gut. Ich hab sowieso Hunger.«
»Schon wieder?«, fragte Gerek mit gespieltem Staunen.
Der Junge nickte und lachte, und dann machten sich beide wieder auf den Weg zum Boot. Sie hatten allerdings erst ein paar Schritte hinter sich gebracht, als Gerek hörte, wie sich im Wald hinter ihnen etwas bewegte. Er drehte sich um und sah durch Zweige und Nebel hindurch eine Gestalt, die sich langsam näherte. Der Fremde war hoch gewachsen und schlank, und er bewegte sich mit geübter Anmut durchs Unterholz. Er trug einen waldgrünen Kapuzenumhang und in der Hand einen langen Stab, an dessen Spitze ein rot glühender Stein angebracht war. Und auf seiner Schulter saß ein großer, dunkler Vogel.
Gerek grinste, und er spürte, wie sein Herz schneller zu schlagen begann, wie jedes Mal, wenn er einen Sohn oder eine Tochter Amarids sah. Es war schon irgendwie seltsam, dass ihn sogar jetzt, da er doch selbst Vater eines fünfjährigen Sohnes war, der Anblick eines Magiers derart beeindrucken konnte.
»Was ist denn, Papa?«
Gerek brauchte einen Augenblick, bevor er antwortete. »Es ist einer der Söhne Amarids«, sagte er schließlich, ohne den Blick von der sich nähernden Gestalt abzuwenden. Er erkannte den Mann nicht, und er hatte nie einen Falken oder eine Eule gesehen, die so groß oder so dunkel gewesen wären wie der Vogel, den dieser Magier trug.

»Ist es Meister Niall?«, fragte Kori aufgeregt. »Ich kann ihn nicht sehen!«
Gerek hob seinen Sohn hoch und zeigte ihm den Mann. »Siehst du? Da ist er. Aber ich glaube nicht, dass es Meister Niall ist, es sei denn, er hat einen neuen Vogel.«
»Du meinst, es ist ein anderer?«, fragte Kori mit vor Aufregung schriller Stimme und weit aufgerissenen Augen. »Ist es ein Falkenmagier oder eine Eulenmagier?«
»Falkenmagier oder Eulen*meister*«, verbesserte Gerek, und als er dann wieder zu dem Magier hinschaute, der inzwischen noch näher gekommen war, zuckte er die Achseln. »Ich bin nicht sicher«, sagte er zu dem Jungen, denn er konnte den Vogel auf der Schulter des Mannes immer noch nicht erkennen. Wenn er ehrlich war, musste Gerek zugeben, dass er nur wenig über die Falken oder Eulen wusste, an die die Söhne und Töchter Amarids sich banden und von denen sie, wie es hieß, ihre Macht und ihre Heilerkräfte bezogen. Er kannte selbstverständlich Amarids Falken, wie die meisten, und er konnte einen Falken von einer Eule unterscheiden. Aber darüber hinaus hätte er keinen anderen Vogel benennen können. Er wusste allerdings, wie ungewöhnlich es war, einen anderen Magier hier zu sehen als denjenigen, der in diesem Teil des Landes diente. Es gab nur ein paar Dutzend von ihnen in ganz Tobyn-Ser, und die meisten dienten einer bestimmten Region. Meister Niall, der für das Untere Horn und den Strand von Südflucht zuständig war, besuchte Sern und die anderen Küstendörfer zweimal im Jahr – oder öfter, wenn er gebraucht wurde. Das hatte er schon so lange getan, wie Gerek sich erinnern konnte, erst als Falkenmagier und in den letzten Jahren als Eulenmeister. Der Magier war ein guter Freund

von Shaylas Vater gewesen, und er war zu Gereks und Shaylas Hochzeit gekommen. Er war in Gereks Leben eine vertraute Gestalt, aber jedes Mal, wenn Gerek den wunderschönen Vogel sah, der Niall begleitete, und den langen grünen Umhang, das Zeichen der Mitgliedschaft im Orden der Magier, konnte er diese Aufregung nicht unterdrücken – eine ganz und gar kindliche Begeisterung. Und das hier war nicht Niall. Gerek konnte sich nicht erinnern, wann er zum letzten Mal einen anderen Magier gesehen hatte als den silberhaarigen Eulenmeister. Kori, das wusste er, hatte nie einen anderen erblickt.

»Ich grüße dich, Sohn Amarids«, rief Gerek höflich. »Es ist uns eine Ehre, dir zu begegnen.«

Gereks Gruß entlockte dem anderen keine Antwort, und er bemerkte, dass die Kapuze des Umhangs selbst jetzt, da die Gestalt näher gekommen war, noch das Gesicht des Magiers verbarg. Langsam und ohne zu begreifen, wieso dies geschah, spürte Gerek, dass seine Aufregung anderen Empfindungen zu weichen begann.

Die Söhne und Töchter Amarids waren zusammen mit den Hütern von Aricks Tempeln die geachtetsten Männer und Frauen in Tobyn-Ser. Sie zogen durchs Land und dienten seinem Volk, schützten es, heilten die Menschen, wenn sie krank oder verwundet waren, und boten ihnen in schweren Zeiten Anleitung. Da es keine zentrale Regierung gab, die die Städte und Dörfer des Landes zusammenhielt, stellten die Angehörigen des Ordens in einer eher unwilligen Allianz mit den Söhnen und Töchtern der Götter die Führung des Landes dar, schützten das Volk vor Bedrohungen von außen und schlichteten Streitfälle zwischen verschiedenen Gemeinden und Individuen.

Sie gehörten ebenso sehr zum Land wie die Seeberge, die sich direkt östlich von Sern entlang der Küste erhoben; sie waren für das Volk von Tobyn-Ser beinahe ebenso wichtig wie Arick, Duclea und die anderen Götter. Die Federn, die die Magier als Zeichen ihres Dienstes zurückließen, waren hoch geschätzte Gegenstände; tatsächlich wurde es schon als glücksbringend betrachtet, wenn man eine Feder im Wald oder am Strand fand. Geschenke Amarids wurden sie genannt. Als Kind hätte sich Gerek gerne selbst dem Orden angeschlossen, und nun sprach Kori mitunter davon. Jeder Mann und jede Frau mit diesem waldgrünen Umhang und diesem Magierstab, selbst wenn sie Fremde waren, waren Freunde und Beschützer.

Und dennoch, als Gerek nun dieser schweigenden verhüllten Gestalt und dem seltsamen schwarzen Vogel gegenüberstand, fühlte er sich plötzlich verwundbar, und er begann sich zu fürchten. Alles, was er als Kind gelernt hatte – und im Gegenzug Kori beigebracht hatte –, lag in ihm im Widerstreit mit einem überwältigenden, instinktiven Drang zu fliehen. Und verlor.

Immer noch mit Kori in den Armen, drehte er sich um und begann, rasch den Weg entlangzugehen, der sie zum Boot führen würde.

»Können wir nicht hier bleiben und mit ihm sprechen?«, fragte Kori, der über die Schulter seines Vaters zurückschaute und in dessen Stimme sich jeder von Gereks Schritten als leichter Ruck niederschlug.

Gerek antwortete nicht, sondern konzentrierte sich darauf, sicher über die Wurzeln und Steine des Waldwegs zu kommen.

»Ich möchte doch seinen Vogel sehen!«, nörgelte Kori.

»Warum gehen wir denn jetzt weg?« Dann veränderte sich sein Tonfall vollkommen, und er flüsterte ängstlich: »Papa, ich glaube, er folgt uns.«

Gerek fuhr herum und sah die Gestalt, die ihre lässigen Bewegungen nun aufgegeben hatte und zielgerichtet und drohend auf sie zukam. Immer noch konnte Gerek das Gesicht des Fremden nicht erkennen, ebenso wenig, wie er hätte sagen können, von welcher Art dieser seltsame Vogel war. Er begann zu laufen. Kori klammerte sich fest um seinen Hals. Zweimal wären sie beinahe gestürzt, aber beide Male gelang es Gerek, das Gleichgewicht wiederzufinden und seinen Sohn weiter festzuhalten. Er wusste, ohne hinzusehen, dass die Gestalt ihnen folgte und mit jedem Schritt näher kam. Und dann, als sie gerade den Abhang zum Strand erreicht hatten, schrie Kori: »Der Vogel!«

Gerek hielt inne und drehte sich ruckartig um. Er keuchte. Das riesige schwarze Geschöpf war bereits in der Luft und überholte sie mit erschreckender Geschwindigkeit. Gerek setzte Kori ab und griff nach einem kurzen, schweren Ast, der neben dem Pfad am Boden gelegen hatte.

»Kori! Lauf zum Boot! Warte nicht auf mich. Paddle nach Hause, so schnell du kannst!«

»Aber Papa ...«

»Beweg dich!«, rief Gerek verzweifelt.

Er sah, wie Kori begann zurückzuweichen, den Blick auf den näher kommenden Vogel gerichtet, seine Miene eine Mischung aus Faszination und Entsetzen. Und dann war sich Gerek nur noch seiner selbst und des großen Vogels bewusst. Er sah nun, dass es tatsächlich ein Falke war, aber ein riesiger, größer als jeder, den er zuvor gesehen hatte.

Seine Federn waren unnatürlich starr und glänzend. Seine messerartigen Krallen und der scharf gebogene Schnabel schienen irgendwie seltsam und viel bedrohlicher als die eines jeden anderen Falken, den Gerek je gesehen hatte, obwohl sie immer noch nicht so fremdartig waren wie die leuchtenden, glitzernden Augen des Vogels. Sie waren goldfarben, und es sah ganz so aus, als hätten sie keine Pupillen, was sie noch schrecklicher wirken ließ.

Als das Geschöpf ihn erreichte, schlug Gerek nach seinem Kopf, aber der Vogel wich im letzten Augenblick mit außergewöhnlicher Behändigkeit zur Seite aus. Die Wucht seines Schlags ließ Gerek einen Augenblick das Gleichgewicht verlieren, aber er fasste sich rasch und drehte sich wieder um, um dem Vogel mit dem Stock vor dem Körper zu begegnen.

Der Falke flatterte einen Augenblick lang vor Gerek in der Luft, dann stieg er plötzlich höher und schoss mit ausgestreckten Krallen auf den Kopf des Mannes zu. Gerek ließ sich nach links fallen, überschlug sich und kam gerade noch rechtzeitig wieder auf die Beine, um den Stock zu heben und die Krallen des Vogels abzuwehren. Der Falke bewegte sich unglaublich schnell und schlug bereits wieder zu, als Gerek noch mit den Folgen des letzten Angriffs zu kämpfen hatte. Wieder wich Gerek aus und landete diesmal im Schutz eines Baumstamms, der ihm genug Deckung bot, um kurz Luft zu holen. Er stand auf und trat dann, immer noch mit dem Rücken zum Baum und den Stock vor sich erhoben, wieder einen Schritt vor. Er erwartete, sofort angegriffen zu werden, aber der große Vogel war nirgendwo zu sehen. Instinktiv blickte Gerek auf und schützte dabei den Kopf mit dem Stock und den Armen, aber der Falke war nicht über ihm. Er spähte zu Kori hinüber, und als er das tat, schrie der Junge auf und zeigte auf etwas. Aus der Deckung eines anderen Baums stürzte sich der Vogel auf Gereks Kopf, mit weit aufgerissenem Schnabel und zum Angriff ausgestreckten Krallen. Gerek, überrascht und behindert von dem Baum, den er versucht hatte, als Deckung zu benutzen, warf sich verzweifelt zur Seite und schleuderte den Stock nach dem Vogel. Der Falke flatterte zur Seite, um auszuweichen, aber er erwischte Gereks linken Arm direkt unterhalb des Ellbogens mit einer seiner rasiermesserscharfen Krallen. Gerek keuchte schmerzerfüllt, und ein Blutfleck breitete sich auf seinem Hemd aus. Er hörte, wie Kori zu schluchzen begann. Er versuchte, die Hand zu bewegen, aber die Kralle des Vogels hatte seine Sehne durchtrennt, und er hatte kaum noch die Kraft, seine Finger zu beherrschen. Er drückte den verletzten Arm an den Körper und griff nach einem anderen Ast, um ihn als Waffe zu benutzen, während er zusah, wie der Vogel abermals auf ihn zuglitt.

Er war vorbereitet, aber der Vogel schwebte nur über ihm, knapp außerhalb seiner Reichweite. Der Falke schien zu spüren, dass Gerek schwächer wurde, und mit ihm spielen zu wollen; er täuschte Angriffe vor und glitt von einer Seite zur anderen. Und mit jedem Augenblick, der verging, wurde der Ärmel von Gereks Hemd schwerer von Blut. Mit der verletzten Hand versuchte er mehrmals, sich den Schweiß abzuwischen, der ihm von der Stirn brennend in die Augen lief, aber gegen die Erschöpfung und die Schmerzen konnte er nichts tun. Ihm wurde schwindlig; er konnte kaum mehr aufrecht stehen und schon gar nicht mehr kämpfen.

Und dann war es zu Ende, so plötzlich, wie es begonnen

hatte. Gerek sammelte seine nachlassenden Kräfte für einen letzten Angriff. Er hoffte, den großen Vogel zu sich zu locken, indem er den gesunden Arm senkte, als wäre er zu schwach, um sich noch verteidigen zu können. Der Falke flog auf Gereks Kopf zu, und der Mann schwang seinen Stock mit aller Kraft, die er noch aufbieten konnte. Es hätte beinahe funktioniert. Vielleicht, wenn er beide Arme hätte benutzen können ...

Vielleicht. Aber er war verwundet, und dieser Vogel war so schnell, so unnatürlich schnell. Gerek verfehlte ihn. Und die Wucht seines Schlags ließ ihn taumeln, und nun war sein Rücken ungeschützt. Er spürte, wie die Klauen ihm in Schultern und Rücken drangen, und er fiel zu Boden. Er versuchte wieder aufzusehen, aber der Falke stürzte sich abermals auf ihn und riss mit dem Schnabel an seinem Hals. Gerek versuchte, Kori etwas zuzuschreien, wollte den Jungen anflehen davonzulaufen, aber er wusste nicht, ob sein Sohn ihn noch hören konnte.

Kori hatte voll hilfloser Wut zugesehen, wie sein Vater den schrecklichen Vogel bekämpfte. Er begann zu weinen, als er sah, wie das Geschöpf seinen Vater am Arm verwundete, und er schrie vor Schreck, als Gerek zu Boden fiel, mit grellroten Wunden auf dem Rücken. Zum zweiten Mal an diesem Tag hörte er seinen Vater rufen, dass er weglaufen solle, und diesmal tat er es. So schnell er konnte, raste er den Weg entlang zum Strand, sah sich kein einziges Mal um und bemerkte gar nicht, dass er den kleinen Sack mit Shan-Blättern immer noch in der Hand hielt. Bald schon konnte er die Wellen hören, die an den Strand schlugen, und durch den spärlicheren Baumbestand am Waldrand sah er schon den Einbaum. Aber gerade, als er das Ende des Wegs erreicht hatte, spürte er, wie ihn etwas schwer von hinten traf, und er fiel vorwärts auf den heißen, weißen Sand des Strandes. Er blickte über die Schulter und sah, wie eine riesige schwarze Gestalt auf ihn zuraste, so dass er die Sonne nicht mehr sehen konnte.

Die Gestalt im grünen Umhang war am Waldrand stehen geblieben und hatte dem Kampf schweigend zugesehen. Er wusste, dass der Ausgang nie in Zweifel gestanden hatte, obwohl man dem Mann lassen musste, dass er tapfer gekämpft hatte. Allerdings hatte er dabei das Kind vollkommen vergessen. Als der Mann geschrien und der Junge zu laufen begonnen hatte, hatte er einen Augeblick lang befürchtet, dass das Kind entkommen könnte. Aber dann sah er, wie sein Vogel dem Jungen nachsetzte, und er lächelte unter der dunklen Kapuze und tadelte sich für seine Zweifel. Er ging zu der blutigen Leiche des Mannes, um sich zu überzeugen, dass er auch wirklich tot war. Abermals lächelte er bei dem Gedanken daran, was sein Vogel alles konnte, und dann ging er den Weg entlang zum Wasser.

Er fand den Jungen am Strand liegend, auf dem Bauch, und das Blut aus der Wunde in seinem Hals färbte den weißen Sand dunkel. Die Gestalt hob den Arm, und der schwarze Vogel glitt auf ihn zu und sprang ihm vorsichtig auf die Schulter. Dann kniete er sich neben die Leiche des Jungen und griff in seinen Umhang. Er holte eine einzelne schwarze Feder heraus, die er sorgfältig in einen Riss hinten am Hemd des Jungen steckte, wo sie deutlich zu sehen war, der Wind sie aber nicht wegwehen konnte. Er setzte dazu an aufzustehen, aber dann bückte er sich noch einmal und griff nach dem Sack, der neben dem Jungen lag, holte ein kleines blaues Blatt heraus und steckte es sich in den Mund. Dann stand er auf und kehrte, den schwarzen Vogel immer noch auf der Schulter, lässigen Schrittes zurück in den Wald.

2

»Sieht aus, als käme der Frühling in diesem Jahr spät«, meinte Jaryds Mutter, schob sich eine von Grau durchwirkte Locke aus der Stirn und sah zu, wie der Regen vor dem Küchenfenster vom Dach tropfte. »Ich kann mich nicht erinnern, wann es das letzte Mal noch so spät so viel geregnet hätte.«

»Ein Händler hat mir erzählt, dass südlich von hier schon alles blüht«, erwiderte ihr Mann, löffelte sich eine zweite Portion Getreidebrei auf den Teller und setzte sich wieder hin. »Nur das Obere Horn und wir haben noch Winter.«

Drina nickte und strich sich abermals das Haar zurück. »Das Arickfest ist schon einen Monat vorbei, und es regnet immer noch. Vielleicht wird es in diesem Jahr sogar an Jaryds Geburtstag noch regnen.«

Jaryd schüttelte lächelnd den Kopf. »Ihr wisst doch sicher, dass ihr jedes Jahr genau dasselbe Gespräch führt.« Seine Eltern starrten ihn in spöttischem Unglauben an. »Es stimmt«, rief er, »ihr braucht mich gar nicht so anzusehen. Seit ich klein war, sagt ihr jedes Jahr dasselbe, und es regnet *immer* an meinem Geburtstag. Ich habe noch nie erlebt, dass zwei Leute über so lange Zeit hinweg so wenig lernen.«

»Ah«, warf sein Bruder ein, »der Schulmeister hat gesprochen.«

Sein Vater schnaubte spöttisch, und seine Mutter wandte sich ihrem älteren Sohn zu. »Royden, sag du es uns – wer hat Recht, dein Bruder oder wir?«

Royden erhob sich vom Tisch und legte seinen leeren Teller

in einen Eimer mit Seifenwasser. Während er das tat, fiel Jaryd wieder einmal auf, wie ähnlich Royden doch ihrem Vater sah. Jaryd selbst war schlank und drahtig wie seine Mutter und hatte ihr glattes braunes Haar und die graublauen Augen geerbt, und Royden und Bernel hatten den gleichen untersetzten, muskulösen Körperbau und das gleiche rötlich blonde Haar – obwohl ihr Vater inzwischen weniger davon hatte, und dieser Rest war von grauen Strähnen durchzogen. Beide hatten weit auseinander liegende braune Augen und ein breites, offenes Lächeln, das Royden nun seiner Mutter zuwandte. »Ich lasse mich da nicht mit reinziehen«, sagte er.

»Weise«, meinte Bernel grinsend.

Royden zog sich eine dicke Jacke und eine Mütze an und ging zur Tür. »Ich gehe rüber in die Schmiede, Papa. Ich muss mit diesen Wagenrädern für Hadrian fertig werden. Womit soll ich danach anfangen?«

Bernel dachte einen Augenblick lang nach. »Ich denke, Jorrins Werkzeug ist das Nächste. Aber ich komme bald nach, und dann sage ich es dir.«

Royden nickte und warf Jaryd einen Blick zu. »Unterrichtest du heute, oder kommst du in die Werkstatt?«

»Ich unterrichte heute früh«, erwiderte Jaryd, »aber heute Nachmittag werde ich richtige Arbeit leisten.« Bei dieser letzten Bemerkung warf er seinem Vater einen Seitenblick zu, und Bernel schnaubte abermals.

Royden lachte und öffnete die Tür.

»Was glaubst du eigentlich, was du da tust?«, brummte Drina.

Royden schloss die Tür wieder, warf Jaryd und seinem Vater einen verlegenen Blick zu und beugte sich vor, um seiner Mutter einen Kuss auf die Wange zu drücken. »Entschuldige, Mama«, sagte er und öffnete die Tür wieder. »Bis später, Mama.«

Die Tür fiel zu, und Jaryd stand vom Tisch auf. »Ich sollte lieber auch gehen. Ich will die Kinder nicht warten lassen.« Er legte seinen Teller in den Wassereimer und wandte sich dann Drina zu. »Ich habe Royden zwar gesagt, dass ich in die Werkstatt komme, Mama, aber wenn du Hilfe beim Eggen brauchst, kann ich nach der Schule auch aufs Feld kommen, oder, Papa?«

Bernel nickte, aber Drina winkte ab. »Danke, Jaryd, aber ich komme schon zurecht. Außerdem«, fügte sie mit einem schiefen Grinsen hinzu, »kann man bei diesem ungewöhnlich nassen Wetter, das wir in diesem Jahr haben, ohnehin nicht viel ausrichten.«

Jaryd lachte und gab seiner Mutter einen Kuss. Trotz des Silbers in ihrem Haar war ihr Gesicht immer noch jugendlich, und ihre Hände waren kräftig und gebräunt von der Feldarbeit. Sie brauchte selten Hilfe auf dem Feld, aber Jaryd bot ihr immer an mitzuarbeiten. Nun ging er in das Schlafzimmer, das er mit Royden teilte, und tauchte einen Augenblick später mit Jacke und Mütze und einem Stapel alter Bücher in der Hand wieder auf. »Bis später«, rief er über die Schulter und trat in den kalten Regen hinaus.

Er ging so schnell wie möglich zum Schulhaus und drückte die Bücher in einer vergeblichen Anstrengung, sie vor dem Regen zu schützen, fest an sich. Wie immer blieben die Leute, an denen er auf seinem Weg durchs Dorf vorbeikam, stehen und starrten ihn an.

Sie hatten damit vor beinahe einem Jahr begonnen, als sie zum ersten Mal überall im Dorf von Jaryds Träumen gehört hatten. Den ersten Traum hatte er in einer stürmischen Nacht im vorigen Winter gehabt. Er hatte von Wasser geträumt – kaltem, aufgewühltem Wasser, das ihn überflutete und ihn nach unten zog, weg von Licht und Luft, hinunter in die Finsternis. Er war nach Luft schnappend und schaudernd aufgewacht. Sein Bruder, der auf der anderen Seite des dunklen Zimmers ebenfalls wach geworden war, fragte ihn, ob alles in Ordnung sei, und Jaryd, der dachte, er hätte nur einen Alptraum gehabt, sagte Royden, es ginge ihm gut. Am nächsten Tag allerdings war ein Junge – der Sohn des Holzschnitzers – ertrunken in dem Fluss gefunden worden, der am Dorf vorbeifloss.
Jaryd versuchte sich selbst davon zu überzeugen, dass dies nur ein beunruhigender Zufall war, und er erzählte niemandem von seiner Vision. Aber einen Monat später hatte er wieder einen Alptraum, und dieser war noch lebhafter und furchteinflößender gewesen als der erste. Er träumte von einem Feuer, das wild in den Nachthimmel flackerte, und die Hitze der Flammen versengte ihm Hände und Gesicht und ließ seine Lungen brennen, als er zu schreien versuchte. Als Jaryd diesmal erwachte, sah er, dass eines von Roydens Hemden Feuer gefangen hatte und sein Bruder hektisch versuchte, die Flammen auszutreten. Jaryd war schweißnass; er bekam kaum Luft, und sein Herz klopfte heftig.
Nachdem er das Feuer gelöscht hatte, entzündete Royden eine Kerze und setzte sich ans Fußende von Jaryds Bett. Er atmete schwer, war kreidebleich und betrachtete Jaryd grimmig. Er starrte seinen Bruder lange Zeit an, bevor er etwas sagte.

»Was in Aricks Namen ist hier los, Jaryd?«, flüsterte er schließlich. »Erst hattest du diesen Alptraum letzten Monat und hast im Bett um dich geschlagen wie ein Wilder, und jetzt das. Was ist los?«
Jaryd versuchte sich zu beruhigen. Er hatte viel mehr Angst als sein Bruder. »Sag mir, was heute Nacht passiert ist«, verlangte er mit zitternder Stimme.
»Wie meinst du das, was passiert ist? Du hast mein Hemd ange–«
»Sag mir, was passiert ist! Was habe ich gesagt? Was habe ich getan?«
Etwas in Jaryds Tonfall beschwichtigte Roydens Zorn und ließ ihn so ruhig werden, wie Jaryd es für sich selbst wünschte.
»Du hast dich hin und her gewälzt«, begann Royden bedächtig, »als könntest du einfach keine richtige Stelle zum Schlafen finden. Und dann hast du angefangen zu reden.«
»Was habe ich gesagt?«
Royden schüttelte den Kopf. »Ich konnte es nicht verstehen. Ich habe das Wort ›Feuer‹ gehört, aber der Rest war unverständliches Geschwätz. Und dann hast du einen Ruf ausgestoßen, es war nur ein Geräusch, kein Wort. Und als Nächstes fing mein Hemd an zu brennen.« Er hielt inne und starrte Jaryd an. »Was ist mit dir los?«, fragte er abermals.
Jaryd holte tief Luft. »Dieser Alptraum letzten Monat war nicht nur ein Alptraum.«
»Ich verstehe nicht.«
»Ich habe geträumt, ich würde ertrinken«, erklärte Jaryd, und ihm fiel selbst auf, wie jämmerlich er sich anhörte. »Und am nächsten Tag haben sie Arley gefunden.«
»Das ist doch nur Zufall«, sagte Royden, und es klang ganz

so, als versuchte er angestrengt, sich selbst von der Wahrheit seiner Worte zu überzeugen.

»Nun«, fuhr Jaryd fort, »ich nehme an, wir werden morgen mehr wissen. Heute Nacht habe ich von Feuer geträumt, und dieser Traum fühlte sich noch wirklicher an als der andere.«

Royden schwieg einen Augenblick. »Was ist mit meinem Hemd?«, fragte er dann.

»Das mit dem Hemd tut mir Leid, Royden«, sagte Jaryd bedauernd. »Mama wird dir bestimmt ein neues nähen.«

»Nein.« Royden schüttelte den Kopf und lachte leise. »Das meinte ich nicht. Ich meinte, wie konnte es plötzlich anfangen zu brennen? Du klingst, als würdest du denken, dass du es angezündet hast.«

»Das habe ich auch«, erklärte Jaryd mit plötzlicher Sicherheit.

»Wie denn?«

»Das weiß ich nicht.«

»Woher willst du dann wissen, dass du es getan hast?«

Jaryd schüttelte den Kopf. »Da bin ich mir auch nicht sicher. Ich weiß nur, dass ich es getan habe. Ich weiß auch, dass ich im Augenblick niemandem davon erzählen möchte, nicht einmal Mama und Papa.«

Royden antwortete nicht, und Jaryd hielt die Luft an. Er wollte nichts erklären müssen – er war nicht einmal sicher, ob er das konnte. Er wusste, dass seine Visionen seine Mutter ängstigen würden, und das wollte er nicht. Er war nicht sicher, wie sein Vater reagieren würde, aber Bernel hatte Royden immer viel näher gestanden, und Jaryd wusste, dass diese Träume alles irgendwie nur noch schlimmer machen würden. Aber er hatte noch mehr Gründe, Royden um Schweigen zu bitten. Er hatte in diesem Augenblick Angst vor sich selbst. Er fühlte sich wie eine Art Ungeheuer, eine Laune der Natur, und er konnte nicht erklären, was geschehen war. Und bis er eine Erklärung gefunden hatte, wollte er, dass seine Träume ein Geheimnis blieben.

Einen Augenblick später stand Royden auf. »Nun, ich denke, wenn wir Fragen vermeiden wollen, müssen wir die Reste von diesem Hemd verstecken und das Zimmer lüften.«

Jaryds Lächeln kündete von echter Erleichterung. »Danke, Royden.«

»Bedanke dich nicht bei mir«, erwiderte Royden, der immer noch verwirrt wirkte. »Ich bin nicht mal sicher, wieso ich tue, um was du mich bittest, und daher habe ich keinen Dank verdient.«

Jaryds Lächeln verschwand; und dann öffnete er das Fenster und half Royden, die verkohlten Reste des Hemds wegzuräumen. Sie sprachen den Rest der Nacht nicht mehr miteinander und erwähnten den Vorfall auch später nicht. Royden musste wegen des Brandgeruchs in ihrem Zimmer lügen und sagte ihren Eltern beim Frühstück, er und Jaryd seien eingeschlafen, obwohl die Kerze noch brannte, und die Kerze sei ganz heruntergebrannt und hätte ein Tuch angesengt. Während ihre Mutter geschäftig in der Küche herumwerkelte und die Jungen für ihre Achtlosigkeit tadelte, warf Royden Jaryd einen eisigen Blick zu.

Am Abend dieses Tages wurde dann alles noch wesentlich ernster. Jaryd war den ganzen Tag über nervös gewesen, hatte immer wieder seinen Traum im Geist durchlebt und sich gefragt, ob auch dieser Traum sich, wie der letzte, als prophetisch erweisen würde. Die Antwort erhielt er nach

Einbruch der Dunkelheit. Als die Brüder und ihre Eltern beim Abendessen saßen, hörten sie die Alarmglocken auf dem Dorfplatz läuten.

»Es brennt irgendwo!«, sagte ihr Vater und stand schnell auf. »Wir sollten uns gleich auf den Weg machen.«

Weder Royden noch Jaryd konnten sich rühren. Sie starrten einander über den Tisch hinweg an, beide kreidebleich.

»Kommt schon, Jungs!«, drängte ihre Mutter ungeduldig. Bernel hatte ihre Jacken geholt und warf sie nun den Jungen zu, als er die Tür öffnete. Royden und Jaryd folgten ihren Eltern in die Nacht hinaus. In der Ferne, durch die Bäume hindurch, konnten sie die Flammen sehen. Der Himmel über dem Dorf war schwer von dunklem, wogendem Rauch, dem die gelblich orangefarbenen Flammen ein Unheil verkündendes Glühen verliehen.

»Scheint ein großes Feuer zu sein«, stellte Bernel finster fest und fuhr sich mit der Hand durch das schüttere Haar. »Wir sollten uns beeilen.« Er und Drina liefen auf den Dorfplatz zu und ließen Royden und Jaryd am Haus zurück.

»Du musst es ihnen sagen!«, rief Royden aufgeregt. »Wir können das nicht geheim halten. Jetzt nicht mehr!«

»Ich werde es ihnen sagen, wenn ich bereit bin«, erwiderte Jaryd nicht weniger leidenschaftlich, »und wenn ich weiß, worüber ich überhaupt spreche!«

Royden schüttelte den Kopf, und seine Angst zeichnete sich deutlich auf seinem offenen Gesicht ab. »Jaryd, das hier ist eine ernste Sache, es ist –«

»Royden!«, fauchte Jaryd, und das brachte seinen älteren Bruder zum Schweigen. »Ich weiß doch am besten, wie ernst es ist! Du hast mir dein Wort gegeben, dass du schweigst! Jetzt halte es auch!«

Royden erwiderte Jaryds zornigen Blick. Dann wandte er sich der Dorfmitte und dem feurigen Schimmer des Nachthimmels zu. »Ich hoffe, du weißt, was du tust«, sagte er ausdruckslos, »um unser aller willen.« Ohne ein weiteres Wort ging er auf das Feuer zu, und Jaryd folgte ihm, immer noch so aufgewühlt, dass er zitterte, und erfüllt von einer Unsicherheit, die ihm Angst machte.

Als Jaryd die Mitte des Dorfs erreichte, sah er, dass dort drei Läden in Flammen standen, und die meisten Dorfbewohner hatten eine Eimerkette zwischen dem Fluss und dem Feuer gebildet. Er schloss sich ihnen an, und den größten Teil der Nacht waren die Menschen von Accalia grimmig entschlossen damit beschäftigt, die Flammen zu bekämpfen. Einigen setzten Hitze und Rauch so zu, dass sie zusammenbrachen und nach Hause getragen werden mussten. Aber trotz der gemeinsamen Anstrengungen brannten alle drei Häuser und noch ein viertes bis auf die Grundmauern nieder. Und ein Mann – Iram, der Apotheker – starb, als ein Teil seines Ladens über ihm zusammenbrach, während er versuchte, seine wertvollsten Öle und Arzneien vor den Flammen zu retten.

Nach dem Feuer hörten Jaryds Träume für eine Weile auf. Und obwohl die Visionen ihn erschreckt hatten, erwies es sich als noch viel schlimmer, auf die nächsten zu warten. Er begann, den Schlaf und die Träume zu fürchten, aber er gierte auch danach zu wissen, woher die beiden Visionen gekommen waren. Vor allem aber wollte er verstehen, was geschehen war, damit er es Royden und den Eltern erklären konnte. Nach ihrem zornigen Wortwechsel in der Nacht des Feuers hatten sich die beiden Brüder voneinander entfernt. Zum ersten Mal in Jaryds Leben hatte er das Gefühl, sich nicht mehr um Anleitung an seinen großen Bruder wenden zu können. Royden hatte zu deutlich gemacht, wie er empfand; Jaryd würde bei ihm keinen Trost finden.

Also wartete er. Der Winter lockerte schließlich seinen eisigen Griff und wich dem Regen, und immer noch hatte Jaryd keine weiteren Visionen gehabt. Dann, kurz nach dem Ende der Regenzeit, in einer klaren Mondnacht, träumte Jaryd wieder. In einem Alptraum, der noch viel erschreckender und realer war als die vorangegangenen, sah Jaryd, wie die Stadt von berittenen Banditen angegriffen wurde, von Männern mit narbigen, schmutzigen Gesichtern, die Wämser aus Leder trugen und riesige Krummschwerter, Lanzen und Keulen schwangen. Sie plünderten die Häuser von Accalia, und dann begannen sie, die Männer der Stadt zu töten und die Frauen zu vergewaltigen. Jaryd sah zu, wie sein Vater von einem einzigen Streich eines Krummsäbels enthauptet wurde. Er sah Royden fallen, mit einem Speer in der breiten Brust und aus der Wunde spritzendem Blut. Er sah zu, wie seine Mutter und mehrere andere Frauen von zwei Reitern gejagt wurden. Und dann sah er sich selbst, wie er starr dastand und alles beobachtete. Und noch während er zusah, öffnete der Traum-Jaryd den wutverzerrten Mund und stieß einen Schrei aus; dann hob er einen seltsamen Stab, aus dem eine mörderische saphirblaue Flamme auf die Männer zuraste, die seine Mutter verfolgten, und die Banditen verschlang. Der Traum-Jaryd schleuderte dieses Feuer dann auch auf andere Feinde, vernichtete sie schließlich vollkommen und rettete, was von dem Dorf noch zu retten war.

Wieder einmal erwachte Jaryd schweißnass und atemlos.

Eine Kerze brannte, und Royden saß neben ihm, mit finsterer Miene und besorgtem Blick.
Jaryd blieb einen Augenblick lang ruhig liegen und sah zu, wie das Licht der Kerze über die Wand neben dem Bett tanzte. Er versuchte, wieder zu Atem zu kommen. Dann drehte er sich um und lächelte Royden müde an. »Hab ich dich wieder geweckt?«, fragte er, und er musste sich anstrengen, diese Worte überhaupt hervorzubringen. »Tut mir Leid«, fügte er hinzu, als sein Bruder nickte.
»Hattest du wieder so einen Traum?«
Diesmal war es an Jaryd zu nicken. Er setzte sich auf und trank einen Schluck Wasser aus dem Becher auf seinem Nachttisch. »Jetzt bin ich bereit, es den Leuten zu sagen«, erklärte er und wischte sich eine schweißnasse Haarsträhne aus der Stirn. »Ich kann nicht anders – Banditen sind auf dem Weg hierher.«
»Bald schon?«, fragte Royden angespannt.
»Ja. Ich nehme an morgen Abend. Zumindest hat es nach Abenddämmerung ausgesehen.«
Jaryd beschrieb seinen Traum, obwohl er dabei seine eigenen Taten ausließ. Er musste über diesen Teil seiner Vision noch nachdenken, bevor er mit anderen darüber sprach.
Als Jaryd damit fertig war, Royden den Traum zu erzählen, fiel schon das erste Morgenlicht durchs Schlafzimmerfenster. Royden und Jaryd zogen sich an und gingen ins Zimmer ihrer Eltern, wo sie Bernel und Drina weckten, um ihnen von Jaryds Vision zu erzählen, und von den anderen, die er zuvor gehabt hatte. Der Schmied und seine Frau lauschten schweigend, und noch lange, nachdem die Brüder ihre Geschichte beendet hatten, schwiegen die Eltern. Drina saß beinahe reglos im Bett, starrte ihre sonnen-

gebräunten Hände an und schob sich manchmal mit der für sie so charakteristischen Geste das Haar aus der Stirn. Bernel, der zum Fenster gegangen war, als Jaryd seinen Traum beschrieb, stand immer noch dort, und sein Kopf zeichnete sich gegen das Morgenlicht nur als Silhouette ab, so dass man seine Miene nicht erkennen konnte.

»Nun ist es also geschehen, genau wie er es angekündigt hat«, sagte Drina schließlich leise, mehr zu ihrem Mann als zu ihren Söhnen.

»Genau wie wer es angekündigt hat?«, fragte Jaryd und sah erst seine Mutter, dann seinen Vater an.

Bernel wandte sich Drina zu, und sein breiter Rücken verdeckte den größten Teil des Lichts. »Darüber möchte ich jetzt nicht sprechen«, sagte er, und es lag Endgültigkeit in diesen Worten.

»Aber Papa ...«

»Jetzt nicht, Jaryd! Es gibt im Augenblick Wichtigeres zu tun. Wir müssen die anderen warnen und uns darauf vorbereiten, dass deine Vision sich erfüllen könnte.«

»Bernel«, erwiderte Jaryds Mutter, und Tränen liefen ihr über die Wangen. »Wir wissen beide, dass er die Wahrheit prophezeit. Wir haben es gewusst ...«

»Das genügt, Drina!«, fauchte Bernel. Er schloss die Augen und holte tief Luft, bevor er sanfter fortfuhr: »Wir werden später darüber reden, das verspreche ich euch. Aber jetzt ist nicht der richtige Zeitpunkt.«

Bernel und Drina wechselten einen angespannten Blick, braune Augen starrten in graue. Nach ein paar Sekunden nickte Drina und versuchte ein dünnes Lächeln, das eher wie eine Grimasse wirkte.

Royden und Drina verbrachten den größten Teil des Tages

im Haus, verbarrikadierten die Fenster und suchten alles zusammen, was sie an Waffen hatten. Bernel und Jaryd gingen ins Dorf, um die Menschen von Accalia zu warnen. Mit der Hilfe von Leuel, dem Hüter des Aricktempels in Accalia, versammelten sie den größten Teil des Rates, wozu sich auch noch der oberste Wachtmeister und seine Leute gesellten. Zunächst schienen die Leute skeptisch, aber Bernel versicherte ihnen zu Jaryds Erstaunen sehr überzeugend, dass die Vision seines Sohnes eine echte Prophezeiung war, und am Ende brachte er sie dazu, die Einwohner zur Vorbereitung auf den Angriff zu organisieren und zu bewaffnen.

Als Jaryd wieder mit Bernel nach Hause eilte, tobte in ihm ein Kampf zwischen den Fragen, die er unbedingt stellen wollte, und seinem Bedürfnis, seinen Vater nicht zu erzürnen, der wie üblich nur ungern über das reden wollte, was geschehen war. Am Ende konnte er allerdings seine Neugier nicht mehr beherrschen und sprach das Thema so vorsichtig wie möglich an.

»Papa«, begann er zögernd, »warum haben du und Mama mir gleich geglaubt?«

»Du bist unser Sohn«, erwiderte Bernel schlicht. »Wenn du uns sagst, dass du diese Dinge gesehen hast, dann glauben wir dir.«

Jaryd schüttelte den Kopf. »Nein, das meinte ich nicht. Warum bist du so sicher, dass meine Visionen – wie hat Mama sie genannt – wahre Prophezeiungen sind?«

Einen Augenblick lang schwieg Bernel, und Jaryd wünschte sich schon, er hätte den Mund gehalten. Er und sein Vater sprachen selten miteinander, wenn es nicht notwendig war; Jaryd konnte sich nicht erinnern, wann sie das letzte richtige Gespräch miteinander gehabt hatten. Bei den seltenen Gelegenheiten, wenn Jaryd es versuchte, gab ihm Bernel üblicherweise das Gefühl, als hätte er gegen ein unausgesprochenes Abkommen verstoßen. Aber diesmal überraschte sein Vater ihn. Die Antwort, als sie schließlich kam, war freundlich, sogar sanft, wenn auch vorsichtig formuliert. »In unserer Familie – meiner Familie – gibt es eine Tradition ähnlicher ... Fähigkeiten.«

»Fähigkeiten?«

Bernel holte tief Luft. Er schien es zu bedauern, dass er überhaupt geantwortet hatte, aber dann machte er weiter. »Prophetische Träume – die Fähigkeit, die Zukunft vorherzusagen.«

»Kannst du das auch?«, fragte Jaryd verblüfft.

»Nein. Aber meine Mutter konnte es, und ihre Mutter. Und andere.«

»Hast du es je versucht?«

Bernel lächelte sehnsüchtig. »Es gab Zeiten, da habe ich das getan, ja. Aber jetzt nicht mehr. Man hat es entweder, oder man hat es nicht.«

Jaryd dachte einen Augenblick darüber nach. »Von wem hat Mama gesprochen, als sie meinte, *er* hätte angekündigt, dass so etwas geschehen würde?«, wagte er schließlich eine letzte Frage.

Eine zu viel, wie sich herausstellte. »Das genügt, Jaryd!«, warnte sein Vater, und wieder lag die vertraute Strenge in seiner Stimme. »Wie ich vorher schon sagte, jetzt ist nicht der richtige Zeitpunkt, um über solche Dinge zu sprechen.«

»Entschuldige, Papa.«

Statt einer Antwort legte Bernel in einer seltenen Geste der

Zuneigung den Arm um Jaryds Schulter, und sie brachten den Rest des Heimwegs schweigend hinter sich.
Als die Banditen an diesem Abend angriffen, fanden sie sich einer zornigen Menge von Dorfbewohnern gegenüber, die mit Fackeln, Werkzeugen und Küchenmessern bewaffnet waren. Die Gesetzlosen waren Mörder, sie waren gut bewaffnet und hatten den Vorteil, auf Pferden zu sitzen. Aber die Leute, denen sie an diesem Abend gegenüberstanden, kämpften um ihr Heim und ihre Familien. Der Kampf dauerte nicht einmal eine Stunde. Die Banditen richteten wenig Schaden an und konnten nur ein paar Dinge mitnehmen, bevor sie in die Flucht geschlagen wurden. Als alles vorbei war, lagen zwei der Eindringlinge tot am Boden. Nur sieben Dorfbewohner waren verwundet worden.

Nach dem Angriff und der erfolgreichen Verteidigung des Dorfes durch seine Bewohner wurde Jaryd eine Berühmtheit. Alle hatten von seinem Traum und der rechtzeitigen Warnung gehört und erkannten, dass seine Visionen ihn von allen anderen unterschieden. Und selbst jetzt noch, ein Jahr später, als er versuchte, seine Bücher vor dem Regen zu schützen, zahlte er den Preis für diesen Unterschied in Form der neugierigen Blicke seiner Nachbarn und alten Freunde. Einige im Dorf, die zu Aberglauben neigten, fürchteten ihn nun. Die meisten allerdings hielten seine Visionen für ein Geschenk und bewunderten ihn dafür. Dennoch, auch von ihnen war er dadurch getrennt. Seine Freunde behandelten ihn nun anders, mit Achtung und Ehrfurcht, so viel war klar, aber nicht mehr einfach nur freundlich, und ganz bestimmt nicht mehr so scherzhaft und spielerisch, wie es einmal der Fall gewesen war. Was ihn noch mehr verstörte, war, dass die Dinge sich auch zwischen ihm und seinen Eltern verändert hatten.

Drina war immer sehr beschützerisch gewesen, was ihn anging – viel mehr als bei Royden –, und das wurde noch intensiver, nachdem sie von seinen Träumen erfahren hatte. Auch sie schien manchmal so etwas wie Ehrfurcht vor ihm zu empfinden, was Jaryd traurig machte und bewirkte, dass er nicht so recht wusste, wie er mit ihr umgehen sollte. Und sein Vater hatte sich trotz der liebevollen Worte und Berührung am Tag des Angriffs noch weiter von ihm entfernt. Es kam Jaryd beinahe so vor, als nähme Bernel ihm das Auftauchen der Banditen übel. Aber das war nicht alles. Jaryd sagte sich zwar immer wieder, dass er sich das nur einbildete, aber er konnte das Gefühl, dass sein Vater ihm offenbar seinen neuen Ruhm neidete, nicht ganz leugnen.

Selbst seine Arbeit als Lehrer in der Schule war das Ergebnis seiner Prophezeiung. Nun, dachte Jaryd und lächelte in sich hinein, das ist nicht ganz richtig. Er hatte immer gut lernen können, war im Unterricht immer der Schnellste gewesen. Aber mit siebzehn war er nun der jüngste Lehrer seit Menschengedenken, und er war schlau genug, um zu wissen, wieso man ihn auserwählt hatte. So war es in Jaryds Leben, seit die Träume begonnen hatten. Er hatte den Respekt der Menschen und eine hohe Stellung gewonnen, aber beinahe keine Freunde. Tatsächlich war der Einzige, der ihn normal behandelte – der Einzige, der keine Angst vor ihm hatte, nicht neidisch war oder Ehrfurcht vor ihm empfand –, sein Bruder Royden. Nachdem Jaryd und Royden Bernel, Drina und den anderen im Dorf von Jaryds Träumen erzählt hatten, wurde ihre Beziehung wieder vollkommen normal. Es kam Jaryd geradezu ironisch vor, dass er nun einerseits von ganz Accalia isoliert war, aber andererseits die Liebe und das Vertrauen seines besten Freundes wiedergewonnen hatte. Die beiden Brüder verbrachten beinahe all ihre Freizeit zusammen, und viele im Dorf schienen zu glauben, dass sie beide Visionen hatten und gemeinsam über die Sicherheit von Accalia wachten.

Jaryd wusste, dass die Leute ununterbrochen hinter seinem Rücken über ihn tuschelten, und er hasste es. Royden drängte ihn, den Klatsch und jene, die ihn verbreiteten, einfach zu ignorieren, und wies darauf hin, dass er kaum etwas tun konnte, um sie aufzuhalten. Aber Jaryd war weiterhin unbehaglich zumute, und häufig ertappte er sich dabei, wie er versuchte zu hören, was Leute, an denen er auf der Straße gerade vorbeigegangen war, sagten. Es war in einem dieser beiläufigen Gespräche, kurz nach dem Kampf mit den Banditen, als er zum ersten Mal hörte, wie jemand erwähnte, er könnte ein Sohn Amarids sein. Schon die Erwähnung der Magier ließ Jaryds Herz vor Aufregung schneller schlagen. Die Söhne und Töchter Amarids mit ihren Aufsehen erregenden Vögeln und schimmernden Kristallen hatten Tobyn-Ser seit über einem Jahrtausend gedient, hatten seine Grenzen geschützt und den Menschen geholfen. Jaryd hatte in seinem Leben erst zwei der umherziehenden Magier gesehen. Einer war selbstverständlich der Falkenmagier Radomil, der seit über zwei Jahrzehnten im Nordwesten von Tobyn-Ser diente und jedem Mann, jeder Frau und jedem Kind in Accalia gut bekannt war. Der rundliche, kahle Magier war stets freundlich und großzügig, und Jaryd liebte ihn wie einen zweiten Vater. Er freute sich auf die regelmäßigen Besuche des Mannes und seines anmutigen, hell gefiederten Falken ebenso sehr wie auf die immer wiederkehrenden Feiertage der Götter.

Und dennoch war es die Erinnerung an einen anderen Magier, den Jaryd nur ein einziges Mal gesehen hatte, die für ihn all das Staunen und die Aufregung beinhaltete, die er mit dem Leben eines Ordensangehörigen assoziierte. Dieser Falkenmagier war schon vor vielen Jahren durchs Dorf gekommen, als Jaryd noch klein gewesen war. Dennoch erinnerte sich Jaryd mit einer Klarheit an diese Begegnung, die sowohl seiner damaligen Jugend als auch den dazwischenliegenden Jahren widersprach. Der Magier war hoch gewachsen und schlank, mit ähnlicher Haarfarbe wie Bernel und strahlend blauen Augen. Er hatte den waldgrünen Kapuzenumhang des Ordens getragen und einen langen Holzstab mit kunstvollen Schnitzereien und einem schimmernden orangefarbenen Kristall an der Spitze dabeigehabt. Und auf der Schulter des Magiers hatte ein wunderbarer grauer Falke mit dunklen, klugen Augen gesessen. Der Magier war, wie Jaryd sich erinnerte, freundlich gewesen, hatte ein liebenswertes Lächeln gehabt und sich lange mit Jaryd unterhalten, obwohl sich Jaryd überraschenderweise an nichts von diesem Gespräch erinnern konnte. Er erinnerte sich aber deutlich daran, den Eindruck gehabt zu haben, dass Drina und Bernel diesen Falkenmagier kannten, und sein Vater und der Magier hatten sich gestritten, bevor der Mann im Umhang sie wieder verließ. Und er erinnerte sich, dass er von diesem Tag an selbst einen jener grünen Umhänge hatte tragen wollen, die das Zeichen der Mitgliedschaft im Orden der Magier und Meister waren.

Als er daran dachte, fand sich Jaryd auch einer anderen Erinnerung gegenüber, die noch lebhafter war als die erste und so verblüffend wie entmutigend: seiner Vision von sich selbst, wie er den Stab eines Magiers schwang und die Gesetzlosen mit blauem Feuer tötete. Wenn seine Träume tatsächlich die Zukunft zeigten, folgte daraus nicht, dass Jaryd eines Tages einen solchen Stab tragen und Meister der Magie sein würde? Schon der Gedanke überwältigte ihn.

Dennoch, die Möglichkeit, dass er sich eines Tages dem Orden anschließen könnte, und die Gesprächsfetzen zu diesem Thema, die er belauschte, hatten kürzlich eine dunklere Seite erhalten. In den letzten Monaten waren Gerüchte nach Accalia gedrungen, verbreitet von reisenden Kaufleuten, Barden und Musikern, dass einige Magier abtrünnig geworden seien und der Orden korrupt. Von weit aus dem Süden hörte man von Federn, die an Schauplätzen vernichtender Feuersbrünste und zertrampelter Ernten und selbst auf den verstümmelten Leichen von Männern, Frauen und Kindern zurückgelassen worden – eine entsetzliche Verkehrung der Tradition des Ordens, Federn als Zeichen für die hilfreichen Dienste der Magier und Meister zu verteilen. Jaryd lauschte diesen Geschichten mit einem skeptischen Ohr, aber als sie nicht verstummen wollten und den Magiern immer schlimmere Verbrechen zugeschrieben wurden, wurde er immer verzweifelter und ängstlicher, nicht nur um seinetwillen, sondern wegen des ganzen Landes.

Als er an diesem verregneten Morgen die Schule erreichte, klatschnass und mit einem Arm voller ebenso nasser Bücher, waren die meisten seiner Schüler bereits da und warteten auf ihn. Schulmeister Fyrth hatte ihn als Erstes zu den Kleinsten geschickt, den Vier- und Fünfjährigen, die gerade erst mit dem Unterricht begannen. Und als er dort im Vorraum stand und seine nasse Jacke auszog, konnte er sie schon rufen und lachen hören. Er betrat das Klassenzimmer, und sofort wurden die Kinder ruhiger und eilten zu ihren Plätzen. Es hat auch Vorteile, gefürchtet zu sein, dachte er mit einer gewissen Heiterkeit.

Er hatte seinen Schülern bereits Buchstaben und Zahlen beigebracht, und in der Woche zuvor hatte er begonnen, ihnen von Tobyn-Sers Geschichte zu erzählen, und sich dabei besonders auf Amarids Entdeckung der Magie und seine Gründung des Ordens konzentriert. Die Unterrichtsstunden des heutigen Tages begann mit den Abboriji-Invasionen und den siegreichen Kämpfen des Ordens gegen die Eroberer aus dem Norden. Jaryd erzählte seinen Schülern von Fordel, Decla und Glenyse, den einzigen drei Adlerweisen in der Geschichte des Landes, die zu drei verschiedenen Gelegenheiten und innerhalb von zweihundertfünfzig Jahren Armeen von Magiern und tapferen Männern und Frauen gegen die Söldner aus Abboriji geführt, die Feinde über die Meerenge zurücktrieben und ihren Versuchen, Tobyn-Ser zu erobern, ein Ende gemacht hatten. Dreimal zog ihr Land in den Krieg, und dreimal wurden die Eindringlinge vertrieben, bis nach der letzten Schlacht die Adlerweise Glenyse und die Führer von Abboriji einen Frieden geschlossen hatten, der mehr als vierhundert Jahre gehalten hatte. Innerlich lächelte Jaryd, als er sah, mit welchem Staunen, welcher Ehrfurcht seine Schüler ihm lauschten. Auch er war, als er noch jünger war, fasziniert gewesen von den Geschichten der alten Kriege und von den Heldentaten der Söhne und Töchter Amarids. Der Morgen verging wie im Flug, und mittags schickte Jaryd die Kinder nach Hause und musste abermals lachen, als sie rufend und johlend aus dem Klassenzimmer stürmten.

Der Regen war einem feinen Nieseln gewichen, als Jaryd selbst die Schule verließ und zur Schmiede ging. Selbst aus der Ferne und über das Rauschen des Flusses und das Geräusch von Wasser, das von Dächern und Ästen tropfte, konnte Jaryd den vertrauten Wechselrhythmus hören, der sich aus dem klirrenden Schlag des Hammers seines Vaters und dem festeren Dröhnen von Roydens Vorschlaghammer ergab. Er nahm an, dass sie mit Jorrins Werkzeugen beschäftigt waren, und beschleunigte seinen Schritt, denn er wusste, sie würden seine Hilfe am Blasebalg brauchen. Jaryd freute sich auf die Stunden in der Werkstatt, besonders nach dem Unterricht. Für ihn war diese körperliche Arbeit eine willkommene Abwechslung von der ruhigeren Tätigkeit in der Schule. Oft bot er sich an, die anstrengenderen, einfacheren Arbeiten in der Werkstatt zu übernehmen, wie sich ums Feuer und die Blasebälge zu kümmern, einfach nur, weil es ihm solchen Spaß machte.

Als er quer durchs Dorf auf die Geräusche von Bernels und Roydens Hämmern zuging, bemerkte er allerdings, dass sich auf dem Dorfplatz, neben der Versammlungshalle, eine Menschenmenge zusammengefunden hatte. Mehrere Leute zeigten auf einen Weg, der zu der schmalen Brücke über den Fluss führte. Jaryd, der stehen geblieben war, um zu sehen, worauf ihre ausgestreckten Arme wiesen, entdeckte, dass sich auf der anderen Seite der Brücke eine Gestalt näherte, und er spürte, wie sein Herzschlag schneller wurde. Der Fremde trug einen grünen Kapuzenumhang und einen großen Vogel auf der Schulter.

Als er zusah, wie der Magier langsam die Brücke überquerte, erkannte Jaryd, dass es unmöglich Radomil sein konnte – dieser Magier hier war viel zu groß und schlank. Einen Augenblick lang fragte er sich, ob der Orden einen zweiten Magier geschickt hatte, um Leoras Wald und dem Oberen Horn zu dienen, aber dann sah er, dass dieser Magier, wie derjenige, an den Jaryd sich aus seiner Kindheit erinnerte, einen Stab mit einem schimmernden orangefarbenen Stein trug. Der Vogel allerdings war ein anderer als der, der Jaryd im Gedächtnis geblieben war. Die Gestalt trug keinen grauen Falken auf der Schulter, sondern eine braune Eule mit einem hellen, gestreiften Bauch, einem runden Gesicht und gelben Augen. Das hier war also ein Eulenmeister, viel erfahrener und von höherer Stellung im Orden als der Falkenmagier, den Jaryd als Junge kennen gelernt hatte. Jaryd hatte nie zuvor einen Eulenmeister gesehen.

Als der Magier die Brücke verließ, sah ihm die Menge schweigend und angespannt entgegen. Auch andere in Accalia hatten die Gerüchte über finstere Kräfte innerhalb des Ordens gehört. Die Menge teilte sich und gestattete der Gestalt, die immer noch die Kapuze trug und sich langsam bewegte, weiterzugehen, aber die Leute beobachteten mit offensichtlichem Misstrauen jede Bewegung des Magiers. Der Mann blieb vor der Versammlungshalle stehen und ließ den Blick entschlossen über die Menge und die Umgebung schweifen. Als er Jaryd entdeckte, erstarrte der Magier einen Augenblick, dann streifte er die Kapuze zurück und ging direkt auf die Stelle zu, an der der junge Mann stand. Jaryd selbst war reglos stehen geblieben, zu eingeschüchtert und verblüfft, um etwas anderes zu tun als zuzusehen, wie sich der Magier näherte. Als der Mann näher kam, erkannte Jaryd ihn als denselben Magier, dem er als Kind begegnet war. Das rötlich blonde Haar des Eulenmeisters war nun dünner und von Grau durchzogen. Aber seine lebhaften blauen Augen und das liebenswerte Lächeln waren noch genauso, wie Jaryd sie in Erinnerung hatte.

»Du bist Jaryd«, sagte der Magier, blieb vor dem jungen Mann stehen und legte ihm die Hand auf die Schulter. »Ich hätte dich überall wiedererkannt. Du hast die Augen deiner Mutter geerbt.«

»Ja, Sohn Amarids«, erwiderte Jaryd, dem gerade noch rechtzeitig eingefallen war, den förmlichen Titel zu verwenden. Er hatte es allerdings nicht geschafft, das Beben in seiner Stimme zu unterdrücken.

»Erinnerst du dich an unsere erste Begegnung?«

Jaryd nickte. »Ich erinnere mich an dich. Aber nicht an diesen Vogel.«

»Nein«, stimmte der Magier zu, »nicht an diesen Vogel. Du hast Skal, meinen Falken, kennen gelernt. Das hier ist Anla.« Der Magier sah Jaryd einen Augenblick lang an, dann verschwand sein Lächeln. »Weißt du, wer ich bin, Jaryd?«

Jaryd kannte den offiziellen Titel des Magiers, Eulenmeister, aber nicht seinen Namen. Aber danach schien dieser hoch gewachsene Mann auch nicht zu fragen. Dann erinnerte sich Jaryd an ein Gespräch, das er vor beinahe einem Jahr mit seinem Vater geführt hatte. »Du und ich, wir sind verwandt, nicht wahr? Väterlicherseits?«

Der Magier kniff die blitzenden Augen ein wenig zusammen. »Hat er dir das gesagt?«

Jaryd lachte leise. »Nein. Er und ich haben nie von deinem Besuch gesprochen. Aber er hat einmal erwähnt, dass der

Blick in seiner Familie erblich ist. In eurer Familie«, verbesserte er sich.
»Und ihr seht euch ähnlich.«
»Das sollten wir auch«, erwiderte der Eulenmeister mit einem Grinsen. »Ich heiße Baden. Ich bin dein Onkel; Bernel ist mein Bruder.«
Jaryd musste wohl ziemlich komisch dreingeschaut haben, denn Baden begann zu lachen, obwohl Jaryd glaubte, auch eine andere Emotion in den Augen des Magiers entdeckt zu haben, bevor die Heiterkeit ihn übermannte.
»Nun«, sagte der Eulenmeister immer noch lachend, »ich sehe dir an, dass du von deinem Onkel Baden nichts wusstest.« Er schaute zu Boden. Ein Lächeln umspielte seine Mundwinkel, aber als er wieder sprach, lag auch Traurigkeit in seiner Stimme. »Es gibt wohl Dinge, die sich niemals ändern. Selbst nach all diesen Jahren. Selbst unter Brüdern.«
Noch einen Augenblick lang schien eine Wolke Badens Stimmung zu verfinstern. Dann war sie verschwunden, und nur das Grinsen und die Fröhlichkeit in seiner Stimme blieben. »Aber ich habe dich aufgehalten. Wohin warst du unterwegs?«
Jaryd war sich plötzlich wieder der Hammerklänge aus der Schmiede seines Vaters bewusst, und vor allem der Menschenmenge, die zusah, wie er mit dem Eulenmeister sprach. »Ich war unterwegs in die Schmiede, um Papa und Royden zu helfen.«
»Ich verstehe.« Baden holte tief Luft und sah sich unsicher um. Dann schien er eine Entscheidung getroffen zu haben. »Nun«, sagte er, »wenn ich dich begleiten darf – es ist wohl Zeit für ein Familientreffen.«

»Sicher«, antwortete Jaryd und zuckte ungelenk die Schultern. Sie gingen auf die Schmiede zu. Jaryd konnte spüren, wie sich die Blicke der Dorfbewohner in seinen Rücken bohrten, und er fragte sich, ob es Baden ebenso ging.
»Ich nehme an, es geht euch allen gut«, sagte der Magier beiläufig.
»Ja, danke.«
»Gut.« Sie gingen schweigend ein paar Schritte weiter, und dann überraschte Baden seinen Neffen. »Du wirst dich nach einer Weile daran gewöhnen, dass alle dich anstarren, Jaryd«, bemerkte er in demselben beiläufigen Tonfall. »Mit einer gewissen Macht und einer gewissen Stellung steht man immer im Mittelpunkt der Aufmerksamkeit und der Beobachtung. Mit der Zeit gewöhnt man sich daran. Es geht nicht anders.«
Jaryd sah den Magier an, dann nickte er. »Du und Papa – mögt ihr einander?«, fragte er nach einem weiteren kurzen Schweigen. Er zuckte sofort innerlich zusammen, weil er wusste, wie dumm sich die Frage anhören musste.
Aber wenn Baden die Frage für unangemessen hielt, zeigte er es nicht. »Ich denke, auf einer gewissen Ebene empfinden wir Zuneigung füreinander«, begann der Eulenmeister nachdenklich. »Wir waren immer sehr verschieden; wir haben nie viel Zeit miteinander verbracht, sogar als Kinder nicht. Er und unser Vater standen einander sehr nahe, und ich hatte mich viel enger an unsere Mutter angeschlossen als an unseren Vater.«
»Papa hat mir gesagt, dass eure Mutter ebenfalls den Blick hatte.«
»O ja, deine Großmutter hatte den Blick und erheblich mehr. Lynwen war zu ihrer Zeit eine mächtige Eulenmeisterin.«

Jaryd blieb stehen und starrte seinen Onkel ungläubig an. »Großmutter Lynwen war im Orden?«

Baden lächelte und nickte. »Ja, ebenso wie Lyris, ihre Mutter, meine Großmutter.«

Jaryd schüttelte den Kopf und ging langsam weiter, während Baden fortfuhr. »Dein Vater hat nie irgendwelche Anzeichen des Blicks an den Tag gelegt, auch keine anderen Manifestationen der Macht; zumindest hat er keine erwähnt. Und als ich es tat, haben wir uns ... entfremdet.«

Baden hatte es nicht ausgesprochen, aber es lag deutlich in seinen Worten. »War Papa eifersüchtig?«

Baden sah Jaryd lange an, und seine Miene war unergründlich. Schließlich zuckte der Magier die Achseln. »Mag sein.«

Sie hatten die Schmiede erreicht, aber Jaryd zögerte auf der Schwelle. »Warum bist du hier?«, fragte er seinen Onkel.

»Das«, erwiderte Baden, und seine Augen glitzerten geheimnisvoll, »ist eine lange Geschichte. Sagen wir fürs Erste, ich bin zu deinem Geburtstag gekommen.«

»Das verstehe ich nicht.«

»Ich weiß. Aber jetzt ist nicht der Zeitpunkt, um darüber zu reden.«

Jaryd grinste und schob sich das Haar aus der Stirn. »Ich glaube, du und Papa, ihr seid einander ähnlicher, als ihr glaubt.«

Baden hielt inne und dachte nach. Dann begann er zu nicken, und ein kleines Lächeln umspielte seine Mundwinkel. »Mag sein«, sagte er. »Mag sein.«

Ohne ein weiteres Wort betrat der Eulenmeister die Schmiede. Jaryd folgte ihm.

Sobald sie hereinkamen, traf die Hitze sie wie ein Sommerwind, die Luft war schwer von den Gerüchen verbrannten

Leders und heißen Metalls, von Rauch und von Schweiß. Die Schmiede war trüb und seltsam beleuchtet, an einem Ende von dem kalten, wolkenverhangenen Tageslicht, das durch den Eingang hereinfiel, und am anderen Ende von dem heißen, rötlichen Glühen der Feuerstelle. Schmiedeeiserne Werkzeuge und Schlackestücke waren auf dem schmutzigen Steinboden aufgehäuft. Bernel stand am Feuer und hatte den breiten, muskulösen Rücken dem Eingang zugewandt. Er hielt eine schwarze Zange in die Flammen und rief Royden Anweisungen zu, der seinerseits nicht zu sehen war, weil er hinter der Feuerstelle die Blasebälge bediente. Dann nahm Bernel die Zange aus dem Feuer und legte das weiß glühende Stück Eisen, das er darin gehalten hatte, auf den Amboss und schlug mehrere Male mit dem Hammer darauf. Rote Funken flogen von dem Metall, einige davon brannten sich in seine Lederschürze, andere fielen zu Boden. Er stieß das Metallstück in einen Trog mit Wasser, der vor der Feuerstelle stand, was eine Dampfwolke aufsteigen ließ, und dann legte er es wieder ins Feuer.

»Einen Augenblick noch«, rief er über die Schulter, ohne sich umzusehen. »Jaryd, wenn du das bist – Royden könnte am Blasebalg Hilfe brauchen.«

»Hallo, Bernel«, sagte Baden gleichmütig, und seine Stimme war über den Lärm des Blasebalgs hinweg gut zu hören.

Bernel richtete sich auf, als er Badens Stimme hörte. Ohne sich umzudrehen, steckte er das Metall zurück ins Wasser, was eine weitere Dampfwolke zu den Dachbalken der Schmiede aufsteigen ließ, und legte die Zange auf den Rand der Feuerstelle. Erst dann drehte er sich um, um seinen Bruder zu begrüßen, sein Gesicht von der Feuerhitze gerötet.

»Baden«, sagte er mit tonloser Stimme. »Ich hätte dich wohl erwarten sollen.«
»Vielleicht. Es ist lange her.«
»Du siehst gut aus.« Bernel warf einen Blick zu dem Vogel auf der Schulter des Magiers. »Und ich nehme an, ich sollte dir gratulieren, Eulenmeister.« Sie waren beide nicht aufeinander zugegangen, und in ihren Stimmen lag wenig Wärme, aber Jaryd spürte auch keine Ironie oder Feindseligkeit in den Worten seines Vaters.
Baden gestattete sich ein Lächeln. »Danke, es ist jetzt schon beinahe sechs Jahre her.« Der Magier sah sich in der Schmiede um, dann nickte er Jaryd und Royden zu, der hinter der Feuerstelle hervorgekommen war. »Sieht so aus, als hättest du selbst ebenfalls viel Erfolg gehabt. Du und Drina.«
»Wir hatten Glück, ja.« Der Schmied und der Magier schwiegen beide einen Augenblick. Dann räusperte sich Royden nachdrücklich. »Oh, das stimmt«, sagte Bernel ein wenig verlegen. »Äh ... du bist Jaryd offenbar schon begegnet. Das hier ist Royden, unser Ältester. Royden ... das hier ist dein Onkel Baden.«
Royden trat vor und begrüßte Baden mit einer höflichen Umarmung, die braunen Augen groß, ein Kinderlächeln auf den Lippen. »Ich kann mich noch an dich erinnern«, sagte er und trat wieder ein paar Schritte zurück, »aus der Zeit, als Jaryd und ich noch klein waren. Damals wusste ich nicht, wer du warst, aber ich habe es nie vergessen. Es kommt nicht jeden Tag vor, dass ein anderer Magier als Radomil unser Dorf mit seinem Besuch beehrt.«
Baden neigte leicht den Kopf. »Danke. Auch ich erinnere mich an diese Begegnung. Schon als Junge warst du großzügig und freundlich.«

Wieder bewirkte ein Bruch im Gespräch, dass alle vier schweigend dastanden und von einem zum anderen sahen. Die einzigen Geräusche in der Schmiede kamen von den Kohlen, die im Feuer verrutschten, und von Badens Eule, die auf der Schulter des Magiers saß und sich putzte. Schließlich wandte sich Bernel seinen beiden Söhnen zu. »Baden und ich haben uns viel zu erzählen. Royden, glaubst du, dass du zusammen mit Jaryd die Werkzeuge für Jorrin fertig machen kannst?«

»Ja, das sollte zu schaffen sein. Es ist nicht mehr so viel zu tun.«

»Gut. Dann werden euer Onkel Baden und ich euch beim Abendessen sehen.« Bernel nahm seine Schürze ab, zog die Jacke an und winkte Baden voranzugehen. Der Eulenmeister sagte nichts, aber er lächelte seinen Neffen freundlich zu, bevor er die Schmiede verließ.

Als sie weg waren, wandte sich Royden Jaryd zu und stellte dieselbe Frage, die Jaryd ihm hatte stellen wollen. »Hast du das gewusst?«

Jaryd musste lachen. »Meinst du, ob ich gewusst habe, dass unser Onkel ein Magier ist, oder ob ich wusste, dass Papa überhaupt einen Bruder hat?«

Nun lachte auch Royden. »Wahrscheinlich beides. Ich frage mich, warum Papa es uns nie gesagt hat. Oder auch Mama.«

»Das ist nicht alles, was sie uns vorenthalten haben.«

»Wie meinst du das?«

»Baden und ich haben uns auf dem Weg hierher unterhalten. Wusstest du, dass Großmutter Lynwen eine Eulenmeisterin war, ebenso wie ihre Mutter?«

»Das hat er dir erzählt?«, fragte Royden und riss wieder die Augen auf.

Jaryd nickte zerstreut, denn er dachte bereits an etwas anderes. »Du hast zu Baden gesagt, dass du dich an seinen Besuch bei uns erinnerst. An was genau?«

Royden dachte eine Augenblick lang nach. »Ich erinnere mich, dass ich ganz aufgeregt darüber war, einen Magier zu sehen. Sein Vogel kam mir riesig vor, und er war das Schönste, was ich je gesehen hatte. Und ich erinnere mich, wie freundlich Baden war und dass er sich lange mit mir unterhalten hat.«

»Erinnerst du dich daran, worüber ihr gesprochen habt?«, fragte Jaryd neugierig.

Royden kniff die Augen ein wenig zusammen. »Nein«, antwortete er schließlich und schüttelte den Kopf. »Alles andere ist noch klar und deutlich, aber ich erinnere mich nicht, worüber wir gesprochen haben.«

»Ich auch nicht«, sagte Jaryd nachdenklich. »Meine Erinnerungen an seinen Besuch sind beinahe genau wie deine. Sie sind erstaunlich lebhaft, bis auf unser Gespräch.«

»Was, glaubst du, hat das zu bedeuten?«

Jaryd zuckte die Achseln und strich sich ungeduldig das Haar aus der Stirn. »Ich weiß es nicht.«

Sie standen einander eine lange Weile schweigend gegenüber. »Hat er dir gesagt, wieso er hier ist?«, fragte Royden schließlich und band sich die Lederschürze seines Vaters um.

Jaryd lachte abermals. »Irgendwie schon. Er sagte, er sei zu meinem Geburtstag gekommen.«

Royden zog die Brauen hoch. »Hast du irgendeine Ahnung, was er damit meinte?«

»Nein«, erwiderte Jaryd kopfschüttelnd. »Überhaupt nicht.«

Royden griff nach der Zange und wies auf die Schmiede.

»Nun, hier werden wir sicher nichts herausfinden können. Je schneller wir mit Jorrins Werkzeug fertig sind, desto schneller werden wir Baden und Papa wiedersehen.«
Jaryd nickte zustimmend. »Ich kümmere mich um die Blasebälge.«

Es dauerte länger, als sie angenommen hatten, und als sie schließlich hungrig und müde aus der Schmiede kamen, war es draußen schon dunkel. Zu Hause fanden sie Baden, Bernel und Drina am Küchentisch sitzend vor, und Badens Eule hockte auf dem Schrank, die Augen geschlossen und das Gefieder ein wenig aufgeplustert. Bernel und Baden saßen einander grimmig gegenüber, starrten auf die Tischplatte und sagten kein Wort. Drina saß zwischen ihnen, die Augen feucht und gerötet von Tränen. Leere Teller standen auf dem Tisch, und der vertraute würzige Duft von Rindereintopf hing in der Luft.
»Seid ihr mit allem fertig?«, fragte Bernel.
»Endlich, ja«, entgegnete Royden, als er und Jaryd ihre Jacken auszogen und sich ebenfalls an den Tisch setzten. »Ich bin noch nicht so schnell wie du.«
Bernel nickte und versuchte erfolglos zu grinsen. »Lass dir noch fünfundzwanzig Jahre Zeit, dann wirst du das auch schaffen.«
Drina stand auf. »Wir haben schon gegessen«, sagte sie mit künstlicher Fröhlichkeit und wischte sich die Augen mit der Schürze, »aber wir haben noch viel für euch übrig gelassen.« Sie ging zum Herd und löffelte Eintopf in zwei Schalen, die sie dann vor ihre Söhne hinstellte, bevor sie sich wieder setzte.
Jaryd und Royden begannen zu essen, und keiner sagte ein

Wort, bevor sie die ersten paar Löffel im Bauch hatten. Dann sah sich Royden finster am Tisch um. »Wird uns vielleicht einer von euch sagen, was hier los ist, oder müssen wir raten?«

Jaryd hielt den Blick gesenkt und fürchtete die Reaktion seines Vaters, aber er wollte ebenso dringend wissen wie sein Bruder, was zwischen Baden und seinen Eltern vorgefallen war. Er wusste, er hätte so etwas niemals sagen können; seine Eltern, besonders sein Vater, hätten es ihm nicht durchgehen lassen. Aber Royden war anders. Vielleicht, weil er der Ältere war, oder vielleicht, weil er und Bernel sich so nahe standen, konnte er beinahe alles aussprechen, ohne dafür getadelt zu werden. So war es seit ihrer Kindheit gewesen, und Royden hatte das oft zu Jaryds Nutzen eingesetzt, so wie nun gerade.

In diesem Fall fürchtete Jaryd allerdings, dass Royden zu weit gegangen war. Bernel warf seinem Sohn einen erbosten Blick zu, sagte aber nichts. Dann allerdings lächelte er zu Jaryds großer Überraschung, wenn auch traurig, und wandte sich dem Magier zu, der ihn interessiert beobachtet hatte. »Baden«, sagte er ungewöhnlich sanft, »ich glaube, das ist eine Geschichte, die du erzählen solltest.«

Baden erwiderte den Blick seines Bruders. Schließlich breitete sich auf seinem hageren Gesicht ein Lächeln aus, und er begann, bedächtig von sich hin zu nicken. Jaryd konnte sehen, dass der Magier und sein Vater seit ihrer Begegnung in der Schmiede und vielleicht erst mit diesem wortlosen Austausch einen Augenblick zuvor zu einer Übereinkunft gekommen waren.

Der Eulenmeister sah erst Royden und dann Jaryd an. Als er zu sprechen begann, war seine Stimme tiefer und tragender, als Jaryd sie vom Nachmittag in Erinnerung hatte. »Wir bezeichnen die Magie, mit der ich arbeite, mit der alle im Orden arbeiten, als unser Handwerk. Aber wenn diese Magie auch erst mit der Bindung eines Magiers an seinen Vogel wirklich deutlich wird, ist sie doch schon zuvor in einem Mann oder einer Frau vorhanden. Wir wissen nicht, wieso einige darüber verfügen und andere nicht. Es war ein Geschenk der Göttin Leora an unser Land, das sie, wie einige behaupteten, gab, weil sie Tobyn vor Lon bevorzugte und wünschte, ihr Zeichen in dem Land zu hinterlassen, das er geformt hatte. Wie alle Geschenke Leoras ist die Magie zufällig und unberechenbar. Aber manchmal wird sie von Generation zu Generation vererbt. Jaryd hat dir sicher erzählt, Royden, was er heute erfahren hat: Eure Großmutter und ihre Mutter vor ihr waren zu ihrer Zeit mächtige Eulenmeisterinnen. Als ihr beide noch klein wart, bin ich hierher gekommen, um zu sehen, ob ich die Saat dieser Macht in einem von euch feststellen konnte.« Er hatte während dieser Worte immer wieder zwischen seinen Neffen hin- und hergeschaut, aber nun richtete er seinen Blick auf Jaryd, und in dem Blau seiner Augen glaubte Jaryd, das kurze Aufflackern einer orangefarbenen Flamme zu erkennen. »Ich habe in dir gefunden, was ich suchte, Jaryd. Du hast mehr als nur den Blick, du hast die Anlage in dir, ein Magier von großer Kraft und Fähigkeit zu werden, genau wie Lyris und Lynwen es waren.« Jaryd spürte eine Macht hinter den Worten des Eulenmeisters, und obwohl er nicht so recht wusste, wie das möglich sein sollte, spürte er die Wahrheit in dem, was Baden gesagt hatte. Und mit dieser Wahrnehmung kam abermals die Erinnerung an die Vision, in der er sich selbst gesehen hatte, wie er die Angreifer Accalias mit magischem Feuer bekämpfte.

Angespanntes Schweigen machte sich breit. Und es wurde schließlich selbstverständlich von Royden gebrochen. »Das bedeutet wohl, dass *ich* weiter in der Schmiede arbeiten muss«, sagte er mit vor Ironie triefender Stimme. Diese Heiterkeit, so unerwartet nach dem, was gerade gesagt worden war, löste die Spannung und ließ sie alle lachen.

Dann verging der Augenblick, und Baden schaute Jaryd abermals ernst an. »Bei meinem Besuch vor all diesen Jahren sind deine Eltern und ich übereingekommen, dass wir dir nichts davon sagen würden, bist du älter wärst und selbst entscheiden könntest, was du mit dieser Macht tun wolltest. Dein achtzehnter Geburtstag steht bevor, Jaryd. Du bist nun alt genug, um das Magierhandwerk zu erlernen. Es ist Zeit, dich zu entscheiden, welchem Weg du folgen willst.«

Jaryd sah von Baden zu seinem Vater und schließlich zu seiner Mutter. Alle drei beobachteten ihn genau, wenn sich auch auf ihren Zügen unterschiedliche Gefühle spiegelten. Der Eulenmeister betrachtete ihn neugierig, und seine Augen glitzerten wie die eines Falken vor der Jagd. Sein Vater blickte ernst und undurchschaubar drein, aber das jugendliche Gesicht seiner Mutter, nun abermals von Tränen gezeichnet, strahlte vor Stolz. Als Jaryd schließlich sprach, klang seine Stimme nach Badens machtvollen Worten seltsam dünn. »Welchem Weg ich folgen will«, wiederholte er. »Ich bin nicht sicher, ob ich die Alternativen gut genug verstehe, um eine Wahl treffen zu können.«

»Ganz einfach ausgedrückt«, erklärte Baden, »liegt deine Wahl zwischen dem Leben, das ich geführt habe, als Magier und Mitglied des Ordens im Dienst für Land und Menschen, und dem Leben, das du hier in Accalia kennen gelernt hast, als Lehrer und Sohn des Schmieds.«

»Und als Gegenstand der Neugier«, warf Royden ein, und es lag eine gewisse Bitterkeit in seiner Stimme, »der das Starren und den Klatsch engstirniger Menschen ertragen muss. Mir kommt diese Wahl sehr einfach vor, Jaryd. Geh mit Baden. Du hast Macht, und das ist ein Geschenk der Göttin. Du solltest es nutzen.«

Jaryd wandte sich seinem Bruder mit einem traurigen Lächeln zu. »Ich verstehe, was du sagst, Royden. Aber es ist nicht so einfach, dich und Mama und Papa zu verlassen.«

»Jaryd hat Recht. Diese Entscheidung ist nicht so einfach, wie Royden und Baden sie dargestellt haben.« Alle wandten sich nun Bernel zu, und Jaryd bemerkte, dass die Stimme seines Vaters zwar weder den Wohlklang noch den Hauch von Macht hatte, die in Badens Stimme lagen, aber dass er immer noch die Aufmerksamkeit aller auf sich lenken konnte. »Sag mir, Baden«, forderte Bernel und sah seinen Bruder forschend an, »stimmt es nicht, dass Jaryd sich, selbst wenn er hier bliebe, an einen Falken binden könnte?«

Baden seufzte tief. »Ja, das ist durchaus möglich«, gab er zu. »Aber –«

»Und wenn diese Bindung geschieht«, fuhr Bernel sanfter fort und schaute nun Jaryd an, »würde er dann nicht die Anleitung jener brauchen, die sich mit Leoras Geschenk und der Macht und den Lasten, die es mit sich bringt, auskennen?«

Jaryd spürte, wie seine Welt sich bei den Worten seines Vaters plötzlich veränderte. Er erkannte an der Traurigkeit in Bernels Blick, was für ein Geschenk sein Vater ihm gerade angeboten hatte. Ein Geschenk und die Anerkennung, dass es eigentlich keine Wahl gab, sondern nur einen einzigen Weg – einen Weg, auf den weder er noch seine Eltern wirklich Einfluss hatten. Drina nahm Bernels große Hand in die ihre und drückte sie an die Lippen. Er wischte ihr sanft eine Träne weg.

Nach einem scheinbar langen Moment antwortete Baden leise: »Ja, er wird alle Anleitung brauchen, die wir bieten können.«

Ohne den Blick von Vater und Mutter abzuwenden und erschüttert von der Schnelligkeit, mit der sein Leben sich ändern sollte, gab Jaryd die einzig mögliche Antwort. »In diesem Fall, Baden«, sagte er, »werde ich mit dir kommen.«

»Wunderbar!«, rief Baden strahlend, und seine Feierlichkeit und der Ernst, den er noch einen Augenblick zuvor ausgestrahlt hatte, waren vollkommen verschwunden. »Du wirst einen Tag brauchen, um zu packen und deine Angelegenheiten hier in Ordnung zu bringen«, sagte er ebenso zu sich selbst wie zu Jaryd und den anderen, »und übermorgen ist dein Geburtstag, und du kannst nicht an deinem Geburtstag aufbrechen. Also machen wir uns am Morgen des dritten Tages von heute an auf den Weg.« Der Eulenmeister erhob sich und ging auf die Tür zu, die zu den Schlafzimmern führte, und seine Eule flog ihm wieder auf die Schulter. »Ich werde mich jetzt zurückziehen«, sagte er. »Ich schlage vor, dass ihr dasselbe tut. Wir werden in den nächsten Tagen viel zu tun haben.«

»Baden, warte!«, rief Jaryd und sprang auf. »Wo gehen wir hin?«

Baden blieb stehen und wandte sich seinem Neffen zu, und

abermals blitzten seine blauen Augen. »Selbstverständlich nach Amarid«, erklärte der Eulenmeister sachlich, »zur Mittsommerversammlung des Ordens.«

3

Jaryds nächste zwei Tage in Accalia erwiesen sich als genauso hektisch, wie Baden vorhergesagt hatte. Jaryd hatte sich nicht vorstellen können, dass der Abschied von seinem Heimatdorf, wenn man von seiner Familie einmal absah, so schwierig werden könnte. Aber Accalia war, wie Royden ihn am Abend vor dem geplanten Aufbruch erinnerte, das einzige Zuhause, das er je gekannt hatte, und er verbrachte an seinem Geburtstag mehrere Stunden damit, sich von Freunden und Bekannten zu verabschieden. Schulmeister Fyrth schien besonders traurig über Jaryds Abschied zu sein, nicht nur, weil er Jaryd gern hatte, sondern auch, weil es mühsam für ihn sein würde, einen Ersatz für den jungen Lehrer zu finden. Drei von Jaryds Freunden legten zusammen und kauften ihm bei einem Hausierer einen Rucksack, und dann – und das war das größere Geschenk – entschuldigten sie sich dafür, dass sie nach seinem Traum von den Banditen weniger Zeit mit ihm verbracht hatten als zuvor.

Bernel und Royden verbrachten den größten Teil von Jaryds Geburtstag in der Schmiede und kehrten an diesem Abend mit einem in Tuch gewickelten Gegenstand zurück, den sie Jaryd kurz vor dem Abendessen überreichten. Als Jaryd das Tuch entfernte, hatte er einen Dolch in der Hand, der in einer braunen Lederscheide steckte und einen Griff aus glasartigem, schwarzem Stein hatte, der so gemeißelt war, dass er wunderbar in seine Hand passte. Jaryd zog das Messer heraus und sah eine hervorragend geschliffene Silberklinge. Unfähig, auch nur

ein Wort herauszubringen, drehte Jaryd den Dolch immer wieder hin und her und starrte staunend jede Einzelheit an.
»Ich wusste nicht, dass du Silber bearbeiten kannst«, sagte Baden leise zu Bernel. »Zumindest nicht so geschickt.«
Bernel grinste schüchtern. »Ich auch nicht. Royden hat mich nun schon seit einiger Zeit geplagt, es einmal zu versuchen.« Er zuckte die Achseln. »Das hier schien eine gute Gelegenheit zu sein. Die Scheide ist von Jorrin«, fuhr er mit einem Blick zu Jaryd fort. »Er bedankt sich für die Arbeit, die du an seinen Werkzeugen geleistet hast, und er wünscht dir alles Gute für die Reise.«
Auch Drina hatte ein Geschenk für ihn, eine neue Jacke aus Wolle, die dick genug war für die Kälte, auf die er und Baden bei der Überquerung des Gebirges stoßen würden. Erstaunlicherweise hatte sie beinahe die Farbe von Badens Umhang. Drinas helle Augen waren groß und feucht, als sie Jaryd die Jacke überreichte. »Ich habe den Stoff schon vor langer Zeit gekauft«, sagte sie mit leicht zitternder Stimme. »Ich war nicht sicher, wann ich dir die Jacke geben würde. Ich nehme an, irgendwie wusste ich schon, welchen Weg du wählen würdest.« Sie lachte leise, obwohl ihr Blick traurig blieb. »Vielleicht kann ich ja selbst auch ein wenig in die Zukunft sehen.« Nachdem Jaryd die Geschenke ausgepackt hatte, setzten sich die fünf zum Geburtstagsessen nieder. Drina hatte Jaryds Lieblingsessen gekocht, Fasanenbraten mit Shan-Blättern gewürzt, und danach gab es Honigkuchenpudding.
Royden überreichte Jaryd sein Geschenk erst später an diesem Abend, nachdem ihre Eltern und Baden sich bereits hingelegt hatten. Jaryd lag schon im Bett und wollte gerade

die Kerze ausmachen, als Royden ein kleines Bündel aus der Truhe am Fuß seines Bettes holte.

»Warte noch, Jaryd. Ich habe etwas für dich.«

Jaryd setzte sich wieder hin, und Royden hockte sich auf die Bettkante.

»Mir ist nichts eingefallen, was ich dir schenken könnte, jedenfalls nichts dem Anlass Angemessenes. Und dann habe ich mich daran erinnert, dass du das hier immer bewundert hast.« Royden reichte ihm das Bündel, das sich in Jaryds Händen überraschend leicht anfühlte. Jaryd zog eine Papierschicht nach der anderen ab, bis er zu einer kleinen Schachtel kam. In der Schachtel lag ein gravierter Goldring, den Royden im Kriechkeller unter der Schmiede entdeckt hatte, als sie noch Kinder gewesen waren. Der Ring war abgetragen und matt, aber das Bild von Arick, das in die flache Krone graviert war, war noch deutlich zu erkennen.

Jaryd schaute von dem Ring zu seinem Bruder. »Royden«, sagte er überwältigt, »das kann ich nicht annehmen. Ich danke dir. Das hier ist ein unglaubliches Geschenk. Aber ich kann es nicht annehmen.« Er versuchte, es seinem Bruder zurückzugeben, aber Royden schüttelte den Kopf.

»Bitte, Jaryd. Ich kann ihn ohnehin nicht tragen, wenn ich in der Schmiede arbeite. Und es wäre mir wirklich wichtig, dass du ihn annimmst.« Jaryd setzte dazu an, etwas zu sagen, aber Royden schnitt ihm das Wort ab. »Wenn es dir lieber ist, können wir es ja als Dauerleihgabe betrachten. Aber wir haben diesen Ring immer als meinen Glücksring bezeichnet, und jetzt bin ich der Ansicht, dass du ihn haben solltest.«

Jaryd gab nach und steckte den Ring auf den kleinen Finger seiner rechten Hand. Dann umarmte er seinen Bruder. »Bei den Göttern, du wirst mir fehlen«, sagte er unter Tränen. Royden erwiderte die Umarmung schweigend, und dann ging er zurück in sein Bett und löschte seine Kerze. Jaryd blies ebenfalls die Kerze neben seinem Bett aus, aber er lag noch lange wach, starrte aus dem Fenster in die Nacht und spielte dabei mit dem Ring.

Das kurze Lebewohl am nächsten Morgen, als der Himmel im Osten gerade erst heller wurde, täuschte darüber hinweg, wie schwer dieser Augenblick für Jaryd war. Seine Mutter, die ihn an der Haustür fest umarmte, sagte ihm noch einmal leise und unter Tränen, wie stolz sie auf ihn war und wie sehr sie ihn liebte. Royden gab sich nach den gefühlvollen Worten am Abend zuvor nun scherzhaft und spielerisch und erteilte Ratschläge, wie Jaryd seine neue Stellung als Schüler eines Eulenmeisters dazu nutzen konnte, die Aufmerksamkeit junger Frauen auf sich zu ziehen. Und sein Vater, barsch und rau wie immer, wenn er dahinter seinen Kummer auch nicht ganz verbergen konnte, packte Jaryd an der Schulter und sagte ihm, wie sehr er ihm in der Schmiede fehlen würde. Dann führte er Jaryd ein paar Schritte von den anderen weg.

»Lass dir diese Macht, die du da hast, nicht zu Kopfe steigen!«, warnte Bernel ihn leise, aber eindringlich. »Sie verändert die Menschen. Lass nicht zu, dass so etwas mit dir passiert.«

»Ganz bestimmt nicht, Papa«, versicherte Jaryd ihm. »Ich verspreche es dir.«

Trotz der Traurigkeit, der Aufregung, der Ängste und Erwartungen versuchte Jaryd alles, was sie ihm sagten, so gut wie möglich aufzunehmen, damit er sich später an jedes Wort erinnern würde. Aber nur ein paar Stunden später, als er hinter Baden durch den feinen, kühlen Nebel auf einem Waldweg marschierte, der neben dem rasch dahinströmenden Bergseefluss verlief, konnte er sich schon kaum mehr daran erinnern. Tatsächlich erinnerte er sich von allen Worten, die an diesem Morgen gesprochen worden waren, am ehesten an jene, die nicht ihm gegolten hatten. Er hatte gehört, wie sein Vater leise und eindringlich auf Baden einsprach, bevor die beiden sich ein wenig ungelenk, wenn auch offensichtlich ehrlich umarmten.

»Zwischen uns ist es nie einfach gewesen, Baden«, hatte Bernel gesagt. »Das ist kein Geheimnis. Es fällt mir immer noch schwer, dir und Mutter zu verzeihen, dass ihr nicht da wart, als Vater starb.« Baden setzte dazu an, etwas zu sagen, aber Bernel hielt ihn auf, indem er den Finger hob und den Kopf schüttelte. »Aber das ist jetzt nicht mehr wichtig. Wir haben nun unser eigenes Leben, und es ist Zeit, dass ich aufhöre, an die Vergangenheit zu denken. Jaryds Weg besteht darin, dir zu folgen, das verstehe ich nun.« Er zögerte und schaute elend drein. »Pass auf ihn auf, Baden. Bitte«, hatte Bernel schließlich gesagt und den Blick ernst auf das Gesicht des hoch gewachsenen Magiers gerichtet. »Bei allem, was er ist und was er angeblich sein wird, ist er auch immer noch unser Jüngster. Pass auf ihn auf, und möge Arick euch beide leiten.«

Jaryd hörte im rhythmischen Klang seiner Schritte, als er den Weg entlangging, diese Worte seines Vaters immer wieder. *Bei allem, was er angeblich sein wird* ... In vielerlei Hinsicht fand er es immer noch schwierig, diese Zukunft, die Baden ihm vorhergesagt hatte, zu akzeptieren. Er bezweifelte nicht, dass der Magier Recht hatte, was diese Dinge anging. Er konnte sich mit erschreckender Klarheit an seine eigenen Traumvisionen erinnern, und er hatte die Wahrheit in Badens Worten gespürt, als der Eulenmeister erklärt hatte, er würde einmal ein mächtiger Magier sein. Aber trotz allem, was im vergangenen Jahr geschehen war, hielt er sich immer noch einfach für Jaryd, den Sohn von Bernel und Drina, der eines Tages Schmied oder vielleicht auch Lehrer sein würde. Am Tag nach seinem achtzehnten Geburtstag mit einem Eulenmeister zur Versammlung des Magierordens unterwegs zu sein, das bewirkte, dass er sich jünger vorkam als seit Jahren.

Er rückte seinen Rucksack zurecht und dankte zum fünften oder sechsten Mal an diesem Tag innerlich Rhys, Melek und Gissa für ihr Geschenk. Der Rucksack, aus festem Tuch und gerade genug Leder hergestellt, um den Boden und die Schulterriemen zu verstärken, war ausgesprochen leicht und bequem. Er hätte viel Platz für alles geboten, was Jaryd gerne mitgenommen hätte. Aber nachdem Baden mehrmals gewarnt hatte, ihre Reise würde lang und anstrengend werden und er würde weder Hilfe noch Mitgefühl für Jaryd übrig haben, wenn dieser versuchte, zu viel mitzuschleppen, hatte er schließlich viel weniger gepackt, als er geplant hatte. Er hatte einen Schlafsack und eine Zeltplane, unter der er vor Regen Schutz suchen konnte, Kleidung zum Wechseln, ein wenig Trockenfleisch, Obst, einen Wasserschlauch, einen kleinen Kochtopf, ein Seil, einen Feuerstein und seinen Dolch, den er am Gürtel trug.

Während er packte, hatte Jaryd bemerkt, dass Baden überhaupt keine Tasche bei sich hatte. Als er den Magier danach fragte, erklärte Baden, dass seine Macht, Anlas Jagdkunst und die Gastfreundschaft der Städter und Dorfbewohner, die er auf seinen Reisen besuchte, es ihm ermöglichten, beinahe ohne Gepäck zu reisen. Sein Umhang bot ihm wie alle Umhänge von Ordensmitgliedern Schutz vor rauem oder kaltem Wetter, war aber leicht genug, dass er ihn das ganze Jahr über tragen konnte. »Und«, hatte der Magier vergnügt hinzugefügt, »wenn du erst ein bisschen älter und zäher bist, wirst du bald feststellen, dass du keinen Schlafsack mehr brauchst.« Baden zeigte dann, dass er in den weiten Falten seines Umhangs dennoch einige Dinge mitnahm: ein Seil, einen Wasserschlauch, einen Dolch mit einem abgetragenen Griff aus poliertem Wasserstein. Und der Eulenmeister trug selbstverständlich Anla auf der Schulter und in der Hand den langen geschnitzten Holzstab mit dem schimmernden Kristall.

Den größten Teil des Morgens gingen Jaryd und Baden schweigend hintereinander her und blieben nur hin und wieder stehen, um etwas von dem kalten Wasser des Bergseeflusses zu trinken oder ein paar getrocknete Apfel- oder Birnenscheiben zu essen. Wasser aus dem schweren Nebel sammelte sich an den dicken Knospen und aufbrechenden Blüten der Eschen, Ahorn- und Weidenbäume, die am Flussufer wuchsen, und fielen in großen Tropfen auf den Weg. Neben dem Pfad reckten sich die jungen, zusammengerollten Köpfe von Farnwedeln und kleine, weiche blausamtige Shan-Blätter unter dem Laub hervor. Hin und wieder eilten Eichhörnchen über den Weg, und Meisen, Schneefinken und Kleiber kamen von höher gelegenen Zweigen herunter, um sich die Reisenden näher anzusehen oder sie zu beschimpfen. Und stets war im Hintergrund das Gurgeln und Plätschern des eilig dahinströmenden Flusses zu hören.

Nach offenbar mehreren Stunden bog Baden von dem Weg auf eine kurze, schmale Spur ab, die zum steinigen Flussufer hinunterführte. Dort setzte sich der Magier auf einen großen Stein, der in den Fluss hineinragte, zog die Schuhe aus und steckte die Füße ins Wasser. Jaryd sah, wie die hoch gewachsene Gestalt des Eulenmeisters bei der ersten Berührung mit der Kälte erstarrte und sich dann nach und nach wieder entspannte, bis er schließlich vergnügt mit den Zehen wackelte. Baden schloss einen Moment die Augen, bevor er tief Luft holte und Jaryd schließlich mit einem müden Lächeln ansah.

»Es ist anfangs ein bisschen unangenehm, aber nach ein paar Sekunden fühlt es sich sehr nett an. Ich kann es nur empfehlen.«

Jaryd warf ihm einen skeptischen Blick zu und starrte dann die Hände des Magiers an, mit denen er den Stein immer noch fest umklammerte. Baden folgte seinem Blick und lachte leise. »Na gut«, gab er zu, »es braucht vielleicht mehr als ein paar Sekunden, aber wir haben heute noch einen langen Weg vor uns, und es wird deinen Füßen besser gehen, wenn du sie eine Weile ins Wasser hängst.«

Jaryd nickte. »Ich muss zugeben, dass sie ein bisschen wehtun«, sagte er und nahm den Rucksack ab. »Aber du hättest dein Gesicht sehen sollen, als du sie reingesteckt hast.«

Jaryd stellte den Rucksack auf den Boden und fühlte sich plötzlich viel leichter, als er die Last los war und die kalte Luft seinen verschwitzten Rücken erreichte. Er zog die Schuhe aus, setzte sich auf einen Stein neben dem, auf dem Baden hockte, und steckte die müden Füße in den Fluss. Und sofort riss er sie keuchend wieder aus dem eisigen Wasser.

»Bei den Göttern!«
Baden sah ihn freundlich an. »Und du hast dich über meinen Gesichtsausdruck lustig gemacht?«
Jaryd schwieg und konzentrierte sich stattdessen darauf, die Zehen wieder vorsichtig ins Wasser zu stecken. Baden holte ein Stück Trockenfleisch aus einer Innentasche seines Umhangs und bot es Jaryd an. Einen Augenblick lang saßen sie da, kauten auf dem zähen, geräucherten Fleisch und genossen ihre Rast. Nach einer Weile sah sich Jaryd um und bemerkte, dass die Eule des Magiers verschwunden war. »Jagt Anla?«
Baden nickte. »Ja. Ich hoffe, sie findet etwas.« Auf Jaryds verwunderten Blick hin erklärte der Magier: »Sie ist hier nicht so recht in ihrem Element; ihre Art lebt normalerweise in offenerem Land.«
»Wo hast du sie gefunden?«
»Auf der nördlichen Ebene, dort, wo der Dhaalismin auf Tobyns Wald stößt.«
Jaryd starrte in den Fluss, schüttelte leicht den Kopf und lächelte. »Ich habe nie die andere Seite der Seeberge gesehen.«
»Na, das wird sich ja jetzt ändern.«
Jaryd drehte sich zu seinem Onkel um und grinste breit. »Das denke ich auch. Wie lange werden wir bis nach Amarid brauchen?«
Baden überlegte einen Moment und antwortete dann: »Wenn wir gut vorwärts kommen, sollten wir etwa in sieben Wochen da sein, rechtzeitig zum Beginn der Versammlung am Mittsommertag.«
»Sieben Wochen!«
»Es ist ein weiter Weg von Accalia zum Heim des Ersten

Magiers – quer durch Tobyn-Ser. Ich glaube, es sind beinahe zweihundert Meilen. Und es liegen zwei Bergketten dazwischen.«

Jaryd starrte wieder das Wasser an. Der Gedanke an eine solche Entfernung entmutigte ihn. Er mochte Baden, und er wollte gerne mehr von Tobyn-Ser sehen, aber die Wanderung dieses Morgens war recht anstrengend und mitunter auch einfach langweilig gewesen. Er wusste nicht, ob er beinahe zwei weitere Monate davon ertragen könnte.

Baden hatte offenbar seine Gedanken gelesen. »Es ist noch nicht zu spät für dich, nach Accalia zurückzukehren«, meinte der Magier schlicht. »Aber ich hatte gehofft, diese Zeit zu nutzen, um mit deiner Ausbildung zu beginnen: Ich wollte dir einiges über die Magie und die Geschichte und Traditionen des Ordens beibringen.«

Jaryd saß lange Zeit schweigend da, starrte den Fluss an und versuchte zu verdauen, was der Eulenmeister ihm gesagt hatte. Schließlich schüttelte er den Kopf. »Ich will nicht umkehren«, sagte er leise. »Und ich möchte alles lernen, was du mir über die Magie beibringen kannst. Ich dachte nur ...« Er hielt inne, unsicher, wohin ihn seine Gedanken führen würden.

»Du hättest nur nicht angenommen, dass es so viel Mühe kosten würde, Magier zu werden.«

Getroffen von diesen Worten, warf Jaryd Baden einen scharfen Blick zu.

»Ich wollte dich nicht beleidigen, Jaryd«, versicherte der Magier ihm mit weiterhin gleichmütiger Stimme. »Mir ging es ganz ähnlich, als ich zu lernen begann. Wir wollen alle Amarid sein, aber manchmal verlieren wir dabei aus den Augen, welche Arbeit er vor so langer Zeit für uns getan hat. Ich wurde von einer Magierin aufgezogen, und dennoch wusste ich vor meiner Lehre nur wenig über die Falken und Eulen, mit denen ich mich eines Tages verbinden würde. Ich wusste ein bisschen über die Traditionen und Praktiken des Ordens Bescheid, vielleicht mehr, als du im Augenblick weißt. Aber das war nur ein Produkt meiner Erziehung, und selbst mit diesem Vorteil war meine Ausbildung langwierig und schwer. Aber ich kann dir auch versichern, dass es sehr lohnend war. In vielerlei Hinsicht ist die Zeit als Schüler eine Wiederholung der Arbeiten, die Amarid und die anderen frühen Magier geleistet haben. Indem man als Schüler dient, erweist man ihnen und dem Orden seine Hochachtung.«

Jaryd spürte, wie sein Zorn nachließ, und er war ein wenig verblüfft festzustellen, dass Baden Recht hatte: Er hatte erwartet, es würde einfach sein. Er hatte keine Ahnung von Vögeln oder vom Orden selbst. Er hatte, wie er jetzt begriff, einfach nur erwartet, sich an einen Falken zu binden und sofort zu wissen, wie man ein Magier war. Er tadelte sich nun für diese Dummheit. Dann spürte er, wie die Aufregung, die er zunächst empfunden hatte, als er begriff, dass er ein Sohn Amarids sein könnte, wiederkehrte – sicherlich verändert durch eine klarere Vorstellung dessen, was das bedeutete, aber vielleicht auch intensiver, weil sie trotz dieses Wissens zurückgekehrt war.

Einen Augenblick später stieß Anla wieder zu ihnen, eine braunweiße Maus in den Krallen, ließ sich auf einem nahe gelegenen Ast nieder und begann, ihre Beute mit dem Schnabel zu zerreißen. Und lange Zeit saßen die drei – Magier, Vogel und Schüler – da und lauschten dem Fluss, genossen ihre Rast und eine kleine Mahlzeit.

Als Anla sich schließlich den Schnabel an dem Ast säuberte, stand Jaryd auf und sah seinen Onkel an. »Ich könnte jetzt weiterziehen. Du auch?«
Baden nickte. »Ja, natürlich.«
Jaryd und der Magier zogen sich die Schuhe an, und als Anla auf Badens Arm flog und der Magier nach seinem Stock griff, schulterte Jaryd wieder seinen Rucksack.
»Wann beginnt meine Ausbildung?«, fragte Jaryd, während sie auf den Weg zurückkehrten.
Baden blieb stehen, sah ihn an, und ein schelmisches Lächeln umspielte seine Mundwinkel. »Ich glaube, sie hat schon begonnen.«
Jaryd lächelte schuldbewusst. »So hatte ich das nicht gemeint.«
»Ich weiß.« Baden lachte. »Die Antwort auf deine Frage lautet: ›Wann immer du willst.‹ Ich war heute früh noch nicht sicher, ob du schon bereit warst, nachdem du gerade erst deine Familie verlassen hattest. Aber wir können sofort anfangen, wenn du möchtest.«
Jaryd nickte. »Gerne.«
Wieder lächelte Baden. »Also gut«, sagte er, drehte sich um und machte sich wieder auf den Weg.

Den Rest des Tages unterrichtete Baden Jaryd über das Leben eines Magiers. Er zeigte auf verschiedene Büsche und Bäume und sagte Jaryd, welche essbar waren und welche heilkräftige Eigenschaften hatten, welches Holz zum Bearbeiten geeignet war und welche Pflanzen wertvolle Öle oder gefährliche Gifte enthielten. Er lehrte Jaryd, den rötlichen Falkenbaum zu erkennen, dessen Wurzeln die Magier benutzten, um Wunden oder Krankheiten ihrer gefiederten

Gefährten zu heilen, und die wachsartigen, weißen Beeren der Parneswurzel, die zerdrückt für einen Heiltrank verwendet werden konnten. Und er erzählte Jaryd von den Falken und Eulen, die den nördlichen Teil von Tobyn-Ser bewohnten, und beschrieb ihr Aussehen und ihre Gewohnheiten. Jaryd versuchte, so viel wie möglich davon in sich aufzunehmen, knabberte an allen Pflanzen, die Baden als essbar bezeichnete, um sie seinem Gedächtnis besser einzuprägen, und untersuchte auch alle anderen genau. Es fiel ihm allerdings viel leichter, sich zu merken, was Baden ihm über Falken und Eulen erzählte. Er hatte immer die Anmut und Kraft dieser Vögel bewundert, und er war begeistert von dem Gedanken, dass er sich eines Tages an einen von ihnen binden würde. Mitunter lenkte Jaryd die Lektionen durch seine Fragen in die eine oder andere Richtung, aber die meiste Zeit wurden die Gespräche davon bestimmt, was die Landschaft ihnen bot und was sie am Wegesrand fanden.

Am ersten Abend, nachdem sie das Lager errichtet und etwas gegessen hatten, ließ Baden Jaryd eine Geistesübung durchführen, die, wenn man dem Eulenmeister glauben wollte, helfen konnte, mit einem Vogel zu kommunizieren, wenn für Jaryd die Zeit gekommen war, sich zum ersten Mal zu binden.

»Es gibt nichts in deinem früheren Leben, was dich auf die Verbindung vorbereiten kann, die du deinem ersten Falken gegenüber spürst«, erklärte der Magier. »Und nichts, was ich dir sagen könnte, würde dieser Sache wirklich gerecht werden.« Er hielt inne und kraulte Anla am Kinn. »Wer ist dein bester Freund, Jaryd?«

»Royden«, erwiderte Jaryd, ohne zu zögern.

Baden nickte. »Ja. Ich habe während unserer Zeit in Accalia gespürt, wie nahe ihr euch steht. Ich möchte diese Freundschaft zwischen euch beiden nicht gering achten, aber du kannst mir glauben, wenn ich dir sage, dass du deinem Falken sehr viel näher stehen wirst, als du jemals deinem Bruder nahe gestanden hast. Dein Vogel wird eine Präsenz in deinem Geist. Ihr werdet durch diese Präsenz kommunizieren.« Baden schüttelte den Kopf. »Es ist unmöglich, so etwas angemessen zu beschreiben. Es ist wunderbar. Und dennoch birgt es auch Gefahren. Immerhin wirst du zulassen, dass ein wildes Geschöpf deine Gedanken teilt. Du musst lernen, dem Vogel deinen Geist zu öffnen, während du zur selben Zeit eindeutig dein eigenes Bewusstsein behältst. Das ist am Anfang ziemlich schwierig, ja sogar beängstigend. Und wie ich schon sagte, es gibt im Grunde keine Möglichkeit, dich darauf vorzubereiten. Selbst diese Übungen sind nur ein jämmerlicher Ersatz für die eigentliche Erfahrung. Aber sie können hilfreich sein, indem sie dir die geistige Disziplin verleihen, die du brauchst.«
Der Magier hielt abermals inne und legte noch einen Zweig ins Feuer, bevor er Jaryd wieder ansah. »Wir fangen ganz einfach an: Schließe bitte die Augen und versuche, deinen Geist von allen Gedanken zu entleeren.«
Jaryd lachte. »Das ist einfach. Meine Schüler machen das die ganze Zeit.«
»Nein, das tun sie nicht«, korrigierte Baden, nun mit ernster Miene und ernstem Ton. »Sie hängen vielleicht Tagträumen nach, vielleicht lassen sie ihre Gedanken umherschweifen. Aber ich spreche von etwas ganz anderem. Ich möchte, dass du deinen Geist vollkommen leer machst, dass du überhaupt keine Gedanken mehr hast. Das klingt vielleicht

einfach, aber ich bezweifle sehr, dass du sofort dazu im Stande sein wirst.«
Ernüchtert von dem belehrenden Ton des Eulenmeisters nickte Jaryd nur und tat, was man ihm gesagt hatte. Oder zumindest versuchte er es. Die Übung erwies sich tatsächlich als erheblich schwieriger, als er erwartet hätte. Als er zum ersten Mal in seinem Leben versuchte, an gar nichts zu denken, bemerkte Jaryd einen endlosen Strom unbeherrschbarer Gedanken: Was wohl Royden und seine Eltern jetzt gerade machten? An welche Art von Falke würde er sich wohl binden? Wie würde die Versammlung sein? Wie würde es sein, quer durch das Land zu ziehen? Jedes Geräusch – jedes Knistern im Feuer, jeder Ruf einer weit entfernten Eule – schien zu ihm durchzudringen, an seinem Geist zu zupfen.
Schließlich öffnete er die Augen wieder und starrte seinen Onkel an. »Ich kann es nicht«, gab er kopfschüttelnd zu.
Baden grinste. »Du wirst es schon schaffen. Aber es braucht Zeit, und du hattest einen schweren Tag. Du solltest versuchen zu schlafen; wir haben noch viel Zeit, an dieser Übung zu arbeiten.«
Wieder nickte Jaryd, und als sich Baden neben das Feuer legte, zog Jaryd seinen Schlafsack heraus und legte sich ebenfalls auf den weichen Boden.
»Schlaf gut, Jaryd«, sagte Baden.
»Danke, Baden. Du auch.«
Aber Jaryd lag noch lange wach, während die Fragen und Gedanken weiter durch seinen Kopf zogen, so beständig wie der Fluss, der an ihrem Lager vorbeiströmte.
Die nächsten Tage waren dem ersten ganz ähnlich. Badens Lektionen führten sie weiter den Weg entlang, und Jaryd

verbrachte am Abend immer ein wenig Zeit damit zu lernen, seinen Geist zu disziplinieren, wie Baden es ihn gelehrt hatte. Manchmal, wenn sie eine Rast einlegten, oder am Abend beim Essen, erzählten sie einander Geschichten über ihre Verwandten. Baden erzählte Jaryd, wie es gewesen war, mit Bernel aufzuwachsen, oder von Jaryds Großeltern, und Jaryd erzählte von seinem Leben mit Bernel, Drina und Royden. Und manchmal, wenn das Feuer schon niedergebrannt war, begann Baden mit seiner tiefen, angenehmen Stimme die alten Balladen zu singen und drängte Jaryd mitzumachen. Häufig sangen sie von den Göttern, denn dies schienen die Lieder zu sein, die Baden am liebsten mochte. Ihre Stimmen erhoben sich, um zu berichten, wie Arick, der mächtigste der alten Götter, seinen Söhnen Lon und Tobyn ein großes Stück Land schenkte, aus dem die jüngeren Götter Leben formen sollten, wie es ihnen gefiel. Sie sangen von Leora, der Göttin des Lichts, in deren Wald sie sich befanden und deren Schönheit und Launenhaftigkeit die bittere Rivalität entfachte, die die beiden Brüder einander schon bald entfremdete. Und sie sangen, wie diese Fehde zwischen Tobyn und Lon Arick dazu trieb, in seinem Zorn und seiner Enttäuschung die Welt, die er seinen Söhnen gegeben hatte, zu zerteilen, und wie das wiederum Duclea, ihre Mutter, so gequält hatte, dass ihre Tränen die Meere und Flüsse anschwellen ließen, die ihre Söhne in ihren nunmehr getrennten Ländern geschaffen hatten.

Am achten Tag nach ihrem Abschied aus Accalia, als sich der Weg nun steil von Leoras Wald in die Seeberge erhob, änderte sich das Wetter. Der letzte Frühlingsregen kam über Aricks Meer gezogen und wurde über die Berge hinweg zur Nordebene geblasen. Ihm folgten ein leuchtend blauer Himmel und eine warme Frühlingssonne, die den immer noch feuchten Wald zum Dampfen brachte. Aber wenn auch der Frühling bereits zum Wald der Göttin kam und aus den Zweigen ihrer Bäume Blüten und Blätter lockte, so führe ihr Weg Baden und Jaryd doch in die kalten Berge hinauf, in den frischen Schnee, den die gerade erst zurückweichenden Wolken dort zurückgelassen hatten. Als die Luft dünner wurde, wurde ihre Reise schwieriger und der Boden unter ihren Füßen immer unebener, was ihr Vorankommen beträchtlich verlangsamte. Trotz des Sonnenscheins schnitt der kalte Bergwind durch Jaryds Kleidung. Seine neue Jacke half, aber nur ein wenig, und er bemerkte, dass er es vermied, Rast einzulegen, um in Bewegung und damit warm bleiben zu können. Abends kauerte er sich ans Feuer, zog seine Sachen fest um sich und wickelte sich sogar in das Stück Zelttuch. Gleichzeitig verfluchte er Baden innerlich, der seinen Umhang fest geschlossen und die Kapuze aufgesetzt hatte, sich ansonsten aber offenbar an der Kälte nicht störte.

Der Mühsal zum Trotz war Jaryd von Ehrfurcht erfüllt angesichts der schieren Gewaltigkeit und unglaublichen Schönheit der Berge. An Tagen, an denen ihr Weg sie über die Baumgrenze hinausbrachte, starrte Jaryd staunend wie ein Kind die scheinbar unendlichen Reihen felsiger Gipfel an, die in Eis und Schnee gehüllt waren und in allen Richtungen bis zum Horizont reichten. Wenn sie in eines der üppig grünen Täler herunterkamen, die sich zwischen den Gipfeln hindurchwanden, staunte er über die großen Haine riesiger Koniferen und die Bergwiesen, die von Lupinen, Astern und Disteln bedeckt waren. Und nach beinahe zwei

Wochen in den Seebergen, als er und Baden am Horizont schon die Nordebene erspähen konnten, wusste Jaryd, dass ihm die Berge fehlen würden.

Sie schlugen an diesem letzten Tag in den Bergen ihr Lager auf einem kleinen Felsvorsprung auf, der einen klaren Blick nach Westen bot. Unter ihnen erstreckte sich die Ebene wie ein gewaltiges Grasmeer, unterbrochen von Inseln dunkler, niedrig wachsender Bäume und von einem sich windenden und geteilten Fluss in drei große Teile geschnitten. Der Dhaalismin, dachte Jaryd, während er die Aussicht genoss.

»Wir haben hier oben ziemlich viel Zeit verloren«, sagte Baden, der neben ihm stand. »Der Schnee hat uns aufgehalten. Aber was auch immer der Grund gewesen sein mag, wir müssen die Zeit wieder reinholen, wenn wir die Ebene und Tobyns Wald durchqueren.«

Jaryd zuckte die Achseln und gestattete sich ein Lächeln. »Mir ist es recht. Und ich muss sagen, ich freue mich darauf, eine Weile auf ebener Erde zu laufen.«

Baden erwiderte das Lächeln. »Was hieltest du zur Abwechslung einmal von guter Hausmannskost und einer Nacht in einem richtigen Bett?«, fragte er.

»Ist das dein Ernst?«

»Ja. Am Fuß dieses Berges gibt es eine kleine Stadt namens Taima, und ich kenne dort ein paar Leute, die uns gerne für eine Nacht aufnehmen werden.«

»Das klingt wunderbar.«

»Es wird uns morgen mehr aufhalten, als mir lieb ist«, sagte Baden eher zu sich selbst als zu Jaryd, »aber vielleicht wird es uns für den Rest des Weges ein wenig beleben.«

Jaryd nickte. »Ich hätte wirklich nichts gegen eine Nacht in einem richtigen Bett.«

Sie blieben noch eine Weile stehen und sahen zu, wie sich die Schatten der Berge nach und nach über die Ebene ausbreiteten, während die Sonne hinter ihnen unterging. Schließlich schlug Baden vor, dass sie jetzt essen sollten, und sie machten sich an die Vorbereitungen.

Später an diesem Abend, während Baden mit dem Feuer spielte, versuchte Jaryd abermals, sich auf seine Bindungsübungen zu konzentrieren, wie Baden sie nannte. In den letzten Tagen war es ihm immer besser gelungen, seinen Geist zu schulen, bis er schließlich alle Gedanken für mehrere Minuten wegschieben konnte. Es war ein seltsames Gefühl, wenn es funktionierte – eine Art Wachschlaf, den er sehr entspannend fand. Aber an diesem Abend stellte Jaryd fest, dass er – vielleicht wegen ihres bevorstehenden Besuchs in Taima – immer wieder an die Geschichten denken musste, die er über abtrünnige Magier und Schwierigkeiten innerhalb des Ordens gehört hatte. Es war nicht das erste Mal auf dieser Reise, dass er über solche Dinge nachgegrübelt hatte, aber er hatte jedes Mal gezögert, mit Baden darüber zu sprechen. An diesem Abend jedoch kam es ihm so vor, als hätte er ein Recht zu fragen – auch dies gehörte in gewissem Sinn zu seiner Ausbildung. Er blieb eine Weile ruhig sitzen und nahm seinen Mut zusammen, bis Baden schließlich bemerkte, dass Jaryd ihn beobachtete.

»Solltest du nicht üben?«, fragte der Magier und stocherte mit einem langen Stock im Feuer herum.

Sein Schüler zuckte die Achseln. »Ich kann mich nicht konzentrieren.«

»Ja? Was geht dir denn durch den Kopf?«

»Sind diese Geschichten wahr, Baden?«, fragte Jaryd statt einer Antwort.

Einige Zeit blieb der Eulenmeister einfach schweigend sitzen und stocherte weiter im Feuer herum. Dann lehnte er sich zurück, sah Jaryd ernst an, und seine blauen Augen spiegelten das Licht des Feuers wider. »Ich hatte mich schon gefragt, wann du dieses Thema aufbringen würdest«, meinte er schließlich. Er holte tief Luft. »Wenn du mich fragst, ob es unerklärliche Angriffe auf kleine Dörfer gab, dann ist die Antwort leider ja. Wenn du mich fragst, ob dafür Magier verantwortlich waren ...« Er zögerte und zuckte leicht die Achseln. »Das kann ich dir auch nicht sagen.«

»Kannst du nicht oder willst du nicht?«, fragte Jaryd herausfordernd.

Der Magier kniff ein wenig die Augen zusammen, und seine hageren Züge erstarrten. Seine Antwort überraschte seinen Schüler vollkommen. »Sag mir, Jaryd«, fragte er, »was weißt du von Amarid?«

Jaryd dachte einige Zeit über diese Frage nach, bevor er antwortete. »Nun ja«, begann er zögernd, »er war der erste und größte Magier. Er entdeckte die Magie. Er gründete den Orden und schuf die Regeln, an die sich die Ordensmitglieder heute noch halten. Er begann mit vielem, was nun Tradition des Ordens ist, wie dem Tragen des grünen Umhangs und dass eine Feder als Zeichen eines Geschenks oder Dienstes zurückgelassen wird. Und«, fügte Jaryd mit einem schiefen Grinsen hinzu, in der Hoffnung, die Spannung ein wenig zu mildern, »er lebte ziemlich weit entfernt von Accalia.«

Baden nickte und lachte leise. »Das ist ein guter Anfang.« Aber dann sah er Jaryd erneut streng an, und sein Tonfall wurde wieder ernster. »Und was weißt du von Theron?«

Jaryd erschauderte unwillkürlich. »Theron war ein abtrünniger Magier aus Amarids Zeit«, erwiderte er wachsam.
»Was noch?«, wollte Baden wissen.
Jaryd holte tief Luft. »Er verfluchte den Orden. Therons Fluch.«
»Und worin besteht Therons Fluch?«
Baden starrte Jaryd nun direkt in die Augen, und Jaryds Mund war trocken geworden. »Ich ... ich bin nicht sicher«, stotterte er. »Es hat etwas mit Magiern zu tun, die sterben, ohne sich an einen Vogel gebunden zu haben.«
Baden nickte. »Gut.«
»Warum stellst du mir diese Fragen?«
»Warum hast du mich nach den Angriffen gefragt?«
Jaryd zögerte. »Wenn ich ein Magier werden soll, sollte ich begreifen, was innerhalb des Ordens vorgeht.«
Baden lächelte. »Und deshalb hatte ich dich nach Amarid und Theron gefragt. Jeder Magier sollte ihre Geschichte kennen, und bevor ich sie dir erzähle, wollte ich wissen, wie viel dir bereits bekannt ist.« Er starrte wieder ins Feuer. »Wusstest du, dass sie bei ihrer ersten Begegnung schnell enge Freunde wurden?«
»Amarid und Theron waren Freunde?«, fragte Jaryd zweifelnd.
Baden nickte. »Dann wird es dich auch überraschen zu hören, dass Theron der erste Eulenmeister war und dass viele ihrer Zeitgenossen glaubten, er – und nicht Amarid – sei auch der erste Falkenmagier gewesen.«
Jaryd saß schweigend da und versuchte zu verdauen, was Baden ihm erzählt hatte. In all den Geschichten über Amarid und die Gründung des Ordens, die er gehört hatte, beginnend mit jenen, die ihm seine Mutter erzählt hatte, als

er noch ein Kind gewesen war, waren er diese Dinge nicht vorgekommen. Amarid war eine Gestalt von beinahe mythischen Ausmaßen. Er hatte die Magie entdeckt, er hatte den Orden verpflichtet, dem Land zu dienen. Zumindest war es das, was Jaryd gelernt hatte; und genau das hatte er auch vor nur ein paar Wochen an seine Schüler weitergegeben. Und Theron! Theron war die Hauptperson in den Alpträumen von Kindern im ganzen Land. Er hatte versucht, den Orden zu vernichten, und als ihm das nicht gelungen war, hatte er einen schrecklichen Fluch über alle Magier verhängt, die nach ihm kommen würden. Der Gedanke, dass Amarid und Theron Freunde gewesen waren, schien so unmöglich zu begreifen wie jener, dass tatsächlich Magier für die Angriffe auf die Dörfer verantwortlich sein sollten. Und das war es vielleicht, was Baden ihm hatte deutlich machen wollen.

»Ich erzähle dir diese Dinge«, fuhr der Magier nach einem Augenblick fort, »damit du dir, wenn du die Geschichte von Amarid und Theron hörst, darüber klar bist, dass einige der Dinge, an die du bisher fest geglaubt hast, falsch sein könnten.«

Jaryd setzte dazu an, etwas zu sagen, aber Baden hob die Hand und bedeutete ihm zu schweigen. »Ich verstehe, dass du diese Geschichten seit deiner Kindheit gehört hast. Ich will damit auch nicht sagen, dass es deine Schuld ist; ich möchte nur eine Verzerrung der Wahrheit wieder zurechtrücken.«

Baden hielt kurz inne und legte ein weiteres Stück Holz ins Feuer. Jaryd rutschte ein wenig hin und her und lehnte sich schließlich bequem an einen gewölbten Stein.

»In vielerlei Hinsicht«, begann Baden, und seine Stimme

hatte wieder diesen tiefen, wohlklingenden Ton, an den Jaryd sich von dem Abend in der Küche seiner Eltern ein paar Wochen zuvor erinnerte, »ist die Legende von Amarid und Theron, wenn man einmal von der Geschichte von Lon und Tobyn absieht, vielleicht die wichtigste Legende in der Geschichte von Tobyn-Ser. Die Freundschaft dieser beiden Männer und ihr beklagenswertes Ende hat den Orden geprägt und beinahe zu seiner Zerstörung geführt. Es ist eine Geschichte, die so dramatisch und tragisch ist, als hätte Cearbhall selbst sie sich für die Bühne ausgedacht.

Sie begegneten einander, als sie kaum mehr als Jungen waren, an einem Ort, der später als Hain der Begegnung bekannt wurde, zweihundert Meilen südöstlich von hier. Von frühester Zeit an war dieser Hain Schauplatz der jährlichen Versammlungen, aber nach dem, was später geschah, hat man sich von diesem Brauch abgewendet, und viele haben den Ort vergessen. Als Amarid und Theron sich begegneten, hatten sich bereits beide an ihre ersten Falken gebunden und begonnen, ihre Kräfte zu meistern. Dafür waren sie von Menschen, die Zauberei als schwarze Kunst fürchteten, aus ihren Dörfern verbannt worden. Ich sollte an dieser Stelle hinzufügen«, unterbrach Baden den Lauf der Geschichte, »dass sich Amarid am Ende mit seiner Familie und seinen alten Freunden versöhnte. Theron tat das nicht. Tatsächlich blieb er den Rest seines Lebens ein Verbannter.«

Der Eulenmeister hielt einen Augenblick lang inne und stocherte wieder im Feuer. »Amarid und Theron besiegelten ihre Freundschaft gleich an diesem ersten Tag, zueinander hingezogen aufgrund von Einsamkeit und gemeinsamer Macht und aufgrund ihrer Neugier, ob es in Tobyn-Ser noch andere mit ähnlichen Fähigkeiten gab. Von Anfang an war es für sie klar, dass sie von nun zusammen reisen würden: Amarid, dessen Vision immer schon stärker war, beschrieb Theron eine Insel, die er gesehen hatte und auf der sich, wie Amarid glaubte, etwas von großer Wichtigkeit und hohem Wert befand. Aus Amarids Beschreibung entnahm Theron, dass es sich bei dieser Insel um Ceryllon handelte, und sie beschlossen, dorthin zu reisen. Sie kamen auch überein, dass sie aufgrund ihrer gemeinsamen Erfahrungen ihre Macht noch keinem anderen enthüllen wollten.

Sie erreichten Ceryllon im Sommer darauf, nach einer langen und abenteuerlichen Reise. Dort fanden sie eine Höhle, und in dieser Höhle befanden sich die Cerylle, die, wie sie bald entdeckten, dazu dienen konnten, ihre Kräfte zu konzentrieren und zu verstärken, in ähnlicher Weise, wie man eine Linse benutzen kann, um das Sonnenlicht zu konzentrieren. Sie brachten auch den Rufstein mit zurück, den größten und mächtigsten aller Cerylle. Amarid veränderte den Stein später, ergoss seine Macht hinein, ganz ähnlich, wie ein Magier heutzutage vielleicht ein Stück Holz ändert, und verlieh dem Stein damit eine Macht, die ihn mit allen Ceryllen in ganz Tobyn-Ser verband.« Baden hielt abermals inne und schüttelte den Kopf, als könnte er nicht begreifen, was dieser erste Magier getan hatte. »Ich kann mir nicht einmal im Traum vorstellen, welche Kraft dazu nötig war. Einen Stein zu ändern, der so groß ist wie mein Ceryll, wäre schon schwierig genug, aber etwas so Großes wie den Rufstein ...« Er sprach nicht weiter, schüttelte noch einmal den Kopf und kniete sich hin, um ein weiteres Scheit ins Feuer zu legen. Jaryd starrte den orangefarbenen, facettenrei-

chen Kristall an, der oben am Stab des Eulenmeisters schimmerte.
»Was bestimmt die Farbe des Cerylls eines Magiers?«, fragte er.
Baden zuckte die Achseln. »Das wissen wir nicht. Die Kristalle sind farblos, wenn man sie aus der Höhle holt. Jeder Magier gibt dem Stein eine andere Farbe. In gewisser Weise ist unsere Verbindung zu dem Stein ebenso einzigartig wie die zu unseren Vögeln. Ein Magier kann nur an einen einzigen Ceryll gebunden sein, und kein Magier kann seine Macht durch den Stein eines anderen leiten.«
»Meiner wird blau sein«, erklärte Jaryd, der sich an seine Vision von vor einem Jahr erinnerte, als er nun ins Feuer starrte.
Baden schaute seinen Neffen lange Zeit schweigend an, dann nickte er. »Ja. Ich habe es ebenfalls gesehen. Auch Amarids Stein war blau.«
Sie blieben eine Weile schweigend sitzen, bevor der Magier seine Geschichte wieder aufnahm. »Als sie aus Ceryllon zurückkehrten, begannen Amarid und Theron abermals mit ihren Wanderungen, aber nun waren sie sich einig, dass es an der Zeit war, anderen ihre Macht zu enthüllen. Wenn sie in Städte und Dörfer kamen, besuchten sie die Kranken und Verwundeten und heilten sie, demonstrierten ihre Fähigkeit, Feuer zu entzünden und Holz zu formen, und wenn man ihnen feindselig entgegentrat, machten sie deutlich, dass sie diese Kräfte auch zur Verteidigung einsetzen konnten. Zunächst wurden sie überwiegend gefürchtet, aber ihre Arbeit als Heiler und ihr sanftes Beharren zerstreuten die meisten dieser Befürchtungen. Dabei war Amarid ein wenig erfolgreicher als Theron. Amarid glaubte, wie es viele von

uns heute tun, dass die Magie ein Geschenk Leoras ist, eines, für das wir danken, indem wir anderen dienen. Aus diesem Grund haben Magier niemals eine Bezahlung für ihre Dienste entgegengenommen. Theron allerdings betrachtete die Magie nicht als Geschenk, sondern als Zeichen seiner eigenen Überlegenheit, etwas, das ihn über die Menschen des Landes erhob. Wie du dir denken kannst, hatte er daher eine ganz andere Vorstellung von der Position, die Magier in Tobyn-Ser einnehmen sollten. Er kam zu der Ansicht, dass Magier das Land führen und die Vorteile und Reichtümer genießen sollten, die ihnen diese Stellung brachte. Aber Therons Ansichten über diese Dinge entwickelten sich erst mit der Zeit. In jenen frühen Jahren arbeitete er mit Amarid zusammen, und beide genossen die Aufmerksamkeit und Dankbarkeit, die ihnen für ihre Taten zuteil wurde.

Innerhalb von ein paar Jahren«, fuhr Baden fort, »waren Amarid und Theron auch anderen falkengebundenen Magiern begegnet. Zunächst, als es noch wenige waren, schlossen sich diese Magier Amarid und Theron an oder reisten in kleinen Gruppen nach Ceryllon, um ihre Kristalle zu finden. Aber als es immer mehr wurden, erwies sich das als unpraktisch, und Amarid und Theron sagten allen Magiern, denen sie begegneten, sie würden sich jedes Jahr zu Mittsommer wieder im Hain der Begegnung treffen. Dies war im Grunde die Geburt des Ordens.

Aber zu dieser Zeit begann Amarids und Therons Freundschaft nachzulassen. Amarid verliebte sich in eine Magierin, eine Frau namens Dacia, und er und Theron trennten sich voneinander, ungeschickt und nicht ohne Bitterkeit. Amarid und Dacia kehrten in die Gegend bei Flusshafen zurück, aus der Amarid ursprünglich kam, in einen Ort, dem man später zu seinen Ehren seinen Namen gab, und sie dienten diesem Teil von Tobyn-Ser. Auch andere Magier ließen sich irgendwo nieder und wurden Teil der Gemeinde, der sie dienten. Theron brauchte dazu länger. Und verbittert darüber, was er als Amarids Verrat an ihrer Freundschaft betrachtete, wurde er von Zorn und Neid zerfressen. Er kam zu den jährlichen Versammlungen, aber als Amarid begann, die Rolle eines Oberhaupts des Ordens anzunehmen, seine Vision der Magier als Diener und Beschützer der Menschen und des Landes festzulegen, wuchs Therons Verachtung für diese Vision. Er erklärte, er habe ebenso großen Anspruch auf die Führung des Ordens wie Amarid, und eine beträchtliche Gruppe von Magiern, besonders die jüngeren, die ohnehin sehr von Theron eingenommen waren, stellte sich auf seine Seite. Er hatte auch herausgefunden, dass er das Handeln von Menschen in Stadt und Land beeinflussen konnte, und er benutzte seine Macht, um solche Leute in seinen Dienst zu nehmen und reich zu werden.

Etwa um diese Zeit starb Therons erster Vogel, und er verbrachte mehrere Monate ungebunden. Das war eine schrecklich schwierige Zeit für ihn, wie für jeden Magier. Seine Macht war verringert, und als der Erste seiner Art, der seinen Vogel verloren hatte, hatte Theron keine Ahnung, ob er sich je wieder binden könnte oder ob seine Macht zurückkehren würde. Und zum ersten Mal in seinem Leben war er wirklich allein. Seine Familie hatte ihn schon lange verbannt, seine Freundschaft mit Amarid war zerstört, und nun hatte er auch noch seinen Falken verloren, der jahrelang eine stetige Präsenz in seinem Geist gewesen war. Einsam und verbittert zog er sich in die Smaragdhügel zurück, und beinahe ein Jahr hörten Amarid und die anderen nichts von ihm.

Keiner sah ihn wieder, bis er bei der nächsten Versammlung mit einer Eule auf der Schulter erschien. Alle im Orden, selbst Amarid, gratulierten ihm dazu und erklärten ihn zum ersten Eulenmeister im Orden. Im folgenden Jahr verlor auch Amarid seinen Falken und band sich an eine Eule. Für kurze Zeit kamen Amarid und Theron einander wieder näher. Aber ihr fortwährender Kampf um die Macht im Orden und ihre vollkommen unterschiedlichen Visionen über die Rolle der Magier in Tobyn-Ser vergifteten ihre Freundschaft schon bald wieder.

Ein paar Jahre nach Amarids zweiter Bindung reiste Theron wieder in seine alte Heimatstadt Rholde, und da verliebte er sich in eine Frau. Er hatte zwar gelernt, Menschen für kurze Zeit seinen Willen aufzuzwingen, aber kein Magier oder Meister kann einen anderen zwingen, ihn oder sie zu lieben. Diese stetige Nutzung der Macht würde sowohl den Magier als auch den Vogel erschöpfen. Sosehr er sich also anstrengte, das Herz dieser Frau zu gewinnen, Theron konnte sie nicht dazu bringen, ihn zu lieben. Tatsächlich liebte sie einen anderen Mann aus der Stadt. Der war kein mächtiger oder reicher Mann, sondern nur ein einfacher Ladenbesitzer. Theron tobte vor Eifersucht und begann, diesen Mann zu hassen. Er zwang ihn, die erniedrigendsten Dinge für ihn zu tun, und er beschimpfte und verfluchte ihn ununterbrochen.

Eines Tages begegneten sie einander wieder, und bevor Theron den Mann noch zwingen konnte, irgendetwas zu tun, bot ihm der Mann seine Dienste an und verlieh seinem

Kummer darüber Ausdruck, dass seine Liebe zu dieser Frau dem Eulenmeister solchen Schmerz bereitete.
Er meinte es zweifellos gut, aber das war zu viel für Theron. Zerrissen, wie er ohnehin war, weil diese Frau einen anderen ihm vorzog, machten ihn das Mitgefühl und das Mitleid seines Rivalen nur noch zorniger.
›Ich brauche nichts von einem Wurm‹, tobte er. ›Lass mich allein!‹ Und mit diesen Worten, und in seinem Zorn, wandte Theron, vielleicht ohne es wirklich zu wollen, seine Kraft gegen den Mann. Kurz darauf, noch bevor Theron begriff, was er getan hatte, brachte der Mann sich um.
Die Kunde von diesem Vorfall breitete sich rasch in der Stadt aus und weckte die alten Ängste vor der Magie und jenen, die sie anwendeten. Beinahe alle in Rholde forderten Rache, aber sie fürchteten den Eulenmeister zu sehr, um sie selbst auszuüben. Stattdessen schickten sie Botschaften an Amarid und den Rest des Ordens und forderten, dass Theron bestraft werden sollte. Und als auch andere in Tobyn-Ser von diese Vorfall hörten, schlossen sie sich den Forderungen an.
Die Diskussion, was aus Theron werden sollte, dominierte die nächste Versammlung, und die lang währende Fehde zwischen Theron und Amarid erreichte ihren Höhepunkt. Kein Ordensmitglied war bisher bestraft worden, also hatten die Magier noch nie darüber nachgedacht, wie man mit einer solchen Situation umgehen sollte. Alle waren allerdings der Ansicht, dass man Theron die Möglichkeit geben sollte, sich zu verteidigen, und dass Amarid als der Älteste des Ordens die Anklage führen müsse.
Theron erhob sich also und stützte sich dabei schwer auf seinen Stab. Es heißt, er habe zwar hager und bleich aus-

gesehen, und die meisten berichteten, er sei seit der letzten Versammlung sehr gealtert, aber seine wohlklingende Stimme erregte immer noch die Aufmerksamkeit aller.« Baden erhob sich, stützte sich auf seinen Stab, wie er es in Bezug auf Theron beschrieben hatte. Und als er dann weitersprach, kam es Jaryd so vor, als hätte sich seine Stimme verändert, als wäre sie noch tiefer geworden, aber mit einer Spur von Zorn und Wahnsinn, die nicht zu Baden selbst gehörte. Er war zu einer Erscheinung geworden, verkörperte diesen lange verstorbenen Eulenmeister.

»Ich bedauere zutiefst, was in diesem Frühjahr in Rholde geschehen ist«, begann Baden leise mit Therons Worten, und er sah nicht mehr seinen Schüler an, sondern den Boden vor sich. »Ich wollte dem armen Mann nichts tun, und ganz sicher wollte ich nicht, dass er sich umbrachte.« Er hielt inne, blickte sich am Feuer um, und Jaryd konnte dort beinahe die anderen Magier sehen, die sich versammelt hatten, um Theron anzuhören. »Aber werde ich nun bestraft, weil ein paar Leute in Rholde und anderen Teilen von Tobyn-Ser Vorurteile gegen unsere Fähigkeiten haben? Werde ich nun bestraft, weil diese Narren es verlangen? Wir hier in diesem Orden sind etwas Besonderes. Wir haben die Magie gemeistert. Wie sind keine Diener der Unwissenden, und wir lassen uns auch von ihren Schwächen nicht beeinflussen.« Die Stimme des Eulenmeisters wurde lauter, seine Gesten lebhafter, als er nun weitersprach. »Wenn ich bestraft werde, weil ihr, meine Mitmagier und -meister, es selbst so wünscht, nun gut, dann soll es so sein. Ich werde euer Urteil hinnehmen. Aber wenn ihr nur handelt, weil andere es von euch verlangen, dann muss

ich euch fragen: Haben wir diesen Orden gegründet, um uns selbst zu regieren oder um von anderen regiert zu werden? Dieser bedauerliche Vorfall hat von uns allen seinen Preis gefordert; vergrößern wir die Tragödie nicht noch mit Fehlurteilen und schlecht durchdachten Taten.«
Baden richtete sich auf, und als er weitersprach, geschah es wieder mit seiner eigenen Stimme. »Theron hatte die Zuhörer in seinen Bann geschlagen, mit seiner wohlklingenden Stimme ebenso wie mit seinen Worten. Aber nun war es an Amarid zu sprechen.«
Wieder veränderte sich Badens Haltung. Er stand aufrechter, lehnte sich weniger auf den Stab. Und als er fortfuhr, war seine Stimme nicht mehr die von Theron. Nun war er Amarid, mit weniger vibrierendem Ton, aber ebenso entschlossen, und voller Weisheit und Macht.

»Gut gesprochen. Wahrhaft gut gesprochen. Du warst immer sehr gut, wenn es ums Reden ging, nicht wahr, Theron?«
»Ja«, erwiderte Theron eisig und tauchte dazu für einen kurzen Augenblick wieder in Badens Haltung auf. »Das denke ich schon.«
»Ein sehr guter Redner«, wiederholte Amarid, »und ebenso draufgängerisch. Diesmal hast du es wirklich geschafft, Theron.« Der Sarkasmus verschwand aus Badens Stimme – oder war es Amarids? Jaryd war so in der Geschichte versunken, dass er das nicht länger unterscheiden konnte. Der Eulenmeister klang müde und enttäuscht, als er mit Amarids Rede fortfuhr. »Das hier ist keine leichte Aufgabe für mich.«
»Da bin ich sicher«, schnaubte Theron verächtlich.

»Ich erwarte nicht, dass du das verstehst, alter Freund«, erwiderte Amarid, und dann hob er die Stimme, um alle Anwesenden zu erreichen. »Alle hier in diesem Kreis wissen, dass Theron und ich nicht immer miteinander zurechtgekommen sind. Aber wir standen uns einmal nahe, und wir haben diesen Orden zusammen aufgebaut. Das ist keine Kleinigkeit. Er ist arrogant und schwierig, aber er ist mein Freund. Heute reden wir hier allerdings nicht nur über Therons Zukunft, sondern auch über die Zukunft des Ordens und der Magie. Die Älteren unter euch werden sich erinnern, was es bedeutet, ein Ausgestoßener zu sein, weil ihr Macht hattet. Wir waren alle einmal Ausgestoßene, verbannt aus unseren Heimatdörfern und -städten, weil die Menschen dieses Landes uns und unsere Magie fürchteten. Die Jüngeren unter euch werden sich nicht daran erinnern, weil dieser Orden inzwischen das Vertrauen der Menschen von Tobyn-Ser gewonnen hat, indem er ihnen diente: mit Heilungen von Wunden und Krankheiten und indem wir ihre Streitigkeiten schlichteten. Ich werde nicht zulassen, dass wir uns durch die Launen der Menschen einschränken lassen oder Geiseln ihrer Unwissenheit werden. Aber wir müssen uns ihr Vertrauen erhalten und ihre Angst lindern. Wir sind ebenso Bewohner dieses Landes wie sie, und letzten Endes sind wir seinen Gesetzen ebenso unterworfen. Therons Verbrechen – und ja, er hat ein Verbrechen begangen – muss bestraft werden. Weniger zu tun würde dem Orden Schande bereiten. Weniger zu tun würde uns wieder zu Ausgestoßenen machen.«
Erneut veränderte Baden seine Haltung und wurde abermals zu Theron. »Nun«, begann der Eulenmeister, »wer ist hier arrogant? Amarid erzählt uns allen, was wir zu tun

haben und was dieser Orden sein soll. *Den Menschen dienen*«, wiederholte er verächtlich. »Seit wann dienen die Starken den Schwachen? Seit wann unterwerfen sich die Weisen den Dummen? Ich werde mir diese Absurditäten nicht länger anhören.«

»Und dann«, erzählte Baden wieder mit seiner eigenen Stimme, »drehte sich Theron um und wollte den Hain der Begegnung verlassen. Aber Amarid hielt ihn auf, und als auch andere Magier verlangten, dass er bleiben sollte, darunter auch einige der jüngeren, die ihn in der Vergangenheit unterstützt hatten, begriff Theron endlich, wie groß seine Schwierigkeiten waren. Wenn die jüngeren Magier nicht zu ihm hielten, hatte er keine Chance.

Der Orden debattierte hitzig bis tief in die Nacht hinein. Amarid und die älteren Magier und Meister waren gegenüber Therons Anhängern immer in der Überzahl gewesen, und einige in der letzteren Gruppe waren aufgrund des Vorfalls in Rholde verunsichert. Jene, die den Eulenmeister immer noch unterstützten, sprachen sich störrisch für Milde aus, aber am Ende setzten sich Amarid und seine Anhänger durch.

Lange nach Mitternacht rief man Theron wieder vor die Versammlung, und er lauschte trotzig, als Amarid seine Strafe verkündete. Er erklärte, Theron habe dem Orden Schande gebracht und gegen seine grundlegenden Prinzipien verstoßen, also würde der Eulenmeister am nächsten Morgen im ersten Tageslicht hingerichtet werden.

Theron stand vollkommen verblüfft da und konnte nicht glauben, was er gehört hatte. Und dann tat der Eulenmeister, der seinem Rivalen nicht zugestehen wollte, die Strafe auszuführen, etwas, was selbst Amarid nicht hatte voraussehen können. Er schloss die Augen, hob den Stab über den Kopf und wirkte den mächtigsten Zauber, den je ein Magier gewirkt hat.«

»Von dieser Nacht an«, rief Baden nun wieder mit Therons Stimme, und er nahm die Haltung an, die er gerade beschrieben hatte, und seine Worte hallten von den Gipfeln hinter ihm wider, »werden jene in diesem Orden, die ungebunden sterben, keine Ruhe mehr finden!«

Baden öffnete die Augen wieder. Und während das Echo seiner Worte in der Nacht verhallte, senkte sich Stille über das Lager wie Nebel über eine Küste. »Bei Therons letztem Wort fuhr ein Blitz aus grünem Licht aus seinem Stab in den Nachthimmel. Im selben Augenblick sprang die große Eule auf Therons Schulter mit einem unnatürlichen Schrei hoch und setzte zum Fliegen an, aber dann fiel sie tot zu Boden. Therons Ceryll lag in Splittern zu Füßen des Eulenmeisters, und die Spitze seines Stabs war verkohlt und qualmte. Therons letzte Worte an Amarid waren: ›Vergiss nie, alter Freund, dass du dies getan hast, nicht ich.‹

Theron sollte am nächsten Morgen durch das Feuer hingerichtet werden, aber als die anderen Magier ihn aus der Zelle bringen wollten, war er schon tot.«

»Er hat sich also selbst verflucht«, warf Jaryd ein, und seine Stimme kam ihm heiser und fremd vor in dieser Stille, die Badens Geschichte geschaffen hatte.

»Ja. Und wie bei so vielen anderen Dingen war Theron auch der erste unseres Ordens, der ein Unbehauster wurde.«

»Unbehaust?«

»So nennen wir jene Magier, die ungebunden sterben. Therons Fluch wirkt sich so aus, dass die Geister der Unbehausten an den Ort ihrer ersten Bindung zurückkehren, wo sie auf ewig die Nächte heimsuchen.« Baden streichelte zerstreut Anlas Gefieder. »Das ist einer der Gründe, wieso die Zeit zwischen dem Tod eines Vogels und der Bindung an den nächsten so schwierig ist. Man verliert nicht nur an Macht und«, fügte er mit einem Blick auf den Vogel auf seiner Schulter hinzu, »hat ein Geschöpf verloren, das man liebte. Man ist auch gefährdet, falls einem etwas zustoßen sollte, unter Therons Fluch zu fallen.«

»Das heißt also, dass Theron ... immer noch lebt?«, fragte Jaryd.

»Nein«, erwiderte Baden, aber in seiner Stimme lag etwas, das Jaryd erschaudern ließ. »Theron starb in dieser Nacht im Hain der Begegnung, vor hunderten von Jahren«, erklärte er. »Aber sein Geist lebt, und man kann ihn zwischen Abend- und Morgendämmerung an einem Ort sehen, der inzwischen als Therons Hain im Schattenwald im nördlichen Tobyn-Ser bekannt ist.«

»Er ist also ein Gespenst?«

»So könnte man es wohl ausdrücken. Wir ziehen es allerdings vor, sie Geister zu nennen.«

»Das ist doch nur Wortklauberei«, meinte Jaryd.

Baden dachte einen Augenblick nach, dann gestand er, »Ja, so ist es.«

Auch Jaryd überlegte. »Hat Therons Geist dieselbe Macht wie Theron?«, fragte er schließlich.

Baden zögerte. »Das ist eine komplizierte Frage. Tatsächlich wissen wir sehr wenig über die Unbehausten. Aus diversen Gründen, von denen einige wohl offensichtlich sind, suchen wir sie nur selten auf. Wir wissen nicht, ob sie Zugang zur Magie haben. Aber selbst wenn, dann wäre Therons Geist immer noch ein besonderer Fall. Die meisten Unbehausten erscheinen mit ihren Stäben, oder worauf sonst sie ihre Cerylle befestigt hatten, und mit ihren ersten Vögeln. Und bei Nacht, und in dem Bereich, in dem sie sich zum ersten Mal gebunden haben, könnten sie durchaus Macht haben. Therons Ceryll allerdings wurde in jener letzten Nacht seines Lebens durch die Explosion, die seinen Bannspruch begleitete, zerstört. Also ist, welche Macht er auch immer haben mag ... ungezähmt, wild, wenn du es so ausdrücken willst. Andererseits waren seine Kräfte zu Lebzeiten immens, viel größer als die jedes anderen unbehausten Magiers. Wir wissen einfach nicht, wozu er in der Lage ist.« Baden schien noch etwas hinzufügen zu wollen, aber dann hielt er inne und wartete auf Jaryds nächste Frage.

Wieder dachte Jaryd über alles nach, was er erfahren hatte. Schließlich strich er sich das Haar aus der Stirn und sah den Magier über das Feuer hinweg an. »Tut mir Leid, Baden, ich habe deine Geschichte unterbrochen.«

Baden tat die Entschuldigung mit einer kleine Geste ab. »Es bleibt nicht mehr viel zu erzählen. Als die Versammlung zu Ende ging, traten einige wenige junge Magier, die Theron unterstützt hatten, offiziell aus dem Orden aus und verließen Tobyn-Ser. Bis auf den heutigen Tag wissen wir nicht, wohin sie gingen und was aus ihnen wurde.

Für den Orden bestand vielleicht die wichtigste Konsequenz der ganzen Sache darin, dass wir jene Regeln annahmen, die inzwischen als Amarids Gesetze bekannt sind und die Leitlinien für jene darstellen, die Magie anwenden.« Baden sah Jaryd forschend an. »Hast du von Amarids Gesetzen gehört?«

»Ich weiß, dass es sich um die Leitlinien des Ordens handelt«, sagte Jaryd mit einem verlegenen Lächeln, »aber nicht, was darin festgelegt ist.«

Baden schüttelte betrübt den Kopf. »Alle sollten diese Gesetze kennen«, sagte er leise, »aber das ist nicht deine Schuld.« Dann hob er die Stimme ein wenig. »Also vernimm sie nun, und vergiss sie niemals wieder:

Magier sollen den Menschen des Landes dienen. Sie sollen Schlichter von Streitigkeiten sein. Sie sollen ihre Macht nutzen, um in Zeiten der Not Hilfe und Trost zu spenden.

Magier dürfen ihre Macht niemals nutzen, um Bezahlung oder Dienste von Machtlosen zu erhalten.

Magier dürfen ihre Macht niemals gegeneinander einsetzen. Streitigkeiten zwischen Magiern werden vom Orden geschlichtet.

Magier dürfen ihren Vögeln niemals Schaden zufügen.«

Seine Worte hallten mit einer Macht und Klarheit in die stille Nacht hinaus, die Jaryd an den Klang des Schmiedehammers seines Vaters erinnerten. Nachdem das letzte Wort verhallt war, umgab abermals eine seltsame Stille das Lager. In der Ferne rief eine Eule, und Anla wurde plötzlich auf Badens Schulter wieder wach und gab heiser Antwort.

Als Baden wieder sprach, klang er müde. »Wir sollten jetzt schlafen. Selbst wenn wir in Taima Rast machen, steht uns morgen ein beträchtlicher Weg bevor.«

Baden legte sich neben das Feuer, und Jaryd tat dasselbe, ohne sich noch die Mühe zu machen, seinen Schlafsack aus dem Gepäck zu holen. Der Atem des Eulenmeisters wurde bald langsam und gleichmäßig, aber Jaryd lag noch lange wach. Er dachte über Amarid und Theron nach, über Geister, und darüber, was es bedeutete, dazu verurteilt zu sein, auf ewig umherzuwandern; und er dachte an die Gefühle, die zwei Freunde dazu bringen konnten, einander und dem Orden, den sie geschaffen hatten, solche Dinge anzutun. Nach und nach brannte das Lagerfeuer nieder, bis nur noch ein paar glühende Kohlen übrig waren, die knisternd in die Feuergrube sackten. Im Dunkeln konnte Jaryd die hellen Sterne über seinem Kopf deutlich erkennen, und er blieb noch ein wenig länger wach und suchte nach den Sternbildern, die er kannte. Duclea, die auf den Knien lag und um ihre Söhne und über den Zorn ihres Mannes weinte; Leora in ihrem ewigen Tanz und Arick, tiefer am westlichen Himmel, der die Faust hoch über dem Kopf erhoben hatte, um das Land zu spalten, das er für Tobyn und Lon geschaffen hatte. Als Jaryd endlich in einen unruhigen Schlaf fiel, träumte er von einem Magier. Zunächst dachte er in einer Ecke seines Geistes, die den Traum beobachtete, er sähe sich selbst, wie er eines Tages sein würde. Aber dieser Magier hatte einen Ceryll von tiefem Rot und einen dunklen Vogel mit seltsam glitzernden Augen. Während Jaryd noch zusah, kam der Magier auf ihn zu und streckte eine Hand aus, in der er einen schmalen, schwarzen Gegenstand trug. Dabei hielt er sich die ganze Zeit im Schatten seines Umhangs und der Kapuze, und es war nicht einmal zu erkennen, ob es sich um einen Mann oder eine Frau handelte. Aber als die Gestalt näher kam, sah Jaryd, dass es sich bei dem Gegenstand um eine schwarze Feder handelte, und als Jaryd sie in die Hand nahm, flackerte sie hell auf und verwandelte sich dann in graue Asche.

Jaryd erwachte, als Baden ihn sachte schüttelte. Das hagere, ernste Gesicht des Magiers war im frühen Morgenlicht deutlich zu erkennen.

»Ich hatte letzte Nacht eine seltsame Vision«, sagte Baden. »Ich weiß nicht, was sie zu bedeuten hatte, aber ich denke, wir sollten uns auf den Weg machen.«
Jaryd nickte träge und versuchte wach zu werden. Baden bot ihm den letzten Rest Trockenfrüchte und ein wenig Wasser an, und schon bald hatten sie das Lager verlassen und sich auf den Weg zur Stadt gemacht. Sie gingen so schnell, wie der steile Abhang es zuließ. Baden, der es offenbar eilig hatte, Taima zu erreichen, sprach wenig, und Jaryd verbrachte den größten Teil der Zeit damit, noch einmal über die Geschichte nachzudenken, die er am Vorabend gehört hatte. Sie machten mittags kurz Rast, um ihre Wasserschläuche an einer kleinen Quelle aufzufüllen und den Rest ihres Trockenfleischs zu essen, und dann stiegen sie weiter ins Tal hinab.
Der schwere Geruch von verbranntem Holz und Getreide erreichte sie nur eine oder zwei Stunden später, und von einer kleinen Lichtung am Fuß des Berges aus konnten sie Taima zum ersten Mal sehen. Eine unnatürliche Wolke aus dunklem, grauem Rauch hing schwer über der kleinen Stadt, und man konnte erkennen, dass viele Gebäude in der Stadtmitte zu Gerippen aus verkohlten Balken verbrannt waren.
»Faust Gottes!«, zischte Baden durch zusammengebissene Zähne, und ein gequälter Ausdruck trat in seine hellen Augen, als er auf die zerstörte Stadt hinabschaute. »Wir kommen zu spät!«

4

Als er oberhalb von Taima in den Bergen stand und Badens gequältes Gesicht sah, als der Magier die verkohlten Häuser unten im Tal betrachtete, erinnerte sich Jaryd an eine Geschichte, die Baden ihm an einem Morgen kurz nach ihrer Abreise aus Accalia erzählt hatte – eine der vielen, mit denen der Magier ihnen die Zeit verkürzt und seinen Schüler belehrt hatte.

Eines Tages im Frühling, als Baden fünf oder sechs Jahre alt gewesen war, hatte er sich aufgemacht, Eulenmeisterin Lyris, seine Großmutter, in ihrem Haus am Ufer des Kleinen Flusses zu besuchen. Es war ein nasser Winter gewesen, und der Fluss hatte erheblich mehr Wasser als üblich. Kurz nach Badens Eintreffen begann es wieder zu regnen, und das Hochwasser zerstörte ein nahe gelegenes Dorf. Als Lyris sich aufmachte, um den Schaden zu inspizieren, nahm sie Baden mit, und als sie dort ankamen, bemerkte Baden, dass seine Großmutter weinte. Da er sie nie zuvor hatte weinen sehen, bekam er Angst und fragte sie, warum sie so traurig war. Lyris nahm seine Hand und legte sie auf den grünen Umhang, den sie trug. »Wenn ich diesen Umhang anziehe«, sagte sie ihm, »dann werde ich selbst zum Land. Wenn das Land leidet, leide ich auch.«

»Ich brauchte lange, um zu begreifen, was sie gemeint hatte«, hatte Baden an diesem Morgen vor ein paar Wochen gesagt. »Tatsächlich glaube ich, dass ich ihre Worte erst richtig verstanden habe, als ich selbst meinen Umhang hatte. Die Magie ist ein Geschenk der Göttin und in gewissem Sinn ein Geschenk des Landes selbst. Im Austausch dafür werden jene, die das Glück haben, das Handwerk der Magie zu meistern, zu Hütern des Landes. Wenn die Menschen krank sind, kümmern wir uns um sie. Wenn die Menschen einander bekämpfen, bringen wir sie wieder zusammen. Und wenn das Land selbst Leiden bringt, dann ist es an uns, das Leiden zu verringern. So wie meine Großmutter unter dem litt, was sie an jenem Tag sah, leide ich jedes Mal, wenn es Hochwasser gibt oder eine Dürre oder Feuer oder eine Seuche, die ich nicht verhindern konnte. Ich nehme an, das ist der Preis für das Privileg, diesen Umhang zu tragen.«

Angesichts seines eigenen Entsetzens darüber, was er dort unten auf der Ebene sah, begann Jaryd zu verstehen, was Baden ihm hatte sagen wollen. »Hast du das hier letzte Nacht in deiner Vision gesehen?«, fragte Jaryd leise.

Ohne den Blick von der Stadt abzuwenden, nickte der Magier. »Zumindest einen Teil davon.«

Jaryd wollte fragen, was sein Onkel sonst noch gesehen hatte, aber dann ließ er es lieber bleiben.

»Sie werden unsere Hilfe brauchen«, meinte Baden grimmig. »Wir sollten uns beeilen.«

Baden und Jaryd legten den Rest des Weges schweigend zurück. Der Geruch nach Rauch wurde immer drückender, je näher sie der Stadt kamen, und als sie aus den Bergen auf die Ebene und schließlich auf den Marktplatz gelangten, sahen sie eine große Menschenmenge vor den verkohlten Skeletten ihrer Läden und der Gasthäuser. Ein großes Gebäude inmitten der Stadt, wahrscheinlich das Versammlungshaus, war ebenfalls niedergebrannt, und ein wenig abseits, näher an den Bergen, standen die verkohlten Reste ein einzelnen Gebäudes, aus denen immer noch Rauch in

den klaren Himmel aufstieg. Aus den schmalen, spitzen Türmen schloss Jaryd, das dies der Tempel des Gottes gewesen war. Auch die Gebäude am Markt qualmten noch, und die schwarz verbrannten Überreste von Werkzeugen und Waren, die die Menschen versucht hatten zu retten, lagen auf dem Platz verstreut. Ohne zu zögern, näherten sich Baden und Jaryd der Menge. Aber als mehrere Leute begannen, auf sie zu zeigen, hatte Jaryd plötzlich ein unangenehmes, Gefühl, das er sich selbst nicht so recht erklären konnte. »Das könnte schwierig werden«, sagte Baden leise. »Halte dich hinter mir und sag nichts.«
Die Menge wartete schweigend, während der Magier und Jaryd näher kamen.
»Ich sehe, dass wir in schweren Zeiten kommen«, sagte Baden so laut, dass er überall zu verstehen war. »Dürfen wir euch unsere Hilfe anbieten?«
Zunächst sagte niemand etwas. Für einen Zeitraum, der Jaryd wie eine Ewigkeit vorkam, standen er und der Magier einem Heer von Menschen gegenüber, die eisige Mienen und die Flecken und Verletzungen einer Nacht im Kampf gegen das Feuer zur Schau trugen. Dann trat ein einzelner Mann vor. Er war noch jung, kaum ein oder zwei Jahre älter als Royden, nahm Jaryd an. Seine Kleidung und sein Gesicht waren mit Ruß überzogen, und an einem Arm hatte er eine hässliche schwarze Wunde. Aber vor allem fielen Jaryd die Augen des Mannes auf. Sie waren dunkelbraun, und Jaryd nahm an, dass sie einmal sanft und freundlich gewesen waren. Aber nun starrte er unter seinem wirren, verfilzten Haar, das ihm in die Stirn fiel, den Eulenmeister mit einer erschreckenden Mischung aus Angst, Trauer und Hass an.

»Ich würde sagen, du hast schon genug getan, Magier!«, rief der Mann in einem Tonfall, der zu seinem Blick passte. *Magier,* bemerkte Jaryd, *nicht Sohn Amarids.*
»Das verstehe ich leider nicht«, erwiderte Baden ruhig.
»Du lügst!«, entgegnete der Mann erbost.
Baden holte tief Luft. »Vielleicht sollten wir noch einmal von vorne anfangen«, meinte er so freundlich wie zuvor. »Ihr habt offensichtlich einen schrecklichen Verlust erlitten. Wir möchten euch helfen.«
»Wir wollen eure Hilfe nicht«, stieß der Mann zwischen zusammengebissenen Zähnen hervor, und an seinem unverletzten Arm ballte er immer wieder die Hand zur Faust. »Wir wollen, dass ihr verschwindet!«
Baden erwiderte den Blick des Mannes, bis der andere sich abwandte. Dann sah der Magier den Rest der Gruppe an. Jaryd tat dasselbe, und dabei entdeckte er einen untersetzten kahlköpfigen Mann mit einem langen silbergrauen Gewand, das nun ebenfalls rußbefleckt war. Der Hüter von Aricks Tempel, nahm Jaryd an, und er sah, wie der Mann über Badens Unbehagen höhnisch grinste. Der wird uns sicher nicht helfen.
»Was euch zugestoßen ist, tut mir Leid«, begann Baden abermals und hob erneut die Stimme, so dass alle ihn hören konnten. »Aber wir bieten nur unsere Hilfe an. Viele von euch sind verwundet. Möchtet ihr uns nicht erlauben, diese Wunden zu heilen?«
Eisiges Schweigen war die Antwort auf die Frage des Eulenmeisters. Gebrochen wurde es schließlich vom krampfhaften Lachen des verletzten jungen Mannes.
»Du bist offenbar verwirrt – du willst wirklich wissen, wieso wir dich nicht mit offenen Armen willkommen heißen?

Ist es das, was dir solche Sorgen macht, *Sohn Amarids?*«, fragte er. Und in der Art, wie er den offiziellen Titel aussprach, lag keine Ergebenheit, nur scharfer Sarkasmus und Zorn, der dicht an den Wahnsinn grenzte, den Jaryd schon im Lachen des Mannes gehört hatte. »Also gut!«, fauchte er. »Ich werde es dir sagen. Und dann kannst du mir vielleicht auch eine Frage beantworten.«

Baden blieb vollkommen ruhig, als der Mann sich umdrehte, um zu den verwüsteten Gebäuden zu schauen. »Du siehst, was aus unserer Stadt geworden ist. Viele von uns haben ihre Läden verloren, ihr Auskommen. Aber wir sind stark. Wir hatten schon öfter Feuer und haben danach alles wieder aufgebaut. Aber sieh dir einmal dieses große Gebäude hinter den Läden an.« Jaryd drehte sich um und schaute in die Richtung, in die der Mann zeigte. Hinter den Läden standen die verkohlen Überreste eines hoch aufragenden runden Gebäudes. In dem verkohlten Gerippe lag ein großer geschwärzter Haufen, aus dem immer noch Rauch aufstieg.

Der Mann wandte sich wieder Baden zu. »Weißt du, was das ist, Magier?«

»Der Silo«, erwiderte Baden leise.

»Der Silo«, wiederholte der Mann mit lauter werdender Stimme. »Und weißt du auch, was da in den Überresten unseres Silos immer noch schwelt?« Er wartete nicht auf eine Antwort. »Unser Saatkorn. Unser gesamter Vorrat für die Aussaat, die heute beginnen sollte. Ohne Getreide werden unsere Tiere sterben. Wir werden nichts haben, womit wir Handel treiben können. Nichts zu essen. Nichts, um unsere Kinder zu ernähren.«

»Ihr konntet den Silo nicht retten?«, fragte der Eulenmeister. Und aus dem Aufblitzen in den Augen des Mannes entnahm Jaryd, dass dies die falsche Frage gewesen war – eine Frage, die sie ins Zentrum der ganzen Angelegenheit gebracht hatte.

Der Mann schloss die Augen, und nun liefen ihm Tränen über die Wangen. Aber als er die Augen wieder öffnete und zu sprechen begann, geschah dies mit unnatürlicher Ruhe.

»Wir haben es versucht, Magier. Wir haben es versucht. Wir haben einen Brunnen neben dem Silo, dessen Wasser nicht für andere Zwecke benutzt werden darf. Niemand trinkt daraus. Er existiert nur, um ein mögliches Feuer im Silo bekämpfen zu können. Aber spät gestern Nacht, nachdem wir alle schliefen, begannen die Feuer, und als wir den Brunnen erreichten, fanden wir das Seil zerschnitten und den Eimer am Boden. Wir hatten kein Wasser, um das Getreide zu retten.« Der Mann hatte die Augen blicklos weit aufgerissen gehabt, aber nun starrte er wieder wütend den Eulenmeister an. »Weißt du, was wir ebenfalls am Brunnen gefunden haben, Magier?« Der Mann nahm etwas aus seiner Hemdtasche und streckte die Hand zu Baden aus. »Das da.«

Jaryd schnappte nach Luft. In der Hand des Mannes lag eine schwarze Feder, genau wie die, die Jaryd in der Nacht zuvor in seinem Traum gesehen hatte.

Der Mann hatte sich so auf Baden konzentriert, dass er Jaryd kaum wahrgenommen hatte. Aber nun wandte er sich dem jungen Mann zu, und seine Augen blitzten triumphierend.

»Nun, Magier – selbst wenn du nicht ehrlich zu uns sein willst, dein junger Freund scheint diese Feder zu erkennen.«

Baden sah Jaryd fragend an. »Jaryd?«

»Ich habe letzte Nacht davon geträumt.«

»Was?« Baden war verblüfft.

»Ich habe sie letzte Nacht in einem Traum gesehen. Ein Magier hat sie mir gegeben, und als ich sie in die Hand nahm, ist sie in Flammen aufgegangen.«

Der Eulenmeister drehte sich so, dass er jetzt direkt vor seinem Neffen stand, und starrte Jaryd in die Augen. »Jaryd, das ist jetzt sehr wichtig: Hast du den Magier gesehen?«

Jaryd schüttelte den Kopf. »Nein. Sein Gesicht lag im Schatten der Kapuze. Ich konnte nichts davon sehen.«

»Was war mit seinem Vogel?«, wollte Baden wissen.

»Das ist Unsinn!«, warf der Mann erbost ein. »Ich habe deine Fragen beantwortet, Magier«, fügte er hinzu und starrte Baden wütend an. »Jetzt beantwortest du meine, wie wir es abgesprochen haben.«

Baden nickte kühl.

»Gut.« Ein feindseliges Grinsen breitete sich auf dem rußigen Gesicht des Mannes aus. »Ich frage dich also: Warum sollten wir dich und deinen Freund hier nicht auf der Stelle für das, was ihr uns angetan habt, umbringen?«

Jaryd spürte, wie sich ihm die Nackenhaare sträubten, als aus der Menge zustimmendes Murmeln erklang. Baden holte Luft, um auf die Herausforderung des Mannes zu antworten.

Aber noch bevor er etwas sagen konnte, erklang eine strenge Stimme: »Das reicht jetzt, Leyton!«

Jaryd drehte sich um und sah, wie ein älterer Mann rasch auf die Menge zukam. Er hatte eine gesunde Gesichtsfarbe und eine aufrechte, schlanke Gestalt, die irgendwie im Gegensatz zu seinem dichten weißen Haar stand. Wie Leyton hatte auch dieser Mann Rußflecken auf der Kleidung und Brandwunden, die davon kündeten, dass er in der vergangenen Nacht gegen das Feuer gekämpft hatte.

»Das ist Cullen«, flüsterte Baden Jaryd zu. »Wir werden bei ihm und seiner Frau Gayna übernachten.« Einen Augenblick später fügte er, immer noch im Flüsterton, hinzu: »Das hoffe ich jedenfalls.«

Jaryd warf dem Magier einen fragenden Blick zu, aber Baden schaute bereits seinem Freund entgegen und lauschte seinen Worten.

»Ich kenne diesen Magier«, versicherte Cullen den Leuten und drängte sich durch die Menge, bis er Jaryd und den Eulenmeister erreicht hatte. »Das hier ist Baden. Er hat unsere Stadt schon besucht, unsere Kranken und Verletzten geheilt und uns in schlimmen Zeiten geholfen, als du noch nicht einmal auf der Welt warst. Er wird uns nichts Böses tun. Und«, fuhr er mit einem wütenden Blick zu Leyton fort, »er hat Besseres verdient als Anklagen und Drohungen.«

»Aber Cullen«, erklang eine andere Stimme. »Du hast gehört, was geredet wurde. Das haben wir alle.«

»Ja«, gab der ältere Mann zu. »Ich habe die Gerüchte gehört. Und ich habe mein Bestes getan, es nicht zu glauben. Die Söhne und Töchter Amarids sind zu sehr Teil dieses Landes, ich kann nicht glauben, dass sie so etwas tun.«

Leyton wies auf die verkohlten Gebäude. »Auch jetzt noch nicht?«

»Jetzt bin ich nicht mehr sicher, was ich denken soll«, gab Cullen müde zu. »Wenn die Geschichten wahr sind, dann fürchte ich um Tobyn-Ser. Aber«, fuhr er fort, und seine Stimme war wieder kräftig, und seine Augen blitzten zornig, »ich glaube nicht, dass Baden etwas mit den Untaten abtrünniger Magier zu tun hat!«

»Dann bist du ein noch größerer Narr, als ich dachte, alter Mann!«, erwiderte Leyton höhnisch. »Dieser Magier ist der Dämon, der letzte Nacht unser Leben zerstört hat. Und ich habe vor, ihn dafür zahlen zu lassen.« Bei diesen Worten zog Leyton ein großes Messer und richtete es bedrohlich auf Baden. Anla, die stets aufmerksam auf der Schulter des Magiers saß, sträubte das Gefieder und zischte, als sie die Klinge sah. Wieder murmelte die Menge zustimmend, obwohl Jaryd diesmal auch ablehnende Stimmen hörte. Langsam und verstohlen legte er die Hand an den Griff seines eigenen Dolches.

Baden betrachtete das Messer sehr gefasst. »Sag mir eins, Leyton – wenn ich mir tatsächlich die Mühe gemacht und Taima bei Nacht und heimlich angegriffen hätte, wie du es von mir behauptest, warum sollte ich dann bei Tageslicht hierher zurückkehren und riskieren, dass man mich entdeckt?« In der Stimme des Eulenmeisters lag nicht einmal ein Hauch von Angst.

Aber auf diese Frage war Leyton vorbereitet. »Vielleicht bist du noch nicht fertig mit uns. Vielleicht ist all dies Teil deines Plans. Du möchtest dir unser Vertrauen erschleichen, indem du unsere Brandwunden heilst, nur um uns abermals zu verraten. Oder vielleicht möchtest du dich einfach an deinem Erfolg weiden. Ich bin ein einfacher Mann, Sohn Amarids. Ich behaupte nicht, dass ich verstehe, was einen mächtigen Magier treibt, solche Dinge zu tun.«

Baden nickte. »Ich verstehe. Und wenn ich dir so mächtig vorkomme, wie du sagst« – plötzlich war der Tonfall des Magiers kalt und herrisch geworden –, »was sollte mich dann davon abhalten, dich hier an Ort und Stelle zu vernichten, bevor du beenden kannst, was du mit dieser Klinge vorhast?«

Zum ersten Mal erkannte Jaryd eine gewisse Unsicherheit in Leytons Augen. Die Hand mit dem Messer sackte nach unten, und wieder liefen ihm Tränen über die Wangen.

Nun erhob sich eine Stimme aus der Menge. »Aber wenn du nicht hergekommen bist, um uns zu vernichten, warum dann?«

»Das ist eine berechtigte Frage«, erwiderte Baden und wandte sich dabei an alle Versammelten. »Mein Begleiter und ich sind auf dem Weg nach Amarid, zur Versammlung des Ordens. Und ich versichere euch, dass wir Ordensmitglieder herausfinden werden, wer diese Dinge getan hat, und wir werden den oder die Täter aufhalten. Ich gebe euch mein Wort, ich schwöre im Namen Aricks, dass mein Freund und ich nichts mit dem Brand in eurer Stadt zu tun hatten.«

Es wurde ruhig auf dem Marktplatz. Für einen Zeitraum, der Jaryd sehr lange vorkam, sagte niemand etwas. Dann trat eine Frau aus der Menge. Sie stützte einen Mann, der eine schlimme Verletzung an der Stirn hatte, und sie sah Baden flehend an. »Kannst du meinen Mann heilen?«, fragte sie, und ihre Stimme war kaum mehr als ein Flüstern.

»Gerne«, antwortete Baden mit freundlichem Lächeln.

Während des ganzen restlichen Nachmittags heilte Baden die Brand- und Risswunden der Städter. Jaryd und Cullen halfen ihm dabei, indem sie sich um jene kümmerten, die noch warten mussten. Während Baden sich um Wunden kümmerte, die unter seiner Berührung heilten und verschwanden, sahen ihn viele derjenigen, um die er sich kümmerte, allerdings misstrauisch an – ihn und die Eule auf seiner Schulter. Einige wenige, darunter Leyton, weigerten sich, sich helfen zu lassen. Aber die meisten akzeptierten die Hilfe des Eulenmeisters, und als Cullen Baden und Jaryd zu seinem Haus am Rand der kleinen Stadt führte, blitzten schon die ersten Sterne an einem dunkler werdenden Himmel.

Cullens und Gaynas Haus stand in Sichtweite des Dhaalismin, ein ganzes Stück vom Marktplatz entfernt. Ihr Haus war größer als die meisten, die Jaryd in Taima gesehen hatte, aber wie alle anderen bestand es aus getrocknetem rotem Lehm und hatte ein tief heruntergezogenes Strohdach. Anders als die hohen Holzhäuser von Accalia war es ein recht niedriges Gebäude, vielleicht, dachte Jaryd, damit es besser vor dem starken Wind geschützt war, der über die Ebene fegte. Mehrere Holzschuppen neben dem Haus beherbergten Kühe, Schweine, Pferde und Geflügel, und in einem großen, gepflegten Garten hinter dem Haus reckten sich frische grüne Schösslinge in ordentlichen Reihen aus dem dunklen Boden. Als Cullen sie hereinführte, merkte Jaryd sofort, dass dieses Haus so gemütlich war, wie es von außen aussah. Die Haustür öffnete sich in ein großes Zimmer, das hell beleuchtet war von dem Licht aus der Feuerstelle am anderen Ende und von mehreren Lampen, die an den Wänden hingen und deren Schein sich im polierten Holzboden spiegelte. Nahe der Feuerstelle standen zwei zueinander passende bequeme Stühle aus dunklem Holz mit ausgeprägter Maserung. Auf jeder Sitzfläche lag ein kleines, aus Stoffresten zusammengesetztes Kissen, dessen Muster zu dem des Sofas passte, das den Stühlen auf der anderen Seite der Feuerstelle gegenüberstand. Dazwischen befand sich ein niedriger Tisch, der aus demselben schönen Holz gemacht war und auf dem eine Karaffe mit dunklem, rotem Wein und zwei Kristallgläser standen.

Durch eine offene Tür links von Feuerstelle und Stühlen konnte Jaryd in eine Küche sehen, in der schimmernde Kupfertöpfe und Pfannen an der Wand hingen. Diese Küche war es auch, von der ein wunderbarer Bratenduft ausging, und Jaryd bemerkte mit einem beinahe schmerzlichen Magenknurren, dass er großen Hunger hatte.

»Bist du das, Cullen?«, erklang eine angenehme Stimme aus der Küche. Einen Augenblick später kam eine Frau heraus.

Wenn er nicht gewusst hätte, dass Cullen und Gayna verheiratet waren, hätte Jaryd sie wohl für Bruder und Schwester gehalten. Wie ihr Mann hatte auch Gayna schneeweißes Haar, eine rosige Gesichtsfarbe und dunkelblaue Augen. Aber wo er schlank und drahtig war, war sie kräftig und rund.

Als sie den Eulenmeister sah, legte sie das Geschirrtuch hin, das sie in der Hand gehabt hatte, und ging auf ihn zu. »Baden«, sagte sie mit liebevollem Lächeln und umarmte ihn. »Du warst viel zu lange weg.«

Der Magier erwiderte ihr Lächeln. »Schön, dich wiederzusehen, Gayna. Es tut mir nur Leid, dass der Anlass nicht freudiger sein konnte.«

Ihr Lächeln erstarb. »Ich weiß.« Sie sah Cullen an. »Konntet ihr etwas von dem Getreide retten?«

Cullen schüttelte den Kopf, und sie verzog nachdenklich das Gesicht. »Nun«, seufzte sie, »wir haben hier genug Vorräte, um den größten Teil der Aussaat der Stadt damit zu bestreiten. Es gefällt mir nur nicht, dass dann überhaupt nichts übrig bleiben wird, falls sich noch einmal so etwas wie letzte Nacht ereignet.« Sie hielt inne und sah ihren Mann traurig an. Dann bemerkte sie Jaryd, und ihre Miene hellte sich wieder auf. »Ich wollte wirklich nicht so missmutig sein, vor allem nicht, wenn wir Gäste haben.« Sie streckte eine sonnengebräunte, von der Arbeit schwielige Hand aus. »Ich bin Gayna. Willkommen.«

Jaryd schüttelte die Hand und spürte ihren festen Griff. »Jaryd. Schön, dich kennen zu lernen.«

»Jaryd ist mein Schüler«, fügte Baden hinzu, obwohl das kaum nötig gewesen wäre. »Ich nehme ihn mit zur Versammlung.«

»Pass auf, dass er dich auch richtig behandelt, Jaryd«, rief Gayna ihm über die Schulter zu, als sie in die Küche zurückkehrte. Kurz darauf kam sie mit zwei Weingläsern wieder heraus und stellte sie auf den Tisch.

»Tatsächlich – und das könnte dich auch interessieren, Cullen – ist er nicht nur mein Schüler, sondern auch Bernels Sohn.«

Cullen sah Jaryd erstaunt an, und Gayna ging ein paar Schritte auf ihn zu und schaute ihm forschend ins Gesicht. »Jetzt, wo du es sagst«, meinte sie zu Baden, »kann ich tatsächlich eine gewisse Ähnlichkeit feststellen. Sowohl mit dir als auch mit Bernel.«

»Ihr kennt meinen Vater?«, fragte Jaryd.

»Ja«, antwortete Cullen. »Wir kannten auch deine Großeltern.«

»Als dein Vater und ich noch Kinder waren«, erklärte Baden, »reisten wir manchmal mit unserer Mutter zu den Versammlungen. Und dabei legten wir oft hier Rast ein.

Tatsächlich war ich es, der Gayna und Cullen miteinander bekannt gemacht hat.«
Cullen lachte. »Er will damit sagen, dass er in Gayna verschossen war und sie zum Abendessen mit zu meinen Eltern brachte. Und ich habe sie ihm ausgespannt.«
»Cullen verschweigt dabei allerdings«, bemerkte Gayna, die schon wieder auf dem Weg in die Küche war, »dass wir damals alle nicht älter als zwölf waren und dass er noch vier weitere Jahre brauchte, um auch nur den Mut aufzubringen, mich um einen gemeinsamen Spaziergang zu bitten.«
Jaryd schloss sich ihrem Gelächter an, während Cullen zum Tisch ging und die vier Gläser mit Wein füllte. Als Gayna mit einem Korb voll Brot und einer Holzplatte mit drei Stücken Käse darauf zurückkehrte, hoben sie alle die Gläser.
»Auf alte Freunde«, sagte Cullen und fügte dann mit einem Blick zu Jaryd hinzu, »und auf neue! Möge Arick euch auf eurer Reise leiten.«
Baden nickte, um den Toast entgegenzunehmen, und dann tranken alle einen Schluck.
»Du siehst gut aus, Baden«, stellte Gayna nach kurzem Schweigen fest. Sie wandte sich dann der Eule des Magiers zu, die auf den Kaminsims geglitten war und dort nun geduckt und reglos saß und die Augen geschlossen hatte. »Und Anla wird jedes Jahr schöner.« Gayna ging vorsichtig einen Schritt auf den Vogel zu und warf dann einen Blick zu Baden. »Wird sie es zulassen, dass ich ihr den Kopf streichle?«
Baden nickte lächelnd. »Da bin ich sicher, aber versuch lieber, sie unterm Kinn zu kraulen, das mag sie noch lieber.«
Gayna nickte und tat, was der Eulenmeister vorgeschlagen

hatte. Anla schlug die Augen auf, als die Frau sie berührte, dann schloss sie sie wieder und reckte den Hals ein wenig, damit Gayna sie noch besser kraulen konnte.
»Wie geht es Trahn?«, fragte Cullen.
»Ich habe gehört, es ginge ihm gut«, erwiderte Baden. »Aber das war früh zu Beginn des Winters, kurz nach dem Angriff auf mein Heimatdorf.«
Als Baden einen Angriff erwähnte, schien sich ein Schatten ins Zimmer zu schleichen, obwohl das Feuer und die Lampen weiter hell brannten. Eine Zeit lang sagte niemand etwas.
»Verzeiht mir«, meinte Baden schließlich. »Ich wollte nicht wieder von diesem Thema anfangen. Bitte«, fügte er mit einem Blick von Cullen zu Gayna hinzu, »sagt mir, wie es euch ergangen ist. Davon würde ich viel lieber sprechen.«
Gayna lächelte liebevoll und bat sie mit einer Geste, Platz zu nehmen, und Cullen begann, die Ereignisse des vergangenen Jahres für Baden zu beschreiben. Es kam Jaryd so vor, als bestünde das Leben auf der Ebene vor allem aus Unwettern und den Marktpreisen für Vieh, aber Baden schien sich tatsächlich dafür zu interessieren. Als Cullen geendet hatte, begann der Eulenmeister mit einem längeren Bericht über das, was innerhalb des Ordens geschehen war und von dem Jaryd vieles nicht verstand. Nach einiger Zeit fragten Cullen und Gayna Jaryd nach Neuigkeiten von seiner Familie, und er erzählte ihnen ein wenig von seinem Leben in Accalia, das ihm, wie er nun bemerkte, schon recht unvertraut und entfernt vorkam. Bald setzten sie sich in ein kleines Esszimmer auf der anderen Seite der Küche, wo sie zu Abend aßen, eine zweite Karaffe des schweren Weins tranken und sich weiter unterhielten.

Erst als sie mit dem Essen fertig waren, wurde Badens Miene wieder ernst. Er warf Cullen einen Blick zu.
»Nun«, sagte der Magier und veränderte die Stimmung im Raum sofort mit seinem Tonfall, »was haltet ihr von dem, was letzte Nacht hier passiert ist?«
Cullen, der gerade dabei gewesen war, den Kelch an die Lippen zu heben, hielt inne und stellte das Glas vorsichtig wieder auf den Tisch. Bedächtig schüttelte er den Kopf. »Ich bin nicht sicher, was ich davon halten soll. Wir haben all die Gerüchte gehört. Ich wollte sie nicht glauben; ich bin immer noch nicht sicher, ob ich sie glauben soll. Aber ich fürchte, inzwischen sind wir an einem Punkt angekommen, an dem es nicht mehr um die Frage der Wahrheit geht.« Er stand auf und ging zu einem Fenster, wo er nachdenklich zu den Ställen und Pferchen hinausschaute und sich mit der Hand über die faltige Stirn strich. »Du hast Leyton heute selbst gesehen. Er glaubt, dass du den Marktplatz zerstört hast. Und so traurig mich das auch macht, ich glaube, damit steht er nicht alleine da. Ganz gleich, wer für das Feuer der vergangenen Nacht oder die anderen Verbrechen wirklich verantwortlich ist, die so genannten abtrünnigen Magiern zugeschrieben werden – viele Menschen sind der Ansicht, dass man dem Orden nicht mehr trauen kann.«
Gayna sah Baden an. »Stimmt es, dass nicht nur Dinge geschehen sind wie heute hier, sondern auch Menschen ermordet wurden?«
Baden nickte.
»Arick steh uns bei!«, hauchte Gayna.
»Was ist mit dir?« Cullen sah Baden forschend aus seinen blauen Augen an. »Du musst doch irgendeine Theorie darüber haben, wer dahinter steckt.«

»Ja, die habe ich«, erwiderte der Magier ausweichend, »aber es ist nicht mehr als das, nur eine Theorie.«
Cullen sah den Eulenmeister fragend an, aber er hakte nicht weiter nach.
Jaryd lauschte dem Gespräch immer unruhiger, denn eine Frage brannte in ihm. Er versuchte ruhig zu bleiben, obwohl der Wein ihn nicht träger machte, sondern eher anregte. Schließlich, als Baden darüber sprach, wie schwer zu fassen die Abtrünnigen waren und dass es ihnen inzwischen gelungen war, beinahe jede Region von Tobyn-Ser anzugreifen, sprang er auf und stieß dabei beinahe den Tisch um.
»Wenn es dich so sehr interessiert, wer sie sind und wo sie gewesen sind«, stotterte er, »warum sitzt du dann hier rum? Sie waren erst letzte Nacht hier! Sollten wir ihnen nicht folgen?«
Baden betrachtete ihn nicht ohne Heiterkeit. »Und wie sollte ich das deiner Ansicht nach anstellen?«
»Ich ... ich weiß es nicht«, stammelte Jaryd.
»Ah.« Baden nickte weise. Dann wurde seine Miene strenger. »Setz dich wieder hin, Jaryd«, sagte er. »Gieß dir noch ein Glas Wein ein und entspanne dich. Als wir heute Nachmittag hier eintrafen, hatten jene, die das Feuer entzündet hatten, einen Vorsprung von mindestens einem halben Tag. Sie könnten inzwischen überall sein. Taima liegt am Rand der Ebene. Sollen wir sie nach Norden verfolgen? Nach Süden? Der Dhaalismin ist nur ein paar Meilen von hier entfernt. Vielleicht hatten sie ein Boot. Oder vielleicht haben sie sich in die Berge zurückgezogen. Willst du jedes Dorf im Umkreis von einem Tagesmarsch durchsuchen? Ich hätte Anla aussenden können, um nach ihnen Ausschau zu

halten. Aber ich habe mich entschieden, sie hier zu behalten, damit ich die Verletzten heilen konnte. Willst du auch diese Entscheidung anzweifeln?« Er hielt inne und trank einen Schluck Wein. Jaryd, der sich auf Badens Anweisung wieder hingesetzt hatte, starrte das Glas an, das vor ihm stand, und seine Wangen und Ohren glühten. »Komm schon, Jaryd, sag mir, was wir hätten tun sollen? Wo soll ich suchen?«

»Tut mir Leid, Baden«, erwiderte Jaryd. Seine Stimme war kaum lauter als ein Flüstern. »Ich hätte das nicht sagen sollen.«

»Nein«, stimmte Baden ihm zu, und es klang immer noch ernst und streng. »Das hättest du nicht. Man hat mir vieles in meinem Leben nachgesagt, aber niemand hat mich je für einen Dummkopf gehalten. Hätte es eine Möglichkeit gegeben, diese Person zu verfolgen – oder diese Personen –, dann hätte ich das getan.«

Jaryd nickte. »Es tut mir Leid«, wiederholte er.

Baden trank einen weiteren Schluck. Als er wieder sprach, klang er schon ein wenig freundlicher. »Ich verstehe, wie enttäuscht du bist, Jaryd. Wir alle im Orden empfinden ähnlich. Das hier dauert nun schon viel zu lange.«

»Wann wurde die erste Feder gefunden?«, fragte Cullen.

»Vor beinahe einem Jahr«, erwiderte Baden, aber plötzlich schien er abgelenkt. Nach einem kurzen Schweigen schüttelte er den Kopf. »Ich wusste, dass ich etwas vergessen hatte. Vielleicht bin ich doch dümmer, als ich zugeben möchte.« Er wandte sich Jaryd zu. »Erzähl mir von diesem Traum, den du letzte Nacht hattest«, verlangte er.

Jaryd zuckte die Achseln. »Da gibt es nicht viel zu erzählen. Ich sah einen Magier oder zumindest jemanden mit dem

Umhang eines Magiers. Er kam auf mich zu und reichte mir eine schwarze Feder wie die, die Leyton heute in der Hand hatte. Und als ich die Feder am Kiel packte, flackerte sie auf und verwandelte sich in Asche.«

»Kannst du diesen Magier beschreiben?«, fragte Baden, den Blick immer noch angespannt auf Jaryd gerichtet.

»Nein. Wie ich heute Nachmittag schon sagte, ich konnte sein Gesicht nicht erkennen.«

Baden kniff die Augen leicht zusammen. »Ja, daran erinnere ich mich. Aber jedes Mal, wenn du deine Vision beschreibst, sprichst du von ›ihm‹ und ›er‹, wenn es um die Person geht, die du gesehen hast. Gibt es etwas, was dich denken lässt, dass dieser Magier ein Mann war?«

»Eigentlich nicht«, sagte Jaryd unsicher.

»Vielleicht doch«, bohrte der Eulenmeister weiter.

»Ja.«

Baden beugte sich dichter zu Jaryd. »Ich möchte gerne etwas versuchen. Ich möchte versuchen, eine Rückkehr deiner Vision zu bewirken. Das ist vollkommen ungefährlich, es kann dir nicht schaden. Aber es könnte deiner Erinnerung vielleicht auf die Sprünge helfen. Darf ich?«

Jaryd zögerte, dann nickte er. Baden lächelte zuversichtlich, dann legte er sachte Zeige-, Mittel- und Ringfinger einer Hand auf Jaryds Stirn. Nach ein paar Sekunden versank das Zimmer vor Jaryds Augen in Dunkelheit, und einen Augenblick später sah er eine ganz andere Umgebung.

Jaryd war plötzlich nicht mehr in Cullens und Gaynas Haus. Er war wieder im Gebirge und beobachtete abermals, wie dieser fremde Magier auf ihn zukam. Jede Einzelheit schien nun deutlicher. Der Stab des Magiers sah unnatürlich glatt aus, und der Stein an seiner Spitze hatte die Farbe von Blut. Der Vogel des Mannes – und ja, es war eindeutig ein Mann – war gewaltig, noch größer, als Jaryd ihn in Erinnerung hatte, und so schwarz wie der Nachthimmel. Seine Augen waren golden, nicht gelb wie Anlas Augen, sondern tatsächlich golden. Und sie waren auf eine gewisse Weise fremdartig – tatsächlich kam der ganze Vogel Jaryd seltsam vor, obwohl er seinen Eindruck nicht in Worte fassen konnte. Aber die Feder, die der Magier in der Hand hielt, war genau so, wie Jaryd sie in Erinnerung hatte; es war dieselbe Art Feder, die Leyton Baden an diesem Nachmittag gezeigt hatte. Und abermals sah Jaryd, wie sie in Flammen aufging.

Dann war es vorbei, und Jaryd saß wieder am Esstisch. Baden hatte seine Hand von Jaryds Stirn genommen, und Cullen und Gayna saßen still da; man hätte nicht sagen können, was sie dachten. Jaryd blinzelte, als er das Zimmer wieder klarer sah, und dann wandte er sich dem Eulenmeister zu. »Ich habe ihn noch einmal gesehen!«, sagte er aufgeregt. »Er hatte einen grünen Umhang, und er hatte einen Stab in der Hand, genau wie ...« Er hielt inne, ernüchtert von Badens Blick. »Es hat nicht sonderlich geholfen, wie?«

Baden versuchte zu lächeln. »Ein wenig schon«, meinte er, aber er sah nicht danach aus.

»Aber nicht so viel, wie du gehofft hattest.«

»Nein«, gab Baden zu.

Jaryd seufzte. »Das tut mir Leid.«

Die vier saßen einige Zeit schweigend da. »Warum gehen wir nicht zurück ins Wohnzimmer«, sagte Gayna schließlich, »und ich mache uns vor dem Schlafengehen noch einen Tee?« Die Männer stimmten zu und standen auf. Aber als sie ins Wohnzimmer kamen, hörten sie eine Stimme vor dem Haus, und als sie zum Fenster schauten, sahen sie durch die durchscheinenden Vorhänge das Licht vieler Fackeln. Baden hob die Hand, und Jaryd, Cullen und Gayna schwiegen. Dann konnten sie hören, wie jemand in einem Singsangton rief: *»Eulenmeister! Eulenmeister!«*

Der Magier sah Cullen fragend an.

»Leyton, nehme ich an«, sagte der grauhaarige Mann grimmig. »Und seine Freunde.«

Baden zog die Brauen hoch.

»Trotz allem, was du heute gesehen hast, Baden, ist er nicht dumm und kann recht überzeugend sein, und er ist bei den jüngeren Leuten beliebt. Du solltest ihn und seinen Einfluss nicht unterschätzen.«

Der Magier nickte und schien über Cullens Worte nachzudenken. Dann holte er tief Luft. »Nun, ich sollte wohl nachsehen, was er will.«

Baden hob den Arm für Anla, die ihren Platz nahe der Feuerstelle verließ und zu ihm flog. Dann öffnete der Magier die Haustür und trat in die Nacht hinaus. Jaryd folgte ihm, ebenso wie Cullen und Gayna. Eine kleine Gruppe von Menschen, vielleicht insgesamt dreißig, stand vor dem Haus. Die meisten von ihnen waren Männer, und beinahe alle hatten Fackeln oder Waffen dabei. An ihrer Spitze stand Leyton, der eine Keule in einer, ein Messer in der anderen Hand hielt. Er hatte sich immer noch nicht gewaschen oder andere Kleidung angezogen, und die Wunde an seinem Arm schien immer noch nicht behandelt worden zu sein. Als Leyton sprach, erkannte Jaryd erschrocken, dass der Mann betrunken war.

»Eulenmeister!«, sagte er mit gekünstelter, spöttischer Höflichkeit und einem ebenso künstlichen Lächeln. »Wie schön, dich wiederzusehen.«
»Was willst du, Leyton?«, fragte Baden eisig.
»Genügt es denn nicht, dass ich mich ein wenig unterhalten möchte?«, fragte der Mann und breitete unterwürfig die Arme aus. Dann nahm er eine bedrohlichere Haltung an. »Wir hatten heute Nachmittag leider keine Zeit, unser Gespräch zu beenden.«
Der Magier zog in gespielter Überraschung die Brauen hoch. »Ach? Ich war der Ansicht, dass es recht zufrieden stellend endete.«
»Nun, meine Freunde und ich sind da anderer Meinung.« Alle falsche Demut war von Leyton gewichen, und geblieben waren nur der Zorn und die Bosheit, die Jaryd schon zuvor bemerkt hatte. »Wir glauben dir nämlich nicht, wenn du abstreitest, für das Feuer verantwortlich gewesen zu sein. Und wir wollen dich nicht mehr in unserer Stadt sehen.«
»Und da seid ihr gekommen, um mich zum Gehen zu überreden?« Badens Tonfall bei diesen Worten war schärfer als Leytons Klinge. »Und wie wollt ihr das machen?«
Leyton warf erst Jaryd, dann Cullen und Gayna einen nervösen Blick zu. »Vielleicht würdest du ja gehen, wenn du nicht wüsstest, wo du bleiben solltest«, erklärte er, und er schien nicht mehr ganz so selbstsicher zu sein wie noch einen Augenblick zuvor. »Wenn mit dem Heim deiner Freunde etwas passieren würde ...« Er ließ die nackte Drohung in der Luft hängen.
Ein unzufriedenes Brummen erklang aus der Menge, die hinter dem Mann stand. »Leyton«, rief eine Stimme, »du

hast uns gesagt, dass Gayna und Cullen nichts geschehen wird.«
»Nur der Magier, hast du gesagt«, meinte ein anderer Mann. »Nur der Magier.« Andere nickten.
Leyton fuhr zu seinen Begleitern herum. »Ihr Idioten!«, fauchte er. »Dieser Magier hat unsere Stadt niedergebrannt, und ihr wollt die Verräter, die ihm Obdach gewähren, verschonen!« Jaryd sah das Zögern in den Blicken von Leytons Begleitern. »Ihr Feiglinge!«, knurrte Leyton frustriert. »Idioten!« Dann fuhr er wieder zu Baden herum, und seine Augen blitzten vor Zorn und Trauer.
»Geh nach Hause, Leyton«, befahl der Magier ihm. »Es ist spät, und du kannst diesen Kampf nicht gewinnen.«
»Ich werde dich bekämpfen, Magier!«, rief der Mann. »Ich bekämpfe dich hier und jetzt!«
Baden schüttelte den Kopf. »Aber ich kämpfe nicht gegen dich«, sagte er ruhig. »Ich habe einen Eid geschworen, als ich diesen Umhang anlegte, dass ich den Menschen von Tobyn-Ser dienen würde. Dieses Gelübde werde ich für dich nicht brechen. Aber du solltest keinen Zweifel daran haben – keiner von euch sollte bezweifeln«, fügte er lauter hinzu, damit auch Leytons Begleiter ihn hörten, »dass ich dieses Haus und diese Menschen mit all meiner Kraft beschützen werde. Glaubt einer von euch, meiner Macht standhalten zu können?«
Er starrte auf die Menge, und keiner erwiderte seinen Blick. Dann wandte er sich wieder Leyton zu, der einen Moment trotzig zu ihm aufblickte, und warf schließlich einen Blick auf die nutzlosen Waffen des Mannes.
Viele in der Menge begannen, sich von dem Haus weg und wieder zur Stadtmitte zu bewegen. Baden drehte

sich um und winkte seinen Freunden, wieder ins Haus zu gehen.

Aber in diesem Augenblick ließ Leyton seine Keule fallen, riss mit einer überraschend schnellen Bewegung dem nächststehenden Mann eine Fackel aus der Hand und warf sie nach dem Strohdach von Cullens und Gaynas Heim. Jaryd wollte einen Warnschrei ausstoßen, aber noch bevor die Worte seinen Mund verlassen hatten, blendete ihn das Aufblitzen orangefarbenen Lichts. Als er die Augen wieder öffnete, sah er die brennenden Splitter dessen, was einmal die Fackel gewesen war, weitab vom Haus am Boden. Baden hatte sich kaum gerührt. Leyton lag flach am Boden, wohin er von der Wucht der Explosion geschleudert worden war. Langsam kam er wieder auf die Beine und beäugte dabei den Eulenmeister mit Ehrfurcht und nicht wenig Angst.

»Geh nach Hause, Leyton«, wiederholte Baden, und in seiner Stimme lag sogar eine Spur von Freundlichkeit. »Geh in Frieden. Mein Freund und ich werden die Stadt morgen verlassen. Und ob du mir glaubst oder nicht, ich gebe dir mein Wort, dass wir herausfinden werden, wer eure Stadt angegriffen hat. Sie werden bestraft werden.«

Leyton betrachtete den Magier schweigend, und es kam Jaryd so vor, als stünde er eine Ewigkeit so da. Schließlich nickte der Mann kaum wahrnehmbar und drehte sich um, um in die Stadt zurückzukehren.

Baden und Jaryd warteten, bis er in der Dunkelheit verschwunden war, bevor sie Gayna und Cullen ins Haus folgten.

Als sie wieder drinnen waren, wandte sich Baden seinen Gastgebern zu. »Es tut mir Leid, wenn wir euch und euer

Zuhause in Gefahr gebracht haben. Das war ganz bestimmt nicht meine Absicht.«
Cullen schüttelte den Kopf. »Du hast nichts Falsches getan, Baden. Gayna und ich wissen, dass du das Feuer nicht gelegt hast. Also hast du nur die Wunden unserer Verletzten geheilt und ein paar junge Männer erschreckt, die das ganz gut gebrauchen konnten. Außerdem glaube ich nicht, dass Leyton noch mehr Ärger machen wird. Unser Einfluss in dieser Gemeinde ist beträchtlich; die meisten haben nichts gegen uns. Und Leyton wird allein nichts unternehmen.«
»Du hast wahrscheinlich Recht«, stimmte der Magier zu. »Dennoch werden Jaryd und ich im Morgengrauen weiterziehen.« Er hob die Hand, um einem Einspruch seines Gastgebers zuvorzukommen. »Es ist nicht nur wegen dem, was heute Abend passiert ist. Jaryd und ich haben noch einen weiten Weg nach Amarid, und nach dem, was heute geschehen ist, bin ich noch entschlossener als zuvor, zur Eröffnung der Versammlung dort zu sein.«
Baden und Cullen wechselten einen langen, schwer zu deutenden Blick. Schließlich lächelte Cullen und nickte. »Gestattest du uns wenigstens, euch für unterwegs etwas zu essen mitzugeben?«
Der Eulenmeister erwiderte das Lächeln seines Freundes. »Darauf habe ich gezählt.«
Nachdem sie sich noch ein wenig weiter unterhalten hatten, führte Gayna den Eulenmeister und seinen Schüler in ein Gästezimmer im hinteren Teil des Hauses. Wie der Rest von Cullens und Gaynas Heim war auch dieses Zimmer sauber und gemütlich. Es gab zwei schmale Betten, eines auf jeder Seite des Zimmers, und dazwischen ein Fenster mit Blick auf den mondbeschienenen Garten. Jaryd war

erschöpft. Er wickelte sich in die warmen Decken und genoss den Luxus eines richtigen Bettes. Aber er musste feststellen, dass sein Kopf voll war von den Ereignissen dieses Tages, und zum zweiten Mal hintereinander konnte er nicht schlafen. Er lag lange schweigend im Dunkeln und fragte sich, ob Baden eingeschlafen war. Nach einiger Zeit hörte er die Betttücher auf der anderen Zimmerseite rascheln, als der Magier sich umdrehte, und er wagte eine Frage.

»Baden?«

»Du solltest lieber schlafen«, sagte der Magier leise.

»Ich kann nicht.«

»Und deshalb willst du mich ebenfalls wach halten?«

Jaryd schwieg. Schließlich hörte er, wie Baden sich abermals herumdrehte. »Ich kann auch nicht schlafen. Was geht dir denn durch den Kopf?«

Jaryd zögerte. »Wer, glaubst du, hat die Stadt angegriffen?«

»Du hast doch gehört, wie ich Cullen sagte, dass ich es nicht weiß.«

»Ich hörte, wie du Cullen sagtest, dass du eine Theorie hättest, aber nicht viel mehr«, sagte Jaryd ein wenig forscher. »Ich habe allerdings den Eindruck, dass du mehr hast als nur eine Theorie.«

Er hörte, wie der Eulenmeister leise lachte. »Aha. Und wie kommt es, dass du mich in so kurzer Zeit so gut kennen gelernt hast?«

»Wie ich dir schon an dem Tag sagte, an dem wir uns kennen gelernt haben«, antwortete Jaryd und lächelte im Dunkeln, »du bist meinem Vater ähnlicher, als es euch beiden vermutlich lieb ist.«

»Ah ja. Ich erinnere mich.« Und nach längerem Schweigen gab Baden endlich nach. »Ja, ich kann mir denken, wer Taima angegriffen und die anderen Verbrechen begangen hat, die dem Orden angelastet werden.« Wieder hielt er inne, und einen Augenblick später flackerte die Kerze neben dem Bett des Magiers auf, und Jaryd konnte Baden auf der Bettkante sitzen sehen. Sein Gesicht sah im flackernden Licht noch hagerer aus als sonst. »Ich habe versucht herauszufinden, wer innerhalb oder außerhalb des Ordens vielleicht die Magier und Meister von Tobyn-Ser in Verruf bringen möchte«, erklärte Baden, und nun klang es ganz so, als wäre er sogar erleichtert, seine Gedanken endlich mit jemandem teilen zu können. »Mir fielen ein paar Ordensmitglieder ein, die vielleicht nicht mit allem zufrieden waren. Aber ich glaube nicht, dass irgendwer verbittert genug ist, so etwas zu tun. Und selbst wenn, dann sind sie nicht zahlreich genug, um die vielen Angriffe zu erklären, die überall im Land stattgefunden haben.« Bei diesen Worten starrte Baden in die Kerze, als hoffte er, den Schlüssel zu dem Geheimnis in der tanzenden gelben Flamme zu finden. Jaryd wagte nicht, sich zu rühren, befürchtete, dass jede Bewegung die Stimmung stören könnte, die zu dieser seltenen Offenheit seines Onkels geführt hatte.

»Und dann fiel mir die einzige Person ein«, schloss der Magier, »die einzige Person, die sowohl Grund hätte, den Orden zu vernichten, als auch die Fähigkeit dazu.« Baden warf Jaryd einen Blick zu, der seinen Schüler beinahe erschreckte. »Ich habe noch niemandem davon erzählt, und selbst wenn wir die Versammlung erreicht haben, möchte ich nicht, dass du etwas davon ohne meine Zustimmung erwähnst. Ist das klar, Jaryd?«

Jaryd nickte. Sein Herz klopfte aufgeregt, weil er so begeistert war, dass der Meister ihn ins Vertrauen zog.
Als Baden einen Augenblick später allerdings den Namen seines Verdächtigen aussprach, verschwand Jaryds Begeisterung und ließ nur kalte Angst zurück, die sich wie ein Stein in seine Magengrube senkte. Baden blies die Kerze aus, und Jaryd lag zusammengerollt unter der Decke, starrte mit weit aufgerissenen Augen ins Dunkel und wusste, dass er den Magier lieber nicht gefragt hätte.

Cullen weckte sie, als es noch dunkel war, indem er die Tür zu ihrem Zimmer öffnete und das Licht von einer Lampe im Flur hereinfallen ließ. »Es wird bald dämmern«, sagte er. »Wir haben euch Frühstück gemacht.«
Der Magier und sein Schüler standen rasch auf und zogen sich an. Jaryd hatte schlecht geschlafen, aber er war ebenso wie Baden darauf versessen, sich wieder auf den Weg zu machen. Als sie in die Küche kamen, stellten sie fest, dass Jaryds Rucksack mit Trockenobst, gesalzenem Fleisch, Käse, Fladenbrot und zwei Schläuchen mit Rotwein gefüllt worden war. Baden dankte Gayna und Cullen, und Jaryd tat dasselbe, nachdem er dem Magier das Versprechen abgenommen hatte, dass sie sich mit dem Rucksack abwechseln würden.
Jaryd und der Eulenmeister frühstückten rasch, und dann verabschiedeten sie sich und machten sich auf den Weg zum Dhaalismin, gerade, als die Sonne begann, sich über den Horizont der großen Nordebene zu schieben. Sie erreichten den Fluss kurz vor Mittag und folgten ihm in Richtung Süden, dorthin, wo der Hauptarm mit dem Nordarm zusammentreffen würde, der nahe dem nördlichen Rand

von Tobyn-Ser aus den Seebergen kam und sich durch den oberen Teil der Ebene schlängelte. Nachdem sie den Zusammenfluss der beiden Arme am Abend des nächsten Tages erreicht hatten, wanderten sie weiterhin nach Süden, bis sie schließlich schon im Mondlicht eine Steinbrücke erreichten, die über die vereinten Wasser des Dhaalismin führte.

Die nächsten Tage brachten weitere lange, anstrengende Märsche. Jaryd und Baden standen im Morgengrauen auf, machten sich auf den Weg und wanderten selbst nach Sonnenuntergang noch im hellen Silberlicht von Ducleas Mond weiter. Das Ergebnis war, dass sie die Ebene relativ schnell überquert hatten und bereits eine Woche nach ihrem Aufbruch aus Taima am Rand von Tobyns Wald standen. Sie versuchten, auch im Wald ihr Tempo beizubehalten, aber das Abnehmen des Mondes, das trübe Licht unter den riesigen, dicht belaubten Bäumen und der unebene Waldweg machten das Vorankommen schwieriger. Dennoch, es wurde zumindest nicht mehr sonderlich bergig, und es gelang ihnen, bei Tageslicht beträchtliche Entfernungen zurückzulegen, und nach weiteren zwei Wochen hatten sie den Wald ebenfalls hinter sich gelassen. Während ihrer Reise über die Ebene und durch Tobyns Wald begegneten sie nur wenigen Menschen und kamen nur durch eine Hand voll größerer Ansiedlungen. Die Menschen dort betrachteten sie wachsam, aber ohne die eindeutige Feindseligkeit, der sie sich in Taima gegenübergesehen hatte. In einem kleinen Dorf am Ostrand der Ebene heilte Baden das gebrochene Bein eines Bauernpferdes, und er und Jaryd wurden an diesem Abend mit Unterkunft und einem großen Beutel Trockenfleisch belohnt. Und als sie auf dem

Waldweg einem Händler begegneten, tauschte Jaryd unter dem anerkennenden Blick des Eulenmeisters seinen Schlafsack gegen Trockenobst, Käse und Fladenbrote. Der Händler bot ihm auch mehrere Goldstücke für Roydens Ring, aber Jaryd lehnte höflich ab.

Zwei der Dörfer, durch die sie kamen, hatten keine Gasthäuser, und beide Male schickten die Dorfbewohner die Reisenden zum Tempel von Arick. Dort boten ihnen die Söhne und Töchter der Götter zu Jaryds großer Überraschung Zuflucht und Essen, und Baden nahm – was für den jungen Mann noch überraschender war – das Angebot dankbar an. In den Tagen Amarids hatten die Söhne und Töchter der Götter, die ihr Leben der Anbetung von Arick, Duclea, Tobyn und Leora widmeten, die Gründung des Ordens voller Misstrauen beäugt, denn sie hielten die Magier und deren Organisation für unerwünschte Rivalen um Einfluss und Macht. Und obwohl es nie zu einem offenen Konflikt zwischen den Magiern und den Hütern der Tempel gekommen war, seit man Theron verurteilt hatte, stellte die Tatsache, dass beide Gruppen im Land über eine gewisse Autorität verfügten, eine stetige Quelle für Reibereien dar. Als Jaryd Baden danach fragte, nachdem sie sich in dem zweiten Tempel nach dem Essen in ein kleines Zimmer zurückgezogen hatten, zuckte der Eulenmeister nur die Achseln.

»Die Spannungen zwischen den Hütern des Tempels und dem Orden gingen zum größten Teil von einer Seite aus«, erklärte er. »Als Amarid sich an Parne band, gab es schon lange Tempel, und wir Magier haben uns nie als einen Ersatz für die Diener Aricks betrachtet. Wir akzeptieren ihre Rolle hier im Land, und wir haben immer gehofft, dass sie eines Tages auch unsere akzeptieren würden. Daher nehme ich gerne die Zuflucht an, die sie mir auf Reisen bieten.«

Die meiste Zeit übernachteten der Eulenmeister und sein Schüler allerdings unter freiem Himmel. Mit den Vorräten, die sie von Cullen und Gayna erhalten hatten, den Dingen, die sie unterwegs noch bekamen, und dem Wild, das Anla ihnen brachte, hatten sie mehr als genug, um sich unterwegs zu ernähren.

Jaryd hatte das Gefühl, jeden Tag kräftiger zu werden, und inzwischen fürchtete er die langen Märsche nicht mehr, sondern freute sich sogar auf sie. Manchmal musste er sogar lachen, wenn er sich daran erinnerte, wie schwer ihm zu Beginn alles gefallen war. Das schien alles so lange her zu sein: seine Ängste, sein Leben in Accalia, die Zweifel darüber, ob er sich richtig entschieden hatte, als er Baden gefolgt war. Seine Unsicherheit war schon lange gewichen, und nur eine grundlegende Wahrheit war übrig geblieben: Er würde ein Falkenmagier werden. Nichts anderes schien mehr wichtig.

Der letzte Abschnitt ihrer Reise führte sie um die Parnesheim-Berge herum. Der Gebirgszug hatte einmal Nordkette geheißen, aber man hatte ihn inzwischen nach Parne, Amarids erstem Falken, benannt, der sich in einem Tal am Osthang des Gebirges vor mehr als tausend Jahren an den Magier gebunden hatte. Als Jaryd und Baden begannen, in die Berge aufzusteigen, wurde der junge Mann still und nachdenklich, denn er war von Ehrfurcht erfüllt, weil er sich nun in Amarids Heimat aufhielt. Die Höhen und Täler hatten sich seit den Zeiten des Ersten Magiers sicher kaum verändert, und Jaryd fragte sich bei seiner Wanderung oft, wie Tobyn-Ser wohl vor dem Orden und der Magie gewe-

sen war. Baden und Jaryd sprachen während dieses letzten Teils ihrer Reise nicht viel. Der Eulenmeister schien in seine eigenen Gedanken versunken, und beide waren damit zufrieden, schweigend weiterzugehen.
Aber mehrmals während dieser letzten Reisetage, wenn sie irgendwo eine Rast einlegten oder spät am Nachmittag ihr Lager aufschlugen, warf Jaryd Baden einen Blick zu und bemerkte dann, dass der Magier ihn mit seltsamer Miene betrachtete, als sähe er Jaryd zum ersten Mal. Als sie an ihrem letzten Tag in den Bergen gegen Abend darauf warteten, dass Anla mit ihrer Mahlzeit zurückkehrte, wandte sich Jaryd Baden zu, weil er ihn etwas fragen wollte, und er bemerkte, dass der Eulenmeister in seine Richtung starrte, aber auf eine Stelle, die sich ein wenig oberhalb und hinter ihm befand. Jaryd drehte sich rasch um, um zu sehen, was der Magier dort beobachtete, aber er konnte nichts entdecken. As er sich wieder zurückdrehte, betrachtete ihn Baden abermals auf diese abschätzende Art. Jaryd fragte den Magier, was er gesehen hatte, aber Baden lenkte rasch von diesem Thema ab. Ein paar Wochen zuvor hätte Jaryd ihn vielleicht weiter bedrängt, aber er hatte inzwischen gelernt, dass der Magier selten etwas mitteilte, wenn er nicht wollte, und andererseits Informationen auch nicht ohne Grund zurückhielt. Also ließ Jaryd es dabei bewenden.

Als sie sich am nächsten Morgen auf den Weg nach Amarid vorbereiteten, spürte Jaryd, wie aufgeregt er bei dem Gedanken an das war, was ihn im Wald am Fuß des Gebirges erwartete. Sie standen kurz davor, das Heim des Ersten Magiers zu erreichen, wo sie Dutzende anderer Magier und Meister treffen würden. Morgen würde er die Eröffnung der alljährlichen Versammlung des Ordens miterleben können. Als Kind hatte Jaryd von solchen Dingen geträumt, und an diesem Morgen, als Baden ein wenig Obst und Brot zum Frühstück auspackte, war er viel zu aufgeregt, um etwas essen zu können.

Wie so oft schien Baden seine Gedanken zu lesen. »Jaryd«, begann er in jenem ernsten Tonfall, den sein Schüler schon kannte, »es gibt noch ein paar Dinge, über die wir sprechen müssen, bevor wir nach Amarid kommen.« Der Eulenmeister zögerte, als wisse er nicht so recht, wie er weitermachen sollte. »Es kann daran liegen, wer ich bin oder wie ich die Dinge angehe, oder vielleicht hat es auch damit zu tun, dass du außer allem anderen noch mein Neffe bist, aber unsere Beziehung ist viel weniger förmlich als die der meisten Magier und ihrer Schüler. Nicht, dass ich der Ansicht bin, dass du dich unangemessen oder respektlos verhalten hast«, erklärte er schnell.

»Ich sage nur, dass unsere Beziehung ein wenig ... vertraulicher ist als üblich. Und daher solltest du mich, sobald wir Amarid erreichen, mit ›Meister Baden‹ ansprechen, und ich erwarte auch, dass du all die anderen Magier und Meister, denen du begegnest, auf die traditionelle Art ansprichst.«

Jaryd nickte. »Selbstverständlich, Meister Baden.« Es fühlte sich seltsam an, und Jaryd wusste, er würde sich erst daran gewöhnen müssen.

»Ich möchte dir auch noch etwas in Zusammenhang mit dem Gespräch sagen, das wir in jener Nacht bei Cullen und Gayna hatten. Erinnerst du dich noch daran?«, fuhr der Magier fort, biss in eine getrocknete Birne und reichte den Beutel mit dem Obst an Jaryd weiter. Jaryds Mund wurde trocken. Ja, er erinnerte sich. Tatsächlich hatte ihn die Erinnerung daran in den vergangenen Wochen häufig im Schlaf heimgesucht. »Ich möchte betonen«, sagte Baden, »dass ich dir das alles im Vertrauen gesagt habe. Niemand darf wissen, wen ich im Verdacht habe, bis ich die Gelegenheit hatte, mit einigen meiner Freunde darüber zu sprechen. Ist das klar?«

Wieder nickte Jaryd.

»Gut.« Baden lächelte. »Du bist sicher sehr aufgeregt. Um ehrlich zu sein, das bin ich auch. Selbst bei den ernsten Problemen, die der Orden im Augenblick hat, finde ich Versammlungen immer sehr belebend. Und es gibt viele Leute dort unten, denen ich dich gerne vorstellen möchte.«

Jaryd sagte nichts. Er reichte dem Magier den Beutel mit dem Obst wieder zurück, ohne sich etwas davon genommen zu haben, und Baden steckte den Beutel und ein paar andere Dinge wieder in Jaryds Rucksack. Kurz darauf machten sie sich auf den Weg. Baden, der vorausging, war ungewöhnlich gesprächig. Er wies unterwegs immer wieder auf Aspekte der Landschaft hin und sprach ausführlich über einige der exzentrischeren Magier, die Jaryd bald kennen lernen würde.

Jaryd versuchte aufmerksam zu sein, aber die Tatsache, dass der Eulenmeister ihr Gespräch in Taima noch einmal erwähnt hatte, hatte seine vorherige Stimmung verändert, und nun war er nicht mehr aufgeregt, sondern spürte, wie seine Angst immer weiter wuchs. Er war auf dem Weg zur Versammlung des Ordens. Aber der Orden stand, wie Baden ihm in jener Nacht gesagt hatte, einem mörderischen Feind gegenüber, einem, der mächtiger war als jeder andere

Magier, der derzeit lebte oder zuvor gelebt hatte, mit einer einzigen Ausnahme. Wie bekämpfte man ein Heer von Geistern?, fragte sich Jaryd, wie er es schon so oft in den vergangenen Wochen getan hatte. Wie können wir gegen Theron den Unbehausten ankommen?

5

Lange bevor sie Amarid erreichten, sahen sie die Stadt vom Bergpfad aus, ein gewaltiges Meer weißen Steins und schiefergrauer Dächer, umgeben vom dunkelgrünen Falkenfinder-Wald und weit im Süden gesäumt vom Larian, der den hellen Sonnenschein wie ein smaragdgrünes Seidenband reflektierte. Im Zentrum der Stadt, an der Stelle, wo sich die fünf großen Ausfallstraßen trafen, und selbst über die höchsten weißen Gebäude aufragend stand ein großer ovaler Bau, ebenfalls aus weißem Stein, aber mit einer großartigen Kuppel aus hellblauen Fliesen. Oben auf der Kuppel stand die Statue einer Gestalt, die auf ihrem Unterarm einen Vogel mit ausgebreiteten Flügeln trug. Für Jaryd sah es beinahe so aus, als wäre die Statue aus Glas, denn sie glitzerte im Sonnenlicht und schimmerte in unzähligen Farben. Zwei kleinere Gebäude, beide rund und mit Türmen, waren an das ovale Haus angebaut worden. Auch auf jedem dieser Türme stand eine Statue, ebenfalls aus Glas. »Das ist die Große Halle von Amarid«, erklärte Baden zur Antwort auf Jaryds Frage nach dem kunstvollen Gebäude. »Die Statue auf der Kuppel der Halle zeigt Amarid mit Parne, und die Vögel über den Quartieren der Eulenweisen und ihres Ersten sind die beiden anderen Vögel Amarids, Beile und Wohl.« Jaryd nickte nur, den Blick immer noch auf die Aussicht unter ihnen gerichtet. Aber als der Magier hinzufügte, dass sämtliche Statuen aus riesigen Kristallen gemeißelt waren, die aus Ceryllon mitgebracht worden waren, starrte Jaryd Baden verblüfft an. Der Eulenmeister lächelte. »Ich dache mir, dass das deine Aufmerksamkeit weckt.«

Jaryd schüttelte staunend den Kopf und wandte sich wieder der Stadt zu. Nie hätte er sie sich so groß und so schön vorgestellt. Das schimmernde Weiß und strenge Grau der Gebäude schufen eine Wirkung, die auf ihre Weise so machtvoll war wie die schönsten Landschaften, die Jaryd bei seiner Reise durch Tobyn-Ser gesehen hatte. Und die glitzernde Gestalt von Amarid oben auf der Großen Halle, von der Jaryds Blick immer wieder angezogen wurde, schien über der Stadt zu schweben und eine Art von Schutz zu bieten – oder vielleicht auch Inspiration für alle, die sich in ihrem Schatten aufhielten.

Er riss den Blick wieder von der Statue los, und da entdeckte er einen kleinen Bereich der Stadt direkt am Fluss, der in starkem Kontrast zum Rest stand. Die Häuser wirkten dunkel und alt, und die Straßen waren vollkommen unregelmäßig.

»Das ist der alte Stadtkern«, erklärte Baden, der bemerkt hatte, wohin Jaryd schaute. »Er wurde weitgehend so erhalten, wie er in Amarids Zeiten war. Und dort«, fuhr der Magier fort und zeigte auf eine Gruppe von Bäumen, die irgendwie merkwürdig wirkten zwischen all den Häusern und Läden, die sich an die Berge schmiegten, »liegt Amarids Zuhause.«

Jaryd schaute abermals den Magier an. »Sprichst du von dem Haus, in dem er aufwuchs?«, fragte er.

Baden nickte, und abermals schüttelte Jaryd den Kopf. Dies hier war tatsächlich die Stadt des Ersten Magiers, und Jaryd konnte seine Präsenz bereits überall spüren, in jeder Einzelheit. Selbst von hier oben sah er, dass man, ganz gleich, wohin man sich in dieser Stadt wandte, immer an den Mann erinnert werden würde, nach dem sie benannt worden war.

Sie genossen die Aussicht noch einen Augenblick, dann begannen sie den Abstieg von den Bergen zum Falkenfinder-Wald. Mit seinem ersten Blick auf diese wunderbare Stadt war die freudige Aufregung zu Jaryd zurückgekehrt. Der Gedanke an die geheimnisvollen Überfälle wich aus seinem Kopf und wurde von der Hoffnung ersetzt, bald viele Magier kennen zu lernen und tatsächlich Zeuge einer ihrer Versammlungen zu werden. Er fühlte sich wie ein Kind am Abend von Tobyns Fest.

»Baden?«, rief er impulsiv seinem Onkel zu, als die beiden um den schimmernden, windgepeitschten Dacia-See wanderten, der vor tausend Jahren nach Amarids Frau benannt worden war.

»Ja?«

Jaryd zögerte einen Augenblick, denn plötzlich wusste er nicht mehr, was er eigentlich hatte sagen wollen. »Danke.«

Baden blieb stehen und wandte sich dem jungen Mann zu. »Wofür?«

Jaryd zuckte die Achseln und war plötzlich verlegen. »Ich weiß nicht. Für alles, nehme ich an. Dass du mich mitgenommen hast. Hierher gebracht hast.« Wieder zuckte er die Achseln. »Ich weiß nicht«, wiederholte er.

Ein Lächeln breitete sich langsam auf dem Gesicht des Eulenmeisters aus, dieses freundliche, nachsichtige Lächeln, das Jaryd inzwischen so gut kannte. »Keine Ursache«, sagte er schlicht. Dann drehte er sich wieder um, und die beiden, Eulenmeister und Schüler, gingen weiter auf die Stadt des Ersten Magiers zu.

Früh am Nachmittag erreichten sie das Ufer des Larian und überquerten eine Holzbrücke, die in den ehemaligen Stadtkern von Flusshafen, Amarids Heimatort, führte. Wie die Brücke waren auch die Gebäude in dem alten Dorf aus grob behauenen Stämmen, die durch Regen, Wind und Sonne dunkel und glatt geworden waren. Dennoch, sie wirkten immer noch stark und fest, und Jaryd war nicht überrascht zu sehen, dass sich in den Gebäuden Läden und Gasthäuser befanden. Dutzende von Kaufleuten und hunderte anderer Menschen drängten sich in den Straßen des alten Dorfs, und anders als die Bewohner der Dörfer, die sie bei ihrer Reise durchquert hatten, hießen diese Menschen Baden höflich und freudig willkommen. Die Kaufleute boten dem Magier und seinem Schüler Brot, Trockenfleisch und Obst an, und viele verbeugten sich vor dem Eulenmeister oder entboten ihm den offiziellen Gruß. Jaryd erwiderte das Nicken und das Lächeln, das man ihm entgegenbrachte, und blieb hin und wieder stehen, um ein Geschenk von einem Kaufmann entgegenzunehmen. Einmal bemerkte er zwei junge Frauen, die ihn mit strahlenden Augen ansahen und dann miteinander zu flüstern begannen. Errötend wandte er sich ab und beeilte sich, Baden einzuholen.

Jaryd fand den Eulenmeister im Gespräch mit Radomil, der Accalia und dem Rest von Leoras Wald diente. Radomil war beinahe einen Fuß kleiner als der Eulenmeister, und neben Badens schlanker Gestalt schien der runde Bauch des Falkenmagiers den Größenunterschied noch zu betonen. Sein rasierter Kopf und der dichte braune Kinn- und Schnurrbart ließen Radomil irgendwie streng aussehen, aber Jaryd wusste es besser.

»Ah, da kommt Jaryd ja«, hörte er Baden sagen, als er näher kam.

»Ich grüße dich, Jaryd«, sagte Radomil grinsend. »Ich freue

mich, dass dein Onkel dich endlich mit zur Versammlung gebracht hat. Noch ein weiteres Jahr, und ich hätte dich zu meinem Schüler gemacht.«

»Das wäre mir ein Vergnügen gewesen, Magier Radomil«, erwiderte Jaryd aufrichtig.

Der Falkenmagier nahm das Kompliment mit einem Nicken zur Kenntnis. »Ich hoffe, die Stadt gefällt dir, und du genießt deine erste Versammlung, Jaryd.« Dann wandte er sich wieder dem Eulenmeister zu. »Baden, es ist schön, dich wiederzusehen, selbst in so finsteren Zeiten. Ich hoffe, wir werden Gelegenheit haben, miteinander zu sprechen, bevor die Versammlung zu Ende geht.«

Baden lächelte den Magier an und legte ihm die Hand auf die Schulter. »Das hoffe ich auch. Bis morgen, Radomil.«

»Bis morgen«, erwiderte der Falkenmagier. Er nickte Jaryd noch einmal zu und ging dann auf einen Laden zu.

»Ein guter Mann«, sagte Baden, während er dem Magier hinterherschaute. »Nur wenige würden es zugeben, aber viele von uns sind in den Orden eingetreten, um Einfluss und Prestige zu gewinnen. Beinahe alle hoffen, den Rang eines Eulenmeisters zu erreichen, und ich habe einige verbittern sehen, als es ihnen nicht gelang. Aber nicht Radomil. Das ist seine dritte Bindung an einen Falken, und er dient dem Land immer noch ebenso begeistert und hingebungsvoll wie nach seiner ersten Bindung.« Er schaute Jaryd an. »Er wollte dich schon letztes Jahr mit zur Versammlung bringen, um mit deiner Ausbildung zu beginnen, aber ich habe ihm von dem Handel erzählt, den ich mit deinem Vater abgeschlossen hatte.«

Jaryd schaute dem Falkenmagier nach. »Ich denke, er wäre sicher ein guter Lehrer gewesen.«

Baden nickte.

»Welchem Teil von Tobyn-Ser dienst du eigentlich?«, fragte Jaryd, als sie weiter durch das alte Dorf gingen. »Ich glaube, das hast du noch gar nicht erwähnt.«

»Das liegt daran, dass ich nicht einer bestimmten Region diene. Es gibt zwei Arten von Magiern: Wir nennen sie Nister und Wanderer. Nister wie Radomil dienen einem bestimmten Teil des Landes, Wanderer wie ich streifen durch Tobyn-Ser und bieten unsere Dienste an, wo sie gebraucht werden.«

Jaryd dachte einen Augenblick lang nach. »Ist das eine Entscheidung, die die Magier selbst treffen?«

»Ja«, antwortete Baden, »und es ist oft eine schwere Entscheidung.«

Etwas in der Haltung des Eulenmeisters sagte Jaryd, dass seine eigene Entscheidung besonders schwierig gewesen war. Der junge Mann dachte daran weiterzufragen, aber dann überlegte er es sich anders.

»Wir sollten lieber eine Unterkunft für die nächsten paar Nächte finden«, fuhr der Eulenmeister fort und wechselte damit selbst das Thema. »Es gibt hier einen Gastwirt, der normalerweise ein Zimmer für mich freihält, aber er wird es an jemand anderen vermieten, wenn ich ihn zu lange warten lasse, und ich brauche normalerweise auch kein Zimmer mit zwei Betten.«

Sie beschleunigten ihre Schritte ein wenig und erreichten bald den Rand des älteren Teils der Stadt und kamen auf eine breite, gepflasterte Straße, die auf beiden Seiten von Häusern und Läden aus dem makellosen weißen Stein und dem grauen Schiefer gesäumt war, die sie vom Bergpfad aus gesehen hatten. Und am Ende dieser Straße, nur ein paar hundert Schritte entfernt, erhoben sich die Türme und die riesige Kuppel der Großen Halle mit ihren spektakulären Kristallstatuen. Jaryd blieb stehen und staunte abermals. Dennoch, als er dort im Schatten der Halle stand, begann er auch, ein gewisses Unbehagen über das zu spüren, was er dort vor sich hatte – vage, nicht zu benennen, aber eindeutig spürbar. Als er die Halle aus der Nähe sah, bemerkte er auch, dass die blauen Kacheln der Kuppel jeweils einen kleinen goldenen Kreis hatten, in etwa von der Größe einer großen Münze.

»Was ist das da auf der Kuppel?«, fragte Jaryd.

»Ah!«, rief Baden. »Das ist mein Lieblingsteil der Großen Halle. Das sind kleine Gedenkplaketten, die an die Aufnahme eines jeden Magiers in den Orden erinnern sollen. Inmitten einer jeden befinden sich die Insignien des Ordens, die für die drei Elemente der Magie stehen – Magier, Vogel und Ceryll –, und am Rand sind der Name des Magiers und der seines ersten Vogels eingraviert.«

»Hast du auch eine Plakette da oben?«

»Selbstverständlich. Wie ich schon sagte, es gibt eine für jeden Magier, der Tobyn-Ser seit der Gründung des Ordens gedient hat.«

Jaryd warf dem Eulenmeister einen scharfen Blick zu. »Für jedes Mitglied?«, fragte er spitz.

Badens Miene wurde nüchterner, als er die Bedeutung der Frage seines Schülers begriff. »Nein«, gab er zu, »nicht für jedes Mitglied. Einer fehlt.«

Und da war es wieder, dieses nagende Unbehagen, das sich offenbar schon vor langer Zeit in Jaryds Hinterkopf niedergelassen hatte – und auch in Badens, wie Jaryd deutlich an der finsteren Miene des Eulenmeisters erkennen konnte.

Selbstverständlich würde Therons Name nicht unter denen sein, die mit diesen goldenen Plaketten geehrt wurden. Nicht nach seinem Verbrechen und der Schande. Nicht nach dem Fluch. Als er nun hier in dieser großartigen Stadt stand, die nach dem Ersten Magier benannt war, im Schatten des kristallenen Abbilds, das man geschaffen hatte, um seine Taten zu ehren, begann Jaryd zu begreifen, wie gewaltig die Tragödie war, die die beiden Gründer des Ordens heimgesucht hatte. Zusammen hatten sie die Macht gezähmt und beherrschen gelernt, zusammen hatten sie den Orden ins Leben gerufen. Aber im Lauf der Jahrhunderte war einer erhöht worden und hatte nun beinahe den Status eines Gottes, und der andere suchte noch immer das Land heim, Opfer eines Fluchs, den er selbst ausgesprochen hatte, und alles, was er in seinem Leben für das Land getan hatte, wurde ignoriert.

Jaryd wandte sich an Baden, denn er spürte, wie unerklärlicher Zorn in ihm aufstieg. »Gibt es irgendeinen Platz in dieser Stadt, in diesem ganzen Land«, wollte er wissen, und dabei war ihm deutlich anzuhören, wie ihm zu Mute war, »wo man sich an Theron um seiner Taten vor dem Fluch willen erinnert und ihn dafür ehrt?«

Baden, der immer noch die Statue von Amarid ansah, gab seinem Neffen die einzig mögliche Antwort. »Wir im Orden erinnern uns, und wir geben die Geschichte von Amarid und Theron an jene weiter, die uns folgen – so, wie ich sie dir erzählt habe.«

»Das war nicht, was ich gefragt hatte«, entgegnete Jaryd barscher als beabsichtigt. Er schloss die Augen und holte tief Luft. »Es tut mir Leid«, fügte er hinzu.

Baden sah ihn an und versuchte zu lächeln. »Es ist eine

schwierige Geschichte, und sie wird durch die Unterschiede im Schicksal Amarids und Therons nicht einfacher.« Er zeigte auf die Kuppel und die Statue.

Jaryd nickte einfach nur, aber dann erklang eine Stimme hinter ihm, die den Gedanken in seinem Kopf Worte verlieh: »Vielleicht sind ja diese Unterschiede die Wurzel der Gefahr, der wir derzeit gegenüberstehen.«

Baden und Jaryd drehten sich gleichzeitig um, weil sie sehen wollten, wer da gesprochen hatte. Hinter ihnen stand ein Mann mit dunkler Haut, langem, schwarzem Haar, das ihm bis auf die Schultern fiel, und lebhaften grünen Augen, die beinahe von der gleichen Farbe waren wie sein Magierumhang. Er war von mittlerer Größe und durchschnittlichem Körperbau und trug auf seiner Schulter einen wunderschönen tiefbraunen Falken mit kastanienbraunen Flügeln und einem weißen Schwanz mit deutlichen schwarzen Markierungen.

»Trahn!«, rief Baden und umarmte den Mann so heftig, dass sowohl Anla als auch der Vogel des Falkenmagiers aufflatterten. Trahn erwiderte die Umarmung und war offensichtlich ebenso erfreut über ihre Begegnung wie Baden. Schließlich trat Baden einen Schritt zurück, und ein breites Grinsen erhellte seine Miene und ließ seine blauen Augen blitzen. »Bei den Göttern, es tut gut, dich zu sehen. Es scheint dir gut zu gehen.«

Trahn nickte und lächelte. »Ja, danke. Und du siehst auch gut aus, obwohl du jedes Mal, wenn ich dich sehe, weniger Haare hast.« Als Baden lachte, wandte sich Trahn an Jaryd und bedachte ihn mit einem strahlenden Lächeln. »Und du musst Jaryd sein. Baden hat mir schon viel von dir erzählt. Ich heiße Trahn.«

»Magier Trahn, es ist mir eine Ehre, dich kennen zu lernen«, sagte Jaryd und verbeugte sich, wie Baden es ihn gelehrt hatte.
Trahn warf dem Eulenmeister einen Blick zu. »Oh, er ist sehr gut erzogen.« Dann wandte er sich immer noch lächelnd wieder an Jaryd.
»Ich weiß die Absicht zu schätzen«, sagte er, »aber an mich sind Formalitäten verschwendet. Nenn mich einfach Trahn.«
Jaryd warf Baden einen unsicheren Blick zu.
»Ich fürchte, wir verwirren ihn«, meinte der Eulenmeister bedauernd. »Heute früh erst habe ich ihn angewiesen, alle Magier, mich selbst eingeschlossen, mit den üblichen Floskeln anzusprechen.«
»Ich verstehe«, sagte Trahn mit einem weisen Nicken. »Nun, es liegt mir fern, die Autorität deines Onkels zu untergraben. Aber zumindest wenn wir unter uns sind, kannst du dir die Formalitäten sparen.« Er warf Baden einen fragenden Blick zu, der zur Antwort zustimmend nickte. »Ich habe mir die Freiheit genommen, ein Zimmer im Adlerhorst für euch beide zu reservieren«, fuhr Trahn fort. »Maimun hat die Preise schon wieder erhöht, und dennoch ist es ihm gelungen, alle Zimmer zu vermieten. Und du weißt, wie er darüber denkt, Geld zu verlieren, weil er uns aufnimmt.«
Jaryd schaute von einem Magier zum anderen. »Das verstehe ich nicht.«
»Normalerweise besitzen Magier kein Gold oder Silber«, erklärte Trahn. »Die Führer des Ordens haben schon vor langer Zeit beschlossen, dass die Versuchung, unsere Kräfte zur Anhäufung von Wohlstand zu benutzen, so groß ist,

dass Ordensmitglieder unter keinen Umständen Geld benutzen sollten.«

»Der Rest des Ordens hatte etwas dagegen, das zu einem Gesetz zu machen«, fügte Baden hinzu, »und so ist es nur ein Brauch geblieben. Magier haben wenig oder gar kein Geld, und Kaufleute und Gastwirte nehmen unsere Dienste als Ausgleich für ihre Waren entgegen.«

»Manchmal jedoch«, warf Trahn mit einem Lächeln ein, »haben Männer wie Maimun Probleme mit diesem ... Brauch.«

»Er schien nichts dagegen zu haben, als wir seine Schnittwunden geheilt und seine Holztische repariert haben, nachdem es diese Schlägerei in seiner Gaststube gab«, knurrte Baden. »Man sollte eigentlich annehmen, dass er dankbarer wäre.«

Trahn zuckte die Achseln und lächelte. Er warf Jaryd einen Blick zu. »Baden hält nicht viel von Maimun«, informierte er den Schüler in vertraulichem Tonfall. »Der Wirt hat ihm einmal beim Ren-drah geschlagen und deinem Onkel das wenige Geld abgenommen, das er zu diesem Zeitpunkt bei sich trug.«

»Er hat mich nicht geschlagen«, sagte Baden zornig. »Er hat geschummelt. Niemand kann so viel Glück haben. Ich habe es nur nicht beweisen können.«

Jaryd versuchte vergeblich, ein Lachen zu unterdrücken, und Trahn grinste breit. Baden errötete, und dann begann auch er zu lachen. »Du hast einen schlechten Einfluss auf ihn, Trahn. Wie du vorher schon bemerktest, hatte ich ihn gut erzogen.«

»Offenbar nicht gut genug«, entgegnete der Falkenmagier.

Baden schüttelte den Kopf. »Es wird eine lange Versammlung werden, das kann ich euch jetzt schon sagen.«
»In dieser Hinsicht hoffe ich, dass du dich irrst«, bemerkte Trahn und wurde sofort wieder ernst.
Baden nickte zustimmend, und auch seine Miene war wieder ernst geworden. »Wir haben viel zu besprechen. Aber als Erstes sollte ich zur Halle gehen und Jaryd Jessamyn vorstellen.«
»Treffen wir uns dann zum Abendessen im Adlerhorst?«, fragte Trahn.
»Ja, sicher«, erwiderte Baden.
Trahn packte seinen alten Freund an der Schulter. »Ich bin froh, dich zu sehen«, sagte er liebevoll. »Und dich, Jaryd«, fügte er hinzu und lächelte den jungen Mann an. Dann drehte er sich um und ging wieder auf die alten Gebäude zu, und Jaryd und Baden zogen weiter zur Großen Halle.
»Wer ist Jessamyn?«, wollte Jaryd wissen.
»Die Eulenweise Jessamyn ist das Oberhaupt des Ordens«, antwortete Baden zerstreut. »Sie ist auch seit vielen Jahren eine gute Freundin.« Der Eulenmeister schaute immer noch ernst drein, aber einen Augenblick später riss er sich aus seinen Gedanken.
»Was hältst du von Trahn?«
»Ich mag ihn sehr.«
»Er ist der beste Freund, den ich in diesem Land habe. Ich würde ihm mein Leben anvertrauen. Und das deine«, fügte er einen Augenblick später hinzu, »und das sagt wohl noch mehr.«
Jaryd erwiderte nichts, aber er erinnerte sich wieder an die Worte, die sein Vater zu Baden gesagt hatte, bevor Jaryd und der Eulenmeister Accalia vor so vielen Wochen ver-

lassen hatten. *Bei allem, was er ist und was er angeblich sein wird, ist er auch immer noch unser Jüngster ...*

Sie gingen schweigend ein paar Schritte weiter, und dann stellte Jaryd fest: »Die Leute hier sind viel weniger feindselig als die in Taima und den anderen Orten, durch die wir auf unserem Weg gekommen sind.«

»Ja«, stimmte Baden zu, »die Menschen von Amarid halten den Orden immer noch in Ehren. Tatsächlich sind wahrscheinlich viele von denen, die du hier siehst, nur angereist, um Zeugen der Versammlung zu werden. Obwohl«, fuhr er fort, und ein inzwischen vertrauter besorgter Unterton schlich sich in seine Stimme, »es bei Versammlungen üblicherweise mehr sind. Die Angriffe fordern auch hier ihren Tribut.«

Sie ereichten den Eingang zur Großen Halle, und wieder war Jaryd angesichts des majestätischen Gebäudes von Ehrfurcht erfüllt. Drei breite Marmorstufen führten zu einem Torbogen, der beinahe bis zum unteren Rand der Kuppel reichte. Die beiden gewaltigen Holztore, jedes über zwei Zoll dick, waren offen und zur Seite geschwungen, um alle Neuankömmlinge willkommen zu heißen. In beide Torflügel waren tausende von Holzstücken eingearbeitet, von denen jedes eine Braun-, Rot- oder Grauschattierung hatte. Diese Einlegearbeiten zeigten Dutzende verschiedener Falken und Eulen jedweder Art, die in Tobyn-Ser zu finden war. Am Rand jedes Torflügels, etwa in halber Höhe, konnte man die Hälfte des Ordenswappens erkennen, das bei geschlossenen Toren zu einem Ganzen wurde.

»Beeindruckend, wie?«, sagte Baden. »Die Einlegearbeiten bestehen aus jeder Holzart, die man in Tobyn-Ser finden kann. Komm mit«, befahl er dann, ging die Treppe hinauf und betrat das Gebäude.

Nach der strahlenden Schönheit, die das Gebäude von außen kennzeichnete, war Jaryd überrascht über die Kargheit drinnen. Inmitten des Versammlungssaals, auf einem einfachen Marmorboden, stand ein riesiger ovaler Tisch aus dunklem Holz. Schwere Stühle aus dem gleichen Holz umgaben den Tisch, und zwei etwas kunstvoller gearbeitete standen an einem Ende. Ein schmaler Holzstab mit einer horizontalen Stange, die offenbar als Sitzgelegenheit für den Vogel eines jeden Magiers diente, bog sich von der Rückenlehne eines jeden Stuhls nach oben. Milchweiße, halb durchsichtige Fenster zogen sich um das gesamte Gebäude und ließen überraschend viel Licht herein. Aber wie der Boden, der Tisch und die Stühle waren auch die Fenster vollkommen schlicht. Tatsächlich war der einzige Schmuck im Innenraum der Halle ein Gemälde innerhalb der Kuppel, das Amarid zeigte, der ein wenig zerbrechlich und bemerkenswert jung auf einer verschneiten Lichtung stand und den Arm hoch erhoben hatte. Auf diesen Arm flog, mit ausgebreiteten Flügeln und geöffnetem Schnabel, als stieße er gerade einen Ruf aus, ein kräftiger, wild aussehender Falke mit hellgrauem Bauch und schiefergrauen Flügeln zu.

»Es ist die gleiche Szene wie bei der Statue«, bemerkte Jaryd laut, mehr zu sich selbst als zu Baden.

»Ja«, bestätigte der Eulenmeister. »Amarids Bindung an Parne.« Sie blieben einen Augenblick schweigend stehen und betrachteten die gemalte Szene. Und Jaryd verspürte abermals jenes vage Unbehagen, das ihn schon auf der Straße beim Anblick der Halle erfasst hatte. Es war nun intensiver, aber immer noch nicht so recht zu begreifen. Er versuchte, den wirren Emotionen, die das riesige Porträt Amarids in ihm weckte, einen Namen zu geben, aber es war nicht möglich. Als Baden ihn anwies, ihm zu folgen, und hinzufügte: »Es gibt noch etwas anderes, was ich dir zeigen möchte, bevor du Jessamyn kennen lernst«, riss sich Jaryd widerstrebend von dem Gemälde los und folgte dem Eulenmeister zum anderen Ende der Halle.

Dort, zwischen zwei schlichten Holztüren, von denen eine geschlossen und die andere angelehnt war, ruhte auf einem schweren Holzständer ein immenser Kristall, zu groß, als dass Jaryd seine Arme darum hätte schlingen können. Er war unregelmäßig geformt, aber makellos klar. Jaryd wusste, dass es ein Ceryll war, aber anders als alle, die er je gesehen hatte, strahlte dieser weder Licht noch Farbe ab.

»Der Rufstein«, sagte Baden mit tiefer Stimme, »verändert von Amarid persönlich, so dass er, wenn er geweckt wird, in einem Rhythmus pulsiert, der mit jedem anderen Ceryll in Tobyn-Ser verbunden ist. Das gestattet der Eulenweisen oder ihrem Ersten, alle anderen Mitglieder des Ordens hierher zu rufen. Dieser Stein ist ein Geschenk Amarids, nicht nur an den Orden, sondern an das ganze Land. Mit seiner Hilfe können wir schnell auf jede Krise reagieren, die Tobyn-Ser bedroht.«

»Wird er häufig benutzt?«, fragte Jaryd.

»Zum Glück nicht, nur wenn große Not besteht. Ich glaube, das letzte Mal geschah es, als Feargus starb und man die Eulenmeister zusammenrief, um einen neuen Weisen zu wählen.« Baden lächelte und zeigte auf die Tür neben der Stelle, an der sie standen. »Und nun kannst du die Person kennen lernen, die wir gewählt haben.«

Der Eulenmeister klopfte an die Tür, und als sie von drinnen jemand hereinrief, schob er die Tür auf und führte Jaryd hinein. Die Gemächer der Eulenweisen waren ebenso bescheiden wie der Versammlungssaal, wenn man sie mit der äußeren Großartigkeit der Halle verglich. Das Zimmer, in dem sie sich nun befanden, war geräumig, rund und von der gleichen Art halb durchsichtiger Fenster beleuchtet wie der Versammlungssaal. Es hatte einen großen Marmorkamin, einen Boden aus poliertem Holz, der zum Teil von einem bunten Webteppich bedeckt war, und an den runden Wänden drei große Wandteppiche, die, wie Jaryd annahm, Szenen aus Amarids Leben zeigten. Ein Teil des Zimmers, das wohl der Schlafbereich war, war durch einen Vorhang abgetrennt, der in Muster und Farbe zu dem Teppich passte. Auf der anderen Seite dieses Vorhangs, nahe der Feuerstelle, standen ein niedriger Tisch aus hellem Holz und mehrere breite, bequem aussehende Sessel, deren helle blaugrüne Polster mit den Farben der Wandbehänge harmonierten.

Zwei Menschen saßen dort und erhoben sich nun, als Baden und Jaryd hereinkamen, und eine dieser Personen, offensichtlich Jessamyn, kam auf sie zu, um sie zu begrüßen. Die Eulenweise war eine kleine, zierliche, weißhaarige Frau mit feinen Zügen und freundlichen braunen Augen. Jaryd überlegte, dass sie als junge Frau wohl sehr schön gewesen sein musste. Tatsächlich war sie es trotz der zahlreichen Falten in ihrer sonnengebräunten Haut immer noch. Jaryd bemerkte mit einiger Überraschung, dass sie trotz ihrer Stellung als Oberhaupt des Ordens den Umhang eines Magiers trug, genau wie Baden, ohne weiteren Schmuck oder ein Zeichen ihrer Autorität. Als sie sich erhob, flog eine weiße Eule, so groß, dass sie die Frau noch

kleiner wirken ließ, zu ihrer Schulter und betrachtete die neuen Besucher aus hellgelben Augen.
»Baden!«, rief Jessamyn mit klarer Stimme und streckte die Hand aus.
»Weise Jessamyn«, entgegnete Baden, ergriff ihre Hand und verbeugte sich, um ihren Handrücken mit der Stirn zu berühren. »Es ist mir eine Ehre, dass du mich empfängst.«
»Die Ehre ist ganz meinerseits«, erwiderte sie. »Ich hoffe, du hattest eine angenehme Reise?«
Baden zögerte einen winzigen Augenblick. Noch vor zwei Monaten wäre das Jaryd vermutlich gar nicht aufgefallen. Aber Jessamyn war nicht umsonst Eulenweise, und außerdem kannten sie und Baden einander schon sehr lange. Ihr Willkommenslächeln verschwand, und die weichen Linien ihres Gesichts schienen strenger zu werden. »Ich würde gerne bis morgen warten, um von diesen Dingen zu hören, wenn du damit einverstanden bist«, sagte sie. »Dies ist ein Tag für Begrüßungen und Begegnungen.«
Baden nickte. »Ich bin ganz deiner Meinung. Und ich habe jemanden mitgebracht, den ich dir gerne vorstellen möchte. Das hier ist Jaryd, mein Schüler.«
Jaryd trat einen Schritt vor. »Weise Jessamyn, es ist mir eine Ehre, dich kennen zu lernen«, erklärte er höflich. Er ahmte sogar Badens Geste nach, als Jessamyn die Hand ausstreckte.
Die Eulenweise lächelte nun wieder, und sie sprach Jaryd mit entwaffnender Schlichtheit und Direktheit an. »Sei willkommen, Jaryd. Ich hoffe, du wirst deine erste Versammlung in guter Erinnerung behalten. Keine andere wird für dich je so wichtig und so erinnernswert sein.«
Die andere Person im Zimmer hatte sich im Hintergrund

gehalten und ruhig gewartet, bis Jessamyn ihre Gäste begrüßt hatte. Nun trat der andere vor, um Jaryd kennen zu lernen und Baden seinen Gruß zu entbieten. Er war ein hoch gewachsener Mann mit hellgrauen Augen unter dichtem rabenschwarzem Haar, das von einigen Silberfäden durchzogen war. Er sah auf eine wettergegerbte Art gut aus, und er grinste breit, als er Baden zum Gruß umarmte.

»Du siehst gut aus, Baden. Ich freue mich, dich wiederzusehen.«

»Und ich freue mich, dich zu sehen, Sartol.«

Der hoch gewachsene Magier wandte sich immer noch lächelnd Jaryd zu. »Jaryd, es ist mir eine Ehre. Willkommen in Amarid.«

»Ich danke dir, Eulenmeister. Die Ehre ist ganz meinerseits.«

Sartol wandte sich der Eulenweisen zu und deutete eine Verbeugung an. »Danke, dass du mich empfangen hast, Weise Jessamyn. Ich sollte mich jetzt lieber auf den Weg machen.«

Jessamyn lächelte zu dem Mann empor. »Du bist hier stets willkommen, Sartol. Ich freue mich darauf, dich morgen wiederzusehen.«

Sartol hob den Arm, und Jaryd sah, wie sich eine große, dunkle Gestalt näherte. Die Eule des Magiers war ebenso groß wie Jessamyns, aber sie hatte dicke braune und graue Streifen und hoch aufragende Federbüschel oberhalb der großen gleichmütigen gelben Augen. Mit einem Nicken und einem Lächeln verabschiedete sich Sartol und ließ Jaryd und seinen Onkel mit der Eulenweisen allein.

Baden folgte dem hoch gewachsenen Mann mit dem Blick, und dann schaute er Jessamyn wissend an. »Ein bisschen Kriechen im Vorfeld der Versammlung?«, fragte er.

Jessamyn schüttelte tadelnd den Kopf. »Baden, das ist wirklich ungerecht. Er ist ein anständiger Mann. Wir sollten ihn nicht verurteilen, nur weil er manchmal des Guten ein wenig zu viel tut. Das ist nach allem, was er hinter sich hat, nur verständlich.«

»Du hast Recht.« Er trat ein paar Schritte vor, umarmte die Eulenweise und ließ dann die Hände auf ihren Schultern ruhen. Jaryd kam es so vor, als wäre der Eulenmeister beinahe doppelt so groß wie die Frau. »Wie geht es dir, Jessamyn?«, fragte Baden mit einer Mischung aus Freundlichkeit und Sorge.

»So gut, wie man es dieser Tage eben erwarten kann«, erwiderte sie ohne einen Hauch von Selbstmitleid. »Ich fürchte, uns stehen finstere Zeiten bevor, und ich verfluche mich dafür, so alt und schwach zu sein.« Sie zeigte auf die Sessel an der Feuerstelle. »Bitte setzt euch«, sagte sie. Sie griff nach einer kleinen Kristallglocke, die auf dem Tisch stand, und läutete einmal. Einen Augenblick später betrat eine junges Mädchen, nicht älter als fünfzehn oder sechzehn, das Zimmer. »Bitte noch mehr Tee, Basya.« Das Mädchen verbeugte sich und ging wieder.

»Wir halten dich nicht für alt«, sagte Baden lächelnd, »wir schätzen deine Erfahrung und deine Weisheit.«

Jessamyn zog die Brauen hoch. »Wer klingt hier jetzt kriecherisch?«, meinte sie trocken und entlockte dem Eulenmeister damit ein Lachen. Sie drehte sich um und sah Jaryd an. »Wenn er heute nichts anderes im Sinn hat als diese Art von Komplimenten, dann spreche ich lieber mit dir, Jaryd. Wo kommst du her?«

»Aus dem Nordwesten von Tobyn-Ser, Weise Jessamyn. Ein Dorf namens Accalia in Leoras Wald.«

»Ja, davon habe ich gehört. Ist das nicht«, fuhr sie fort und warf dabei Baden einen Blick zu, »wo dein –« Sie hielt inne, ein Lächeln breitete sich auf ihren Zügen aus, und dann wandte sie sich mit blitzenden Augen wieder Jaryd zu. »Aber selbstverständlich! Es besteht sogar eine gewisse Familienähnlichkeit. Weniger mit dir, Baden, als mit Lynwen. Besonders um die Augen. Deine Familie hat bereits einige wichtige Ordensmitglieder gestellt, Jaryd. Darauf kannst du sehr stolz sein.«

»Ich danke dir, Weise Jessamyn«, erwiderte Jaryd und dachte nicht ohne Ironie, dass sie vermutlich mehr über diesen Teil der Familiengeschichte wusste als er.

Die junge Dienerin kehrte mit einem Kristalltablett zurück, auf dem drei Teetassen und eine kleine Kanne standen, und während sie den süßen Kräutertee tranken, tauschten Baden und Jessamyn die neuesten Nachrichten über sich selbst und diverse Ordensmitglieder aus. Schließlich hörten sie auf zu sprechen und wechselten einen Blick, der ausgesprochen viel sagend war.

»Es schien alles so viel einfacher zu sein, als wir noch jung waren«, sagte Jessamyn schließlich mit einem Lächeln auf den Lippen, aber sorgenvollem Blick. »Oder bilde ich mir das nur ein?«

»Es kam uns leichter vor«, stimmte Baden ihr mit einem müden Lächeln zu, »aber nicht, weil wir jünger waren. Der Orden hat seit tausend Jahren keinem solchen Problem mehr gegenübergestanden. Du und ich, wir haben nur das Glück, es zu erkennen«, fuhr er mit vor Sarkasmus triefender Stimme fort. Er warf Jaryd einen Blick zu. »Aber wir sollten uns nicht entmutigen lassen, Jessamyn. Wir stehen dieser Herausforderung nicht allein gegenüber. Es gibt junge Magier, die an unserer Seite kämpfen werden, und andere, wie Jaryd hier, die den Kampf weiterführen werden, falls wir versagen sollten.«

Baden erhob sich, als wollte er aufbrechen, und Jaryd tat es ihm gleich.

Jessamyn sah den jungen Mann freundlich an. »Es tut mir Leid, dass ich so trübsinnig bin, Jaryd. Ich hoffe, wir werden noch oft Gelegenheit haben, zu anderen, glücklicheren Zeiten miteinander zu sprechen.«

»Das würde mir sehr gefallen, Weise Jessamyn. Es hat mich sehr gefreut, dich kennen zu lernen.« Jaryd hielt inne. Und dann fügte er hinzu, obwohl er nicht hätte sagen können, warum er das tat: »Ich möchte noch einmal wiederholen, was Meister Baden zuvor gesagt hat: Obwohl ich dem Orden noch nicht angehöre, weiß ich den Wert deiner Weisheit zu schätzen. Du kommst mir nicht alt vor, und ich werde dir gerne folgen – in welche Schlacht auch immer.« Sobald er seine Sätze beendet hatte, errötete er bei dem Gedanken daran, was er gerade gesagt hatte, und er konnte der Eulenweisen nicht mehr in die freundlichen Augen sehen.

Aber Jessamyn stand auf und umarmte ihn. »Das war mutig gesprochen«, sagte sie. »Ich sehe nun, warum Baden dich als Schüler angenommen hat und dass es dabei nicht nur um Verwandtschaft ging. Dann ließ sie ihn los und wandte sich Baden zu. »Ich bin froh, dass du hier bist, Baden. Ich kann mir keine Versammlung ohne dich vorstellen.«

»Hattest du wirklich bezweifelt, dass ich kommen würde?«, fragte Baden leise.

»Eigentlich nicht. Aber ich weiß, dass mitunter Dinge dazwischenkommen.« Sie drückte Badens Hand. »Ich bin froh, dass du hier bist«, wiederholte sie.

Baden und Jessamyn standen noch einen weiteren Augenblick beisammen, und dann ließ die Weise – es schien beinahe widerstrebend – seine Hand los. »Nun«, seufzte der Eulenmeister, »wir sollten uns lieber auf den Weg machen. Bis morgen, Jessamyn.«

»Bis morgen. Leb wohl, Jaryd.«

Baden und sein Neffe verließen das Zimmer der Eulenweisen und stießen dabei beinahe mit einem untersetzten, muskulösen Magier zusammen, der einen kurz geschnittenen Bart und langes blondes Haar hatte, das er im Nacken zusammengebunden trug. Auf seiner Schulter saß ein beeindruckender heller Falke mit einem rostbraunen Rücken und intelligenten Augen. Der Magier runzelte die Stirn und hätte beinahe geflucht. Aber als er Baden erkannte, nahm er sich mit sichtbarer Anstrengung zusammen.

»Baden«, sagte er barsch, »entschuldige meine Eile. Ich muss unbedingt mit der Eulenweisen sprechen.« Dann warf er Jaryd einen kurzen Blick zu und schien ihn als unwichtig abzutun.

»Schon gut, Orris«, antwortete Baden höflich. »Ich freue mich, dich wiederzusehen.«

»Ich ebenfalls«, erwiderte Orris mit einem Nicken. Wieder bedachte er Jaryd mit einem Blick, der abermals bestenfalls geringschätzig war, dann drehte er sich um und klopfte an Jessamyns Tür.

Jaryd sah Baden fragend an, und der Eulenmeister reagierte mit einem leichten Achselzucken und schlug dann vor, dass sie gehen sollten. Sobald sie draußen waren, führte Baden sie tiefer in den Hauptteil der Stadt. »Um was ging es denn da?«, fragte Jaryd, als sie miteinander durch die

Straßen schlenderten, auf denen so viele Menschen unterwegs waren.

»Meinst du Orris?«, erwiderte Baden. Wieder zuckte er die Achseln. »Ich bin selbst nicht sicher. Orris ist einer der Anführer einer kleinen Gruppe von Magiern, überwiegend junge Leute, die glauben, dass der Orden zu selbstzufrieden geworden ist und es ihm an einem wahren Zweck fehlt. Ich glaube, er sieht mich und die anderen älteren Ordensmitglieder als Hindernisse, die einer Veränderung entgegenstehen.«

»Und, bist du das?«

Baden warf seinem Schüler einen scharfen Blick zu, und einen Augenblick lang befürchtete Jaryd schon, den Eulenmeister verärgert zu haben. Aber als Baden schließlich antwortete, geschah das auf eher nachdenkliche Weise. »Ich kann verstehen, dass einige mich in diesem Licht betrachten. Eigentlich ist das komisch: Als junger Mann zählte ich zu den radikaleren Magiern. Ich sah jede Art von Ungerechtigkeit in Tobyn-Ser als Affront gegen den Orden und setzte mich für eine viel einflussreichere Rolle seiner Mitglieder bei der Regierung des Landes ein. Aber als ich älter wurde, begann ich zu erkennen, wie weise der Weg war, den Amarid für uns gewählt hatte. Wir dienen dem Land, weil unsere Kräfte mächtige Werkzeuge in Zeiten der Not sind. Aber ich glaube nicht, dass wir qualifiziert sind, Tobyn-Ser zu regieren, nur weil wir die Kunst der Magie gemeistert haben.«

»Also«, meinte Jaryd, »ist Orris' Position ähnlich der von Theron.«

Baden blieb stehen und sah seinen Neffen an. »Du musst sehr vorsichtig sein, wie du Therons Namen verwendest,

Jaryd«, erklärte er ernst, wenn auch ohne Zorn. »Die Worte eines Magiers mit denen von Theron zu vergleichen bedeutet, dass du diesen Magier bezichtigst, gegen Amarids Gesetze zu verstoßen.«

»So habe ich es nicht gemeint.«

»Das weiß ich, aber du musst vorsichtig sein, besonders hier.«

Jaryd nickte, und sie gingen weiter.

»Dennoch«, sagte Baden nun leiser, »es liegt eine gewisse Wahrheit in dem, was du sagst. Die Angelegenheiten, die Theron und Amarid trennten, bilden auch den Kern unserer heutigen Streitigkeiten. Die Debatte wird nicht mehr so erbittert geführt und droht nicht, den Orden zu zerstören, wie es damals der Fall war. Und ich glaube ganz bestimmt nicht, dass Orris und seine Verbündeten Therons Arroganz haben oder planen, sich die Menschen des Landes zu Dienern zu machen. Aber der Orden versucht immer noch, seine Rolle und Stellung in Tobyn-Ser zu definieren. Als Schlichter von Streitigkeiten und Beschützer des Landes befinden wir uns auf einer Gratwanderung zwischen dem Dienst am Land und seiner Beherrschung. Wie so viele ältere Magier ziehe ich es vor, mich auf der dienenden Seite dieses Grats zu befinden; Orris hat sich für die andere entschieden.« Baden blieb wieder stehen, um in eine kleine Gasse zu spähen, die links von der Hauptstraße abbog. »Ich glaube, hier ist es«, sagte er und folgte dem Weg zwischen zwei Gebäuden hindurch.

Da die Spätnachmittagssonne nun schon sehr schräg auf Amarids Dächer fiel, lag die Gasse im Schatten und war entsprechend kühl. Sie führte zwischen zwei Reihen von Häusern hindurch und endete auf einem kleinen gepflasterten Platz, der von vernachlässigten Gärten gesäumt und von alten Glasscherben übersät war. Auf dem Platz roch es nach schalem Bier und Urin, und an seinem anderen Ende stand ein heruntergekommenes Gebäude, dessen Anstrich vor langer Zeit einmal weiß gewesen sein mochte. Ein verwittertes Brett bedeckte einen Teil des vorderen Fensters, in dem sich eigentlich eine Glasscheibe hätte befinden sollen, und auf einem Schild über der Tür stand in beinahe vollkommen verblasster Schrift: »GASTHAUS ADLERHORST«. Baden näherte sich dem Gebäude und blieb grinsend davor stehen, um das Schild zu bewundern.

»Ich fühle mich, als wäre ich endlich nach Hause gekommen«, erklärte er sehnsuchtsvoll.

»Hier werden wir wohnen?«, fragte Jaryd ungläubig.

»Ja«, sagte Baden erfreut. »Oh, ich weiß, es wirkt ein wenig heruntergekommen ...«

»Ein *wenig* heruntergekommen!«

»Sieh mal«, sagte der Eulenmeister mit deutlich schwindender Geduld, »die Zimmer sind sauber, und das Essen ist das beste in der ganzen Stadt. Wenn du also nicht vorhast, noch eine weitere Nacht im Wald zu schlafen, würde ich vorschlagen, du gibst dem Adlerhorst eine Chance.«

»Ja, Baden«, erwiderte Jaryd resigniert. Nach einem tadelnden Blick des Eulenmeisters korrigierte er sich: »Ja, Meister Baden.«

Drinnen war der Gasthof nicht ganz so heruntergekommen, wie er vom Hof aus wirkte. Nicht ganz. Zumindest der Geruch blieb draußen. In der Gaststube roch es stattdessen nach einer Mischung aus Pfeifenrauch, Braten und Wein. Der Raum war nur trüb beleuchtet von dem Licht, das durch die schmutzigen Fensterscheiben fiel, und von einer

Reihe von Kerzen, die hoch über dem staubigen Holzboden in einem massiveren hölzernen Deckenleuchter schimmerten. Ein paar vereinzelte Gäste saßen an kleinen runden Tischen und tranken Bier oder Wein, aber die meisten Stühle waren leer. Eine lange Eichentheke befand sich am Ende des Gastraums, und dahinter stand ein großer, kräftiger Mann mit lockigem braunem Haar, einem dicken hängenden Schnurrbart und tief liegenden Augen unter einer wulstigen Stirn. Er hatte die Ärmel bis zur Schulter aufgerollt, was massive, haarige Arme entblößte, und sich eine dunkle Schürze um die Taille gebunden. Die Kellnerinnen, beide mit tief ausgeschnittenen weißen Blusen und langen braunen Röcken bekleidet, unterhielten sich leise mit dem Mann am Ausschank, der sie um mehr als einen Kopf überragte.

Als er Jaryd und Baden bemerkte, die nahe der Tür stehen geblieben waren, brüllte der kräftige Mann: »Eulenmeister!«, und kam hinter der Theke hervor, um sie zu begrüßen.

»Hallo, Maimun«, sagte Baden erheblich weniger begeistert als der Wirt.

»Meister Baden!«, rief Maimun, kein bisschen abgeschreckt vom Ton des Eulenmeisters, »ich bin so froh, dich wiederzusehen. Du siehst gut aus. Magier Trahn war zuvor schon hier, und ich habe ihm bereits mitgeteilt, dass ich dir dein Zimmer reserviert habe. Und wer ist das hier?«, fragte er mit einem Blick zu Jaryd.

»Das ist Jaryd, mein Schüler.«

»Ich freue mich, dich kennen zu lernen, Jaryd. Jeder Freund des Eulenmeisters ist hier willkommen.« Maimun wandte seine Aufmerksamkeit wieder Baden zu, legte seinen Bärenarm um die Schultern des Eulenmeisters und führte ihn

zu einem Tisch an einem Fenster in der Ecke, wobei er die ganze Zeit auf ihn einredete: über die Geschäftslage für Gastwirte, die gewaltigen Bier- und Weinsteuern, die die Stadtältesten verhängten, und die stetig schwindende Qualität seiner Kundschaft. »Du und Magier Trahn selbstverständlich ausgenommen, Meister Baden. Mitglieder des Ordens sind hier immer willkommen.«
»Selbstverständlich sind wir das«, bemerkte Baden ebenso tonlos wie zuvor.
Der Wirt eilte davon, um nach dem Abendessen zu sehen, und versicherte ihnen, bevor er verschwand, dass sich eine Kellnerin sofort um sie kümmern würde. Einen Augenblick später kam eine der Frauen, mit denen Maimun sich zuvor unterhalten hatte – eine attraktive, zierliche Person etwa in Jaryds Alter – auf ihren Tisch zu und brachte zwei Krüge mit dunklem, süßem Bier.
»Das Essen ist in einer halben Stunde fertig«, sagte sie und beäugte Jaryd dabei forschend. »Möchtet ihr inzwischen ein wenig Brot und Butter?«
»Das wäre schön«, erwiderte Baden und unterdrückte ein Grinsen. Als die Frau wieder davonging, bedachte Baden seinen Schüler mit einem Blick, der Jaryd tief erröten ließ. »Vielleicht werde ich das zweite Bett in meinem Zimmer überhaupt nicht brauchen«, meinte der Eulenmeister. »Vergiss nur nicht, dass die Eröffnungsprozession eine Stunde nach Sonnenaufgang beginnt.«
Immer noch rot im Gesicht, versuchte Jaryd, sich gleichgültig zu geben. »Sie ist wirklich nicht mein Typ«, erklärte er abfällig.
»Ach ja? Offenbar bist du aber ihrer.«
Sie kehrte mit einem Korb mit verschiedenen Brotsorten,

einem Teller mit Butter, Besteck und Stoffservietten zurück. »Sobald das Essen fertig ist, bringe ich es euch.« Wieder sah sie Jaryd an, der ihren Blick einen Moment lang erwiderte, bevor er sich zum Fenster hin abwandte. »Wenn ihr noch etwas braucht, fragt einfach nach Kayle.«

»Danke, Kayle«, rief Baden ihr nach. Dann wandte er sich wieder Jaryd zu, eine weitere Bemerkung auf den Lippen, aber in diesem Augenblick gesellte sich Trahn, einen Krug Bier in der Hand, zu ihnen, nachdem er Maimun noch etwas über die Schulter zugerufen hatte. Er setzte sich kopfschüttelnd hin und grinste.

»Für jemanden, der weiß, dass wir kein Geld haben«, meinte der Falkenmagier ironisch, »verliert Maimun viel Zeit damit, uns zu hofieren.«

Baden schnaubte zustimmend.

»Wie war euer Besuch bei Jessamyn?«, fragte Trahn.

»Gut«, sagte Baden schlicht. »Wir haben es vermieden, über ... die neuesten Ereignisse zu sprechen. Sie wirkte allerdings ein bisschen müde und abgearbeitet.«

»Nun, seit zwei Tagen empfängt sie einen ununterbrochenen Strom von Besuchern. Kein Wunder, dass sie erschöpft ist.«

Baden nickte zustimmend. »Sartol war dort, als wir eintrafen, und auf dem Rückweg sind wir Orris begegnet. Jaryd war erstaut über Orris' freundliches Auftreten«, fügte der Eulenmeister hinzu.

»Er ist der erste unhöfliche Magier, den ich kennen gelernt habe«, warf Jaryd ein.

Trahn lachte. »Ich mag ihn eigentlich ganz gern, obwohl ich schon verstehen kann, dass er manchmal einen etwas derben Eindruck macht.«

»Das«, erklärte Jaryd, »ist eine ziemliche Untertreibung.«
»Mag sein«, gab Trahn immer noch lachend zu, »aber ich glaube, dass einiges von dem, was er über den Orden zu sagen hat, durchaus hörenswert ist. Und er verfügt über eine beträchtliche Gefolgschaft unter den jüngeren Magiern.« Jaryd dachte einen Augenblick über diese Äußerung nach, während er sein Bier trank. Dann fragte Trahn nach ihrer Begegnung mit Sartol.
Baden zuckte die Achseln. »Es wurde nicht viel gesagt. Und er war freundlich.«
»Oh, Sartol ist immer freundlich«, meinte Trahn und lachte abermals.
Jaryd sah Baden an. »Du hast etwas Ähnliches über Sartol zu Jessamyn gesagt.«
Trahn riss die grünen Augen auf. »Tatsächlich?«
»Ja«, gab Baden zu. »Und sie hat mich dafür getadelt.«
»Was hast du gesagt?«
»Ich erinnere mich nicht genau. Ich glaube, ich habe ihn als Kriecher bezeichnet.«
Trahn schnaubte und unterdrückte damit ein weiteres Lachen. »Das kommt mir ganz richtig vor.«
»Warum?«, fragte Jaryd. »Ich fand ihn recht nett.«
Baden bedachte Trahn mit einem vorwurfsvollen Blick, dann wandte er sich Jaryd zu. »Du hast Recht«, begann er. »Ebenso wie Jessamyn heute Nachmittag Recht hatte. Sartol ist ein anständiger Mann, und er ist vollkommen harmlos. Er hat nur die Tendenz, ein wenig zu bemüht in seiner Freundlichkeit zu sein. Manchmal kann er damit eben ein wenig kriecherisch wirken.«
»Du bist großzügiger, als ich es wäre«, warf Trahn ein. »Ich traue ihm nicht über den Weg. Ich glaube einfach, dass er

sich bei uns allen lieb Kind machen will, damit wir ihn zum Eulenweisen wählen, wenn der Zeitpunkt gekommen ist.«

»Mag sein«, entgegnete Baden, »aber das kann man ihm ja kaum vorwerfen.«

»Du magst Recht haben«, gab Trahn zu. »Ich mag ihn trotzdem nicht besonders.«

»Jessamyn sagte etwas darüber, dass es verständlich sei, dass Sartol sich so verhielte, wenn man bedenkt, was er hinter sich habe«, erinnerte Jaryd Baden. »Was hat sie damit gemeint?«

»Kurz nachdem Sartol seinen Umhang erhielt«, erklärte Baden und fuhr sich mit der Hand durch sein schütteres Haar, »kehrte er in sein Heim im Norden von Tobyn-Ser zurück. Dort begann er, von den Leuten Geld für seine Dienste zu nehmen, was einen Verstoß gegen Amarids Gesetze darstellt. Er wurde vom Orden offiziell zurechtgewiesen, und man verbot ihm ein Jahr lang, seinen Umhang zu tragen. Zu seinen Gunsten muss man sagen, dass er seine Strafe widerspruchslos akzeptiert hat, alles zurückzahlte, was er genommen hatte, und weiter derselben Region diente, was mir recht mutig vorkommt. Seitdem ist er einer der einflussreichsten Magier des Ordens geworden. Viele von uns dachten, er würde nach Feargus' Tod Eulenweiser werden. Aber stattdessen haben die anderen Eulenmeister Jessamyn gewählt, die das älteste Ordensmitglied war.«

»Wen hast du gewählt?«, fragte Jaryd.

Baden lächelte rätselhaft. »Das geht dich nichts an.« Nach einem kurzen Schweigen setzte der Eulenmeister die Geschichte fort. »Obwohl niemand zugeben würde, dass die Stimmen für Jessamyn auch als Zurückweisung von Sartol gemeint waren, hatten damals viele das Gefühl, das Abstimmungsergebnis stelle einen letzten Klaps auf seine Finger dar. Viele von uns erwarten, dass Sartol der nächste Eulenmeister sein wird, aber Sartol lässt auch nichts unversucht, um sich beliebt zu machen.«

»Kanntest du ihn schon, als er bestraft wurde?«, wollte Trahn wissen.

Baden nickte. »Ja, wenn auch nicht sonderlich gut. Ich war seit ein paar Jahren mit meiner Großmutter und meiner Mutter zu den Versammlungen gekommen und hatte gerade die ersten Monate als Schüler von Lynwen hinter mir. Sartol und ich begegneten einander, ich glaube, wir haben sogar ein paarmal miteinander gesprochen. Aber das war alles.« Er hielt inne und starrte den leeren Bierkrug an, den er in seinen großen Händen hielt. »Sartol war damals sehr stolz, beinahe arrogant. Aber selbst damals hatte er eine liebenswerte Art, die ihn zu einem der Anführer unter den jüngeren Ordensmitgliedern machte.«

Wieder senkte sich Schweigen über ihren Tisch, das diesmal vom Eintreffen des Abendessens und einer zweiten Runde dunklen Biers gebrochen wurde. Dieses Bier, das nur hier in der Stadt des Ersten Magiers ausgeschenkt wurde, nannte sich Amari-Bier. Baden hatte behauptet, der Adlerhorst serviere das beste Essen in der ganzen Stadt, und Jaryd erfuhr nun, wie gut es war. Das Abendessen bestand aus einem gut gewürzten Eintopf, nicht unähnlich dem, den seine Mutter manchmal kochte, aber mit Geflügel statt Rindfleisch und mit einem aromatischen Kraut gewürzt, das Jaryd nicht kannte. Es war, wie er zugeben musste, eine der köstlichsten Mahlzeiten, die er je zu sich genommen hatte.

»Was hältst du von der Großen Halle?«, fragte ihn Trahn, während sie aßen.

Jaryd zögerte, denn er erinnerte sich an das Unbehagen, das er auf der Straße vor der Halle und dann noch einmal im Versammlungssaal empfunden hatte. »Sie ist sehr schön«, sagte Jaryd unsicher, »besonders die Kristallstatuen.«

Trahn kniff die Augen ein wenig zusammen. »Aber?«

»Ich weiß nicht recht, wie ich es ausdrücken soll. Ich denke, ich habe mich irgendwie ... unbehaglich gefühlt.«

Trahn warf Baden einen scheinbar sehr zufriedenen Blick zu, bevor er sich wieder an Jaryd wandte. »Sprich weiter.«

Jaryd schüttelte den Kopf. »Wie ich schon sagte, ich weiß nicht, ob ich es in Worte fassen kann. Es ist nur – nun, Amarid war ein Mensch. Gut, er war der Erste Magier, aber er war nur ein Mensch. Diese Halle kommt mir vor wie einer von Aricks Tempeln, nur viel größer. Es wirkt irgendwie ... unangemessen.«

Wieder wandte sich Trahn Baden zu und lächelte triumphierend. Baden schüttelte nachdenklich den Kopf. »Trahn sagt mir schon seit Jahren dasselbe«, meinte er. »Ich sehe es nicht so, aber ich achte seine und deine Meinung.«

»Ich glaube, was mich am meisten gestört hat«, erklärte Jaryd, »war etwas, worüber wir heute früh schon gesprochen haben. Der Abstand zwischen dieser Verehrung für Amarid und der vollkommenen Tilgung der Rolle Therons aus allen Traditionen des Ordens, selbst den Bauwerken, ist einfach zu groß. Amarid wird zu einer Art Gott gemacht, während Therons Name gleichbedeutend ist mit einem Verstoß gegen Amarids Gesetze. Ich finde, hier bräuchte es ein anderes Gleichgewicht.«

Trahn und Baden wechselten einen Blick. »Auch das hat

Trahn mir schon öfter gesagt«, erklärte der Eulenmeister ernst.

Jaryd wandte sich Trahn zu, denn er erinnerte sich an etwas von ihrer vorherigen Begegnung auf der Straße. »Du sagtest heute Nachmittag, als wir uns begegnet sind, dass gerade dieser Unterschied zwischen dem Schicksal Amarids und Therons die Ursache unserer derzeitigen Probleme sein könnte. Was hast du damit gemeint?«

»Bevor du antwortest«, unterbrach Baden, der seinen Magierkollegen eindringlich ansah, »solltest du wissen, dass Jaryd meine Theorie über die Vorgänge in Tobyn-Ser bereits kennt.«

Trahn zog eine Braue hoch. »Dann sollte ich sie vielleicht auch erfahren.«

Der Eulenmeister senkte die Stimme zu einem Flüstern, und er sah sich vorher um, um sich zu überzeugen, dass sie niemand belauschen konnte. »Ich glaube, all diese Angriffe sind Therons Werk – seines und das der anderen unbehausten Magier. Ich bin nicht sicher, wie es geschieht; vielleicht haben sie eine Möglichkeit gefunden, den Fluch auf eine Weise zu verändern, die ihren Geistern nun erlaubt, die Orte ihrer ersten Bindung zu verlassen. Und ich weiß auch nicht, ob die Unbehausten sich Theron freiwillig angeschlossen haben oder ob er sie durch seine Macht oder Heimtücke gezwungen hat. Ich habe mich gefragt, warum er das tut, aber vielleicht habt ihr beiden ja die Antwort auf diese Frage gefunden. Ich bin allerdings überzeugt, dass Theron dahinter steckt; ich kann keine andere Erklärung finden.«

Einen Augenblick lang sagte Trahn nichts und starrte nur unergründlich geradeaus. Dann seufzte er tief. »Ich bin, wenn auch widerstrebend, zu einem ähnlichen Schluss gelangt. Ich wüsste sonst niemanden, der gleichzeitig den Orden derart verachtet und die Macht hat, so viele Angriffe an so vielen unterschiedlichen Stellen des Landes zu führen.« Er sah nun Jaryd an, und der junge Mann bemerkte den Schmerz in seinem Blick. »Es erfüllt mich mit tiefer Trauer, nicht nur wegen der getöteten Menschen, sondern auch, weil ich ebenso bedrückt darüber bin wie du, was aus dem Andenken an Theron geworden ist. Wir hätten diesen Kummer vermeiden können, wenn es uns gelungen wäre, einen Platz für Theron in der Geschichte des Ordens zu finden.«

»Was können wir jetzt noch tun?«, fragte Jaryd und versuchte vergeblich, einen zuversichtlichen Eindruck zu machen.

Keiner der beiden älteren Männer antwortete, und ihr Schweigen erschreckte Jaryd mehr als alles, was bisher gesagt worden war. Schließlich ergriff Trahn wieder das Wort. »Ich denke, wir sollten zu Therons Hain gehen und seinen Geist darum bitten, diesen Angriffen ein Ende zu machen.«

»Ich bin der gleichen Ansicht«, erklärte Baden, »aber du begreifst sicher, wofür du dich da aussprichst.«

»Ja«, erwiderte Trahn.

Wieder wechselten die beiden Magier einen Blick, und diesmal ließ diese Geste Jaryd beinahe das Blut gefrieren. »Ich nicht«, rief er. »Ich verstehe es überhaupt nicht.«

Nach langem Schweigen sah Trahn Baden an, ein spöttisches Lächeln um die Mundwinkel. »Das ist jetzt deine Sache.«

Baden schaute den Falkenmagier noch einen Moment länger an, dann nickte er und wandte sich Jaryd zu. »An diesem letzten Abend in den Bergen«, begann er leise, »als ich dir die Geschichte von Theron und Amarid erzählte, habe ich ein paar Dinge ausgelassen. Ich sagte, dass Therons Geist ohne einen Ceryll erscheint, aber diese Feststellung beruht nur auf dem, was ich von seiner letzten Nacht weiß. Wir wissen nicht, wie Therons Geist aussieht, denn in den tausend Jahren seit seinem Tod ist keiner, der Therons Hain betreten hat, je wiedergekehrt.«

Jaryds Mund wurde trocken, und er fühlte sich, als hätte Theron selbst die Hand aus dem Grab gereckt und ihm einen eisigen Finger aufs Herz gelegt. »Wie kann das sein?«, fragte er schließlich, und es klang wie ein Krächzen.

»Meinst du, wie sind sie gestorben? Das weiß ich nicht. Wie ich dir gestern Abend schon sagte, Therons Macht war gewaltig. Wir wissen wenig darüber. Und, wie du dir sicher denken kannst, seit hunderten von Jahren hat es niemand gewagt, den Hain zu betreten. Aber kurz nach der Verhandlung gegen Theron haben sich die Menschen von Rholde, Therons Heimatort, an den Orden gewandt und gebeten, sie vor dem Geist des Eulenmeisters zu schützen, der sie seit seinem Tod ständig terrorisierte. Amarid hat eine Gruppe von Magiern zum Hain geschickt, in der Hoffnung, dass sie eine Möglichkeit finden könnten, den Geist entweder zu beruhigen oder zu besiegen. Einige Bewohner des Städtchens folgten den Magiern zum Hain und sahen, wie sie ihn betraten. In den folgenden Stunden hörten sie Schreie des Entsetzens und der Verzweiflung und sahen grünliches Licht im Hain. Aber nie sahen sie einen der Magier wieder.

Theron quälte Rholde weiter, und wieder wandten sich die Dorfbewohner an den Orden um Schutz, aber Amarid weigerte sich, das Leben weiterer Magier aufs Spiel zu setzen. Einige in Rholde verlangten, der Erste Magier selbst solle sich Theron stellen, und Amarid weigerte sich auch in diesem Fall. Bald darauf entschlossen sich die Bewohner von Rholde, ihr Dorf lieber zu verlassen, als noch mehr von Therons Grausamkeiten zu ertragen.

In den folgenden Jahren betraten andere Magier den Hain. Einige hofften, Frieden mit Theron zu schließen, andere waren vielleicht auf der Suche nach Ruhm. Aber keiner wurde je wiedergesehen. Schließlich verließen alle Menschen aus Ducleas Wald, wie der Schattenwald einmal hieß, ihre Dörfer, denn sie befürchteten, dass Theron sie nie in Ruhe lassen würde. Bis auf den heutigen Tag ist dieser Teil des Landes verlassen.« Baden hielt inne und trank nachdenklich einen Schluck Bier. »Du siehst also, Jaryd«, fuhr er schließlich fort, »dass es ausgesprochen gefährlich ist, sich mit Theron anzulegen.«

»Was ist denn dann zu gewinnen, wenn man versucht, mit ihm zu sprechen?«, fragte Jaryd, der sich langsam wieder gefasst hatte.

»Diesmal, denke ich, überlasse ich es dir«, sagte Baden zu Trahn. »Es war schließlich deine Idee.«

Trahn lächelte und nickte. »Was wäre zu gewinnen?«, wiederholte er. »Viel, wenn es uns gelingt, die Nacht zu überleben. Theron greift die Dörfer vielleicht an, um unsere Aufmerksamkeit zu erreichen, und sobald er weiß, dass wir ihm zuhören, hört er vielleicht auf. Oder er könnte etwas wollen, was wir ihm geben können. Es wäre auch möglich, dass wir in unserem Gespräch mit ihm etwas erfahren, das uns hilft, die Macht der Unbehausten zu neutralisieren oder sie zu beherrschen. Und falls Theron doch nicht für die

Angriffe verantwortlich sein sollte, weiß er vielleicht, wer es ist. Die Unbehausten verfügen über große Weisheit und ein Wissen, das das unsere weit überschreitet. Vorausgesetzt natürlich, dass wir den Hain lebend wieder verlassen.«

Trahns offene Miene und sein schlichter Tonfall ließen beinahe vergessen, dass er darüber sprach, sich dem unbehausten Geist Therons zu stellen. Und dennoch wusste Jaryd, der von den beiden Männern ins Vertrauen gezogen wurde, als wäre er bereits ein Magier, und ebenso Zeuge ihrer Angst wurde wie ihrer Entschlossenheit, dass er Baden und Trahn überallhin folgen würde. Sogar in Therons Hain. Gleichzeitig fiel ihm die nächste Frage ein – eine, die ihn zutiefst verängstigte. Er schob sie von sich, grinste und schaute von einem Magier zum anderen. »Und«, fragte er forsch, »wann brechen wir auf?«

Trahn lachte leise. »Ich bin nicht sicher, ob wir überhaupt gehen werden. Ich weiß auch nicht, ob die anderen Magier dich mitnehmen wollen, da du noch nicht einmal einen Umhang hast.«

»Das sollten sie aber«, erklärte Baden. »Er hat den Magier gesehen, der Taima angegriffen hat.«

»Was?«, fragte Trahn verblüfft.

»In der Nacht, bevor wir Taima erreichten, hatte Jaryd eine Vision.«

Von dem Augenblick an, seit sie Trahn begegnet waren, hatte der Falkenmagier den jungen Mann mit Respekt behandelt, beinahe, als wären sie gleichgestellt. Das war einer der Gründe, wieso Jaryd den dunkelhäutigen Mann so schnell lieb gewonnen hatte. Aber nun bedachte ihn Trahn mit einem Blick voller Ehrfurcht und Staunen, der

Jaryd verlegen machte. »Bitte«, bat der Falkenmagier leise, »erzähle mir von dieser Vision.«
»Eigentlich gibt es gar nicht viel zu erzählen«, meinte Jaryd nervös. »Baden hat versucht, mir am nächsten Tag meinen Traum noch einmal vor Augen zu rufen, und selbst das hat nicht viel ergeben.« Er warf Baden einen Blick zu, und sein Onkel nickte ihm ermutigend zu. »Ich sah einen Mann im Umhang eines Magiers, der einen großen schwarzen Vogel auf der Schulter hatte und einen Stab mit einem schimmernden roten Stein trug. Er hatte die Kapuze über den Kopf gezogen, so dass ich sein Gesicht nicht sehen konnte. Aber er reichte mir eine schwarze Feder, und als ich die Feder in die Hand nahm, ging sie in Flammen auf.« Jaryd zuckte die Achseln. »Am nächsten Tag fanden wir heraus, dass diese Häuser in Taima niedergebrannt waren, und derjenige, der sie angezündet hat, hatte eine schwarze Feder zurückgelassen.«
Trahn schaute von Jaryd zu Baden, und seine Miene war grimmig geworden. »Am Schauplatz eines jeden Angriffs wurde eine schwarze Feder zurückgelassen.«
»Jaryd«, sagte Baden sanft, »es könnte sein, dass ich dich bitten werde, deine Vision bei der Versammlung noch einmal zu beschreiben.«
Immer noch verlegen, schreckte Jaryd schon vor dem Gedanken daran zurück. »Aber ich dachte, Schüler dürften bei offiziellen Entscheidungen in der Versammlung nicht sprechen.«
»Normalerweise ist das so. Aber ich bin sicher, dass Jessamyn in diesem Fall eine Ausnahme machen wird. Ich möchte einfach, dass du darauf vorbereitet bist, deinen Traum noch einmal zu beschreiben. In Ordnung?«

Jaryd nickte widerstrebend.
»Glaubst du, Jessamyn wird es wagen, eine Delegation zu Therons Hain zu schicken?«, wollte Trahn von Baden wissen.
»Das hoffe ich«, flüsterte der Eulenmeister. »Ich hoffe es in Aricks Namen.«
Dann bestellten die drei noch eine Runde Bier, und danach noch zwei weitere, und sie unterhielten sich bis tief in die Nacht. Ihr Gespräch wandte sich bald von dem ernsten Thema Theron unterhaltsameren Geschichten zu, über frühere Versammlungen und die Abenteuer, die Baden und Trahn miteinander erlebt hatten. Im Laufe des Abends spürte Jaryd, wie der Alkohol ihn wie eine warme Decke umfing, und die Namen und Bilder, die seine Freunde mit ihren Geschichten heraufbeschworen, gingen immer mehr ineinander über und überließen ihn seinen eigenen umherschweifenden Gedanken. Einmal sah er sich im Schankraum nach Kayle um und entdeckte mit gewissem Bedauern, wie sie an einem anderen Tisch mit einem anderen Gast lachte. Er dachte an Gissa, eine seiner besten Freundinnen in Accalia und das einzige Mädchen, mit dem er je das Bett geteilt hatte. Und er erkannte mit einem leisen Lächeln, dass er Recht gehabt hatte: Kayle war nicht sein Typ.
Erst lange nach Mitternacht taumelten Baden und Jaryd nach oben in ihr kleines, dunkles Zimmer. Als Jaryd am nächsten Morgen erwachte, war der Eulenmeister bereits fertig angezogen, um seinen Platz in der Eröffnungsprozession der Versammlung einzunehmen, während sein Schüler sich nicht einmal erinnern konnte, wie es ihm gelungen sein mochte, sich die Stiefel auszuziehen und in das Bett zu

steigen, in dem er nun lag. Nur die Willenskraft des Eulenmeisters brachte Jaryd aus dem Bett und dazu, sich zu waschen und anzuziehen. Trahn wartete im Hof des Adlerhorstes auf sie, und zusammen zogen die drei durch die Gassen und Straßen von Amarid zum Heim des Ersten Magiers, wo die Prozession beginnen sollte. Jaryd wurde immer wieder schwindlig, als sie durch die Stadt eilten, und als Baden fragte, ob sie zum Frühstück irgendwo Halt machen sollten, spürte der junge Mann, wie er grün im Gesicht wurde. Das Geräusch von Badens und Trahns Gelächter bei diesem Anblick schnitt schmerzlich durch Jaryds Kopf, und er schwor sich, dass er niemals wieder Amari-Bier trinken würde.

Als sie das Zuhause des Ersten Magiers erreichten, hatten offenbar die meisten anderen Magier bereits ihre Positionen in der Prozession eingenommen. Die Reihe der in ihre Umhänge gehüllten Magier zog sich wie ein waldgrüner Fluss am Haus entlang und durch die Baumgruppe aus vereinzelten Fichten und Zedern, die es umgaben. Als Jaryd und seine Begleiter an den älteren Eulenmeistern und Falkenmagiern vorbeikamen, nickten und lächelten Baden und Trahn ihren Kollegen zu und blieben hin und wieder stehen, um alte Freunde zu umarmen oder einen Gruß auszutauschen. Jaryd schwieg, aber er betrachtete bewundernd die Unzahl verschiedener Vögel, überwiegend Eulen, die er hier zum ersten Mal sah. Einige waren so klein, dass sie sich in den Falten eines Umhangs oder einer Kapuze verbergen konnten, und zuerst konnte Jaryd sie kaum entdecken. Andere waren größer als Anla, und eine, ein riesiger grauer, rundköpfiger Vogel mit eng zusammenstehenden gelben Augen, war sogar größer als die Eule, die Jaryd am Vortag auf Sartols Schulter gesehen hatte. Die meisten Falkenmagier befanden sich, weil sie jünger waren, weiter hinten in der Prozession. Aber Jaryd hoffte, die Gelegenheit zu erhalten, auch ihre Vögel einmal aus der Nähe zu sehen.

Amarids Heim, das Haus, an dem sich die Prozession aufstellte, war wie alle Gebäude in diesem alten Teil der Stadt aus grob behauenen Stämmen gezimmert und verwittert, weil es seit tausend Jahren den Elementen ausgesetzt gewesen war. Als Jaryd es betrachtete, dachte er, dass es das Zuhause eines jeden Bürgers von Tobyn-Ser hätte sein können, und er begriff, dass dies nur noch mehr dazu beitrug, den Ordensgründer zu einem so wichtigen Symbol zu machen. Trotz der Kristallstatuen und der großartigen Wandgemälde war Amarid der Sohn einfacher, schwer arbeitender Leute gewesen, eine Tatsache, die in glücklicheren Zeiten die Verbindung zwischen dem Orden und dem Rest des Landes verbessert hatte.

Jaryd und Baden nahmen ihren Platz in der Prozession ein, und Trahn verließ sie, um sich weiter hinten einzureihen, solange die Magier noch darauf warteten, dass es endlich losging. Die Teilnehmer der Prozession hatten sich entsprechend ihrer Dienstjahre im Orden aufgestellt. Von den beinahe sechzig Magiern, die derzeit Ordensmitglieder waren, war Baden etwa der Zwanzigste, und er und Jaryd standen mehrere Plätze hinter Sartol und zwei Plätze vor Radomil. Als Badens Schüler war es Jaryd erlaubt, sich neben seinem Onkel vorn in der Prozession einzureihen. Wenn er allerdings erst einmal selbst Magier war, würde Jaryd am Ende marschieren, zusammen mit den anderen jungen Leuten. Als er nun dorthin zurückschaute, entdeckte er ganz am Ende der Reihe eine Frau, die etwa in seinem Alter war. Sie hatte dichtes, langes dunkles Haar, und Jaryd konnte trotz ihres weiten Hemds und der weit geschnittenen Hosen erkennen, dass sie schlank und athletisch gebaut war.

»Wer ist das?«, fragte er impulsiv, obwohl er gar nicht hatte laut sprechen wollen.

Baden folgte seinem Blick. »Am Ende der Prozession? Das ist Alayna, das neueste Ordensmitglied. Ist sie eher dein Typ als die Kellnerin?«, fragte der Magier neugierig. Jaryd errötete. »Sieht ganz so aus«, meinte Baden mit einem spöttischen Grinsen. »Das ist die erste andere Farbe außer Grün, die ich heute in deinem Gesicht sehe. Sie wäre auch mein Typ«, fuhr er ohne Ironie fort, »wenn ich ein paar Jahre jünger wäre. Sie ist nicht nur schön und intelligent, sie hat auch ein gewaltiges Potenzial als Magier; tatsächlich glauben viele, dass sie vielleicht eines Tages Oberhaupt des Ordens werden wird.«

»Wie könnt ihr das jetzt schon wissen?«, fragte Jaryd, der immer noch die junge Frau anstarrte.

»Sicher können wir natürlich nie sein. Aber selbst bei den neuesten Magiern kann man oft Anzeichen solcher Dinge sehen. Erkennst du den Vogel auf ihrer Schulter?«

Jaryd hatte den majestätischen grauen Vogel nicht beachtet, bis Baden die Frage stellte. »Amarids Falke!«

»Genau. Eine Bindung an ein Tier dieser Art zeugt für gewöhnlich von großer Kraft, besonders, wenn es die erste Bindung ist.«

Jaryd schaute weiterhin Alayna an. Dann erwiderte sie plötzlich seinen Blick. Jaryd spürte, wie sein Herz einen Moment aussetzte, und er sah, wie ihre Augen ein wenig größer wurden, als sie zurückstarrte. Es dauerte nur einen winzigen Augenblick – so abrupt, wie es begonnen hatte, wandte sie sich wieder ab, und Jaryd fragte sich, was ihr bei diesem kurzen Blickwechsel wohl durch den Kopf gegangen sein mochte. Kurz darauf, als die Glocken der Großen Halle zu läuten begannen, nahmen Jessamyn und ein weißhaariger Magier mit einer kleinen rötlichen Eule ihre Plätze am Kopf der Prozession ein, und der Orden begann, auf die Halle zuzumarschieren. Jaryd schwieg eine lange Zeit, und in seinem Kopf spielte sich wieder und wieder diese stille Begegnung mit Alayna ab.

Nachdem sie den Wald, der Amarids Zuhause umgab, hinter sich gebracht hatten, umkreiste die Prozession das Viertel, das Haus und Waldland beherbergte, und bewegte sich dann auf einer der Ausfallstraßen auf die Große Halle zu. Am Straßenrand standen hunderte von Menschen, die den Magiern zuwinkten und zujubelten. Von diesem Anblick aus seinen Gedanken gerissen, schloss sich Jaryd schnell Baden und den anderen Magiern an und winkte und lächelte zurück.

»Ein netterer Empfang, als er uns in Taima zuteil wurde, findest du nicht?«, sagte Baden über den Lärm der Menge hinweg.

Jaryd nickte, und dann erinnerte er sich an eine Frage, die er schon länger hatte stellen wollen. »Wer ist der ältere Magier, der neben Jessamyn geht?«

»Das ist Peredur, Jessamyns Erster.«

»Ich habe dich schon öfter vom Ersten der Eulenweisen sprechen hören, aber ich habe immer noch nicht begriffen, was er tut.«

Baden lachte leise. »Es ist eine seltsame Stellung«, erklärte er. »Verschiedene Erste haben ihren Weisen auf ganz unterschiedliche Arten gedient. Einige sind Berater in Sachen Politik und Führerschaft. Andere verbringen viel Zeit damit, sich um die alltäglichen Angelegenheiten der Weisen zu kümmern, damit diese genug Zeit haben, den Orden zu leiten, ohne sich mit solchen Kleinigkeiten abgeben zu müssen.« Der Eulenmeister hielt inne. »Ich würde sagen, Peredur steht irgendwo in der Mitte. Er war nie ein sonderlich mächtiger Magier und hat sich auch bei Versammlungen nie lautstark hervorgetan. Aber er und Jessamyn erhielten ihre Umhänge etwa zur selben Zeit, und sie waren schon als Kinder Freunde. Ich habe manchmal gehört, dass er ihr Ratschläge gab, aber meistens kümmert er sich einfach nur um sie und achtet darauf, dass sie sich nicht zu sehr anstrengt – das ist etwas, wozu Jessamyn bedauerlicherweise neigt.«

Die Prozession hatte die Große Halle erreicht und umkreiste nun das Gebäude wie zuvor Amarids Heim. Die Glocken in den Zwillingstürmen läuteten weiterhin laut, und der Klang hallte in den Straßen und Gassen der Stadt wider.

»Und was passiert nach der Prozession?«, fragte Jaryd.

»Wir betreten den Versammlungssaal und setzten uns an den Tisch, den du gestern gesehen hast«, erwiderte Baden. »Jessamyn wird uns willkommen heißen, ebenso wie alle anderen, die nach Amarid gereist sind, und dann wird sie offiziell die Versammlung eröffnen. Die Sitzung dieses Morgens wird öffentlich sein, und wir werden uns um ein paar formelle Angelegenheiten kümmern. Das könnte mehrere Stunden dauern.« Baden verzog unwillig das Gesicht. »Das ist der Teil der Versammlungen, den ich hasse. Ich weiß wirklich nicht, wie Jessamyn das jedes Jahr aushält.« Er hielt inne und schüttelte den Kopf. »Jedenfalls wird dann am Nachmittag die erste Sitzung unter Ausschluss der Öffentlichkeit stattfinden, und dann werden wahrscheinlich die Diskussionen über die Angriffe auf Tobyn-Ser beginnen.«

Einige Zeit gingen sie schweigend weiter. Aber als sie den Eingang zur Halle erreichten, erinnerte sich Jaryd an die Frage, die ihm am vergangenen Abend eingefallen war, als er mit Baden und Trahn im Adlerhorst gesessen hatte. Und bewegt von einem Impuls, den er selbst nicht verstand, fragte er plötzlich: »Baden, was, wenn ihr euch irrt, du und Trahn?«

Der Eulenmeister sah sich um, aber niemand in der Prozession schien Jaryds Frage gehört zu haben. »Irren?«, wiederholte er leise. »Du meinst ... was den Verursacher der Angriffe angeht?«

»Ja«, sagte Jaryd nun ebenfalls viel leiser. »Was, wenn jemand anders dafür verantwortlich ist?«

Der Eulenmeister holte tief Luft und schwieg für scheinbar lange Zeit. Und seine Antwort, als er sie endlich gab, machte Jaryd ebenso viel Angst wie der Gedanke daran, Theron gegenüberzutreten: »Wenn wir uns irren, dann gibt es eine Verschwörung innerhalb des Ordens, und dann befinden sich in dieser Prozession mehrere Verräter.«

6

Immer noch erschüttert von Badens Antwort, ging Jaryd die Marmorstufen hinauf und in den Versammlungssaal. Einige ältere Ordensmitglieder, darunter Jessamyn und Peredur, hatten sich bereits hinter ihre Stühle am anderen Ende des riesigen ovalen Tisches gestellt, was Jaryd zeigte, dass die strenge Ordnung der Prozession auch für die Anordnung der Sitzplätze in der Halle galt. Tatsächlich bewegte sich Baden rasch zu einem Stuhl rechts am Tisch, und dort fand Jaryd auch einen Hocker, der offensichtlich für ihn gedacht war und dem die gebogene Sitzstange fehlte, über die die anderen Stühle verfügten. Er folgte Badens Beispiel, blieb schweigend bei seinem Stuhl stehen und beobachtete, wie die anderen Ordensmitglieder hereinkamen. Er wünschte sich nur, sein Kopf würde aufhören sich zu drehen. Nachdem alle Magier ihre Plätze rund um den Tisch eingenommen hatten, betraten Zuschauer aus der Menschenmenge, die an der Straße gestanden hatte, den Saal und stellten sich in den offenen Bereich nahe den großartigen Holztoren. Das dauerte einige Zeit, und währenddessen blieben die Magier ruhig stehen.

Als sich endlich alle, die hineinpassten, in die Halle gedrängt hatten, hörten die Glocken auf zu läuten – ein Segen, dachte Jaryd, dem ohnehin der Kopf dröhnte –, und das Schweigen der Magier breitete sich auch unter den Besuchern aus. Langsam hob Jessamyn ihren Stab mit dem schimmernden wasserblauen Stein über ihren Kopf.

»Im Namen Amarids, des Ersten Magiers und Gründers dieses Ordens«, erklärte sie mit klarer, wohltönender Stimme,

»heiße ich euch willkommen und erkläre diese Versammlung für eröffnet!«
Wie aufs Stichwort erhoben auch alle anderen Magier ihre Cerylle. Licht schoss aus den Kristallen und schuf einen Regenbogen aus Farben, der sich auf den Ceryll der Eulenweisen zubewegte, wo er das strahlende weiße Licht verstärkte, das aus Jessamyns Kristall hervorbrach. Die Zuschauer am anderen Ende des Saals jubelten laut, und als der Beifall verklungen war, sagte Jessamyn leiser, aber immer noch so, dass sie überall verstanden werden konnte: »Bitte setzt euch.« Unter Rascheln von Kleidung und Gefieder erlaubten die Magier ihren Vögeln, sich auf die Sitzstangen an den Stühlen zu hocken, und setzten sich dann selbst hin.
»Peredur und ich freuen uns sehr, dass ihr alle wieder hier seid«, fuhr die Eulenweise fort. »Wie immer haben viele von euch einen weiten Weg zurückgelegt, um an diesen Gesprächen teilzunehmen, und das wissen wir zu schätzen. Wir versammeln uns diesmal in schwierigen Zeiten«, sagte sie, und nun wurde ihre Stimme wieder lauter, und sie klang ernster. »Wir sehen uns einer Herausforderung gegenüber, die keiner von uns so recht versteht. Die Menschen dort hinten in diesem Saal, auf den Straßen dieser Stadt und in den Dörfern und Städten des Landes wandten sich an diese Versammlung um Antwort und um Schutz. Wir sollten uns vornehmen, dass wir in zwei Tagen, wenn wir diese Halle wieder verlassen, dies vereint tun und entschlossen, einem bestimmten Plan zu folgen und ihn auszuführen.« Auf ihre Worte hin erklang zustimmendes Gemurmel von denen, die am Tisch saßen, und mehrere Magier nickten zustimmend.

»Aber bevor wir uns solchen Themen zuwenden«, fuhr Jessamyn fort, »gibt es noch ein paar andere Dinge. Als Erstes glaube ich, dass Eulenmeister Sartol etwas zu sagen hat. Sartol?«

Der hoch gewachsene Magier stand auf und nickte Jessamyn zu. Aus dem Augenwinkel bemerkte Jaryd, dass auch Alayna sich erhoben hatte. »Danke, Eulenweise«, sagte Sartol beflissen. »Meister, Magier, es ist mir eine Ehre, euch und dem Orden eine neue Magierin vorzustellen.«

»Erzähle uns von dieser neuen Magierin, Eulenmeister Sartol«, erwiderte Jessamyn.

»Sie heißt Alayna und kommt aus Brisalli«, sagte Sartol und zeigte mit der Hand auf die junge Frau. »Sie ist die Tochter von Gareth und Idalia. Fylimar hat sie für würdig befunden, und dies ist eine doppelte Ehre, denn Fylimar ist einer von Amarids Falken.«

Die weißhaarige Weise nickte und hob beide Arme. Sie sah sich am Tisch um. »Meister und Magier des Ordens, Sartol hat uns eine neue Magierin gebracht, Falkenmagierin Alayna. Sollen wir sie willkommen heißen?«

Zur Antwort standen die anderen Magier wieder auf, ebenso wie Jaryd auf Badens Zeichen, und hoben ihre Stäbe zum Gruß.

Alayna stand an ihrem Platz, ihren Falken auf der Schulter, und fuhr sich verlegen mit der Hand durch das lange Haar. Mit dunklen Augen sah sie sich nervös um.

Jessamyn lächelte. »Sei willkommen, Alayna. Ihr könnt euch wieder setzen«, sagte sie dann mit etwas lauterer Stimme zu den übrigen Magiern. Nachdem der Rest des Ordens sich wieder niedergelassen hatte, hielt die Eulenweise einen Augenblick lang inne und ließ Alaynas großen

Moment in Ruhe vergehen, bevor sie in ernsterem Tonfall fortfuhr: »Leider kommen zwei unserer Freunde ungebunden zu dieser Versammlung. Falkenmagierin Laresa hat vor kurzem Kortha verloren, und Falkenmagier Mered verlor Elhir im vergangenen Winter. Wir trauern mit ihnen und wünschen ihnen Glück verheißende und lang währende Bindungen in naher Zukunft.« Wieder erscholl ein Chor zustimmender Worte, und Jaryd sah sich nach den beiden ungebundenen Magiern um. Er bemerkte kaum, was Jessamyn als Nächstes sagte. »Wir heißen auch einen weiteren Neuzugang bei der Versammlung willkommen, Eulenmeister Badens Schüler Jaryd.«

Jaryd spürte, wie ihm Baden den Ellbogen in die Rippen stieß. »Steh auf!«, flüsterte der Eulenmeister. »Sie warten alle darauf, dass du aufstehst!«

Erst jetzt begriff Jaryd, was geschah, stand abrupt auf und stieß dabei beinahe seinen Hocker um, was Anla so erschreckte, dass sie aufflog und die Kammer einmal umkreiste, bevor sie auf ihre Sitzstange zurückkehrte. Jaryd spürte, wie er tief errötete, als einige Magier und Zuschauer zu lachen begannen. Er warf einen Blick zum anderen Ende des Tisches und sah, wie Alayna ihn mit einem spöttischen Grinsen beobachtete, und nun spürte er, dass sich die Rotfärbung seiner Wangen noch vertiefte. Als er sich wieder setzte, beugte sich Baden zu ihm. »Willkommen bei der Versammlung«, sagte der Eulenmeister leise.

Mit immer noch brennenden Wangen und wieder stärker gewordenem Schwindelgefühl sah Jaryd Jessamyn an und wünschte sich nur noch, dass sie den nächsten Tagesordnungspunkt ansprechen und die Aufmerksamkeit von ihm ablenken würde. Aber als er in die braunen Augen der

Weisen sah, bedachte sie ihn mit einem so freundlichen und von Mitgefühl erfüllten Lächeln, dass er sofort spürte, wie seine Verlegenheit nachließ. Er sah sich am Tisch um und erkannte, dass sich auch die meisten anderen Magier bereits wieder der Eulenweisen zugewandt hatten, obwohl Trahn, der immer noch zu ihm hinsah, mitleidig grinste und Sartol ihm ermutigend zuzwinkerte.

Wie Baden schon angenommen hatte, begann Jessamyn mit einer ausführlichen Diskussion der Geschichte der Versammlungen und der althergebrachten Traditionen, denen der Orden in den nächsten Tagen folgen würde. Jaryd sah, wie Baden auf seinem Stuhl hin und her rutschte und sich auf einen langen Morgen mit Ritualen und Protokoll vorbereitete. Jaryd setzte dazu an, dasselbe zu tun, aber plötzlich hörte er, wie eine inzwischen vertraute Stimme die Ansprache der Eulenweisen unterbrach.

»Verzeih mir, dass ich dich störe, Eulenweise«, sagte Trahn und erhob sich unter Jessamyns zornigem Blick. »Ich möchte weder dich noch die Bräuche der Versammlung damit verletzen. Aber wie du schon selbst gesagt hast, wir treffen uns diesmal in schweren Zeiten, und ich denke, wir sollten diese Krise ohne weitere Verzögerung angehen.«

Peredur, der rechts von Jessamyn saß, sprang auf, und sein schmales, langes Gesicht war wutverzerrt. »Selbst wenn das bedeutet, gegen die Traditionen des Ordens zu verstoßen und das Andenken unseres Ersten Magiers zu beleidigen?«, wollte er wissen.

Eine der Jüngeren erhob sich, eine Frau mit kurzem, dunklem Haar. »Ja, Erster der Weisen, selbst dann«, erklärte sie mit fester Stimme.

»Dann haben wir bereits verloren«, meinte eine ältere Frau,

die Baden direkt gegenübersaß. Auf beiden Seiten des Tisches brachen geräuschvolle Diskussionen aus und verbreiteten sich weiter bis zu den Zuschauern am anderen Ende der Kammer. Baden sah sich verblüfft in der Halle um und warf Trahn dann einen fragenden Blick zu. Der Falkenmagier holte tief Luft und schüttelte den Kopf, als könnte er selbst nicht verstehen, wie es ihm gelungen sein sollte, ein solches Durcheinander anzurichten.

Dann ertönte einen Augenblick später ein einzelnes Wort, das durch den Lärm schnitt wie ein Schwert und alle im Raum zum Schweigen veranlasste. »Genug!«, befahl die Eulenweise mit einer Stimme, die direkt von der legendären Gestalt an der Decke der Kammer zu kommen schien. »Genug!« Sie schien größer zu werden, als sie sich mit eisigem Blick umsah, und die meisten am Tisch wandten sich lieber ab, als sich dem zu stellen, was sie in ihren braunen Augen erkannten. »Was ist aus uns geworden, dass eine Versammlung so beginnen soll? Was soll aus uns werden, wenn wir unsere Traditionen und Zeremonien und unser Erbe nicht mehr in Ehren halten? Vielleicht stimmt es, was Sonel sagt: Vielleicht haben wir diesen Kampf bereits verloren!«

Einige Zeit sagte niemand im Saal ein Wort. Am anderen Ende des Raums warteten die Bürger von Tobyn-Ser atemlos darauf, was als Nächstes geschehen würde. Jaryd hätte sich gerne wieder am Tisch umgesehen, um herauszufinden, wie die anderen Magier reagierten. Aber er regte sich nicht, denn er befürchtete, dass jede Bewegung Jessamyns Zorn hervorrufen könnte. Während er noch wie versteinert dasaß, den Blick auf die Tischplatte gerichtet, spürte er eher, als dass er es sah, dass Baden aufstand.

»Ich glaube, du weißt, dass das nicht stimmt, Jessamyn«,

sagte er sanft, »ebenso, wie Sonel es weiß.« Jaryd schaute über den Tisch hinweg zu der Eulenmeisterin namens Sonel, und er entdeckte, dass sie Baden mit einem kleinen Lächeln bedachte und mit einem Blick, der noch viel mehr sagte. »Dieser Orden ist mehr als die Summe seiner Rituale und Bräuche«, fuhr Baden fort, so laut, dass man ihn überall in der Kammer hören konnte. Er beugte sich ein wenig vor, hatte die Fingerspitzen auf den Tisch gestützt. »Wir sind Diener des Landes, und im Augenblick leidet dieses Land. Trahn und Ursel und die anderen, die der Ansicht sind, dass wir sofort damit beginnen sollten, diesen Schmerz zu heilen, sollten für ihre Ungeduld nicht getadelt werden.« Einige andere Eulenmeister begannen zu widersprechen, aber Baden hob die Hand und bat sie um Ruhe. »Unsere Rituale werden immer noch hier sein, wenn wir dafür Zeit haben. Aber im Augenblick kann ich Trahn nur zustimmen: Wir müssen uns als Erstes um die Gefahren kümmern, denen wir gegenüberstehen.«

Jaryd, der sich daran erinnerte, wie Baden über die Formalitäten der Versammlung dachte, unterdrückte ein Grinsen, sagte aber nichts. Baden setzte sich wieder, und alle Blicke wanderten abermals zur Eulenweisen, die nun plötzlich sehr alt und gebrechlich aussah. Peredur stand immer noch neben ihr und starrte zornig die jüngeren Magier an, und seine schlanke Gestalt zitterte vor Zorn. Jessamyn legte ihm die Hand auf die Schulter und redete leise auf ihn ein. Einen Augenblick später setzte sich der Erste der Eulenweisen wieder hin. »Du hast vermutlich Recht, mein Freund«, sagte Jessamyn leise zu Baden. »Ich frage mich nur, ob es richtig ist, dass ich in solchen Zeiten Weise bin.«

Baden schwieg, aber zum zweiten Mal an diesem Morgen

hob er seinen Stab hoch über den Kopf, und eine hell orangefarbene Flamme zuckte aus seinem Ceryll. Sofort reagierten auch die bunten magischen Feuer aller anderen Ordensmitglieder. Mit feuchten Augen hob die Eulenweise langsam, beinahe widerstrebend, ihren eigenen Stab, nahm die vereinte Macht entgegen und bündelte sie abermals zu einem strahlenden weißen Licht. Aus dem Hintergrund erklang erst langsam und leise, dann immer mehr anschwellend ein Jubel, der schließlich drohte, die Große Halle zum Einsturz zu bringen. Das Volk von Tobyn-Ser jubelte der Eulenweisen zu, zeigte ihr seine Liebe und sein Vertrauen.

»Führe uns, Eulenweise«, sagte Baden. »Wir haben uns entschieden, dir zu folgen, und du gibst uns keinen Grund, die Klugheit unserer Entscheidung in Frage zu stellen.«

Jessamyn nickte. »Ich werde euch führen, wie ich es immer getan habe: indem ich zuhöre. Ich möchte zunächst jeden anhören, der etwas zu diesem Thema zu sagen hat, aber zuvor muss ich unsere Gäste bitten, uns zu verlassen, damit wir diese Dinge in angemessener Abgeschiedenheit besprechen können.«

Das Gemurmel der Menge war nicht gerade zustimmend, aber die meisten Zuschauer hinten im Saal machten sich auf den Weg nach draußen. Jene, die zögerten, wurden von den blau gekleideten Dienern aus der Halle geführt. Während die Zuschauer gingen, beugte sich Jaryd zu Baden und flüsterte: »Hältst du das für klug?«

Baden sah ihn verständnislos an. »Wie meinst du das?«

»Nun, du hast selbst gesagt, dass diese Angriffe das Vertrauen des Volkes in den Orden unterminiert haben. Meinst du nicht, dass wir das noch verschlimmern, indem wir darüber hinter verschlossenen Türen beraten?«

Baden dachte darüber nach. »Ein interessantes Argument, obwohl ich nicht sicher bin, was wir tun könnten. Der Orden hat solche Besprechungen immer hinter verschlossenen Türen durchgeführt. Wir können an einem einzigen Tag nicht gleich alle Bräuche über den Haufen werfen. Du solltest nicht vergessen«, fügte er grinsend hinzu, »dass ich bald auch noch fordern werde, dass mein Schüler von der Versammlung angehört wird.«

Jaryd schluckte nervös. Er hatte es nicht vergessen, und das war eine Herausforderung der Tradition, auf die er gerne verzichtet hätte.

Das Geräusch der zufallenden schweren Holztüren hallte durch den Saal und verkündete den Neubeginn der Sitzung. »Ich warte auf euren Rat«, erklärte Jessamyn und sah die am Tisch Sitzenden nacheinander an.

»Vielleicht, Weise Jessamyn«, schlug Sartol vor, »sollten wir mit einer kurzen Zusammenfassung dessen, was wir über diese Angriffe wissen, beginnen. Ich bin sicher, wir wissen alle etwas über das, was geschehen ist, aber ich würde gerne mehr erfahren.«

»Ein guter Vorschlag, Sartol«, stimmte Jessamyn ihm zu. »Peredur?«

Der Erste der Weisen erhob sich und nickte Jessamyn zu. »Leider«, begann er ernst, »wissen wir nicht viel. Wir haben bisher von dreiundzwanzig Angriffen gehört. Die Menschen von Tobyn-Ser haben sie uns Magiern zugeschrieben, weil bei jedem Vorfall eine einzelne schwarze Feder am Schauplatz zurückgelassen wurde. Bisher hat noch niemand die Verantwortlichen gesehen. Der erste Vorfall liegt etwa vierzehn Monate zurück, der nächste ereignete sich beinahe sechs Wochen später. Inzwischen haben sie an

Häufigkeit zugenommen, und es sind beinahe in jedem Teil des Landes solche Dinge geschehen. Die Vorfälle reichen von geringeren Vergehen wie der Verwüstung eines Feldes bis zu ernsteren Verbrechen wie Brandstiftung, und in diesem Frühjahr begannen die Morde.« Jaryd sah an den erschrockenen Mienen mehrerer Magier, dass diese letzte Information ihnen neu und ausgesprochen schockierend für sie war. Die Versammelten begannen zu flüstern.

»Was war der letzte Angriff, Erster?«, erklang eine Stimme vom hinteren Ende des Tisches.

»Ein vernichtendes Feuer in der kleinen Stadt Taima auf der Nordebene«, erwiderte Peredur. »Dies liegt allerdings schon wieder beinahe vier Wochen zurück; es ist also gut möglich, dass seitdem noch mehr geschehen ist, wovon wir nur noch nichts wissen.«

Baden und Jaryd wechselten einen Blick. Der Eulenmeister erhob sich. »Wir waren zu diesem Zeitpunkt dort«, verkündete er.

Unbehagliches Schweigen senkte sich herab. »Was sagst du da?«, wollte Orris wissen und beugte sich vor.

»Jaryd und ich trafen am Morgen nach dem Feuer in Taima ein«, erklärte Baden. »Wir waren auf dem Weg hierher, wir kamen aus Jaryds Heimatdorf in Leoras Wald. Ich habe Freunde in Taima, und das war gut so. Wäre das nicht der Fall gewesen, dann wären wir vielleicht angegriffen worden. Die Bewohner von Taima misstrauten uns. Man könnte auch von Feindseligkeit sprechen.«

Jaryd bemerkte, dass einige Magier ihren Nachbarn wissende Blicke zuwarfen oder fragend die Brauen hochzogen, und er erkannte voller Zorn, dass sie tatsächlich Baden verdächtigten.

»Hatten sie Grund für diese Feindseligkeit?«, fragte Orris spitz.
»Ihre Stadt und ihre gesamten Getreidevorräte waren gerade von einem schrecklichen Feuer zerstört worden«, erwiderte Baden ruhig, »und der Zugang zu dem Wasser, das sie benötigt hätten, um die Flammen rechtzeitig zu löschen, war von den Tätern abgeschnitten worden. Ich verstehe ihren Zorn.«
»Das war es nicht, was ich meinte«, erwiderte Orris mit bedeutungsschwerer Stimme.
»Wie kannst du es wagen, Baden zu bezichtigen?«, schrie Jaryd den untersetzten Falkenmagier an und sprang so schnell auf, dass er dabei den Hocker umstieß.
»Jaryd!«, zischte Baden.
»Schüler Jaryd, setz dich bitte wieder hin«, bemerkte Jessamyn kühl. »Da du neu bei der Versammlung bist, möchte ich dich noch einmal daran erinnern, dass bei unseren Sitzungen nur Mitglieder des Ordens sprechen dürfen.«
Abermals errötend nickte Jaryd und setzte sich schweigend wieder hin. Baden warf ihm einen tadelnden Blick zu, aber dann drückte er ihm kurz die Schulter. »Danke«, flüsterte er, »aber ich komme mit Orris schon zurecht.«
Bevor der Eulenmeister allerdings das Wort ergreifen konnte, traf Orris schon der Zorn des Ordensoberhaupts. »Obwohl es unangemessen von Jaryd war, einfach das Wort zu ergreifen, muss ich zugeben, dass ich seine Empörung teile! Diese verschleierten Anschuldigungen sind ausgesprochen unangemessen, Orris!«
»Bei allem Respekt, Weise Jessamyn«, begann Orris barsch und erhob sich bei diesen Worten, »es ist durchaus möglich, dass etwas, das in der Vergangenheit angemessen war, sich

in unserer derzeitigen Situation als naiv und schwach erweisen kann.« Die Eulenmeister, die in Jessamyns Nähe saßen, setzten zum Widerspruch an, aber Orris brachte sie mit einem zornigen Blick zum Schweigen und fuhr fort. »Alle Beweise, die wir haben, lassen darauf schließen, dass sich innerhalb des Ordens ein Verräter und Mörder Unschuldiger befindet. Es ist einfach nicht der Zeitpunkt für Anstandsregeln.«

»Das mag sein, Orris«, gab Trahn zu. »Aber Baden hat nichts getan, um sich dieses Misstrauen zu verdienen. Warum hätte er nach dem Angriff noch am Schauplatz bleiben sollen, wenn er selbst es war, der Taima zerstörte?«

Orris rieb sich über den Kinnbart. »Eine gute Frage«, gab er widerstrebend zu. »Ich habe meine Schlussfolgerungen vielleicht zu schnell gezogen.« Er warf Baden einen Blick zu und setzte sich dann abrupt wieder hin. Der Eulenmeister nickte, als nähme er eine Entschuldigung entgegen, aber Jaryd bezweifelte, dass Orris seine Worte wirklich so gemeint hatte.

»Baden, hast du in Taima noch irgendetwas über den Vorfall in Erfahrung bringen können?«, fragte einer der älteren Meister.

»Nein, nicht von den Einwohnern«, erwiderte Baden kopfschüttelnd. »Ich habe viele von ihnen geheilt, und dabei habe ich sie natürlich nach dem Angriff befragt. Aber niemand hat etwas gesehen oder gehört. Zumindest niemand aus Taima.« Er warf Jaryd einen raschen Blick zu, als wollte er ihn vorwarnen. »Aber in der Nacht zuvor hatte Jaryd eine Vision des Angreifers.« Nach einem Augenblick schockierten Schweigens brachen beinahe alle Versammelten in verblüffte Rufe und Fragen aus. Es dauerte einige Zeit, bis es Jessamyn gelang, die Ruhe wiederherzustellen. »Ich verbürge mich dafür, dass er niemanden mehr anschreit«, meinte Baden mit einem dünnen Lächeln, »und ich bitte darum, dass man ihm gestattet, vor dieser Versammlung das Wort zu erheben, um seine Vision zu beschreiben.«

Jessamyn sah sich um. »Hat jemand etwas dagegen?« Auf ihre Frage folgte nur Schweigen. »Dann sprich, Jaryd«, sagte sie.

Und so beschrieb Jaryd erneut seinen Traum von dem kapuzenverhüllten Magier, diesmal vor den mächtigsten Männern und Frauen des Landes, die ihn begierig und, wie er dachte, sogar ein wenig ängstlich anstarrten.

Als er fertig war, sprach ihn jemand vom anderen Ende des Tisches an. Noch bevor er sich umdrehte, um die Fragende anzusehen, wusste er, dass es Alayna gewesen war. »Dieser seltsame Vogel aus deinem Traum – siehst du einen solchen Vogel jetzt hier, in diesem Raum?«

Weder er noch Baden hatten daran gedacht, und Jaryd stand rasch wieder auf, um sich die Vögel genau anzuschauen. »Nein«, erklärte er schließlich, an Alayna gewandt. »Ein solcher Vogel ist nicht hier.«

»Was ist mit dem Ceryll?«, erklang eine andere Stimme. »Siehst du einen Kristall von der Farbe, die du im Traum gesehen hast?«

»Nein«, wiederholte Jaryd bedrückt.

»Lass dich davon nicht entmutigen, Junge«, meinte Sartol und lächelte Jaryd voller Mitgefühl an. »Nicht all unsere Träume können so wörtlich genommen werden. Du hattest eine machtvolle Vision, und bevor diese Geschichte vorüber ist, werden wir sicher alle erfahren, was sie zu bedeuten hatte.«

»Gut gesprochen, Sartol«, stimmte ihm Radomil zu, der links von Jaryd saß. »Aber inzwischen bringt uns das leider nicht weiter.«

»Radomil hat Recht«, erklärte Orris laut und erhob sich abermals. »Wir haben keine Ahnung, von wem diese Angriffe ausgehen und warum, und es wird Zeit, dass wir das zugeben.«

»Was schlägst du vor, Orris?«, fragte Baden, und sein ruhiger Tonfall stand in scharfem Kontrast zu der brennenden Ungeduld, die in jeder Bewegung des Falkenmagiers deutlich wurde.

Orris zögerte und sah sich im Saal um, als wäre er nicht ganz zufrieden mit dem, was er nun sagen musste. »Wir sollten das geistige Netz wieder herstellen.«

Mehrere ältere Magier erhoben laut Widerspruch, und wieder schien sich die Versammlung in einem Tumult aufzulösen.

»Ich verstehe nicht, um was es geht«, sagte Jaryd über den Lärm hinweg zu Baden.

Baden nickte. »Das lässt sich nicht so einfach erklären. Das geistige Netz ist genau das, wonach es sich anhört: ein telepathisches Netz, das alle Magier im Orden miteinander verbindet. Es wurde zum ersten Mal zu Amarids Zeit eingesetzt, nach Therons Tod und nachdem Therons Anhänger in ihr selbst gewähltes Exil gegangen waren. Amarid fürchtete, sie könnten zurückkehren und versuchen, den Orden zu übernehmen und das Volk von Tobyn-Ser zu versklaven. Er glaubte, dieses Netz könnte dem Orden erlauben, Wache an den Grenzen des Landes zu halten.« Baden hielt inne, als Jessamyn abermals versuchte, die Versammlung zur Ordnung zu rufen. Als er wieder sprach, hatte er die

Stimme zu einem Flüstern gesenkt. »Orris will diese Verbindung auf eine etwas andere Weise nutzen: Er will damit die Aktivitäten sämtlicher Ordensmitglieder überwachen.«

»Ist das denn keine gute Idee?«, fragte Jaryd leise. »Ich meine, vor allem angesichts der Möglichkeit, dass sich ein Verräter im Orden befindet?«

Bevor Baden antworten konnte, ergriff Jessamyn wieder das Wort. »Ich muss euch alle bitten, mit diesen Streitereien aufzuhören. Das hier ist eine Versammlung, und wir haben gewisse Verhaltensregeln.« Die zierliche Eulenweise bedachte alle Anwesenden mit einem verärgerten Blick, und selbst die letzten Gespräche erstarben. »Orris, was hattest du angesprochen?«

Der Falkenmagier räusperte sich. »Ich befürworte die Wiedererrichtung des geistigen Netzes, wie es Amarid einmal eingerichtet hat.«

Ein silberhaariger Eulenmeister schüttelte den Kopf. »Amarids Namen zur Rechtfertigung deiner Empfehlung zu benutzen ist irreführend, Orris, und das weißt du auch. Amarids Netz wurde genutzt, um das Land zu schützen, nicht, damit Magier einander überwachen können.«

»Wenn wir das Netz so nutzen, wie du vorschlägst«, wandte ein anderer Eulenmeister ein, »würden wir damit direkt gegen Amarids drittes Gesetz verstoßen.«

Jaryd warf Baden einen fragenden Blick zu, und sein Lehrer rezitierte leise: »Niemals dürfen Magier ihre Kräfte gegeneinander einsetzen.«

»Das ist doch lächerlich, Odinan!«, rief einer der Jüngeren. »Das dritte Gesetz legt auch fest, dass der Orden der Schlichter aller Streitigkeiten zwischen Magiern sein soll.

Orris rät nur, dass der Orden auf sich selbst aufpasst. Ich denke, das entspricht dem Geist des Gesetzes.«

»Außerdem« fügte Orris hinzu, der offenbar wieder an Selbstsicherheit gewonnen hatte, »würde es schließlich auch dazu dienen, das Land zu schützen – vor allem, wenn man bedenkt, wie schwerwiegend die jüngsten Ereignisse sind. Und das ist schließlich der Kern von Amarids Gesetzen.«

»Du sprichst von einer gewaltigen Verausgabung von Kräften, die anderweitig besser genutzt werden könnten«, entgegnete Odinan.

»Odinan hat Recht«, stimmte der silberhaarige Eulenmeister zu. »Aus diesem Grund ist Amarids Netz auch schließlich aufgegeben worden. Deshalb und weil viele der Ansicht waren, es wäre von Anfang an ein Fehler gewesen, dieses telepathische Netz einzusetzen. Die Magier damals dachten, der Erste Magier hätte zu viel Angst vor Therons Anhängern gehabt. Ich muss zugeben, dass ich dazu neige, diesen Vorschlag im selben Licht zu sehen. Wir haben keinerlei Beweise, dass ein Mitglied dieses Ordens für die Angriffe verantwortlich ist.«

»Genau deshalb brauchen wir das Netz doch!«, brüllte Orris und schlug mit der Faust auf den Tisch.

»Magier Orris«, sagte Jessamyn beruhigend, »gibt es eine andere Möglichkeit zu erreichen, was du mit Hilfe dieses Netzes erreichen willst?«

Mit sichtlicher Anstrengung nahm Orris sich zusammen. »Vielleicht«, flüsterte er. »Wenn wir Gruppen organisieren würden, vielleicht zehn, die jeweils aus sechs Magiern bestehen, könnten wir jede Gruppe in eine andere Region von Tobyn-Ser schicken. Auf diese Weise wüssten wir immer, was die Mitglieder des Ordens gerade tun, und wenn jemand von außerhalb verantwortlich sein sollte, hätten wir Magier in der Nähe jedes folgenden Angriffs und könnten den Vorfall viel schneller untersuchen.«

Wieder schüttelten einige ältere Magier die Köpfe. »Du sprichst davon, das Leben aller Menschen in diesem Raum durcheinander zu bringen«, beschwerte sich der mit dem Silberhaar.

»Wir sprechen hier von einer Bedrohung für das Leben eines jeden Menschen in diesem Land«, konterte Orris. »Ich will dir ja keine Unannehmlichkeiten bereiten, Niall, aber ich dachte, dieser Orden sei gegründet worden, um Tobyn-Ser zu schützen!«

Der Eulenmeister erhob sich abrupt, und seine braunen Augen blitzten. »Wie kannst du es wagen, mich zu belehren, als sei ich neu in diesem Kreis! Ich war schon Mitglied dieses Ordens, als du gerade erst Laufen gelernt hast!«

»Ja, das warst du«, sagte Orris leise. »Vielleicht ist das dein Problem.«

»Und das bedeutet?«, knurrte Niall.

»Es bedeutet, Niall«, warf Baden ein, »dass ältere Magier wie du und ich vielleicht ein wenig zu bequem geworden sind. Wir haben es an Wachsamkeit fehlen lassen, und nun wollen wir nicht den Preis für unsere Nachlässigkeit zahlen.« Er wandte sich wieder Orris zu. »War es das, was du sagen wolltest?«

Der Falkenmagier zögerte einen Augenblick, dann nickte er. »So ungefähr.«

Baden warf Trahn, der nickte, einen Blick zu. Dann sprach er weiter und erhob sich dabei. »Ich neige dazu, Orris' Vorschlag zur Schaffung dieser ... Patrouillen zuzustimmen, wie man sie nennen könnte – allerdings unter zwei Voraussetzungen: Erstens sind einige der älteren Mitglieder, deren Weisheit und Erfahrung wir hoch schätzen, nicht in der Lage, sich solchen Gruppen anzuschließen, und sollten deshalb ausgenommen werden.« Er hielt inne und sah Orris an, der mit einigem Widerstreben zustimmte. »Zweitens haben Trahn und ich eine Theorie, wer für diese Angriffe verantwortlich sein könnte, und wir würden gern die Zusammenstellung einer kleinen Delegation vorschlagen, die Ermittlungen anstellen soll.«

»Wie lautet diese Theorie?«, fragte Sonel, und ihre grünen Augen funkelten interessiert.

Der Eulenmeister holte tief Luft, als wollte er sich auf den Aufruhr vorbereiten, den er gleich hervorrufen würde. »Wir glauben, es könnten die Unbehausten sein, angeführt von Therons Geist, die diese Dinge getan haben. Wir wollen zu Therons Hain gehen und mit ihm sprechen.«

Jaryd hatte Unruhe erwartet, Proteste und scharfe Ablehnung, einen Ausbruch ähnlich denen, deren Zeuge er bereits mehrmals geworden war. Stattdessen folgte auf Badens Worte eine gespenstische Stille, die sich wie dicker Rauch von einem weit entfernten Feuer über die Versammlung legte.

Endlich, nach Augenblicken, die Jaryd wie eine Ewigkeit vorkamen, durchschnitt eine Stimme das Schweigen. »Warum?«, fragte Sartol. »Warum sollten die Unbehausten so etwas tun?«

Es war Trahn, der die Antwort gab. »Wir wissen nicht, warum, aber die Unbehausten könnten zweifellos nichts unternehmen, wenn Theron sie nicht unterstützen würde. Es ist wahrscheinlicher, dass er sie anführt, und ich bin sicher, dass niemand unter den Anwesenden abstreiten würde, dass Theron Grund genug hat, die Söhne und Töchter Amarids und den Einfluss, den sie in diesem Land haben, zutiefst abzulehnen. Ich kenne keine anderen Menschen außerhalb dieses Raums, die ansonsten die Macht hätten, so viele Angriffe in einem so großen Gebiet auszuführen.«

»Ihr nehmt also an, dass sie eine Möglichkeit gefunden haben, sich über die Einschränkungen hinwegzusetzen, die der Fluch ihnen auferlegt, und sich frei im Land zu bewegen«, bemerkte Odinan heiser.

»Ja«, erwiderte Baden.

»Und ihr möchtet eine Delegation zum Hain schicken, um Theron zur Rechenschaft zu ziehen? Wieso sollte er sich noch im Hain aufhalten, wenn er inzwischen das Land durchstreifen kann?«

»Eine berechtigte Frage. Tatsächlich sind wir nicht sicher, dass er sich dort aufhält. Aber es scheint immer noch der beste Ort, um mit der Suche zu beginnen.«

»Baden«, sagte Sartol mit beinahe sanfter Stimme, und er sah den Eulenmeister aus seinen hellen Augen forschend an, »ich brauche dich doch sicher nicht daran zu erinnern, dass niemand je wieder aus dem Hain zurückgekommen ist?«

»Darüber habe ich so meine eigenen Gedanken«, erklärte Trahn. Er warf Baden einen Blick zu und fügte beiläufig hinzu: »Amari-Bier hat die Wirkung, die Phantasie zu beflügeln.« Dann wandte er sich wieder Sartol zu und wurde ernst. »Nach allem, was ich über vergangene Besuche in Therons Hain gehört und gelesen habe, war es wohl so, dass all jene, die nach der ersten Gruppe, die Amarid dorthin geschickt hatte, zum Hain zogen, dies allein oder in Paaren taten. Angesichts von Therons Macht hätte eine größere Delegation vielleicht eine bessere Chance, die Begegnung zu überleben.« Er zögerte einen Augenblick, bevor er fortfuhr. »Ich würde auch vorschlagen, dass jene, die ausgewählt werden, sich Theron zu stellen, dies ohne ihre Cerylle tun.«

Lautstarker Protest erhob sich rings um den Tisch, aber Baden, der immer noch stand, überlegte nur kurz und nickte dann lächelnd. »Nein, Trahn hat Recht«, sagte er über die wachsende Unruhe hinweg. »Bitte, hört noch einen Augenblick lang zu.« Der Lärm verklang, als sich die Magier wieder Baden zuwandten. »Trahn hat Recht«, sagte er abermals. »Theron ist ohne einen Ceryll gestorben – er hat seinen zerstört, als er den Fluch verhängte. Ohne einen Ceryll hat er keine Möglichkeit, seine Macht zu konzentrieren. Wir haben immer angenommen, dass sein Geist keinen Ceryll brauchte, um den Hain vor Eindringlingen zu schützen, weil seine Kraft so groß war. Aber vielleicht hat er seine Macht durch die Cerylle jener, die in seine Domäne eindrangen, gebündelt. Ohne unsere Kristalle und in größerer Zahl könnten wir sicherer sein.«

»Aber wenn er keine Möglichkeit hat, seine Macht zu konzentrieren«, wollte Orris wissen, »wie konnte er dann die Verbrechen begehen, die ihr ihm zuschreibt?«

»Ich sage ja nicht, dass Theron ohne einen Ceryll keinen Zugang zur Magie hat. Selbst ohne die Möglichkeit, seine Kraft zu bündeln, kann sie immer noch gewaltig sein. Und vergesst nicht – er wäre nicht allein.«

»Warum sollten die Unbehausten ihm folgen?«, fragte Sonel.

»Das ist alles nur eine Theorie«, gab Baden zu, »aber er war der erste Unbehauste, und es war sein Fluch. Vielleicht war das schon die ganze Zeit seine Absicht: sich am Land zu rächen, indem er eine Armee von Unbehausten befehligt. Sie folgen ihm vielleicht, weil sie ihn als ihren Anführer betrachten, oder er hat sie gezwungen, ihm zu dienen.«

»Es scheint mir nicht wichtig, wieso die anderen Unbehausten Theron dienen«, bemerkte Sartol. »Ich möchte eher wissen, Baden und Trahn, was ihr zu Theron sagen wollt – was hofft ihr, mit eurem Besuch im Hain zu erreichen?«

»Wie ich schon erwähnte«, erklärte Baden, »glauben Trahn und ich, dass Theron und die Unbehausten hinter diesen Angriffen stecken, aber das ist nichts weiter als Spekulation. Sollten wir allerdings Recht haben, dann liegt eine gewisse Unvermeidlichkeit darin. Wenn Theron entschlossen ist, den Orden zu zerstören, dann werden wir uns ihm irgendwann stellen müssen, und jede Delegation, die zum Hain geschickt wird, sollte zum Kampf mit dem Geist des Eulenmeisters bereit sein. Wenn er vielleicht nur vorhatte, unsere Aufmerksamkeit zu gewinnen, dann werden wir uns ebenfalls mit ihm treffen müssen. Und, wie Trahn mir und Jaryd gestern Abend erläuterte«, schloss er und nickte dem dunkelhäutigen Magier zu, »selbst wenn Theron nicht für die Angriffe verantwortlich ist, und immer vorausgesetzt, wir können mit ihm sprechen und überleben es, dann verfügt er vielleicht über Informationen, die uns helfen könnten, etwas gegen die Verantwortlichen zu unternehmen. Der Vorteil unseres Vorschlags liegt darin, dass wir damit nicht auf einen weiteren Angriff warten müssen. Ich hoffe, dass wir eine Wiederholung dessen, was Jaryd und ich in Taima gesehen haben, verhindern können.«

»Wen würdest du schicken, Baden?«, fragte Odinan.

Baden zuckte die Achseln. »Das muss selbstverständlich die Versammlung entscheiden, wenn sie sich überhaupt entschließt, eine solche Delegation zu entsenden. Ich würde mich freiwillig melden, und ich bin sicher, Trahn wäre ebenfalls dabei.« Als er zu seinem Freund hinschaute, war Baden offensichtlich dankbar, den Falkenmagier zustimmend nicken zu sehen.

»Ebenso wie ich«, verkündete Sartol. »Und ich würde vorschlagen, vorausgesetzt natürlich, sie ist einverstanden, dass auch Alayna uns begleitet. Sie hat die alten Texte über die Ereignisse, die zu Therons Fluch und Amarids Gesetzen führten, intensiv studiert. Ihr Wissen über Therons Leben könnte sich als wertvoll erweisen.«

»Ich bin bereit mitzukommen«, erklärte Alayna. Ihre Miene war ernst, und in ihrer Stimme ließ sich keine Spur von Angst erkennen.

»Eine solch wichtige Delegation müsste auch die Eulenweise und mich selbst einschließen«, erklärte Peredur.

Jessamyn nickte. »Ich bin derselben Ansicht.«

»Ich würde außerdem empfehlen«, sagte Baden, »dass Jaryd zu der Gruppe gehört, die zum Hain geschickt wird.«

»Was?«, rief ein Magier ungläubig. Eine andere Stimme meinte empört: »Der Schüler? Aber er ist noch nicht flügge!«

»Nicht flügge?,« wiederholte Jaryd und wandte sich verwirrt an Baden.

Baden achtete nicht auf seinen Schüler, sondern war damit beschäftigt, diejenigen zu beruhigen, die sich über seinen Vorschlag erregten. Von der anderen Seite erhielt Jaryd allerdings eine Antwort. »›Nicht flügge‹ ist ein Begriff, den wir für jene benutzen, die Anzeichen der Macht zeigen, aber ihre erste Bindung noch nicht vollzogen haben«, erläuterte Radomil leise. »Ich versichere dir, das bedeutet keine Missachtung«, fügte der Magier lächelnd hinzu.

Jaryd erwiderte das Lächeln. »Danke, Magier Radomil.«

»Es mag ungewöhnlich sein, einen Schüler auf eine solche Mission mitnehmen zu wollen«, gab Baden zu, nachdem es ihm zumindest teilweise gelungen war, die Ruhe wiederherzustellen, »aber wir können Jaryds Vision des Angreifers bei Taima nicht ignorieren. Ihm fällt offensichtlich eine Rolle in dieser Krise zu. Es könnte gut sein, dass wir ihn brauchen, bevor dieses Unternehmen ein Ende findet.«

»Wenn es denn überhaupt dazu kommt«, entgegnete Orris kriegerisch. »Ich bin gegen die Aussendung dieser Delegation, wie du sie nennst. Es wäre Zeitverschwendung und ein unnötiges Risiko. Du gibst selbst zu, dass du nicht sicher bist, ob Theron überhaupt etwas damit zu tun hat. Und nun«, fuhr er fort, und eine Spur Verachtung schlich sich in seine Stimme, »bestehst du auch noch darauf, dass dieser Junge dich begleitet? Ich betrachte das nicht als ernsthafte Alternative zu meinem Plan.«

Eine Reihe jüngerer Magier murmelte zustimmend, und Jaryd, zornig, dass man ihn als »Jungen« bezeichnet hatte, setzte dazu an aufzuspringen, eine scharfe Entgegnung auf den Lippen. Bevor er allerdings etwas sagen konnte, schubste ihn Baden mit einem unauffälligen, aber wirkungsvollen Ellbogenstoß in den Bauch wieder auf den Hocker zurück.

»Als Erstes, Orris«, entgegnete Baden nachdrücklich, »wird ›dieser Junge‹, wie du ihn nennst, eines Tages mächtiger sein als jeder andere Magier in diesem Raum. Das sage ich euch mit solcher Sicherheit, weil ich es gesehen habe.« Er hielt inne und ließ seine Worte auf die Anwesenden wirken. »Zweitens haben Trahn und ich dieses Unternehmen nicht als Alternative zu deinem oder anderen Plänen vorgeschlagen. Ihr könnt immer noch Patrouillen bilden und auf den nächsten Angriff warten. Aber wenn wir Erfolg haben, werdet ihr lange warten müssen.«

Baden und Orris standen einander gegenüber und starrten sich wütend an, während die anderen Magier am Tisch ihre Argumente aufgriffen und sich die Versammlung abermals in Chaos auflöste. Und während die Männer und Frauen in seiner Umgebung über die Vor- und Nachteile von Patrouillen, eines geistigen Netzes und einer Delegation zu Therons Hain diskutierten, wandte sich Jaryd abermals dem unteren Ende des Tisches zu, wo Alayna, wie er wusste, in seine Richtung blickte, mit einem undurchschaubaren Ausdruck in den Augen. Sie sahen einander lange an, bevor die junge Frau schließlich den Blick abwandte.

Jessamyn stellte bald die Ruhe wieder her und verkündete, sie sollten erst einmal eine Pause einlegen. Die Diener der Großen Halle in ihren schimmernden blauen Gewändern brachten eine leichte Mahlzeit an den Tisch. Sie bestand aus Käse, getrocknetem Obst und einem hellen Wein, aber obwohl Jaryd sich ein wenig von dem Bier des letzten Abends erholt hatte, entschied er sich, lieber nichts zu essen. Als die Mahlzeit beendet war, begannen die Debatten wieder, und obwohl die Magier nun die Alternativen ein wenig vernünftiger diskutierten, zeichnete sich dennoch kein Konsens ab. Es kam Jaryd so vor, als würden dieselben Argumente wieder und wieder vorgebracht, ohne dass einer dem anderen wirklich zuhörte, und schließlich verlor er das Interesse an den Gesprächen. Baden und Trahn verbrachten einen großen Teil des Nachmittags damit, ihren Plan zu verteidigen, aber Orris und seine Anhänger blieben überzeugt, dass es ihre Anstrengungen, die Aktivitäten aller Ordensmitglieder zu überwachen, nur gefährden würde, wenn man eine Delegation zum Hain schickte. Als das Tageslicht, das durch die milchigen Fenster der Halle hereinfiel, zu schwinden begann, waren die Magier einer Einigung nicht näher als am Morgen.

Die Eulenweise vertagte die Versammlung widerstrebend bis zum nächsten Tag und lud alle Magier zu einer Mittsommerfeier und dem Fest der Duclea an diesem Abend im Heim von Amarid ein. Dank seiner Aufregung über die Eröffnung der Versammlung hatte Jaryd ganz vergessen, dass dieser Tag auch ein Feiertag war, und als Jessamyns Einladung ihn nun daran erinnerte, stellte er fest, dass seine Festlaune und sein Appetit zurückgelehrt waren. Eigentlich mochte er das Herbstfest, das Leora gewidmet war, und das Arickfest im Frühling lieber, aber alle vier Jahreszeitenfeiern waren Zeiten von Fröhlichkeit und Zauber. Das Fest hier in Amarid mitzufeiern, würde das nur noch besser machen.

Aber es war die Erinnerung an etwas anderes, die Jaryd beschäftigte, als er und Baden die Große Halle verließen und in die schräg einfallenden Strahlen der Nachmittagssonne traten, und die ihn bewog, am Fuß der Marmortreppe stehen zu bleiben und sich dem Eulenmeister zuzuwenden. »Glaubst du wirklich, dass ich eines Tages der mächtigste Magier im Orden sein werde?«, fragte er, und es gelang ihm nicht, ein Lächeln zu unterdrücken.

»Was?«, fragte Baden zerstreut, während Trahn zu ihnen trat.
»Ich habe dich gefragt, ob du wirklich ernst gemeint hast, was du da drinnen gesagt hast: dass ich einmal der mächtigste Magier des Ordens sein würde.«
Ohne zu antworten, wandte sich Baden an Trahn. »Das ist nicht so gut gegangen, wie ich gehofft hatte«, stellte er fest. »Du hattest Recht, was Orris angeht: Er hat unter den jungen Mitgliedern eine große Gefolgschaft.«
»Aber du bist bei den Eulenmeistern ebenso beliebt«, versicherte Trahn. »Ich denke allerdings nicht, dass es unserer Sache helfen wird, eine Fraktion gegen die andere zu hetzen. Ganz gleich, was der Orden beschließt, wir werden keinen Erfolg haben, wenn wir uns spalten lassen.«
»Da bin ich ganz deiner Meinung«, erwiderte Baden grimmig. »Ich glaube, ich werde mit Jessamyn sprechen müssen; ihre Unterstützung wird in dieser Sache unabdingbar sein.«
»Da musst du ein wenig warten: Orris redet bereits mit ihr, und sie wird sich bald zu Amarids Haus aufmachen, um alles für das Fest vorzubereiten.«
»Das Fest«, murmelte Baden kopfschüttelnd. »Das hatte ich ganz vergessen.«
»Ich nicht«, meinte Jaryd vergnügt. »Ich wette, die Feiern hier sind ziemlich spektakulär. Ich kann es kaum erwarten.«
Zum ersten Mal seit der Vertagung der Versammlung schien Baden von seinem Neffen Notiz zu nehmen. Er wechselte einen Blick mit Trahn und holte tief Luft. »Jaryd«, sagte er zögernd, »ich fürchte, wir werden nicht am Fest teilnehmen, oder genauer gesagt, du wirst es nicht.«
»Wie bitte?«, rief Jaryd entsetzt. »Warum denn nicht?«

Baden warf Trahn abermals einen Blick zu und war offenbar nicht sicher, wie er weitermachen sollte. »Trahn und ich müssen heute Abend noch einiges für die morgige Sitzung vorbereiten. Wir haben wenig Zeit für das Fest und werden vielleicht überhaupt nicht in den Adlerhorst zurückkehren.« Baden warf Trahn noch einen kurzen Blick zu, bevor er weitersprach. »Ohne uns wird Maimun nicht erlauben, dass du in unserem Zimmer bleibst, es sei denn du zahlst. Also fürchte ich, du wirst heute Nacht außerhalb der Stadt übernachten.«

»Du meinst im Wald?«, fragte Jaryd, der einfach nicht glauben wollte, was er da hörte.

»Ja.«

»Aber das will ich nicht. Ich will das Fest nicht verpassen, und ganz bestimmt will ich nicht schon wieder auf dem Boden schlafen.«

»Ich kann mich nicht erinnern, dir eine Wahl gelassen zu haben«, entgegnete Baden ungeduldig. »Oder hast du die drei Goldstücke, die du für eine Nacht im Gasthaus brauchst?«

»Nein«, erwiderte Jaryd enttäuscht.

»Das dachte ich mir. Und nun solltest du dich lieber auf den Weg machen. Nach Sonnenuntergang wird es schwer sein, einen guten Schlafplatz zu finden.«

»Aber Baden, warum kann ich nicht bei dir und Trahn bleiben?«, fragte Jaryd kläglich. »Eigentlich muss ich überhaupt nicht schlafen, und ich möchte gern an dem –«

»Jaryd!«, sagte Baden scharf, und seine Augen blitzten. »Das reicht jetzt! Seit wann muss ein Eulenmeister seinem Schüler eine Anordnung erklären? Es genügt, wenn ich es von dir verlange.«

»Ja, Meister Baden«, sagte Jaryd leise.
Ohne ein weiteres Wort drehte sich Baden mit wehendem Umhang um und ging wieder in die Große Halle hinauf. Trahn blieb noch einen Augenblick stehen und legte Jaryd mitfühlend die Hand auf die Schulter. »Ich verstehe, dass du enttäuscht bist, Jaryd«, sagte er leise, »aber ich weiß, dass Baden so etwas niemals ohne Grund tun würde.«
Jaryd nickte nur, warf dem Falkenmagier einen raschen Blick zu, versuchte erfolglos zu lächeln, und dann stapfte er auf den alten Teil der Stadt und die Brücke zu, die zum Wald führte. Als er sich durch die Menschenmenge drängte und an den vollen Geschäften und Märkten vorübereilte, war Jaryd von einem Zorn erfüllt, der seine Enttäuschung darüber, dass ihm das Fest entgehen würde, weit übertraf. Offenbar befand er sich in der Obhut eines Despoten, der sich kein bisschen für seine Gefühle und Bedürfnisse interessierte! Baden konnte einfach keinen triftigen Grund haben, ihn ausgerechnet in dieser Nacht wegzuschicken. Hier war er, hunderte von Meilen von seiner Familie und seinen Freunden entfernt, und er durfte nicht einmal an einem der vier Feste teilnehmen. Das war einfach ungerecht! Und als er sich der ersten Brücke näherte, die über den Larian und in den Falkenfinderwald führte, fiel ihm plötzlich ein, dass er genauso gut wieder umdrehen könnte. Er brauchte nicht bei Baden zu sein, um am Fest teilzunehmen; Jessamyn hatte alle Anwesenden eingeladen. Sie würden ihn willkommen heißen, ebenso wie Sartol und Radomil. Sie schienen ihn zu mögen, und sicherlich würden sie verstehen, dass er an Ducleas Abend nicht allein sein wollte. Er blieb vor der Brücke stehen und schickte sich an umzukehren. Aber dann blieb er stehen. Trahn hatte selbstver-

ständlich Recht gehabt: Baden hätte ihn nicht ohne guten Grund in den Wald geschickt. Außerdem würde es Folgen haben, wenn er sich dem Eulenmeister widersetzte. Mit einem tiefen Seufzer drehte sich Jaryd wieder um und überquerte die Brücke zum Wald. Und als er das tat, spürte er, wie sein Zorn verschwand, und er fühlte sich nur noch ein wenig bedrückt und einsam.

Versunken in seinem Selbstmitleid, bemerkte er nicht die beiden Fremden auf dem Weg, bis ihn einer von ihnen gepackt und ihm den Arm um den Hals gelegt hatte. Jaryd versuchte sich zu befreien, aber der Mann hatte einen Griff wie ein Schraubstock.

»Was haben wir denn da?«, fragte der andere, nahm Jaryds Dolch aus der Scheide und hielt ihn ihm an die Kehle. »Es ist ein bisschen spät, um noch alleine im Wald herumzulaufen, meinst du nicht auch, Velk?«

Der Mann, der Jaryd festhielt, lachte und packte ihn noch fester.

»Ihr solltet mich lieber in Ruhe lassen«, warnte Jaryd sie mit zitternder Stimme, obwohl er wusste, wie lächerlich das klang. »Ich bin ein Magier«, bluffte er, »also lasst mich lieber los.«

Beide Männer lachten, und der mit Jaryds Dolch, ein kleiner, drahtiger Mann mit einem struppigen Bart und kleinen grauen Augen, schüttelte den Kopf und grinste, wobei er gelbe, schiefe Zähne entblößte. »Das glaube ich nicht«, entgegnete er mit tiefer, gefährlich klingender Stimme. »Ich sehe weder Umhang noch Vogel.« Er schaute Jaryds Hände an. »Aber ich sehe hier einen goldenen Ring, der mir sehr gefällt.« Er starrte Jaryd an. »Nimm ihn ab«, befahl er.

»Aber das ist ein Geschenk von meinem Bruder«, flehte Jaryd und versuchte abermals sich loszureißen.

»Das interessiert mich nicht, und wenn Arick selbst ihn dir gegeben hätte. Nimm ihn ab!«

Widerstrebend und mit Tränen in den Augen zog Jaryd an dem Ring. Er rührte sich nicht.

Der Mann schaute an Jaryds Kopf vorbei zu dem Banditen namens Velk und zuckte die Achseln. »Halt ihn fest«, wies er seinen Kumpan an. Und dann packte er Jaryds Hand und hielt den Dolch an die Wurzel von Jaryds kleinem Finger.

»Nein!«, jammerte Jaryd verzweifelt, und in diesem Augenblick schloss er, ohne zu wissen, warum er das tat, die Augen und stellte sich Feuer vor. Einen Sekundenbruchteil später heulte der Mann vor ihm vor Schmerzen auf. Als Jaryd die Augen wieder öffnete, sah er, dass die Jacke des Banditen brannte. Velk schleuderte Jaryd zu Boden und rannte zu seinem Freund, wo er hektisch versuchte, das Feuer zu löschen. Mehr sah Jaryd nicht von ihnen. Er packte seinen Dolch und rannte weiter den Weg entlang in den Wald, und zwar so schnell er konnte, bis die Schreie der Banditen verklungen waren.

Es war beinahe dunkel, als er einen kleinen Nebenfluss des Larian erreichte. Er war der Ansicht, dies könnte ein angemessener Ort sein, um ein Nachtlager aufzuschlagen. Sicher würden die Banditen ihm nicht folgen. Und als er sich vorbeugte und versuchte, wieder zu Atem zu kommen, begriff er endlich, dass er Magie benutzt hatte, um zu fliehen. Irgendwie hatte er Magie eingesetzt. Er musste plötzlich daran denken, wie Roydens Jacke gebrannt hatte, damals in ihrem Zimmer in Accalia, aber er wusste, das war etwas anderes gewesen. Diesmal hatte er es bewusst getan.

Er wusste zwar nicht, wie, aber es war geschehen. Plötzlich war ihm ganz schwindlig vor Begeisterung, und er suchte sich rasch ein paar Stücke Holz und legte sie aufeinander, um seine neue Macht zu erproben. Er schloss die Augen und konzentrierte sich, ganz wie in den Übungen, die Baden ihm beigebracht hatte. Er machte seinen Geist vollkommen leer bis auf ein Bild von Feuer. Und als er das tat, spürte er, wie etwas durch ihn hindurchfloss, kalt und schnell, als wäre sein Blut zu einem Bergbach geworden. Gleichzeitig spürte er eine Präsenz in seinem Geist, und für einen seltsamen, verwirrenden Augenblick sah er sich selbst, wie ein Beobachter von außen ihn vielleicht sehen würde. Er schien sowohl nah und weit entfernt zu sein, heller und klarer, als es bei dem Licht im Wald hätte sein sollen, aber flach und ein wenig verzerrt. Dann war das Gefühl verschwunden, und dafür drang der Geruch von Rauch in seine Nase, und er hörte das leise Knistern brennenden Holzes. Er öffnete die Augen und sah die hell flackernden Flammen, die seinen kleinen Stapel Feuerholz zu verzehren begannen. Sein Zorn auf Baden war nur noch eine ferne Erinnerung, seine Angst vor den Banditen verschwunden. Jaryd starrte staunend das Feuer an, das er aus dem Zwielicht geschaffen hatte. »Ich bin ein Magier«, sagte er laut. Und dann brüllte er es heraus, so dass der ganze Wald es hören konnte. »Ich bin ein Magier!«

Er nahm ein anderes Stück Holz, schloss die Augen und versuchte dann, es zu formen, wie er es bei Baden beobachtet hatte. Nichts geschah. Er versuchte es ein zweites Mal, und obwohl die seltsame Präsenz seinen Geist wieder kurz berührte, änderte sich das Aussehen des Astes nicht, und Jaryd fühlte sich ein wenig schwach. Er legte den Ast auf den Boden, ein paar Fuß von dem Feuer entfernt, und versuchte zum dritten Mal an diesem Abend, Feuer heraufzubeschwören. Da war die Präsenz wieder, und abermals spürte Jaryd, dass etwas durch seinen Körper strömte. Es war ein ganzer Fluss, stärker als der Bergbach, den er Augenblicke zuvor gespürt hatte, aber immer noch kühl und schnell. Ein paar Sekunden später begann der Ast zu brennen. »Nun«, sagte er mit breitem Grinsen, »das ist ein Anfang.«

Er starrte vergnügt in die Flammen und versuchte, sich an die Gefühle zu erinnern, die zu dem Heraufbeschwören seiner Macht gehörten. Schließlich, lange nachdem der letzte Rest Tageslicht vergangen war, bemerkte er, wie hungrig er war. Er stand auf und suchte die Umgebung nach den essbaren Pflanzen und Wurzeln ab, die Baden ihn vor so vielen Wochen zu erkennen gelehrt hatte. Als er genug für eine Mahlzeit zusammen hatte, trug er alles zum Fluss und säuberte es. Anschließend kehrte er in den Lichtkreis seines Feuers zurück, aß sein bescheidenes Abendessen und ließ sich dann auf den duftenden Tannennadeln zum Schlafen nieder. Ich bin ein Magier, sagte er sich abermals, und er lächelte wie ein Kind.

7

Calbyr stand allein am Rand der Lichtung, beobachtete und wartete. Er hatte die Kapuze zurückgeschoben und ließ die leichte Brise durch sein blondes Haar streichen, aber den Blick hatte er in das Dunkel des Waldes vor sich im Osten der Lichtung gerichtet. Er konnte die anderen hinter sich hören, hörte sie in Zweier- und Dreiergruppen flüstern, und am liebsten hätte er sie zum Schweigen gebracht. Es würde nur ein einziges Wort brauchen, vielleicht auch nur einen Blick. Sie hatten Angst vor ihm, das wusste er. Sie würden tun, was er ihnen befahl. Aber es war im Grunde sinnlos. Sie machten nicht viel Lärm, und es war nicht ihre Schuld, dass der Magier spät dran war. Seine Frustration an den Männern auszulassen, würde vielleicht dazu führen, dass er sich ein wenig besser fühlte, aber viel helfen würde es nicht.

Er hasste es, warten zu müssen. Er war stolz auf seine eigene Pünktlichkeit und die Präzision, mit der er seine Pläne ausführte. Zu spät kommen war ein Zeichen von Unfähigkeit. Und Unfähigkeit konnte dazu führen, dass jemand umkam. Dass sie auf einen Magier warteten, machte es noch schlimmer. Dass sie hier in diesem Wald warteten, so nahe an der Stadt und all den anderen Magiern, die sich dort versammelt hatten, machte es beinahe unerträglich.

Es gab allerdings einen wichtigen Grund, sich in der Nähe der Stadt aufzuhalten. Wenn sie die Illusion aufrechterhalten wollten, dass die Magier für die Angriffe verantwortlich waren, die seine Bande ausgeführt hatte, dann mussten sie nach dem Ende der Versammlung rasch zuschlagen, und das innerhalb einer glaubwürdigen Entfernung von der Stadt. Aber er zog es vor, in Bewegung zu bleiben, und es machte ihn nervös, seine Bande so lange Zeit hier versammeln zu müssen. Es war einfach zu gefährlich.

Wieder schaute er über die Schulter zurück auf die Lichtung. Wenn nun jemand zufällig hier vorbeikommen würde, hätten Calbyr und seine Männer kaum eine andere Wahl, als den Unglücklichen zu töten. Zufällige Begegnungen mit den Bewohnern des Landes waren zu erwarten, aber für Einzelne, nicht für fünfzehn, die zusammen auf einer kleinen Lichtung lagerten und allesamt diese rot glühenden Steine und diese riesigen schwarzen Vögel mit den goldenen Augen bei sich hatten. Selbst der dümmste Bürger von Tobyn-Ser würde sofort wissen, dass etwas nicht in Ordnung war. Und er oder sie würde sterben müssen. Nicht, dass Calbyr etwas dagegen hatte, Menschen umzubringen – immerhin waren sie zu diesem Zweck hierher gekommen. Aber es zu diesem Zeitpunkt und zufällig zu tun würde mehr Schaden anrichten als nützen.

Calbyr selbst hatte darauf bestanden, dass alle Mitglieder seiner Bande diese roten Steine trugen. Damals hatte er geglaubt, dass es ihnen gestatten würde, einander leichter zu erkennen, selbst aus der Ferne. Vielleicht war das ja auch so. Aber sie ließen Treffen wie dieses hier auch viel zu gefährlich werden. Das war ein klarer Fehler in ihrer ansonsten sorgfältigen Planung gewesen.

Er wandte sich wieder dem Wald zu und strengte sich an, den leuchtenden Stein des Magiers in der Dunkelheit zu erspähen. Als er immer noch nichts sehen konnte, fluchte er leise. Manchmal fragte sich Calbyr, ob der Magier so

etwas mit Absicht machte. Weder er noch der Sohn Amarids hatten sich sonderlich angestrengt, ihre gegenseitige Abneigung zu verbergen. Tatsächlich war ihre Feindseligkeit in gewisser Weise nützlich, denn sie gestattete Calbyr, die anderen Gefühle zu verheimlichen, die dieser Magier in ihm weckte. Niemals hätte er es anderen gegenüber zugegeben, aber der Sohn Amarids machte ihn nervös. In Lon-Ser, inmitten der tröstlichen Klarheit des Nal und all der Bequemlichkeiten der Technologie, hatte man ihn gelehrt, Aberglauben und Mystizismus zu misstrauen. Magie existierte nur in Kinderspielen, und Träume waren nichts weiter als phantasievolle Bilder, die seinen Nachtschlaf störten. Aber hier, in diesem seltsamen Land, zeigten Träume einen Ausblick in die Zukunft – zumindest, wenn er dem Magier glauben durfte. Und die Magie war echt. Das hatte er selbst gesehen.
Calbyr fürchtete nicht viele Menschen. Da war Cedrych, sein Oberherr in Lon-Ser, überlegte er und fuhr zerstreut mit dem Finger über die dünne weiße Narbe, die von seiner linken Schläfe zu seinem Mundwinkel verlief, und früher einmal hatte er sich vor seinem Vater gefürchtet. Und wie jeder andere in Bragor-Nal tat er sein Bestes, den Sicherheitskräften des Herrschers aus dem Weg zu gehen. Aber das war alles. Nach dem, was er über den Orden erfahren hatte, hatte er die Söhne und Töchter Amarids für prahlerische und willenschwache, träge und unfähige Geschöpfe gehalten. Dieser Magier – *sein* Magier, korrigierte er sich und musste bei dem Gedanken lächeln – hätte eigentlich keine Ausnahme sein sollen. Aber indem er den Orden verriet und sich mit Calbyr und seinen Männern zusammentat, hatte dieser Sohn Amarids eine Willenskraft gezeigt, die

Calbyr respektierte. Und Calbyr hatte selbst gesehen, wie der Magier nur mit einer Geste Dinge tat, die alles in Frage stellten, was Calbyr zu wissen geglaubt hatte. Er würde nicht so weit gehen zu behaupten, dass er den Magier fürchtete. Aber die Macht, die der Mann hatte, und dieser beeindruckende Vogel, den er auf der Schulter trug, machten Calbyr nervös.

Er erinnerte sich immer noch mit einer zutiefst beunruhigenden Klarheit an die erste überraschende Begegnung mit dem Magier. Calbyr und seine Männer hatten sich in den Ausläufern der Küstenberge getroffen – dem Seegebirge, wie sie es hier nannten –, um die Strategie für ihren Überfälle zu besprechen. Tatsächlich war es eine Nacht ganz ähnlich wie diese gewesen: warm und klar, mit einem leichten Wind, der ein wenig nach weit entferntem Regen roch. Sie hatten selbstverständlich viel über die Kinder Amarids in Erfahrung gebracht. Die Spione, die Cedrych nach Tobyn-Ser geschickt hatte, hatten ihnen ausführliche Beschreibungen ihres Aussehens, ihrer Bräuche und ihrer Geschichte geliefert. Wie sonst konnten sie hoffen, sich als Magier auszugeben und ihnen die Verbrechen, die sie begehen würden, in die Schuhe zu schieben? Aber keiner hatte vorher je selbst einen Magier gesehen. Bis zu dieser Nacht.

Calbyr erinnerte sich, wie deutlich ihm die Ironie gewesen war, noch als ihm das Herz bis zum Hals geschlagen hatte: Bis zu diesem Punkt waren sie allen Begegnungen mit Einwohnern von Tobyn-Ser aus dem Weg gegangen. Und dann wurden sie alle zusammen von einem der Magier entdeckt. Der Sohn Amarids schien kein bisschen verängstigt von ihrem Anblick. Er war am Rand der Lichtung stehen geblieben und hatte die Szene mit einem leicht spöttischen

Lächeln betrachtet. Wenn es ihn erschreckt hatte, sie zu sehen, mit ihren identischen Steinen und Vögeln, dann hatte er es sich jedenfalls nicht anmerken lassen.
Calbyr und seine Männer – sie waren zu sechzehnt gewesen – hatten reglos dagestanden. Wahrscheinlich hatten sie so verblüfft dreingeschaut, dass es den Magier amüsierte. Oder vielleicht hatte er sich ausschließlich auf ihre seltsamen Vögel konzentriert und es gar nicht bemerkt. Schwer zu sagen. Und dann hatte Yarit – selbstverständlich hatte es Yarit sein müssen! – die Nerven verloren und seine Waffe ausgestreckt, um auf den Magier zu feuern. Er hatte nie wirklich die Gelegenheit dazu erhalten. So rasch hatte der Sohn Amarids reagiert, so grell war das Feuer gewesen, das aus dem Stab fuhr, dass Calbyr nicht begriff, was geschehen war, bis Yarit zu Boden fiel, sein Umhang, das Haar und der Vogel ein Wirbelwind aus Flammen. Calbyr hatte in seinem Leben eine Unzahl von Handfeuerwaffen benutzt, und er war sehr beeindruckt von der Feuerkraft des Werfers, den er nun – in Gestalt eines Magierstabs – bei sich trug. Aber nichts davon konnte gegen die Kraft dessen ankommen, was dieser Magier offenbar mit kaum mehr als einer Geste heraufbeschworen hatte.
Der Sohn Amarids hatte die Zähne zu einem wilden Grinsen entblößt und sich Calbyr zugewandt, weil er irgendwie gewusst hatte, dass er der Anführer war. »Sag ihnen, sie sollen die Stäbe fallen lassen, oder ich bringe sie alle um!«, hatte er auf Tobynesisch verlangt. Und Calbyr hatte genickt und den Befehl in Bragori weitergegeben. Seine Männer hatten gehorcht, wenn auch widerstrebend, und der Magier hatte seinen Stab in der Hand behalten und sie gefragt, wer sie seien und warum sie gekommen waren. Selbst als

Calbyr die Fragen beantwortete und dabei alle Worte in der fremden Sprache sorgfältig wählte, um nicht zu viel zu verraten, war ihm klar gewesen, welches Glück er und seine Männer gehabt hatten. An Tonfall und Haltung des Magiers war schnell deutlich geworden, dass er sie nicht töten oder ins Gefängnis werfen würde. Er hatte Calbyr mit der Haltung eines Mannes zugehört, der versucht, die Qualität einer neu erworbenen Waffe einzuschätzen. Und in diesen wenigen Minuten auf dieser Lichtung, die nur von den blutroten Steinen seiner Männer und dem strahlend gelben Kristall des Magiers beleuchtet war, hatten sie eine Allianz geschmiedet. Eine unsichere Allianz, die durch die Feindseligkeit, die schnell Calbyrs Verhandlungen mit dem Sohn Amarids trübte, noch schwieriger wurde, aber geboren aus einer Notwendigkeit, von der beide gleichermaßen getrieben wurden.

Diese Allianz hatte Calbyr im vergangenen Jahr gut gedient, daran bestand kein Zweifel. Aber in Zeiten wie diesen, wenn der Magier ihn warten ließ oder ihn mit der Arroganz und Verachtung ansprach, die ihm offenbar so leicht fiel, störte Calbyr seine wachsende Abhängigkeit von dem Mann. Sich in seiner Nähe unbehaglich zu fühlen war eine Sache, aber ihn derart zu brauchen ... Calbyr schüttelte den Kopf. Wenn alles erledigt ist, versprach er sich grimmig, dann werde ich ihn töten.

Der Gedanke erfreute ihn, und als er schließlich zwischen den Bäumen den weichen gelben Schein des Cerylls bemerkte, stellte er befriedigt fest, dass er vollkommen ruhig blieb.

»Er kommt«, verkündete Calbyr.

Sofort beendeten die anderen auf der Lichtung ihrer Gespräche und erhoben sich. Einen Augenblick später stand der Magier vor Calbyr, und das Leuchten seines Cerylls mischte sich mit den roten Kristallen der anderen und versah die Lichtung mit einem seltsam orangefarbenen Schimmern. Sein Vogel wirkte vergleichsweise klein und hell, als er sich auf der Lichtung umsah und die schwarzen Geschöpfe auf den Schultern Calbyrs und seiner Männer anzischte.

»Dein Vogel scheint Angst zu haben, Sohn Amarids«, sagte Calbyr mit einer Spur von Spott. »Machen wir euch beide nervös?«

»Du verwechselst Abscheu mit Angst, Calbyr«, erwiderte der Magier eisig. »Solche Fehler können gefährlich sein.« Er gestattete sich ein Lächeln und kraulte seinen Vogel sanft am Kinn. »Außerdem kann man es meiner Vertrauten nicht übel nehmen; sie zieht die Gesellschaft echter Vögel eben vor.«

»Und was ist mit dir?«, fragte Calbyr im selben Ton. »Bevorzugst du die Gesellschaft echter Magier?«

Wieder lächelte der Magier, obwohl in seinem Blick keine Spur von Heiterkeit lag. »Ich ziehe es vor, allein zu arbeiten.«

Sie standen einige Zeit schweigend da und starrten einander wütend an, und der Raum zwischen ihnen schien von ihrer Feindseligkeit wie aufgeladen.

Schließlich brach Calbyr den Blickkontakt. »Nun, welche Neuigkeiten bringst du von der Versammlung?«

»Ich habe gute Nachrichten«, erwiderte der Magier selbstzufrieden.

»Unsere Arbeit zeigt Wirkung?«

»O ja. Der Orden ist besorgt; die Sitzung heute war die

turbulenteste, die ich je in der Großen Halle erlebt habe. Ein Magier hat den anderen angeklagt; Falkenmagier und Eulenmeister sind einander beinahe an die Kehle gegangen. Ich muss sagen, ich fand es recht amüsant.«

»Wie schön für dich, dass du Unterhaltung hattest«, bemerkte Calbyr trocken.

Der Magier hob einen Finger. »Ah, aber das Beste habe ich noch gar nicht erzählt«, sagte er, und ein boshaftes Lächeln breitete sich über seine Züge aus. »Dank Baden werden sie nun tatsächlich anfangen, Geister zu jagen.«

»Das begreife ich nicht.«

»Baden glaubt, dass eure Angriffe auf den unbehausten Geist Therons zurückzuführen sind«, erklärte der Magier, der seine Freude darüber kaum verbergen konnte. »Und ich glaube, es ist ihm gelungen, viele andere ebenfalls davon zu überzeugen.«

»Theron«, wiederholte Calbyr, als versuchte er sich zu erinnern, woher er den Namen kannte.

»Selbstverständlich begreifst du das nicht«, sagte der Magier ungeduldig. »Ich vergesse manchmal, dass du nicht aus Tobyn-Ser stammst. Also hör zu und lerne.« Der Magier erklärte rasch die Geschichte und Bedeutung von Therons Fluch und das Schicksal der Unbehausten. »Wenn Baden den Orden tatsächlich überzeugen kann«, schloss er, »dann werden sie zu Therons Hain ziehen und versuchen, mit dem Geist des Eulenmeisters zu reden.«

»Und das gibt uns noch mehr Zeit?« fragte Calbyr, der immer noch nicht so recht verstand, wieso der Magier so begeistert war.

Der Magier warf den Kopf zurück und lachte. »Oh, es bringt uns noch viel mehr als nur Zeit, Calbyr. Niemand hat je einen Besuch in diesem Hain überlebt. Das ist unsere beste Gelegenheit, sowohl Baden als auch die alte Hexe loszuwerden, die den Orden anführt.«

Calbyr lächelte boshaft. »Ah, Sohn Amarids, wenn deine Freunde im Orden dich jetzt hören könnten!«

Der Magier hörte auf zu lachen, und als er wieder sprach, war seine Stimme erschreckend kalt. »Ich habe keine Freunde im Orden.«

Calbyrs Lächeln verschwand. »Wie kannst du so sicher sein, dass die Reise zu Therons Hain ihnen den Tod bringen wird?«, wollte er schließlich wissen. »Woher weißt du, dass dieser Baden und diese alte Hexe sterben werden?«

»Ich werde zu der Delegation gehören, die zum Hain reist«, erwiderte der Magier schlicht. »Und daher kann ich dafür sorgen.«

»Ohne selbst zu sterben?«, wollte Calbyr wissen und zog die Brauen hoch. »Ich dachte, du hättest gesagt, dass niemand –«

»Überlass das mir, Calbyr«, befahl der Magier in einem Tonfall, der keine weiteren Fragen duldete. »Kümmere du dich einfach um deinen Anteil.«

Calbyr starrte den Magier einen Augenblick lang an, dann nickte er. »Wir sind bereit, mit der zweiten Phase unseres Plans zu beginnen«, verkündete er. »Bisher waren die Federn, die wir zurückließen, der einzige Hinweis auf die Identität der Angreifer. Bei unserem nächsten Schlag werden wir Zeugen zurücklassen, die unsere Umhänge, Vögel und Stäbe gesehen haben. Wir werden auch das Maß der Gewaltanwendung erhöhen. Bald schon wird der Orden in Schimpf und Schande leben, und seine Position in Tobyn-Ser wird nichts mehr wert sein. Du wirst das Land beherrschen, und wir erhalten freien Zugang zu euren Rohstoffen.«

»Eingeschränkten Zugang«, korrigierte der Magier spitz, »und nur zu jenen Rohstoffen, für die wir einen Preis aushandeln. Du tätest gut daran, dich zu erinnern, Calbyr, dass ich bald – sehr bald – mächtiger sein werde als alle Magier in Tobyn-Ser zusammen. Du und deine Freunde, ihr werdet eure Rohstoffe erhalten, aber ich allein entscheide, für welchen Preis und auf welche Weise.«

Calbyr lächelte kalt. »Selbstverständlich, Sohn Amarids. Anders wollte ich es auch gar nicht.«

»Gut. Ich bin froh, das zu hören. Ich würde dich nur ungern daran erinnern, dass dein Leben und das deiner Leute in meiner Hand liegt, dass ich euch verraten und euch umbringen lassen könnte, bevor ihr auch nur ein Wort über meine Rolle in eurer kleinen Intrige verraten könntet. Ah, das erinnert mich an etwas«, fuhr der Magier fort und wandte sich an die anderen auf der Lichtung. »Badens neuer Schüler hatte eine Vision von einem von euch, die er der Versammlung beschrieb, und das, wie ich hinzufügen möchte, in verblüffenden Einzelheiten.«

»Was!«, rief Calbyr, und seine Begleiter starrten einander erschrocken an.

Der Magier lachte. »Beruhige dich, Calbyr. Solche Visionen sind bei denen meiner Art durchaus üblich. Im Grunde ist es überraschend, dass dieser Junge bisher der Einzige ist, der euch gesehen hat.« Calbyr starrte den Magier wütend an und schien sich für diese beruhigenden Worte nicht zu interessieren. »Er hat nur Umhang, Stab und Vogel beschrieben«, fuhr der Magier fort. »Er sah nichts, was ihm verraten würde, dass ihr aus Lon-Ser stammt. Aber ich

würde euch wirklich nahe legen, eure Fassade stets aufrechtzuerhalten, und wir sollten unsere Begegnungen nicht unnötig in die Länge zu ziehen.«
Calbyr nickte. »Gibt es noch etwas, worüber wir sprechen müssten?«
Der Magier dachte über die Frage nach und schüttelte schließlich den Kopf. »Ich glaube nicht. Wo werdet ihr als Nächstes angreifen?«
»In Kaera, westlich des Moriandral, in vierzehn Tagen.«
»Warum Kaera?«
Calbyr zuckte die Achseln. »Eigentlich gibt es keinen Grund. Wir brauchten einfach ein Ziel, das nahe genug am Schauplatz eurer Versammlung liegt, damit es noch glaubwürdig ist.«
»Also gut«, sagte der Magier und wandte sich zum Gehen. »Hast du immer noch den Ceryll, den ich dir gegeben habe, falls ich mich mit dir in Verbindung setzen muss?«, fragte er über die Schulter.
»Ja«, erwiderte Calbyr.
Der Magier nickte, und ohne ein weiteres Wort verließ er die Lichtung.
Calbyr sah zu, wie das Schimmern des Cerylls im Wald verschwand, und dabei spürte er, wie sich in seinem Bauch etwas entspannte. Wenn das hier vorbei ist, sagte er sich abermals, dann bringe ich ihn um.

Er ging schnell. Zu schnell. Er brauchte Zeit zum Nachdenken, und bei diesem Tempo würde er zu bald wieder in Amarid sein. Er blieb stehen und versuchte sich zu beruhigen. So reagierte er immer auf Calbyr: Er wurde gereizt und sagte Dinge, die er nicht meinte. Er wusste nicht, was ihn

an diesem seltsamen Mann aus Lon-Ser so störte. Tatsächlich waren sie einander recht ähnlich, dachte der Magier bedauernd. Vielleicht war das das Problem. Sie waren einander zu ähnlich. Und wenn man die Bösartigkeit bedachte, die der Magier stets in Calbyrs dunklen Augen entdeckte und die sich am Rande des Wahnsinns bewegte, dann war das ziemlich furchteinflößend.

Es war nicht zu leugnen, dass ihm Calbyr und seine Leute in dem Jahr, seit er ihnen im Westen Tobyn-Sers zum ersten Mal begegnet war, ausgesprochen nützlich gewesen waren. Und er war ihnen zweifellos ein wertvoller Verbündeter. Sie brauchten jemanden, der den Orden wirklich verstand. Und er brauchte jemanden außerhalb, der ihm helfen konnte, seine Rivalen im Orden zu vernichten. Aber Verbündeter oder nicht, er traute dem Ausländer nicht, und ganz sicher mochte er ihn nicht. Er wusste, dass die verbalen Scharmützel, denen sie sich bei jeder Begegnung hingaben, unproduktiv waren, vielleicht sogar gefährlich. Aber er konnte einfach nicht anders. All seine Selbstbeherrschung, mit der er seinen Verrat während der Versammlungen oder bei Gesprächen mit anderen Magiern verbarg, schien sich in Luft aufzulösen, wenn er Calbyr gegenüberstand.

Dennoch, es schien alles nach Plan zu laufen. Die Angriffe, die Calbyr und die anderen durchführten, hatten die gewünschte Wirkung. Die Menschen überall im Land hatten das Vertrauen zum Orden verloren, und der Orden zeigte erste Anzeichen des Zerfalls. Und dann war da noch Baden ...

Der Magier lächelte, als er etwas ruhigeren Schrittes weiterging.

»Baden, du hast mich über meine wildesten Träume hinaus beschenkt«, sagte er in die Nacht hinaus.

Seit Monaten hatte er sich überlegt, wie er Baden und Jessamyn loswerden könnte. Die anderen waren dumm und schwach. Wegen denen machte er sich keine Sorgen. Aber diese beiden ... Er wusste, dass Jessamyn von den anderen Magiern geliebt wurde, dass sie treu zu ihr standen, und diese Emotionen konnten den Orden unter der Führung eines weisen Oberhaupts einigen und stärken – er musste zugeben, dass die alte Hexe tatsächlich über eine gewisse Weisheit verfügte. Baden stellte eine andere Art von Gefahr dar. Zu anderen Zeiten, an einem anderen Ort, dachte der Magier mit einem ironischen Lächeln, hätte er Baden vielleicht gemocht. Der Eulenmeister war zwar ziemlich aufgeblasen, aber er hatte Sinn für Humor, war intelligent und überzeugend, und er war mächtiger, als die meisten anderen begriffen. Der Magier lachte – wieder sah es so aus, als hätte er viel zu viel mit einem Feind gemeinsam.

Aber nun zählte nur, dass Baden ihm ein Mittel an die Hand gegeben hatte, um seine gefährlichsten Feinde im Orden zu vernichten: Therons Hain. Wenn er ehrlich war, fand er den Gedanken an diese Reise unangenehm. Er mochte mächtig sein, aber ihm war klar, dass er niemals gegen Therons Geist ankommen könnte. Seine Freude über die Möglichkeit, die sich ihm eröffnet hatte, war jedoch viel größer als seine Angst. Und als er daran dachte, fiel ihm noch etwas ein, was Baden heute bei der Sitzung in der Großen Halle gesagt hatte. Der junge Jaryd, so hatte Baden vorhergesagt, würde eines Tages viel mächtiger sein als jeder andere Magier in der Halle. Typisch Baden, mit dem Potenzial seines Schülers zu prahlen, dachte der Magier verächtlich.

Vielleicht war es wirklich nur Prahlerei gewesen, vielleicht hatte er übertrieben. Aber dieses Risiko konnte der Magier nicht eingehen, und als Baden gebeten hatte, den Jungen mit zu Therons Hain nehmen zu dürfen, hatte er ihm auch eine Lösung für dieses Problem geliefert. Wenn nötig, würde er sich Baden bei seinen Bemühungen, den Jungen in die Delegation aufzunehmen, anschließen, selbst wenn dieser Jaryd noch nicht flügge war, und dann würde der Schüler zusammen mit den anderen sterben.

Noch bevor er vollkommen wach war, als die Geräusche des Flusses und des Morgens im Wald gerade erst begannen, in seinen Schlaf einzudringen und ihn langsam zu wecken, spürte Jaryd, dass er beobachtet wurde. Er versuchte wach zu werden und hoffte, dass das Gefühl dabei verschwinden würde wie ein Traum. Aber als das Singen der Vögel und das Geräusch von Wasser, das von den Zweigen tropfte, klarer wurde, verstärkte sich das Gefühl nur noch. Jaryd musste plötzlich an die Banditen denken und riss rasch die Augen auf. Er bemerkte, dass er mit Tau bedeckt war. Das Feuer, das er am Abend zuvor heraufbeschworen hatte, war niedergebrannt. Strahlen frühen Sonnenlichts fielen durch den Nebel und die Bäume, und kleine Vögel schwatzten laut und flogen zwischen den Fichtenästen hin und her. Jaryd setzte sich auf und schaute zum Fluss, und dann erstarrte er. Keine zehn Fuß von ihm entfernt hockte auf einem Baumstumpf ein großer schiefergrauer Falke mit einem hellen Bauch und lebhaften roten Augen, legte den Kopf leicht schief und sah ihn an.
»Amarids Falke!«, hauchte Jaryd und konnte noch nicht so recht glauben, was er sah.

Das war für einige Zeit sein letzter klarer Gedanke, denn im nächsten Augenblick wurde sein Geist überflutet von einem verwirrenden Strom scheinbar zufälliger Wahrnehmungen und Gedanken, einige wild und Schwindel erregend, andere so fremd, dass Jaryd in ihnen nichts anderes als eine vage Emotion erkennen konnte. Einmal sah er dasselbe Bild seiner selbst wie am Abend zuvor, als er das Holz entzündet hatte, und dann schien die Vision zu verblassen, und plötzlich sah er sich, wie er in diesem Augenblick dasaß, starrte sich selbst an, und seine Züge wirkten ein wenig seltsam und verzerrt. Und als die Bilder weiter in seinen Kopf strömten, spürte er auch noch etwas anderes: eine Präsenz in seinem Geist, ähnlich der, die er am Vorabend gespürt hatte, aber viel, viel stärker. Es war, als griffe etwas nach ihm, zwänge ihn, seine Gedanken zu teilen. Ohne es zu wollen, rein instinktiv, aber mit Hilfe der Techniken, die er bei Badens Übungen gelernt hatte, erwiderte er die Gedanken.
Baden hatte ihn vor den Schwierigkeiten, ja sogar Gefahren gewarnt, die darin lagen, den Geist mit einem wilden Tier zu teilen, aber bis zu diesem Augenblick hatte Jaryd nicht wirklich verstanden, was er damit gemeint hatte. Die ersten Bilder, die der Falke ausgesandt hatte, hatten ihn mit ihrer Flüssigkeit und Schnelle verblüfft. Aber mit der Verbindung, die Jaryd und der Vogel in diesem Augenblick hatten, kam auch eine Flutwelle von Gedanken, Erinnerungen, Wahrnehmungen und Gefühlen, die drohte, Jaryds Sinn für Realität einfach wegzuspülen. Abrupt hatte er das Gefühl zu fliegen, schoss mit erstaunlicher Geschwindigkeit zwischen Ästen und Baumstämmen hindurch, wechselte die Richtung mit einer knappen Bewegung von Flügeln oder

Schwanz. Dann zerriss er gierig den noch warmen Kadaver eines Hähers, gleichzeitig entzückt und angewidert von dem heißen Blut, das über seinen Schnabel und die Krallen floss. Abermals fliegend, zog er seine Krallen zusammen und stürzte sich auf einen großen braunen Falken, kaum imstande, seinen Zorn zu beherrschen, der ihn trieb, dem anderen Vogel zu folgen. Während all dem klammerte sich Jaryd an den letzten Rest seines Verstandes, kämpfte gegen die Flutwelle an, versuchte, den auf ihn einströmenden chaotischen Gedanken so etwas wie Ordnung aufzuzwingen. Er spürte, dass er mehr Vogel als Mensch war; er hatte das Gefühl zu ertrinken. Wieder flog er, stürzte sich auf seine Beute, zerriss einen anderen Kadaver, schmeckte das Blut und das Fleisch. Und in einer weit entfernten Ecke seines Geistes, mit dem letzten verbleibenden Rest seiner eigenen Identität, spürte Jaryd, wie sich sein Magen zusammenkrampfte. Überwältigt von seiner Verbindung zu dem Vogel, aber auch voller Angst, sie zu brechen, falls er sich übergeben sollte, kämpfte Jaryd gegen diesen Drang an und schluckte die Galle, die ihm in die Kehle stieg, wieder herunter.

Und mit dieser Anstrengung, mit diesem letzten verzweifelten Begreifen seines eigenen Geistes, hörte er abermals die Worte, die Baden an ihrem ersten Abend der Reise, damals in Leoras Wald, gesagt hatte: »Du musst lernen, dem Vogel deinen Geist zu öffnen, während du gleichzeitig die Klarheit deines eigenen Bewusstseins bewahrst.« Und wieder flog er, schoss abwärts, und langsam begann er zu begreifen. Er nahm die Bilder an, wie der Falke sie ihm schickte, und versuchte nicht mehr, ihnen seine eigenen Vorstellungen von Zeit und Wirklichkeit aufzuzwingen, und dann spürte er, wie sich ein Muster ergab, eines, dem er folgen konnte. Zunächst geschah das langsam, aber mit jedem Augenblick wurde es leichter, etwas zu verstehen, und Jaryd spürte, wie das Chaos nachließ, als sein eigenes Bewusstsein sich in seinem Geist wieder festigte.

Er stellte fest, dass er wieder mit seinen eigenen Augen sehen konnte. Der Falke – Ishalla! Irgendwie war dieser Name plötzlich da. Ishalla blieb in seinem Geist, aber er fühlte sich von ihrer Präsenz nicht mehr so überwältigt. *Ihrer* Präsenz! Er wusste irgendwie, dass Ishalla ein Weibchen war. Bilder und Gedanken flossen weiter durch seinen Kopf, aber sie wurden jeden Augenblick vertrauter. Er sah die Parnesheim-Berge und Tobyns Wald, die Nordebene und Taima, und schließlich und vollkommen unerwartet sah er sein Zuhause im weit entfernten Accalia. Seine Mutter war dort, ebenso wie Bernel und Royden. Das Bild war so lebhaft, dass Jaryd das Gefühl hatte, die Hände ausstrecken und sie berühren zu können. Er musste das Bedürfnis, ihnen etwas zuzurufen, unterdrücken. Ihr Anblick erfüllte sie mit Freude, und das Herz tat ihm weh, weil sie ihm so fehlten. Er strengte sich so an, seine Gefühle zu beherrschen, dass er einige Zeit brauchte, um zu begreifen, dass dieses Bild ebenso wie die anderen von Ishalla kam. So, wie ihre Gedanken und Erinnerungen Teil seines Geistes geworden waren, waren seine Gedanken und Erinnerungen nun Teil von ihrem. Sie hatten sich aneinander gebunden. Nun war er wirklich ein Magier.

Langsam und mit steifen Bewegungen kam er auf die Beine. Der Vogel regte sich nicht, saß so still da wie die Kristallstatuen oben auf der Großen Halle. Die Sonne war höher über die Lichtung gestiegen und hatte den Nebel

weggebrannt. Jaryd hatte keine Ahnung, wie viel Zeit vergangen war, aber aus dem Sonnenstand schloss er, dass der Morgen beinahe vorüber sein musste. Die Magier hatten sich in Amarid zweifellos schon längst wieder versammelt.
Jaryd bewegte sich vorsichtig, um den Falken nicht zu erschrecken, und ging auf ihn zu. Als er näher kam, war er bestürzt von Ishallas unglaublicher, wilder Schönheit, genau wie in dem Augenblick, als er zum ersten Mal das Bild von Amarids Falken an der Decke der Großen Halle gesehen hatte. Sie war so groß wie der größte Falke, den er am Vortag bei der Versammlung gesehen hatte. Ihr Rücken hatte einen bläulichen Grauton, und ihr langer grauer Schwanz hatte schwarze Streifen. Brust und Bauch waren hell und fein gezeichnet. Und ihr Kopf, mit seiner schwarzen Kappe und einem weißen Streifen über jedem roten Auge, ließ sie intelligenter und willensstärker wirken als jeden anderen Vogel, den Jaryd je gesehen hatte. Immer noch mit langsamen Bewegungen, näherte sich Jaryd zitternd dem Vogel. Er blieb direkt vor Ishalla stehen und streckte den Arm aus. Ohne zu zögern, sprang sie darauf.
Jaryd zuckte zusammen, als sie ihre kräftigen Krallen in seinen Arm bohrte, durch Hemd und Haut hindurch. Dennoch, trotz des Schmerzes und seines unaufhörlichen Zitterns, gelang es ihm, den Arm einigermaßen ruhig zu halten. Für ihre Größe fühlte sich Ishalla überraschend leicht an.
Unfähig, den Blick von dem Vogel abzuwenden, grinste Jaryd nun vor Entzücken. Wenn nur seine Familie ihn jetzt sehen könnte! Selbst Bernel hätte sicher gelächelt beim Anblick seines Sohnes mit einem so wunderbaren Vogel auf dem Arm. Jaryd konnte es kaum erwarten, Badens Miene zu sehen.

»Ich bin ein Magier«, sagte er laut, genau wie am Abend zuvor. Und dann, als wollte er es noch einmal bestätigen, sprach er ihren Namen aus. »Ishalla. Ich weiß, dass du Ishalla heißt.« Zur Antwort sprang der Falke auf seine Schulter und begann sich zu putzen, schien sich offenbar so wohl zu fühlen, dass Jaryd laut lachen musste. Wieder bohrten sich Ishallas Krallen in seine Schulter, und Jaryd spürte, wie ihm ein kleines Blutrinnsal über den Rücken lief, aber das war irgendwie unwichtig.

»Wir sollten gehen«, sagte er zu ihr. »Bei all dem Hin und Her des letzten Abends habe ich das Gefühl, dass wir ziemlich weit von Amarid entfernt sind.«

Ein Bild erschien in seinem Geist: Er flog rasch zwischen den Bäumen hindurch, schlug einen kleineren Vogel, kehrte um und fand die Beute am Boden, zerriss sie.

Ja, sandte Jaryd zurück, und die Verbindung fühlte sich sowohl seltsam als auch aufregend an, *ich verstehe. Können wir uns unterwegs treffen? Dann mache ich mich schon mal auf den Rückweg in die Stadt.*

Wieder ein Bild, und es zeigte sie beide auf dem Weg nach Amarid. Einen Augenblick später flog Ishalla von seiner Schulter auf und grub dabei ihre Krallen noch einmal so tief in sein Fleisch, dass er schmerzerfüllt keuchte.

Jaryd rieb sich die Schulter und sah ihr nach, wie sie über den Fluss und in den Wald flog. Und dabei spürte er, wie ihre Verbindung schwächer wurde. Sofort fehlte ihm ihre Präsenz, so seltsam ihm das auch vorkam, wenn man bedachte, wie kurz sie erst aneinander gebunden gewesen waren. Eine Sekunde machte er sich Sorgen, dass sie nicht zurückkehren würde. Dann schüttelte er den Kopf, lächelte über seine eigene Dummheit und machte sich auf den Weg.

Nach ein paar Schritten jedoch blieb er stehen und warf über die Schulter einen Blick zurück auf sein Lager vom Vorabend. »Der Ort meiner ersten Bindung«, sagte er zu sich selbst und musste dabei an Theron und den Fluch denken. Er verzog leicht das Gesicht, dann ging er weiter. Kurz darauf stieß Ishalla wieder zu ihm. Er erschrak, als sie plötzlich auf seiner Schulter landete und ihre Krallen ihm abermals die Haut aufrissen.

»Daran werde ich mich noch gewöhnen müssen«, sagte er laut. Sie begann erneut, sich zu putzen, und zu seiner großen Erleichterung spürte er sofort wieder ihre Anwesenheit in seinem Geist. Nach dem, was Baden ihm erzählt hatte, wusste er, dass seine Verbindung mit Ishalla im Lauf der Zeit stärker werden und eine kurzfristige Trennung geringere Auswirkungen auf die Bindung haben würde, die sie gerade erst begonnen hatten. Im Augenblick jedoch konnte sich Jaryd kaum vorstellen, wie diese Verbindung noch stärker werden sollte. Ishallas Präsenz in seinem Geist schien bereits ein Teil von ihm zu sein. Er fand es in gewisser Weise ablenkend; es war beinahe so, als sähe man ständig etwas aus dem Augenwinkel. Während er den Weg zur Stadt entlangging, bemerkte Jaryd, dass seine Wahrnehmung seiner Umgebung viel ausgeprägter war als je zuvor. Er sah die Dinge immer noch durch seine eigenen Augen, aber sein Gesichtsfeld schien größer, sein Hörvermögen schärfer geworden zu sein. Er fühlte sich mit dem Wald verbunden, als hätte er sein ganzes Leben dort verbracht. Und er ging langsamer nach Amarid zurück, als er wahrscheinlich sollte, und genoss den Weg durch den Wald.

Als Jaryd die Große Halle erreichte, stellte er fest, dass die Magier dort gerade ihr Mittagessen beendet hatten. Selbstverständlich entdeckten Baden und Trahn ihn als erste, weil sie schon nach ihm Ausschau gehalten hatten, und sprangen auf, um ihn zu begrüßen. Als er auf sie zuging und sich deutlich Ishallas Gewicht auf seiner Schulter bewusst war, begriff Jaryd plötzlich, was Baden am Abend zuvor für ihn getan hatte.

»Du hast es gewusst, nicht wahr?«, fragte er seinen Onkel, als die Magier vor ihm standen. »Deshalb hast du mich gestern Abend in den Wald geschickt.«

Baden nickte. Er grinste nun, ebenso wie Trahn. »Ich habe gesehen, dass der Falke uns die letzten paar Tage auf unserem Weg durchs Gebirge folgte. Ich hatte das Gefühl, dass sie dich schon finden würde, wenn ich ihr die Gelegenheit gäbe.«

»Danke«, sagte Jaryd ernst. »Es tut mir Leid, dass ich nicht einfach mitgemacht habe.«

Baden lachte und zuckte die Achseln. »Ach, vergiss es einfach.«

Jaryd wandte sich an Trahn. »Hast du es auch gewusst?«

Der Falkenmagier schüttelte den Kopf. »Erst seit heute früh, als Baden es mir erklärt hat. Aber wie ich dir gestern schon sagte, ich weiß, dass Baden selten aus einer Laune heraus handelt.« Trahn betrachtete Ishalla, die sich in der Kammer umsah und misstrauisch die anderen Vögel beäugte. »Sie ist wunderschön, Jaryd«, sagte er. »Möge Leora euch eine lange und erfüllte Zeit miteinander schenken.«

»Wie heißt sie?«, fragte Baden, der den Vogel ebenfalls bewunderte.

»Ishalla.«

»Ishalla«, wiederholte Baden, und er war nicht in der Lage, seinen Stolz zu verbergen. »Ich bin sicher, dass die Bindung gut verlaufen ist; ihr scheint es beide sehr gut überstanden zu haben.«

Jaryd nickte. »Es geht uns gut. Meine Schulter tut ein bisschen weh«, sagte er, und die beiden anderen Magier grinsten, »aber es ist alles gut gegangen. Wenn man von den Banditen absieht, denen ich gestern Abend begegnet bin.«

»Banditen!«

»Sie haben versucht, mir Roydens Ring abzunehmen«, erklärte Jaryd, »und als er sich nicht abziehen ließ, wollten sie mir den Finger abschneiden. Aber ich bin entkommen, weil ich einem von ihnen die Jacke angezündet habe. Später habe ich dann auf dieselbe Weise Feuer gemacht.«

Badens Miene war plötzlich ernst geworden. »Du hast dich also schon gestern Abend an Ishalla gebunden?«

»Nein, heute früh.«

»Aber du hast gestern Abend schon Anzeichen deiner Kraft bemerkt?«

Jaryd nickte.

Wieder wechselten Baden und Trahn einen Blick, aber diesmal war es ein staunender.

»Was hat das zu bedeuten?« fragte Jaryd, der von ihren Mienen ein wenig verängstigt war.

Baden sah ihn abschätzend an. »Ich weiß es nicht«, sagte er ehrlich. »So etwas habe ich noch nie zuvor gehört.« Er warf Trahn einen Blick zu, der den Kopf schüttelte, um ebenfalls anzudeuten, dass ihm das neu war. »Aber«, fuhr Baden fort und wandte sich wieder Jaryd zu, »ich glaube nicht, dass du Grund zur Unruhe hast. Wenn überhaupt, bestätigt es nur meine Vision einer strahlenden Zukunft, die dich erwartet.«

Darüber musste Jaryd natürlich lächeln.

Baden legte seinem Neffen die Hand auf die Schulter. »Willkommen im Orden, Falkenmagier Jaryd.«

Trahn schaute zum anderen Ende des Saals hin, wo sich Jessamyn soeben erhoben hatte. »Sieht so aus, als würden wir wieder anfangen«, stellte er fest. »Ich sollte mich lieber wieder hinsetzen.« Er warf Jaryd noch einen Blick zu, ein breites Grinsen auf den Lippen. »Meinen Glückwunsch, Jaryd. Ich freue mich darauf, später mehr über deine Bindung zu hören.«

Jaryd grinste zurück und setzte dazu an, zu Badens Platz am Ratstisch zu gehen. Aber Baden hielt ihn zurück, hielt ihn mit der Hand fest, die er immer noch auf seiner Schulter liegen hatte.

»Bleib einfach stehen und tu dasselbe wie ich«, befahl der Eulenmeister ihm leise, und ein Lächeln umspielte seine Mundwinkel. Jaryd, der plötzlich irgendwie verlegen war, ahmte Badens Habachtstellung nach und wandte sich schweigend dem Rest der Magier zu.

Ein oder zwei Minuten lang achtete niemand auf sie. Trahn ging lässig an seinen Platz zurück, und rings um den Tisch wurden die leisen Gespräche fortgesetzt. Aber bald schon registrierte Jessamyn, dass Baden und Jaryd noch standen, und einen Augenblick später sah Jaryd, wie sie Ishalla auf seiner Schulter bemerkte. Sofort breitete sich ein strahlendes Lächeln auf ihrem Gesicht aus und ließ ihre Züge viel weicher wirken. Andere Magier, die das Lächeln der Eulenweisen bemerkten, folgten ihrem Blick zu Baden und dem neuesten Ordensmitglied, die dort nahe dem Tor standen. Nach und nach, unter überraschtem und, wie Jaryd dachte, auch bewunderndem Murmeln, breitete sich die Nachricht über seine Bindung überall im Saal aus. Alayna gehörte zu den Letzten, die die allgemeine Aufregung bemerkten. Als sie sich ihm zuwandte und sah, dass er sich ebenso wie sie an einen von Amarids Falken gebunden hatte, wurde sie blass und wandte rasch wieder den Blick ab.

»Eulenweise«, hörte Jaryd Baden mit einer so klaren und weit tragenden Stimme sagen, dass es ihn regelrecht aufschrecken ließ, »ich möchte dir und diesem Orden einen neuen Magier vorstellen.«

»Erzähl uns von diesem neuen Magier, Eulenmeister Baden«, sprach Jessamyn die vorgeschriebenen Worte, immer noch lächelnd.

»Er heißt Jaryd, und er kommt aus Accalia«, entgegnete Baden in demselben wohlklingenden Ton. »Er ist der Sohn von Bernel und Drina, Enkel von Lynwen, Urenkel von Lyris, die beide Angehörige dieses Ordens waren. Ishalla hat ihn ihrer würdig erachtet, und dies ist eine doppelte Ehre, denn sie ist eine von Amarids Falken.«

Jessamyn nickte und hob beide Arme, dann sah sie sich am Tisch um. »Magier und Meister des Ordens, Baden hat uns einen neuen Magier gebracht, den Falkenmagier Jaryd. Wollen wir ihn willkommen heißen?«

Zur Antwort standen die anderen Magier auf und hoben grüßend ihre Stäbe. Jaryd beobachtete Alayna, als sie aufstand, aber sie wich seinem Blick aus. Einen Augenblick später war der Gruß vorüber, und Jaryd war von anderen Magiern umgeben, die ihm gratulierten und ihm Komplimente über seinen schönen Vogel machten. Selbst Orris tätschelte ihm ungeschickt den Rücken und lobte Ishalla, obwohl seine Miene säuerlich blieb. Jessamyn kam als Letzte auf ihn zu und umarmte ihn. »Noch nie geschah eine erste Bindung während einer Versammlung, Jaryd«, sagte sie. »Du bist tatsächlich zu Großem ausersehen.« Sie ließ ihn wieder los, lächelte noch einmal freundlich und ging dann zu ihrem Platz am Ende des Tisches zurück.

Während die Magier ihm gratulierten, brachten die Diener der Großen Halle einen neuen Stuhl mit einer Sitzstange für Ishalla ans nahe gelegene Ende des Tisches, direkt neben Alayna. Überwältigt von Aufregung und einem Hauch Nervosität, ging Jaryd zu seinem Platz und bat Ishalla, auf die Sitzstange zu springen. Sie tat das sofort, und Jaryd setzte sich lächelnd.

Alayna saß reglos neben ihm und starrte geradeaus, als bemerke sie ihn nicht. Er schaute sie einen Moment lang von der Seite an und beugte sich dann leicht vor. »Ist mir heute früh etwas entgangen?«, fragte er.

»Nein«, erwiderte sie knapp und schaute dabei nicht einmal in seine Richtung. »Wir haben nur schweigend hier gesessen und auf deine Rückkehr gewartet.«

»Wie nett von euch«, erwiderte Jaryd, »aber ich hätte nichts dagegen gehabt, wenn ihr euch dabei ein wenig unterhalten hättet.«

Sie sah ihn an, ihre Miene unergründlich, und einen Augenblick später begann Jessamyn zu den Versammelten zu sprechen, und Jaryd schaute wieder geradeaus.

Einen Moment später beugte sich Alayna zu ihm. »Die Diskussion heute früh verlief ganz ähnlich wie gestern«, flüsterte sie. »Viel Lärm, aber wenig Forschritte.«

»Danke«, entgegnete er. »Das war doch gar nicht so schwer, oder?«

Sie warf ihm einen scharfen Blick zu, und dann konzentrierte auch sie sich wieder auf die Eulenweise.

Einige Zeit, während Jessamyn sprach und die Magier ihre

Debatte über eine mögliche Reaktion auf die unerwarteten Angriffe wieder aufnahmen, hörte Jaryd nichts von alledem, denn er war in seine eigenen Gedanken versunken. Zuerst grübelte er über seinen Austausch mit Alayna und fragte sich, wieso sie so feindselig war. Er überlegte ernsthaft, ob er irgendetwas getan oder gesagt haben könnte, das sie gegen ihn aufgebracht hatte. Aber bald schon machte dies der staunenden Erkenntnis Platz, wo er sich befand und was aus ihm geworden war. Er sah sich an dem Tisch um, an dem er saß, und konnte immer noch nicht recht glauben, dass er tatsächlich hierher gehörte. Einmal bemerkte er, dass Sartol ihn beobachtete, und als könnte er die Gedanken lesen, die durch Jaryds Kopf wirbelten, zwinkerte ihm der Eulenmeister zu und lächelte dann freundlich, und Jaryd erwiderte dieses Lächeln.

Der wortlose Austausch riss Jaryd aus seinen Gedanken, und er wandte seine Aufmerksamkeit wieder der Debatte zu, die am Tisch stattfand. Zunächst schien es tatsächlich so, als wiederholten die Magier nur ihre Diskussion vom Vortag, wie Alayna bereits festgestellt hatte. Orris und seine Verbündeten stritten sich weiterhin mit den älteren Ordensmitgliedern, die, wie Jaryd dachte, in ihrem Widerstand gegen beinahe jeden Vorschlag, wie man gegen die Angriffe vorgehen könnte, träge und willenschwach wirkten. Aber Jaryd bemerkte bald, dass Baden und Trahn ebenso frustriert über den Verlauf der Debatte waren wie Orris. Nachdem einige ältere Magier den größten Teil des Tages darüber nachgedacht hatten, welche Gefahren in Badens Plan, sich Theron zu stellen, lagen, hatten sie die zögernde Unterstützung zurückgezogen, die sie am Vortag zum Ausdruck gebracht hatten. Stattdessen schlugen sie nun unter Führung von Odinan, dem alten Eulenmeister, der sich am Tag zuvor mit Orris gestritten hatte, eine Alternative sowohl zu Badens Plan als auch Orris' Idee mit den organisierten Patrouillen vor.

»Wir schlagen vor«, erklärte Odinan mit seiner dünnen, nasalen Stimme, »dass eine Gruppe von Magiern hier in Amarid bleibt. Sobald wir einen Bericht über einen weiteren Angriff erhalten, werden diese Magier dann zusammen mit der Weisen und ihrem Ersten den Rufstein benutzen, um eine kleine Gruppe zum Schauplatz des Vorfalls zu schicken, damit dort alles untersucht wird. Auf diese Weise können wir ebenso schnell reagieren wie Orris' Patrouillen, ohne den gesamten Orden durcheinander zu bringen. Wenn diese Magier Hinweise finden, die Badens Theorie unterstützen«, fuhr er fort, »dann können wir immer noch eine Delegation zu Therons Hain schicken.«

»Das ist kein Plan«, meinte Orris verächtlich, »das ist nichts als mühsam verschleierte Untätigkeit und Feigheit.« Der untersetzte Magier erhob sich und warf Odinan einen wütenden Blick zu. »Das ist sogar noch schlimmer, als nichts zu unternehmen, weil man so tut, als würde etwas geschehen. Dieser so genannte Plan bietet keine Möglichkeit zu erkennen, ob es einen Verräter in diesem Orden gibt, und bis die Nachrichten von einem neuen Angriff Amarid erreichen, wird die Spur bereits erkaltet sein.«

»Ich muss sagen, Odinan«, warf Baden ein und erhob sich ebenfalls, »dass ich mich gezwungen fühle, Orris in dieser Sache zuzustimmen. Dieser Vorschlag hilft nicht sonderlich dabei, unsere Feinde zu identifizieren, und dient noch weniger dem Schutz der Menschen von Tobyn-Ser. Er stellt auch eine enorme Verschwendung von Mitteln dar; der

Rufstein braucht unglaublich viel Kraft, um Menschen zu transportieren. Ihr würdet eine sehr große Gruppe von Magiern brauchen oder die Anzahl derjenigen, die die Ermittlungen anstellen sollen, auf einen oder zwei reduzieren müssen. Nein, dies scheint mir keine wirkliche Alternative zu Orris' oder meinem eigenen Plan zu sein.«

»Es ist eine angemessene Reaktion auf eine Situation, die wir noch nicht vollkommen begreifen«, entgegnete ein anderer Eulenmeister – Jaryd glaubte sich zu erinnern, dass der Name dieses Mannes Niall war. »Ehe wir mehr wissen, wäre es dumm, euer Leben in Theorons Hain aufs Spiel zu setzen oder das Leben aller Menschen in dieser Halle durcheinander zu bringen.«

»Was ist mit dem Leben der Menschen in Taima oder den anderen Dörfern und Städten, die angegriffen wurden?«, wollte einer der jüngeren Magier wissen. »Wie sollen wir diesen Menschen erklären, dass wir nichts unternehmen, weil wir uns keine Unbequemlichkeiten zumuten wollen?«

»Ich sage doch nicht, dass wir gar nichts tun sollen!«, erwiderte Odinan zornig. »Mein Plan –«

Aber bevor er seinen Satz beenden konnte, hallte plötzlich das Klirren von Glas durch die Kammer und erschreckte alle so, dass sie schwiegen. An der Südseite des Gebäudes, auf halbem Weg zwischen Jaryds Platz und dem der Eulenweisen brach ein großer Stein durch eines der halb durchsichtigen Fenster der Großen Halle und verstreute Scherben aus weißem Glas auf dem Marmorboden. Von draußen, von der Straße, die nun durch das klaffende Loch im Glas deutlich zu sehen war, erschollen Rufe wie »Mörder!« und »Verräter!«, und dann konnte man schnelle Schritte hören, die bald verhallten. Einen Augenblick lang rührte sich niemand am Tisch. Und dann brach das reinste Chaos aus. Mehrere Magier sprangen auf das Loch im Fenster zu und versuchten zu erkennen, wer den Stein geworfen hatte. Orris und Trahn rannten nach draußen und kamen Sekunden später an dem Loch im Fenster vorbei. Andere eilten zur Ursel, der jungen Falkenmagierin, neben der der Stein gelandet war, aber sie versicherte ihnen, dass alles in Ordnung sei. Falken und Eulen kreisten und schrien erschrocken.

»Ist alles in Ordnung mit euch? Ist jemand verletzt?«, rief Jessamyn mehrmals in dem Versuch, die Ruhe wiederherzustellen.

Jaryd war bei dem allgemeinen Durcheinander, das der anfänglichen Stille gefolgt war, aufgesprungen. Aber er blieb bei seinem Stuhl, mit Ishalla auf der Schulter, und sah sich um und versuchte, sich wieder zu beruhigen. Auch Alayna war aufgestanden, und sie sah angespannt und bleich aus. Sie schauten einander kurz an und gingen dann ohne ein Wort beide zu der Stelle, wo Ursel und ein paar andere begonnen hatten, die Scherben aufzusammeln.

Einige Zeit später ließ die Unruhe in der Großen Halle ein wenig nach, und Orris und Trahn kehrten atemlos und erhitzt zurück. »Sie waren nur zu zweit. Wir haben sie zu einem Gasthaus ein paar Querstraßen von hier verfolgt«, erklärte Trahn. »Der Wachtmeister hat uns gesehen und ist ihnen gefolgt. Man wird sich um die Täter kümmern.«

»Und dann?«, erklang eine ernste, aber vertraute Stimme.

Jaryd fuhr herum und sah Baden, der immer noch an seinem Stuhl stand, das schmale Gesicht starr und weiß, bis auf einen roten Fleck auf jeder Wange. Die Augen des Eulenmeisters glühten wie Kohlen, als er sich umsah.

»Was dann?«, wiederholte er in das plötzliche Schweigen hinein. »Es wird nichts helfen, sie ins Gefängnis zu stecken. Wir könnten sie ebenso gut laufen lassen.«
»Sie laufen lassen?«, fragte Peredur empört. »Sie haben die Große Halle von Amarid entweiht.« Mehrere Eulenmeister stimmten ihm zu.
»Das hier ist kein Tempel«, entgegnete Baden zornig und warf Trahn dabei einen raschen Blick zu, »und Amarid war kein Gott. Diese Halle wurde nicht entweiht, sie wurde beschädigt. Wir täten gut daran, uns an den Unterschied zu erinnern.«
Peredur errötete und setzte zu einer Antwort an. Aber Jessamyn legte ihm beruhigend die Hand auf den Arm und schaute Baden an. »Worauf willst du hinaus, Baden?«, fragte sie, und Jaryd hörte den unterdrückten Zorn in ihrer Stimme: Baden befand sich auf gefährlichem Boden.
Aber der Eulenmeister nahm nichts zurück. »Dieser Stein war eine Botschaft. Wir sind arrogant und selbstgefällig geworden, und die Menschen dieses Landes vertrauen uns nicht mehr. Diese beiden einzusperren wäre ein bedeutungsloser, gehässiger Akt. Bedeutungslos, weil es dort, wo diese beiden herkamen, tausende mehr gibt, die den Orden ebenso ablehnen wie sie. Und gehässig, weil wir nur Diener des Landes sind und das hier ebenso ihre Halle ist wie unsere. Sie haben ein wenig Glas zerbrochen und unseren Stolz verletzt, also sollen sie der Stadt das Erstere bezahlen. Und wir kümmern uns um die Heilung des Letzteren.«
»Und wie?«, wollte Orris wissen. Sein Tonfall klang herausfordernd. Er hatte die Hände in die Hüften gestemmt und stand mit leicht gespreizten Beinen fest auf dem Marmorboden. »Wie sollen wir das tun?«

»Indem wir handeln«, erklärte Baden sachlich. »Indem wir uns unseren Feinden stellen. Diejenigen, die das Fenster zerbrochen haben, haben uns Mörder und Verräter genannt. So sehen uns derzeit viele Menschen in Tobyn-Ser. Ich bin kein Mörder, und ich bin kein Verräter, und ich würde es vorziehen, glauben zu können, dass auch der Rest von uns beides nicht ist. Aber um den Menschen das zu beweisen, müssen wir jene finden, die wirklich für die Angriffe verantwortlich sind, und sie aufhalten.« Zustimmendes Murmeln breitete sich aus, aber Baden brachte die Magier mit einem Blick zum Schweigen. »Odinan«, sagte er und wandte sich dem weißhaarigen Eulenmeister zu, »ich kann deine Sorgen verstehen. Aber gerade du, der du schon so lange Teil dieses Ordens bist, musst doch erkennen, wie verzweifelt die Situation ist. Die Große Halle von Amarid wurde von Bürgern aus Tobyn-Ser beschädigt. Wir müssen etwas unternehmen, damit die Leute sehen, dass wir uns darum kümmern.« Baden sah den älteren Magier lange Zeit an, bis Odinan schließlich resigniert nickte. Baden nahm dies mit einem dankbaren Lächeln zur Kenntnis, aber es dauerte nur einen Augenblick, bis seine Miene wieder strenger wurde. »Und ich will noch eines hinzufügen«, sagte er, und seine Stimme war hart wie Stahl. »Falls sich in dieser Halle ein Mörder und Verräter befindet, soll er Folgendes wissen: Ich werde dich finden, und ich werde all meine Macht nutzen, um dich zu vernichten.«
Ein seltsames Schweigen senkte sich über den Saal, als die Magier einander unsicher anschauten, als fragten sie sich, wer von den Männern und Frauen neben ihnen den Orden verraten hatte. Und in diesem Augenblick wusste Jaryd, dass jemand hier Badens Warnung gehört und seine He-

rausforderung angenommen hatte. Es befand sich tatsächlich ein Verräter in der Großen Halle.
So schnell, wie es gekommen war, verschwand dieses Gefühl auch wieder, und Jaryd fragte sich, ob es eine echte Einsicht oder nur seine Phantasie gewesen war.
»Weise Jessamyn«, rief Trahn und brach damit das angespannte Schweigen. »Ich schlage einen Kompromiss vor.«
»Sprich, Trahn«, erwiderte die Eulenweise.
»Ich schlage vor, dass wir eine Delegation bilden, um zu Therons Hain zu reisen. Und alle Magier, die nicht zu dieser Delegation gehören, sollen wählen, ob sie sich entweder einer von Orris' Patrouillen anschließen oder als Teil von Odinans Gruppe in Amarid bleiben. Auf diese Weise wüssten wir immer, wo sich alle Magier befinden, und wir könnten Badens Theorie erforschen und außerdem zumindest begrenzt über Tobyn-Ser wachen.«
Wieder schwieg der Orden, als die Magier über Trahns Vorschlag nachdachten. Schließlich ergriff Orris das Wort. »Das ist weniger, als mir lieb wäre«, sagte er, und wieder schwang in seiner Stimme die vertraute Mischung aus Ungeduld und Zorn mit, »aber ich stimme zu.«
»Odinan?«, fragte Jessamyn.
»Es ist akzeptabel«, erklärte der Eulenmeister.
»Baden?«
Baden sah die Eulenweise an und lächelte.
»Auf die Gefahr hin, meine Kollegen mit meiner Begeisterung zu überwältigen«, meinte er trocken, »muss ich zugeben, dass der Plan mir gefällt.«
Die anderen Magier lachten.
»Dann sollten wir darüber abstimmen«, schlug Jessamyn vor. »Wer ist für den Vorschlag?«, fragte sie. Die meisten

Magier in der Halle hoben die Hand, obwohl einige erheblich weniger Begeisterung an den Tag legten als andere. »Dann ist dies der Kurs, dem wir folgen werden«, verkündete die Weise. »Als Nächstes müssen wir nun die Delegation bestimmen, die herausfinden soll, was in Therons Hain geschieht. Ich glaube, Peredur und ich sollten auf jeden Fall dabei sein, und da Baden und Trahn die Idee aufgebracht haben, nehme ich an, sie wollen immer noch mitkommen.« Sie hielt inne, und Baden und Trahn nickten zustimmend. »Sartol, du sagtest gestern, du wolltest ebenfalls dabei sein. Ist das immer noch der Fall?«

»Ja, Weise Jessamyn«, erwiderte Sartol.

»Sehr gut. Und du, Alayna – Sartol war der Ansicht, dass du ein wertvolles Mitglied sein könntest. Wirst du dich uns anschließen?«

»Ja, Weise Jessamyn«, antwortete Alayna mit klarer Stimme.

»Gibt es noch andere, die uns begleiten möchten?«

»Weise Jessamyn – darf ich?«, fragte Baden. »Ich sagte gestern, dass Jaryd mitgehen sollte, und meine Kollegen erinnerten mich daran, das er zu diesem Zeitpunkt noch nicht flügge war und daher eine schlechte Wahl für eine solche Aufgabe. Heute haben wir Jaryd im Orden willkommen geheißen, und ich wiederhole nun, was ich gestern gesagt habe: Jaryd wird bei dieser Sache eine Rolle spielen, und ich möchte ihn gern dabeihaben.«

»Jaryd?«, fragte Jessamyn und wandte sich dem jungen Mann zu, »möchtest du mit zu Therons Hain kommen?«

»Ja, Weise Jessamyn«, erwiderte Jaryd in der Hoffnung, dass seine Stimme so fest klang wie zuvor die von Alayna.

»Gut«, erklärte Jessamyn mit einem Nicken. »Es sieht so

aus, als hätten wir unsere Delegation beisammen, und wir werden –«

»Weise Jessamyn«, erklang eine Stimme, die Jaryd inzwischen sehr vertraut war. »Auch ich möchte mich anschließen.« Alle Augen wandten sich Orris zu.

»Du, Orris?«, sagte Jessamyn verblüfft. »Ich dachte, du hättest etwas gegen diesen Plan.«

»Das habe ich auch«, erklärte der untersetzte Magier, »und das ist genau der Grund, wieso ich mitkommen möchte. Ich glaube, die Delegation sollte zumindest ein Mitglied haben, das dem Plan skeptisch gegenübersteht. Ich melde mich freiwillig.«

Eine Zeit lang schwiegen alle. Dann lächelte Jessamyn. »Ich würde mich freuen, dich bei uns begrüßen zu dürfen«, sagte sie freundlich.

Damit bist du ziemlich allein, dachte Jaryd und warf dem mürrischen Magier einen Seitenblick zu.

»Wie ich schon zuvor sagte«, fuhr Jessamyn fort, »wir haben nun die Delegation zusammengestellt, und wir werden übermorgen früh aufbrechen. Ihr anderen solltet euch entscheiden, ob ihr bei Odinans Gruppe in Amarid bleiben oder euch einer der Patrouillen zugesellen wollt – Orris, wer wird deine Patrouillen organisieren, wenn du mit uns gehst?«

»Das kann ich tun, Weise Jessamyn«, bot Ursel an.

»Gut. Ich danke dir, Ursel. Wenn ihr eure Wahl getroffen habt«, fuhr die Eulenweise fort, wieder an den gesamten Orden gewandt, »dann sprecht bitte mit Odinan oder Ursel.« Sie hielt inne und läutete mit der Kristallglocke, die neben ihr auf dem Tisch stand. »Wir hatten einen ereignisreichen und produktiven Nachmittag«, sagte sie zufrieden. »Vielleicht sollten wir uns kurz vertagen, um wieder Luft zu bekommen.«

Bei diesen Worten betraten mehrere blau gekleidete Diener den Saal und brachten Tabletts mit Obst, Käse und Brot und Kristallkaraffen mit einem duftenden, hellen Wein herein.

Jaryd ging wieder auf seinen Platz zu, aber als er noch einmal zu Baden schaute, der neben Trahn stand, winkte ihn der Eulenmeister zu sich herüber.

Baden zeigte auf den Stuhl zu seiner Linken. »Setz dich«, sagte der Eulenmeister vergnügt. »Radomil hat sich ein paar Freunden auf der anderen Tischseite angeschlossen, und sein Platz ist frei.«

Jaryd setzte sich auf Radomils Stuhl, und Ishalla hüpfte von seiner Schulter zu der Sitzstange dahinter.

»Das ging tatsächlich besser, als ich gedacht hatte«, sagte Trahn leise, während einer der Diener ein großes Tablett mit Essen, einer Karaffe Wein und drei Kristallgläsern vor sie hinstellte. »Ich hätte nicht geglaubt, jemals einen Angriff auf die Große Halle erleben zu müssen, und schon gar nicht, auch noch dankbar dafür zu sein, weil es den Orden endlich dazu brachte, etwas zu unternehmen.«

Baden nickte und goss Wein in ihre drei Gläser. »Ein wirkungsvoller Kompromissvorschlag hat ebenfalls dazu beigetragen.«

Der dunkelhäutige Magier nahm das Kompliment mit einem Nicken entgegen, dann trank er einen Schluck.

Auch Jaryd probierte den Wein, der leicht war und nach Honig schmeckte, ohne zu süß zu sein. Er brach ein Stück Brot ab, nahm ein wenig Käse und reichte das Tablett dann an Baden weiter. Er merkte, wie ausgehungert er war. Seit dem Vorabend hatte er nichts mehr zu sich genommen.

»Findet ihr es nicht seltsam«, fragte er zwischen zwei Bissen, »dass Orris mit uns zu Therons Hain kommen möchte?«

Baden zuckte die Achseln. »Ich nehme an, es ist ein bisschen merkwürdig, wenn man bedenkt, wie er zunächst auf die Idee reagierte. Aber Trahn kennt ihn besser als ich«, fügte er mit einem Blick zu seinem Freund hinzu.

Trahn lächelte. »Ich bin nicht sicher, ob irgendeiner von uns Orris gut kennt«, erklärte er, »aber nein, ich halte es nicht für seltsam. Orris ist der geborene Anführer«, erklärte er, nun mit einem Blick zu Jaryd. »Das, was du als mürrisch und derb wahrnimmst, halten andere für entschlossen und kraftvoll. Und als Anführer traut er manchmal anderen Dinge nicht zu, die er selbst – wie er glaubt – viel kompetenter erledigen könnte. Es kommt mir logisch vor, dass er sich unserer Delegation anschließen will.«

»Um dafür zu sorgen, dass wir nichts falsch machen«, bemerkte Baden mit einem spöttischen Lächeln.

Trahn grinste. »Genau das.«

»Dürfen wir uns zu euch setzen?«, erklang eine Stimme hinter ihnen.

Als die drei sich umdrehten, sahen sie Sartol, der breit grinste, und Alayna, die erheblich weniger glücklich dreinschaute und Jaryds Blick auswich.

Nach einem kurzen Zögern lächelte Baden und zeigte auf ein paar Stühle in der Nähe. »Natürlich. Wir freuen uns über die Gesellschaft.« Er hielt inne und bedachte Jaryd mit einem Blick und einem Grinsen. »Sind wir einander schon vorgestellt worden?«

Jaryd erhob sich, sah Alayna an und streckte mit nicht wenig Schadenfreude über ihr sichtliches Unbehagen die

Hand aus. »Zumindest noch nicht offiziell«, sagte er. »Ich heiße Jaryd.«
»Alayna«, erwiderte sie, schüttelte ihm ungeschickt die Hand und setzte sich schnell hin. Auch Jaryd setzte sich.
»Selbst in diesen finsteren Zeiten«, sagte Sartol zu Baden und Trahn und nickte in Richtung der jüngeren Magier, »fühle ich mich gleich besser, weil unsere neuesten Kollegen sich beide an Amarids Falken gebunden haben.«
»So hatte ich es noch gar nicht gesehen«, stimmte Trahn ihm zu. »Ich glaube, es ist das erste Mal, seit ich meinen Umhang erhielt, dass so etwas geschehen ist.«
»Wenn ich darüber nachdenke«, erklärte Baden, »dann muss ich zugeben, dass ich es auch noch nie erlebt habe.«
Jaryd bemerkte, dass Alayna errötete. Sartol schien es ebenfalls aufgefallen zu sein, denn er wechselte sofort das Thema.
»Du hast uns heute allen einen großen Dienst erwiesen, Trahn. Dein Vorschlag hat diese ziemlich katastrophale Sitzung gerettet. Ich hatte schon befürchtet, dass dieser Steinwurf alle Möglichkeiten, zu einer Entscheidung zu kommen, zunichte machen würde.«
»Danke, Sartol«, erwiderte der Falkenmagier, aber er schien sich mit dem Lob des Eulenmeisters nicht so recht anfreunden zu können. »Wenn ich es nicht gesagt hätte, wäre ein anderer auf die Idee gekommen. Ich glaube, diese Vandalen haben uns tatsächlich geholfen.«
Sartol dachte darüber nach. »Du könntest Recht haben. Dennoch, wir danken dir alle.«
Trahn hob sein Glas in Anerkennung, bevor er einen weiteren Schluck Wein trank. Ein längeres Schweigen trat ein, während sie aßen und tranken.

»Ich hoffe, Alayna und ich haben kein privates Gespräch unterbrochen«, sagte Sartol schließlich besorgt.

»Nicht im Geringsten«, versicherte ihm Baden. »Wir sprachen gerade über die Zusammensetzung der Delegation zu Therons Hain, ein Thema, über das ihr beide sicher auch schon nachgedacht habt.«

Sartol nickte und kaute auf einem Stück Brot. »Eine interessante Gruppe«, bemerkte er. »Orris hat mich überrascht.«

»Uns ebenfalls«, stimmte Baden zu.

»Er glaubt offensichtlich, dass er dadurch etwas erreichen kann«, meinte Sartol. Er warf Trahn einen fragenden Blick zu. »Was könnte das sein?«

Die Muskeln in Trahns Kiefer spannten sich an, und der Blick seiner grünen Augen wurde ein wenig stechend. »Dieselbe Frage könnte man jedem von uns stellen«, erwiderte er. »Wir haben uns alle freiwillig gemeldet, uns an einen Ort zu begeben, den noch niemand lebend verlassen hat. Ich bin sicher, wir haben alle unsere Gründe, denkst du nicht auch, Sartol?« Bei diesen Worten erinnerte sich Jaryd plötzlich an ein Gespräch zwei Abende zuvor, bei dem Trahn gesagt hatte, dass er Sartol nicht leiden könne und ihm nicht traue.

Und in diesem Augenblick sah Jaryd zum ersten Mal, seit er Sartol begegnet war, einen kleinen Riss in der Fassade des Eulenmeisters. Es hielt nicht lange an, vielleicht nur einen einzigen Herzschlag. Aber der Zorn, den Jaryd in Sartols Blick aufflackern sah, war ebenso deutlich wie Furcht einflößend. Er schaute Baden an und bemerkte die Intensität des Blickes, mit dem sein Onkel Trahn bedachte, und er wusste, dass Baden dasselbe bemerkt hatte wie er.

»Woher kommst du, Alayna?«, versuchte Jaryd verzweifelt, das Thema zu wechseln und die Spannung zu brechen.
Alayna reagierte mit einem dankbaren Lächeln und begann lebhaft, ihr Heimatdorf Brisalli am Nordrand von Tobyns Wald, nahe dem Ufer der Abboriji-Meerenge, zu beschreiben. Einiges von dem, was sie über das feuchte Klima ihrer Heimat und den dichten Wald rund um ihr Dorf erzählte, erinnerte Jaryd an Accalia. Aber er blieb sich der Feindseligkeit zwischen den älteren Magiern, mit denen sie zusammensaßen, deutlich bewusst, und hörte im Grunde nicht viel von dem, was die junge Frau sagte. Als Alayna geendet hatte, stellte sie Jaryd dieselbe Frage, aber bevor er antworten konnte, begann Sartol zu lachen.
»Es scheint, dass unsere jungen Freunde bereits Meister der Diplomatie sind«, bemerkte er mit einem Lächeln zu Trahn und Baden. »Vielleicht können wir etwas von ihnen lernen.« Er hielt inne und sah Trahn an. »Es tut mir Leid, Trahn, wenn meine Frage unangemessen wirkte. Ich habe es nicht böse gemeint. Und ganz bestimmt wollte ich nicht andeuten, dass Orris etwas falsch gemacht hat; ich weiß einfach nur, dass du Orris besser kennst als ich, und ich glaube, viele von uns, die weniger Zeit mit ihm verbracht haben, waren von seiner Bitte, sich der Delegation anschließen zu dürfen, überrascht.«
Trahn saß mehrere Sekunden vollkommen reglos da, bevor er ebenfalls lachte. »Ich bin derjenige, der sich entschuldigen sollte, Sartol. Ich hätte nicht auf diese Weise reagieren sollen. Es war für uns alle eine schwierige Versammlung, und ich wollte es nicht an dir auslassen. Die Wahrheit ist«, schloss er, »dass ich keine Ahnung habe, wieso Orris darum

gebeten hat, aber ich nehme an, er ist einfach der Ansicht, dass er bei der Lösung dieser Krise eine Rolle spielen sollte.«

Sartol nickte. »Ich bin sicher, dass du Recht hast, und ich freue mich, dass er mitmacht.« Der Eulenmeister wandte sich Jaryd zu. »Ich wollte dich nicht unterbrechen, Jaryd«, sagte er liebenswürdig. »Bitte, erzähl uns von deinem Zuhause.«

Jaryd sah Alayna an, die ihn diesmal auf eine Weise anlächelte, in der offenbar keine Ironie lag. »Tatsächlich würde ich sagen«, begann er und blickte weiterhin Alayna an, »dass ich glaube, nach allem, was Alayna über Brisalli gesagt hat, dass unsere Dörfer recht ähnlich sind.« Er wandte sich Sartol zu. »Aber seien wir ehrlich, Eulenmeister, es gibt wichtigere Dinge, über die wir sprechen sollten, als das Klima in Accalia.« Dann wandte er sich an Trahn und Baden und fuhr fort: »Ich fühle mich geehrt, Mitglied dieser Delegation zu sein, aber ich würde gerne mehr darüber wissen, was wir bei dieser Reise und unserer Konfrontation mit Theron erreichen wollen. Wieso glauben wir, diese Begegnung überleben zu können, wenn es doch sonst niemand geschafft hat? Wie werden wir lange genug am Leben bleiben, um Theron zu sagen, was immer ihr ihm sagen wollt?«

Die älteren Magier schauten einander an. »Ich muss zugeben«, sagte Sartol und warf Jaryd unter seinem dichten schwarzsilbernen Haarschopf einen anerkennenden Blick zu, »das habe ich mich auch schon gefragt, und ich habe gestern während der Diskussion diese Frage auch aufgeworfen.«

»Und ich erinnere mich«, meinte Baden trocken, »dass ich mein Bestes tat, einer direkten Antwort auszuweichen.« Er schaute erst Jaryd und dann Alayna an. »Sartol und ich haben euch beide mit hineingezogen. Nicht, dass ich an eurer Bereitschaft mitzukommen zweifle«, fügte er rasch hinzu, als beide jungen Magier zum Widerspruch ansetzten, »aber wir haben euch einfach mitgerissen. Ihr verdient eine Antwort, aber ich habe nicht wirklich eine. Ich weiß nicht, was wir zu erwarten haben. Wir werden unter den gefährlichsten Bedingungen improvisieren müssen, und ich zähle auf unsere gemeinsame Weisheit und unseren Mut, die uns durch diese Situation führen müssen.«

Jaryd zuckte die Achseln. »Also gut«, sagte er schlicht. Wieder warf er Alayna einen Seitenblick zu. »Obwohl ich froh bin, dass uns jemand begleitet, der sich mit Therons Lebensgeschichte auskennt.« Er wandte sich an Baden. »Wie lange werden wir unterwegs sein?«

Baden zögerte und stellte im Kopf Berechnungen an. »Ich erwarte, dass Jessamyn dafür sorgen wird, dass wir Pferde haben«, meinte er schließlich, »und in diesem Fall wird es ein wenig länger als zwei Wochen dauern.«

»Pferde?«, fragte Jaryd, und er konnte seinen Schrecken nicht verbergen. »Wir werden reiten?«

»Es wäre ein sehr langer Fußweg, Jaryd«, erwiderte Baden heiter. »Und unsere Mission ist recht dringend.«

»Gibt es da ein Problem, Jaryd?«, fragte Trahn mit einem unterdrückten Grinsen. »Hast du etwas gegen Pferde?«

»Nein«, erwiderte Jaryd verlegen. »Pferde sind schon in Ordnung.« Er zögerte. »Die Wahrheit ist«, gab er resigniert zu, »ich bin nie viel geritten, und ich fühle mich in der Nähe von großen Tieren nicht sonderlich wohl.«

Baden schüttelte den Kopf. »Erstaunlich«, meinte er mit vor Ironie triefender Stimme. »Wir ziehen zu Therons Hain, und er macht sich wegen eines Pferds Gedanken.«

Die anderen lachten, und einen Augenblick später schloss Jaryd sich ihnen an.
»Ganz ehrlich, Jaryd«, sagte Trahn schließlich, »du hast von einem Pferd nichts zu befürchten. Ich reite, seit ich ein Junge war, und ich bringe es dir gerne bei.«
Jaryd lächelte den Falkenmagier dankbar an und nickte. In diesem Augenblick kehrte Jessamyn an ihren Platz am Kopf des Tisches zurück und eröffnete die Sitzung wieder. Trahn und Sartol begaben sich schnell auf die andere Seite des Tisches, und Jaryd und Alayna gingen zusammen zu ihren Plätzen.
»Das war eine interessante Begegnung«, bemerkte Alayna leise.
»Trahn und Sartol?«, fragte Jaryd.
Sie nickte.
»Ja, das war es«, stimmte er zu. Er dachte daran, mehr zu sagen, vielleicht Trahns Bemerkungen über Sartol vor zwei Abenden zu wiederholen. Aber dann fiel ihm ein, dass Alayna Sartols Schülerin gewesen war, und er ließ es lieber bleiben.
Der Rest des Nachmittags verlief erheblich ereignisloser als die erste Hälfte des Tages. Jessamyn verbrachte viel Zeit damit, die Verantwortung für die Vorbereitungen zu delegieren und einen Plan für den nächsten Tag zu machen. Sie kümmerte sich auch um viele der zeremoniellen Angelegenheiten, die sie am Vortag verschoben hatte. Das alles dauerte den Rest des Nachmittags, und als sich die Magier schließlich vertagten, war das Tageslicht, das durch die Fenster fiel, der Dämmerung gewichen. Jaryd fühlte sich schlaff und erschöpft, als er mit Trahn und Baden zum Adlerhorst zurückkehrte.

Alayna hatte sich Sartol angeschlossen und mit ihm zusammen die Große Halle beinahe sofort verlassen, nachdem Jessamyn die Sitzung beendet hatte. Jaryd hatte keine Gelegenheit mehr gehabt, mit ihr zu sprechen. Und nun, als er mit seinen Begleitern durch die Straße und Gassen ging, dachte Jaryd wieder über seine kurzen Gespräche mit der schönen Falkenmagierin nach und fragte sich, was sie wohl von ihm hielt. Manchmal kam sie ihm so hochmütig, beinahe feindselig vor, dass er glaubte, sie würde ihn verachten. Aber manchmal, wenn er sie ansah und feststellte, dass sie ihn wieder beobachtete, oder wenn sie ein Lächeln teilten, spürte Jaryd eine Verbindung und eine Verwandtschaft mit ihr, die nicht durch ihre kurze Bekanntschaft ...

Bekanntschaft?, fragte sich Jaryd. Sie waren keine Freunde, noch nicht. Und zweifellos waren sie nicht ineinander verliebt. Also was sonst? Jaryd lächelte in sich hinein und schüttelte den Kopf. Wir sind gar nichts, sagte er sich. Zumindest nicht im Augenblick.

Trahn und Baden hatten sich unterwegs miteinander unterhalten. Aber nun beugte Trahn sich ein wenig vor und schaute Jaryd an. »Unser Freund hier ist so nachdenklich«, sagte er zu Baden.

»Siehst du es denn nicht, Trahn?«, fragte Baden ernst. »Unser Freund ist berauscht.«

»Berauscht?«, wiederholte Trahn. Und dann kniff er die blitzenden Augen zu einem tückischen Blick zusammen. »Alayna?«

»Alayna«, bestätigte Baden.

»Habt ihr beiden eigentlich keine wichtigeren Gesprächsthemen?«, fragte Jaryd gereizt.

»Wichtiger? Zweifellos«, meinte Baden grinsend. »Aber nicht halb so unterhaltsam.«

Jaryd verdrehte die Augen und stöhnte.

»Sie ist etwas ganz Besonderes, Jaryd«, sagte Trahn freundlich. »Ich verstehe, warum du sie attraktiv findest. Und«, fügte er mit einem Blick zu Baden hinzu, »ich finde es interessant, dass ihr euch beide an Amarids Falken gebunden habt. Vielleicht hat das etwas zu bedeuten.«

»Du glaubst also, dass sie und ich – du denkst, es könnte etwas daraus werden?«, fragte Jaryd plötzlich aufgeregt.

»Ich weiß es nicht«, erwiderte Baden und blinzelte Trahn zu. »Soll ich zurückgehen und sie fragen?«

»Komm schon, Baden!«, drängte Jaryd. »Ich meine es ernst.«

Baden betrachtete seinen Neffen einen Augenblick lang schweigend. Dann zuckte er die Achseln. »Ich nehme an, alles ist möglich«, sagte er vorsichtig. »Ich weiß wirklich nicht viel über Alayna. Es könnte sein, dass sie verheiratet oder verlobt ist. Aber selbst wenn nicht, du solltest wissen, dass Beziehungen zwischen Ordensmitgliedern schwierig sein können. Deshalb heiraten die meisten Magier außerhalb des Ordens, nicht wahr, Trahn?«

Trahn lächelte. Sie hatten den Adlerhorst inzwischen erreicht, blieben aber in dem dunkler werdenden Hof vor dem Gasthaus stehen und unterhielten sich weiter.

»Bist du verheiratet, Trahn?«, fragte Jaryd und sah den Falkenmagier neugierig an.

»Ja. Meine Frau heißt Siobhan. Wir sind seit neun Jahren verheiratet. Wir sind zusammen aufgewachsen.«

»Habt ihr Kinder?«

Trahn nickte und grinste breit, als könnte er sie vor sich sehen. »Zwei Töchter; Jaynell ist sieben Jahre alt, Osyth vier.«

Jaryd schwieg einen Augenblick, dann wandte er sich seinem Onkel zu. »Warst du mal verheiratet, Baden?«
Der Eulenmeister lächelte, aber Jaryd glaubte, in den blauen Augen des älteren Mannes noch eine andere Emotion zu erkennen. »Nein«, sagte Baden schließlich. »Obwohl es eine Frau gab, von der ich einmal glaubte, dass sie ihr Leben mit mir verbringen wollte.«
»Und was ist dann geschehen?«
Wieder lächelte der Magier. »Es hat nicht funktioniert«, meinte er rätselhaft.
Bei Badens Worten fiel Jaryd etwas ein, das ihm bei der gestrigen Diskussion aufgefallen war. »Sonel?«, fragte er.
Baden sah ihn vollkommen überrascht an, dann begann er zu lachen. »Du bist wirklich schnell von Begriff. Bei dem da müssen wir vorsichtig sein, Trahn«, sagte er zu dem Falkenmagier, ohne den Blick von Jaryd abzuwenden. »Ja, Sonel und ich haben uns einmal geliebt«, erklärte er, »vor vielen Jahren.« Er schwieg einen Moment, und als er weiterredete, war seine Stimme so ruhig wie eh und je. »Du siehst also, Jaryd, als ich von den ... Herausforderungen einer Beziehung innerhalb des Ordens sprach, tat ich das aus Erfahrung.«
Jaryd nickte bedrückt.
»Ich will dir nicht vorschreiben, wie du dein Leben führen sollst«, fuhr Baden in freundlicherem Ton fort, »und ganz sicher sage ich dir nicht, du solltest Alayna vergessen. Das steht mir nicht zu. Aber du hast sie gerade erst kennen gelernt, und du weiß nicht mehr über sie als ich. Ich denke, du bist ein wenig voreilig, oder?«
Wieder nickte Jaryd. »Wahrscheinlich«, murmelte er. Ohne ein weiteres Wort öffnete der junge Magier die Tür zum

Adlerhorst und ging hinein. Und er konnte sich gerade noch rechtzeitig ducken, um einem Bierkrug auszuweichen, den jemand geworfen hatte. Das Geschoss prallte vom Türrahmen ab und fiel dann scheppernd zu Boden. Jaryd hatte sich kaum erholt, da musste er auch schon zur Seite ausweichen, um zwei kräftigen Männern aus dem Weg zu gehen, die neben der Tür gegen die Wand prallten. Als Jaryd um sein Gleichgewicht rang, stieß Ishalla einen lauten Schrei aus und krallte sich so fest an seine Schulter, dass er laut aufkeuchte. Nachdem er einen sicheren Platz hinter einer der Holzsäulen mehrere Fuß von der Tür entfernt gefunden hatte, erkannte Jaryd, dass der Rest der Taverne ebenso gefährlich war wie der Eingang. Wohin er auch schaute, waren Männer und Frauen dabei, sich zu prügeln; Krüge, Kelche und Teller flogen durch die Luft, und Tische und Stühle – zumindest jene, die nicht als Waffen verwendet wurden – lagen umgekippt auf dem Boden. Inmitten des Raums stand Maimun, der riesige Wirt, und versuchte, die Ordnung in seiner Gaststube überwiegend dadurch wiederherzustellen, dass er jene, die sich prügelten, bewusstlos schlug.

»Deine erste Kneipenschlägerei?«, hörte Jaryd eine rauchige Stimme über den Kampflärm hinweg fragen.

Als er sich umdrehte, sah er die Kellnerin von ihrem ersten Abend in Amarid – sie hieß Kayle, wie er sich erinnerte – neben sich stehen, rosig und lächelnd, das hellbraune Haar zurückgebunden bis auf ein paar Strähnen, die ihr in die Stirn fielen.

Er nickte lächelnd. »Gibt es hier viele?«

Sie zuckte die Achseln und betrachtete gleichgültig das Chaos vor ihnen. »Alle paar Wochen. Es wird selten jemand schwer verletzt. Ich finde es lustig, obwohl ich nur ungern hinterher aufräume.«

Beide duckten sich, als ein weiterer Krug dicht über ihre Köpfe hinwegsauste.

»Ich habe dich gestern Abend gar nicht gesehen«, sagte sie zu Jaryd.

Sie ist tatsächlich recht hübsch, dachte Jaryd, während er versuchte zu erklären, wieso er in der Nacht zuvor im Wald geschlafen hatte. Sie hatte saphirblaue Augen und ein paar helle Sommersprossen auf der Nasenwurzel. Ein zarter Duft ging von ihr aus, der Jaryd an Wildblumen und Frühlingsregen erinnerte. Und es entging ihm nicht, dass der tiefe Ausschnitt ihrer Bluse den Ansatz der sanften Wölbungen ihrer Brüste zeigte.

»Du verbringst also eine Nacht im Wald und kommst mit einem von Amarids Falken wieder«, sagte sie mit einem schiefen Grinsen und kraulte sanft Ishallas Kinn. »Ist es für junge Magier immer so einfach, ihre erste Bindung zu finden?«

»Nein, ganz bestimmt nicht«, erklang Badens Stimme hinter Jaryds Schulter. »Jaryd ist etwas Besonderes, Kayle«, fügte der Magier hinzu.

Jaryd errötete tief, als Baden und Trahn sich ihrem Gespräch anschlossen.

»Ich hoffe, du hast nicht damit angefangen«, sagte Baden zu Jaryd, und als er mit einer ausholenden Geste auf das Durcheinander im Schankraum zeigte, zwinkerte er Kayle zu.

»Er benimmt sich sehr anständig, Eulenmeister«, versicherte Kayle dem Magier ernst. »Ich behalte ihn im Auge.«

»Da bin ich sicher, Kayle«, erwiderte Baden in anzüglichem Ton.

Sie lachte, und die beiden älteren Magier gingen weiter, um sich in einer Ecke einen sicheren Platz zu suchen.
»Woher weißt du, dass dies hier einer von Amarids Falken ist?«, fragte Jaryd, nachdem er sich wieder gefasst hatte.
Ihre Miene wurde eisig. »Glaubst du, nur weil ich in einer Kneipe arbeite, wüsste ich nichts über Amarid und die Magie?«, fragte sie kalt.
Jaryd schüttelte den Kopf. Anscheinend verfüge ich über eine gewisse Begabung, schöne Frauen zu verärgern, dachte er bedauernd. »Überhaupt nicht. Es war eine ganz unschuldige Frage. Ich wollte dich nicht beleidigen«, erklärte er. »Bevor ich Baden kennen lernte, hätte ich Amarids Falken nicht von einer Eule unterscheiden können. Ich habe mich einfach nur gefragt, woher du es weißt.«
Einen Augenblick lang betrachtete sie ihn skeptisch, dann kehrte das vertraute, ein wenig schiefe Grinsen zurück. »Keine Ahnung. Ich bin in Amarid aufgewachsen, und ich habe jedes Jahr mit meinen Eltern der Prozession zugesehen. Wahrscheinlich habe ich auf diese Weise die Namen der Vögel gelernt, die ich sah. Und«, fügte sie mit echter Bewunderung hinzu, »Amarids Falke war immer der, an den ich mich am leichtesten erinnern konnte.«
Einen Augenblick lang blieben sie schweigend stehen und sahen einander an. Schließlich schaute Kayle sich um, bemerkte, dass die Schlägerei beendet war, und sagte leise: »Ich muss wieder an die Arbeit.« Jaryd nickte, und sie fuhr fort: »Setz dich zu deinen Freunden, und ich bringe euch Bier und etwas zu essen.« Sie ging zur Theke, warf ihm aber noch einen Blick und ein verschwörerisches Lächeln zu.
Abermals errötend ging Jaryd zu Baden und Trahn an den

Tisch. Beide Magier grinsten, als er sich hinsetzte. »Ich dachte, sie wäre nicht dein Typ«, sagte Baden.
»Und ich dachte, du würdest dich für Alayna interessieren«, warf Trahn ein.
»Das ist sie auch nicht«, sagte er zu Baden, »und ja, das tue ich, Letzteres an Trahn gerichtet. »Aber das bedeutet doch nicht, dass ich mich nicht ein wenig unterhalten darf, oder?« Seine Freunde lachten. »Außerdem«, fuhr Jaryd fort, »scheint Alayna nicht sonderlich an mir interessiert zu sein, und es ist angenehm zu wissen, dass es zumindest eine Person gibt, die das anders sieht.«
In diesem Augenblick kam Kayle mit einem Tablett mit drei Krügen Bier und einem großen Teller mit Braten, Brot und gedämpften Wurzeln – ein Gericht, das Jaryd nicht kannte – an den Tisch. Sie bediente sie ohne ein Wort, lächelte Jaryd aber an, als sie ihm sein Bier reichte.
»Nun«, meinte Baden, nachdem sie wieder gegangen war, »sie ist sehr interessiert, daran besteht kein Zweifel.« Er blinzelte Trahn zu. »Vielleicht sollte sie einmal mit Alayna über dich reden.«
Jaryd schüttelte den Kopf, als Trahn zu lachen begann. »Können wir jetzt bitte das Thema wechseln?«, bat der junge Magier ein wenig verzweifelt.
Die drei begannen zu essen, und während sie ihre Mahlzeit und das dunkle Bier genossen, sprachen sie noch einmal über die Ereignisse des Tages. Bald schon änderte sich das Thema jedoch, und Trahn und Baden erzählten Jaryd mehr über die Geschichte des Ordens und von Magiern, die sie gekannt hatten. Beim zweiten und dritten Bier wurden die Geschichten persönlicher und drehten sich um ihr Zuhause, um vergangene Liebschaften und ihre Familien. Manchmal

schnitten sie ein paar Stücke des Bratenfleischs ab und gaben es ihren Vögeln, aber überwiegend stopften sie sich selbst voll, bis zu einem Punkt, an dem Jaryd bezweifelte, je wieder hungrig sein zu können. Es wurde eine lange Nacht, wie offenbar alle Nächte im Adlerhorst, und erst als die drei langsam die Treppe hinauf und in ihre Zimmer gingen, erinnerte sich Jaryd an seinen Schwur, nichts mehr von dem dunklen Bier zu trinken, das in dieser Stadt ausgeschenkt wurde. Ein Schwur, so wusste er nun, den er besser hätte halten sollen.

8

Sein Zimmer war bis auf das stetige gelbe Glühen seines Cerylls und dessen weiche Spiegelung in den gleichgültigen Augen seines Vogels dunkel. Er lag allein im Bett und dachte zufrieden noch einmal über die Ereignisse des Tages nach. Alles war gut gegangen, besser als er je erwartet hätte. Manchmal, dachte er nun, war alle Planung der Welt, all die Tücke und Heimlichtuerei, dem Glück und schlichtem Zufall weit unterlegen. Der Stein, den diese Männer durch das Fenster der Großen Halle geworfen hatten, hatte ihn ebenso sehr erschreckt wie alle anderen. Er hatte sich allerdings schneller von seinem Schrecken erholt und noch schneller die Gelegenheiten gesehen, die dieser Zufall ihm bot. Er hatte daran gedacht, etwas zu sagen, was ihm erlauben würde, die Gelegenheit zu ergreifen, etwas, das den Orden zur Tat trieb. Aber das war gar nicht nötig gewesen. Baden, sein gefährlichster Widersacher, hatte sich wieder einmal als wertvoller, wenn auch unwissender Verbündeter erwiesen. Es war Badens Herausforderung an den Orden gewesen, die die Versammlung dazu getrieben hatte, nun doch eine Delegation zu Therons Hain zu entsenden. Eine Delegation, erinnerte sich der Magier grinsend, zu der auch ich gehöre. Sollen doch die anderen auf ihre Patrouillen ausziehen oder sich um den Rufstein drängen. Sobald ich Baden und die alte Hexe los bin, wird keiner von den anderen die Macht haben, mich aufzuhalten.

Er schloss die Augen in dem Versuch, ein wenig zu schlafen, aber eine Erinnerung dieses Tages beunruhigte ihn noch. »Falls sich in dieser Halle ein Mörder und Verräter befindet«, hatte Baden erklärt, »dann soll er Folgendes wissen: Ich werde dich finden, und ich werde all meine Macht nutzen, um dich zu vernichten.« Es waren nicht die Worte selbst gewesen, die ihn beunruhigten – er vertraute darauf, Baden besiegen zu können, falls es einmal so weit kommen sollte. Aber in der Stille, die auf Badens Erklärung folgte, hatte der Magier sich irgendwie verwundbar gefühlt, als hätte jemand im Saal seinen Verrat gespürt. Er wusste nicht, wer das gewesen war, und es konnte natürlich sein, dass er sich alles nur eingebildet hatte. Aber das Gefühl war recht deutlich gewesen und, wie er zugeben musste, mehr als nur ein wenig beunruhigend. Er schauderte bei der Erinnerung daran.

»Nicht, dass einer von ihnen mich aufhalten könnte«, sagte er laut, als wollte er seinen Vogel davon überzeugen. »Keiner hat Grund zu glauben, dass ich den Orden verraten habe. Und bis sie es begreifen, wird es viel zu spät sein.«

Sein Vogel neigte den Kopf zur Seite und begann sich zu putzen.

Wieder schloss er die Augen und versuchte, sich zu beruhigen. Es lief alles so gut; es wäre dumm, wegen eines flüchtigen Gefühls, das seine eigene überreizte Phantasie wahrscheinlich nur erfunden hatte, kostbaren Schlaf zu verlieren. Er wusste, das die Versammlung ihn unruhig machte. Es war eine Kleinigkeit, die Idioten zu täuschen, denen er angeblich diente, und er hatte keinen Schwierigkeiten damit, seine Gedanken vor einem Magier oder sogar mehreren zu verbergen. Aber Tag um Tag mit dem gesamten Orden zu verbringen, auf alles zu achten, was er sagte, jede Handlung, jedes Mienenspiel zu kontrollieren – das war nervenzerrüttend. Man konnte es ihm nicht übel nehmen, wenn er einen kurzen Augenblick lang in Panik geraten war. Das war ganz verständlich. Außerdem würde die Versammlung morgen zu Ende gehen, und am Morgen darauf würde die Delegation zu Therons Hain aufbrechen. Es würde leichter werden, wenn sie erst einmal unterwegs waren. Seine Angst verging langsam, und er spürte, wie der Schlaf näher rückte. Aber als er endlich einschlief, wurde er immer wieder von Träumen von einer dunklen Gestalt mit einem leuchtend blauen Ceryll heimgesucht.

Als Baden, Trahn und Jaryd am nächsten Morgen in die Versammlungshalle kamen, hatten die Vorbereitungen für die Abreise der Delegation und die Zusammenstellung der Patrouillen bereits begonnen. Jessamyn und Peredur saßen am Kopf des ansonsten leeren Ratstisches und wiesen den Magiern und Dienern der Großen Halle Aufgaben zu und koordinierten das Beschaffen und Packen von Vorräten. Als Jaryd auf dem Weg zur Eulenweisen nach links schaute, bemerkte er, dass man das Fenster notdürftig mit einem dünnen hellen Brett vernagelt und die Scherben entfernt hatte.

Die Weise und ihr Erster blickten auf, als die drei Magier näher kamen. »Ah, Trahn!«, rief Jessamyn erleichtert. »Wir haben schon auf dich gewartet. Würdest du bitte die Pferde für die acht Mitglieder der Delegation aussuchen? Niemand im Orden kennt sich mit Pferden besser aus als du.«

»Selbstverständlich, Weise Jessamyn«, antwortete Trahn mit seinem vertrauten breiten Grinsen. »Ich habe schon ein eigenes Pferd, und ich kenne einen Händler, der immer gute Tiere hat und, was noch wichtiger ist, mir einen Gefallen schuldet.«

»Gut«, sagte die Eulenweise. »Sag deinem Freund, man wird ihm die Tiere gut bezahlen. Baden und Jaryd«, fuhr sie fort und wandte sich den beiden zu, »Sartol und Alayna haben sich schon aufgemacht, um Vorräte für die Reise zu besorgen. Ich möchte, dass ihr beiden ein paar Kochutensilien und andere Ausrüstungsgegenstände packt, von denen ihr glaubt, dass wir sie brauchen werden. Ich glaube, auf dem Speicher des Hinterzimmers gibt es noch jede Menge alter Ausrüstungsgegenstände, und alles, was ihr dort nicht finden könnt, könnt ihr auf dem Markt kaufen. Wenn Sartol und Alayna mit dem Essen zurückkehren, können sie euch helfen, alles zu packen.«

»Gern, Eulenweise«, sagte Baden mit einem Nicken, und nachdem sich Trahn, seinen kastanienbraunen Falken auf der Schulter, zum Pferdehändler aufgemacht hatte, gingen Baden und Jaryd zum Ende der Großen Halle.

»Kochutensilien?«, flüsterte Jaryd.

Baden grinste. »Jessamyn und Peredur haben viele Jahre in der Halle gewohnt«, erklärte er leise. »Sie haben sich an die Bequemlichkeiten des Lebens hier gewöhnt. Ich denke, sie haben ein Recht darauf – du nicht?«

Jaryd nickte.

»Aber lass dich davon nicht täuschen«, warnte Baden. »Die beiden sind zäher, als sie aussehen.«

»Da bin ich sicher«, sagte Jaryd lächelnd. Etwas anderes, das Jessamyn gesagt hatte, weckte allerdings seine Neugier. »Wenn Magier kaum Geld haben, wie du mir neulich erzählt hast«, meinte er, »wie kann sich Jessamyn es dann leisten, für die Pferde und die Ausrüstung zu zahlen?«

»Einzelne haben kein Geld«, erklärte Baden, »aber der Orden verfügt über gewisse Reserven an Gold und Silber.«

Sie blieben am Fuß einer schmalen, steinernen Wendeltreppe stehen, die zu einem kleinen Lagerbereich führte. »In den frühen Tagen des Ordens haben Städte und Dörfer oft Tribute als Dank für die Dienste der Magier geschickt«, fuhr der Eulenmeister fort. »Später, nach den ersten Abboriji-Invasionen vor mehreren hundert Jahren, trug der Orden kurze Zeit die Verantwortung für die Ausrüstung einer Armee, und er sammelte Geld in einigen der größeren Städte. Die Tempel erhoben Einspruch, und die Armee wurde schnell wieder aufgelöst, aber als der Oden versuchte, das Geld zurückzugeben, weigerten sich viele Städte, das Geld wieder zu nehmen. Stattdessen haben sie sogar noch mehr geschickt, vielleicht, weil sie das Gefühl hatten, dass es ihnen irgendwie mehr Sicherheit verschaffen könnte. Wie auch immer«, fuhr Baden fort, »im Lauf der Jahre ist der Orden zu großem Wohlstand gekommen, dessen er sich bis heute immer wieder bedient.«

»Sollten wir nicht zurückgeben, was wir nicht brauchen?«, fragte Jaryd.

Baden lächelte. »Das tun wir«, versicherte er seinem Neffen, »auf unsere Weise.« Der Eulenmeister bedeutete Jaryd voranzugehen, und dann folgte er ihm die Wendeltreppe hinauf.

Jaryd war nicht sicher, was er vom Speicher der Großen Halle erwartet hatte, aber ganz bestimmt keine so große Ähnlichkeit mit dem Speicher seines Elternhauses. Trotz des schönen Marmorbodens und der hohen Decke des Lagerbereichs der Halle war es hier wie in der niedrigen Kammer über Jaryds altem Schlafzimmer, wo Royden und er als Kinder oft gespielt hatten. Es war dunkel, weil es nur ein einziges Fenster direkt über der Treppe gab, und wie auf dem Speicher in Accalia roch es auch hier nach Moder und Staub. Überall lagen in chaotischen Stapeln und Haufen, von denen einige bis zu Jaryds Schultern reichten, unvorstellbare Mengen von alten Bildern, Möbelstücken, Wandteppichen und allerhand Kleinigkeiten.

»Was ist denn das für ein Müll?«, fragte Jaryd verblüfft, während der graue Vogel auf seiner Schulter auf eine Sitzstange sprang und begann, sich zu putzen.

»Müll!«, rief Baden. »Du solltest mal etwas besser hinsehen!«

Als er näher an einen der Stapel herantrat und den Staub wegwischte, erkannte Jaryd, dass Baden Recht hatte. Die Möbelstücke waren hervorragend gearbeitet, und viele von ihnen schimmerten, wenn man sie nur ein wenig polierte, mit der blendenden Schönheit von Kristall und Gold. Jaryd warf einen Blick zurück zum Eulenmeister, Staunen in den grauen Augen und eine Frage auf den Lippen.

»Geschenke für den Orden«, erklärte Baden, »aus jeder Ecke von Tobyn-Ser. In diesem Raum befinden sich einige der besten Handwerksarbeiten, die dieses Land je hervorgebracht hat. Gewebte Teppiche mit Silber- und Goldfäden, Gemälde von den größten Künstlern unserer Geschichte, Tische und Stühle aus den seltensten Hölzern, Silber- und Goldschmiedearbeiten von unglaublich begabten Schmieden.« Er schüttelte den Kopf und schaute traurig von einem Haufen zum anderen. »Diese Dinge sollten ausgestellt werden, und stattdessen liegen sie hier oben und verstauben.«

»Aber warum?«, wollte Jaryd wissen, der sich gerade durch einen Berg wunderbarer Seidenkleidung wühlte.

Baden zuckte die Achseln. »Wir haben nie die Zeit gefunden, darüber zu sprechen, was damit zu tun wäre.« Jaryd warf ihm einen Blick zu, und Baden fügte hinzu: »Ich weiß, das klingt nach einer Ausrede, aber es stimmt. Niemals wurde das Thema bei einer Versammlung auch nur angesprochen. Zumindest kann ich mich nicht daran erinnern.«

»Und?«, fragte Jaryd barsch. In seinem Tonfall lag mehr Zorn, als er beabsichtigt hatte, aber er redete weiter. »Wo steht denn, dass der gesamte Orden bei allem zustimmen muss? Manchmal muss einfach jemand die Initiative ergreifen! Bei den Göttern!«, tobte er und zeigte auf die Reichtümer, während er sich mit der anderen Hand das Haar aus der Stirn strich. »Jetzt verstehe ich, warum Orris immer so wütend ist!« Er hielt inne, weil er sich plötzlich bewusst wurde, dass er Baden angeschrien hatte. »Ich ... es tut mir Leid, Baden«, stotterte er verlegen. »Ich wollte nicht respektlos sein.«

Aber zu Jaryds Überraschung lächelte der Eulenmeister ihn an. »Schon gut«, sagte er leise, »wir sind jetzt gleichgestellt. Und ich bin froh darüber. Wenn noch ein paar andere junge Magier deine Leidenschaft teilen, dann besteht vielleicht noch Hoffnung für uns.« Müde holte der Eulenmeister Luft. Vielleicht war es das schlechte Licht in dieser Halle, aber es kam Jaryd so vor, als sähe sein Onkel viel älter aus als nur ein paar Tage zuvor, als sie aus den Parnesheim-Bergen nach Amarid gewandert waren. »Ich glaube, die Kochutensilien sind weiter hinten«, sagte Baden und stieg über einen Stapel Bilder hinweg zum anderen Ende des Raums.

Noch einmal sah sich Jaryd auf dem Speicher um. *Die besten Handwerksarbeiten, die dieses Land je hervorgebracht hat.* Er schüttelte den Kopf und machte sich daran, seinem Onkel zu helfen, der bereits herumwühlte.

Sie verbrachten des Rest des Morgens damit, leichte Töpfe und Pfannen zu sammeln und zu säubern, dazu Teller und weitere Utensilien, die die Delegation bei ihren Mahlzeiten brauchen würde. Sie fanden auch mehrere Längen festen Seils, ein Dutzend wasserdichte Planen und acht Satteltaschen, von denen sie hofften, dass sie für die Vorräte und die Ausrüstung genügen würden. Zu Mittag brachte einer der blau gewandeten Diener ihnen eine leichte Mahlzeit und eine Karaffe des Honigweins, der dem Orden auch am Vortag serviert worden war. Baden und Jaryd legten eine Pause ein, um zu essen, dann verbrachten sie zwei weitere Stunden damit, die alten Ausrüstungsgegenstände nach nützlichen Dingen durchzusehen. Am Ende hatten sie über das hinaus, was sie am Morgen gefunden hatten, noch drei feste Rucksäcke und mehrere Wasserschläuche beiseite gelegt.

Sie brachten so viel sie konnten über die schmale Treppe in die Versammlungshalle hinunter. Als Jessamyn sie erblickte, schickte sie rasch zwei Diener, um den Rest zu holen.

»Sartol und Alayna sind vor kurzem mit den Vorräten zurückgekehrt«, berichtete die Eulenweise zufrieden. »Sie sind in der Küche und sortieren alles, und sie werden sicher beim Packen Hilfe brauchen.«

Jaryd setzte dazu an, in Richtung Küche zu gehen, aber Baden hielt ihn auf. »Eulenweise«, sagte der Eulenmeister, »ich ... ich muss mich noch um eine andere Angelegenheit kümmern, aber Jaryd wird Sartol und Alayna gerne helfen.«

Baden und die Eulenweise wechselten einen Blick, bevor Jessamyn wissend nickte und ein kleines Lächeln um ihre Mundwinkel spielte. »Selbstverständlich, Baden. Das hätte ich beinahe vergessen. Geh und kümmere dich um deine Angelegenheiten. Die drei werden schon mit dem Packen fertig.«

»Warte!«, rief Jaryd, als Baden sich zum Gehen wandte. »Du kannst mich doch nicht alleine mit ...«

»Gibt es ein Problem, Jaryd?«, fragte Jessamyn, während Baden ihn nur geduldig ansah.

»Äh, nein«, erwiderte Jaryd zögernd. Er hielt inne und holte tief Luft. »Nein, Eulenweise«, sagte er resigniert, »es ist alles in Ordnung.«

»Gut. Sie warten in der Küche schon auf dich.«

Baden grinste breit. »Grüße Sartol und Alayna von mir«, sagte der Eulenmeister.

Jaryd bedachte seinen Onkel mit einem säuerlichen Blick, dann wandte er sich ab und ging in die Küche. Er fand Alayna und Sartol vor einer langen weißen Marmortheke, auf der sie die Unmengen von Lebensmitteln ausgebreitet hatten, die sie erworben hatten. Trockenfrüchte, Käse, Fladenbrot, Räucherfleisch und Weinschläuche lagen auf der Steinoberfläche. Die Satteltaschen und die anderen Ausrüstungsgegenstände, die Jaryd und Baden vom Speicher geholt hatten, waren bereits in die Küche getragen und auf dem Boden neben der Theke gestapelt worden.

Die beiden Magier blickten von ihrer Arbeit auf und sahen Jaryd an, als dieser die Küche betrat. Alayna wandte dann ihre Aufmerksamkeit rasch wieder dem Packen zu, aber Sartol begrüßte Jaryd aufs Freundlichste und erzählte ihm alles über den Markt, den sie besucht hatten, und machte ihm und Baden Komplimente für ihre ausführliche Suche auf dem Speicher. Der Gedanke daran, wie unbeholfen seine bisherigen Gespräche mit Alayna verlaufen waren, ließ Jaryd einen langen Nachmittag befürchten. Aber es gab viel zu tun, und die jungen Leute fanden kaum Zeit, miteinander zu reden. Unter Sartols kritischem Blick füllten sie die Satteltaschen, und während Alayna still und sachlich blieb, beantwortete Jaryd Sartols zahllose Fragen über Accalia, seine Kindheit und seine Reise mit Baden. Auf diese Weise verging der Nachmittag recht schnell. Schließlich hatte Jaryd auch den letzten Rest der Ausrüstung eingepackt.

Er folgte Sartol und Alayna zurück in die Versammlungshalle, wo sich Baden und Trahn mit Jessamyn, Peredur und mehreren anderen Magiern unterhielten. Mit einem höflichen Dank an Sartol, der begonnen hatte, sich mit einem Eulenmeister zu unterhalten, den Jaryd nicht kannte, und einem raschen Blick zu Alayna, die ihm weiterhin auswich, ging Jaryd zu Baden und Trahn. Seine Freunde machte ihm in ihrem Kreis Platz, aber sie fuhren mit ihrem Gespräch fort, das sich, wie Jaryd bald begriff, um eine hitzige Auseinandersetzung drehte, die zwei Magier vor ein paar Jahren bei einer Versammlung gehabt hatten und bei der es um einen recht obskuren Protokollpunkt gegangen war; aus dem Streit war schließlich eine bittere persönliche Fehde geworden. Jaryd kannte nur wenige der Namen, die er hörte, und verlor rasch das Interesse.

Er sah sich in der Halle um. Das Licht war bereits schwächer geworden, und während es draußen dunkel wurde, betraten mehr und mehr Magier den Versammlungssaal. Bald schon kamen die Diener aus dem Hinterzimmer und begannen, Dutzende von Kerzen zu entzünden, die sie in Halter steckten und an den Wänden in gleichmäßigen Abständen verteilten. Während Jaryd dabei zusah, bemerkte er Orris, der allein in einer abgelegenen Ecke der Kammer stand und den Kreis von Magiern anstarrte, zu dem Jaryd gehörte. Der untersetzte Magier wandte den Blick ab, als er begriff, dass Jaryd ihn ansah. Aber seine Miene bewirkte, dass Jaryd sich unbehaglich fühlte und überrascht feststellte, dass der barsche Falkenmagier ihm Leid tat.

Einen Augenblick später stand Jessamyn auf und stieß mit dem Stab auf den Marmorboden. »Es ist Zeit«, verkündete sie, und bei diesen Worten verstummten alle Gespräche.

Jaryd sah Baden verwirrt an. »Zeit wofür?«, fragte er.

»Für die Lichterprozession«, erwiderte der Eulenmeister, und in seine blauen Augen schien der Widerschein der Kerzen zu tanzen. »Wir folgen dem Weg der Eröffnungsprozession zurück zu Amarids Haus, und dort gibt es dann ein Festessen und die Abschlusszeremonie.« Es sah so aus, als wollte Baden noch mehr sagen, aber stattdessen ging der Magier davon und nahm seinen Platz für die Prozession ein. Jaryd setzte dazu an, ihm zu folgen, aber dann wurde er sich plötzlich wieder bewusst, dass Ishalla auf seiner Schulter saß, und er blieb stehen und dachte darüber nach, was nun von ihm erwartet wurde.

Für die Lichterprozession stellten sich die Magier rings um die Halle auf, jeder direkt vor einer der Kerzen. Jaryd entdeckte Alayna, die bereits ihren Platz im Kreis eingenommen hatte, und ging zu dem leeren Platz zu ihrer Rechten. Wie üblich ignorierte sie ihn. Aber als einer der Diener vorbeikam und ihm und Alayna je einen geflochtenen Korb reichte, groß und tief genug, um einen Laib Brot aufzunehmen, warf sie ihm einen fragenden Blick zu.

Er zuckte die Achseln. »Keine Ahnung.«

Alayna wandte sich der Magierin auf ihrer anderen Seite zu

einer hoch gewachsenen jungen Frau, die einen kleinen, dunklen Falken auf der Schulter trug und, anders als Alayna und Jaryd, bereits ihren Umhang erhalten und ihren Ceryll gefunden hatte. »Neysa, weißt du, wofür die Körbe sind?«, fragte Alayna.

Die Frau hatte ihre Verwirrung bereits bemerkt. »Ja«, erwiderte sie, ein wohlwollendes Lächeln auf den Lippen. »Ihr werdet es schon bald verstehen«, fügte sie freundlich hinzu. »Nehmt sie mit, während wir durch die Stadt ziehen, und genießt, was ihr erleben werdet.«

Sie wandte sich Jessamyn zu, und Alayna und Jaryd taten es ihr gleich, als die Eulenweise mit der großen weißen Eule auf der Schulter ihren Stab mit dem glühenden hellblauen Ceryll hob und die Kerze neben sich rasch ausblies. Sofort hob Peredur, der neben ihr stand, seinen perlfarbenen Ceryll und blies ebenfalls die Kerze neben sich aus. Der nächste Magier folgte seinem Beispiel, und so ging es rund um die ganze Kammer, und das gelbe Flackern der Kerzen wich dem Regenbogen aus Licht, den die Kristalle des Ordens ausstrahlten. Jaryd sah zu, wie Baden seinen strahlenden orangefarbenen Stein über Anlas Kopf hob, und ein paar Sekunden später tat Trahn dasselbe mit seinem Stab, der mit einem rötlich braunen Ceryll besetzt war.

Als es dem Ende zuging, war sich Jaryd unangenehm bewusst, dass er noch keinen Ceryll hatte, und er fragte sich, was sie wohl von ihm erwarteten.

»Wir können wohl nichts anderes tun«, flüsterte Alayna, als hätte sie seine Gedanken gelesen, »als unsere Kerzen auszublasen, wenn wir dran sind.«

Er nickte. »Danke«, flüsterte er zurück und freute sich, als sie ihn noch einmal kurz anschaute und lächelte.

Dann waren sie an der Reihe, und als Jaryd seine Kerze ausblies, war der Saal nur noch vom Licht der unzähligen Cerylle der Magier erhellt. Sofort danach begann Jessamyn, den Orden aus der Halle heraus auf die Straßen von Amarid zu führen. Es dauerte einige Zeit, bis alle draußen waren, aber noch bevor er die Tore erreichte, konnte Jaryd den Jubel hören, mit dem die Leute die Magier begrüßten, die aus der Großen Halle kamen. Als er und Alayna schließlich in die Nachtluft hinaustraten, sah Jaryd, dass man alle Laternen an der Straße rund um die Große Halle gelöscht hatte, und alle Fenster in den Gebäuden an der Straße waren fest mit Holzläden verschlossen, so dass außer dem hell leuchtenden Halbmond am Himmel die Cerylle weiterhin die einzige Lichtquelle bildeten. Tausende von Menschen warteten am Straßenrand, jubelten dem Orden zu und tilgten so, zumindest für diesen Abend, die Erinnerung an den gestrigen Angriff auf die Halle. Und als Alayna und Jaryd den Fuß der Marmortreppe erreicht hatten und auf die kopfsteingepflasterte Straße hinausgingen, näherten sich ihnen Leute aus der Menge. Als Erstes kam ein kleines blondes Mädchen, begleitet von seiner Mutter, das auf Alayna zuging und eine kleine Feder in den Korb legte, den man Alayna kurz zuvor gereicht hatte.

»Mach deinem Umhang Ehre, Tochter Amarids«, sagte das Mädchen schüchtern und überzeugte sich mit einem Blick zur Mutter, ob es auch alles richtig machte, »und möge Arick dich leiten.«

Alayna wollte sich bedanken, aber bevor sie das tun konnte, kam eine weitere Person auf sie zu, diesmal ein gut aussehender junger Mann, und legte eine weitere Feder in ihren Korb. »Mach deinem Umhang Ehre, Tochter Amarids, und möge Arick dich leiten«, wiederholte er ernst.

Inzwischen hatte ein älterer Mann eine Feder in Jaryds Korb gelegt. »Mach deinem Umhang Ehre, Sohn Amarids, und möge Arick dich leiten«, sagte er mit einem Zwinkern und einem Grinsen.

So ging es auf dem ganzen Weg rund um die Große Halle und durch die Straßen der Stadt bis zu Amarids altem Haus weiter. Auf der gesamten Strecke standen Menschen und jubelten, und die Straßenlaternen brannten nicht. Nur das Licht der Cerylle führte sie, und Jaryd glaubte, nie etwas so Schönes gesehen zu haben wie diese regenbogenfarbene Reihe von Menschen, die sich vor ihm erstreckte. Auf dem Weg näherten sich hunderte von Menschen, Männer, Frauen und Kinder, Jaryd und Alayna, legten Federn in ihren Korb und hießen sie mit dem rituellen Gruß im Orden willkommen. Einige lächelten oder lachten sogar, während andere sich sehr feierlich gaben. Und bis der Orden das kleine Waldgrundstück erreicht hatte, auf dem sich das Heim des Ersten Magiers befand, quollen Jaryds und Alaynas Körbe von Federn unterschiedlichster Größe und Farbe beinahe über.

Beginnend direkt am Rand des Grundstücks und den Weg der Prozession zum Haus entlang sah Jaryd Dutzende und Aberdutzende großer, runder Tische im Licht von Fackeln, die an den Bäumen angebracht waren. Krüge mit Wein und Teller mit Braten, Gemüse, Obst, Brot, Käse und Gebäck standen auf den Tischen bereit.

»An diesem Abend«, sagte Neysa über die Schulter hinweg zu den beiden jüngeren Magiern, »lädt der Orden ganz Amarid ein. Das ist unser Dank dafür, dass die Bürger der Stadt Gastgeber der Versammlung waren.«

Als Jaryd sich umschaute, bemerkte er, dass die Menge, die zuvor am Straßenrand gestanden hatte, ihnen zum Heim des Ersten Magiers gefolgt war und sich nun singend und lachend um die Tische mit dem Essen verteilte und nach den Weinkrügen griff.

»Ganz Amarid?«, fragte Jaryd ungläubig.

»Alle, die herkommen«, antwortet Neysa und betrachtete die Szene amüsiert.

Auch Jaryd drehte sich noch einmal um und beobachtete, wie die Menschen ihre Plätze einnahmen, und dabei fiel ihm wieder das Gespräch mit Baden vom Nachmittag ein. Vielleicht hatte der Eulenmeister ja Veranstaltungen wie diese gemeint, als er sagte dass der Orden auf seine Weise den Wohlstand, zu dem er durch die Bürger von Tobyn-Ser gekommen war, wieder zurückgab.

Neysa, Alayna und Jaryd beeilten sich, die anderen Magier einzuholen, die inzwischen Amarids Haus erreicht und begonnen hatten, sich an einem großen, hufeisenförmigen Tisch niederzulassen. Es schien keine Sitzordnung zu geben, wenn auch Jessamyn und Peredur ganz oben an dem U Platz nahmen, und Jaryd bemerkte, dass Trahn und Baden ihm einen Stuhl zwischen sich freigehalten hatten. Alayna ging rasch zu Sartol. Und nachdem Neysa Jaryd noch kurz zu seiner Bindung gratuliert hatte, schloss sie sich ihren Freunden an, und Jaryd machte sich auf den Weg zu Baden und Trahn.

Sie grinsten, als er ihnen seinen Korb mit den Federn zeigte.

»Ich habe immer noch Federn, die man mir bei meiner ersten Prozession gegeben hat«, sagte Baden, zog Jaryds Stuhl zurecht und bedeutete dem jungen Mann mit einer Geste,

dass er sich setzen sollte. »Ich lasse jedes Mal, wenn ich den Menschen einen Dienst leiste, eine zurück, aber ich habe immer noch genug. Ich sammle die Federn, die Anla verliert, trotzdem«, fügte er hinzu und kraulte das Kinn der braunen Eule, »nur für den Fall, dass ich jemals mehr brauchen sollte. Aber ich glaube nicht, dass das je passieren wird.«
»Was habt ihr mit den Körben gemacht?«, fragte Jaryd die beiden.
Trahn lachte leise. »Den Korb gibt man zurück.«
Jaryd zog die Brauen hoch. »Wie soll ich denn diese ganzen Federn tragen?«
Baden bedachte ihn mit einem rätselhaften Grinsen. »Ja, wie wohl?«, erwiderte er geheimnisvoll.
Die blau gewandeten Diener aus der Großen Halle, unterstützt von anderen in roter Kleidung, die sich, wie Jaryd erfuhr, um Amarids Haus kümmerten, brachten Teller mit Essen zum Tisch der Magier. Es gab Geflügel und Lamm, Gemüse und kräftig gewürzte Eintöpfe, die besser schmeckten als alles, was Jaryd je zuvor gegessen hatte. Es gab verschiedene Sorten Brot und Kuchen, eine erstaunliche Auswahl an Obst und würzige Käse, die hervorragend zu dem roten Wein passten, der in Strömen floss. Während der Mahlzeit spielten Musiker und sangen Barden mit honigsüßen Stimmen und beschrieben mit dem angemessenen Humor oder der nötigen Dramatik die großen Triumphe und bitteren Tragödien des Landes. Beflügelt von dem Wein, dem Fackellicht und den Melodien, konnte Jaryd beinahe sehen, wie Arick das Land in Tobyn-Ser und Lon-Ser teilte, und er hörte Ducleas Verzweiflungsschrei über den Zorn ihres Gemahls und die Schande ihrer Söhne.

Er stellte sich Amarids Staunen vor, als der Erste Magier seine Kräfte erkannte, und schluchzte leise bei den Klängen von »Amarids Klage«, dem Lied, das vor so vielen Jahrhunderten nach dem Tod von Dacia, Amarids Frau, geschrieben worden war.

Nach Stunden des Feierns brach die Musik abrupt ab, und Jessamyn erhob sich, weißhaarig und lächelnd, und bat mit einer schlichten Geste um Ruhe. Sie mochte ihre Zweifel an ihren Fähigkeiten als Oberhaupt des Ordens haben, dachte Jaryd in diesem Augenblick, aber es war vollkommen klar, dass die anderen an sie glaubten und ihr überallhin gefolgt wären, selbst zu Therons Hain, wenn sie sie darum gebeten hätte.

»In diesem Jahr sind drei Kinder Amarids von uns gegangen«, sagte sie mit trauriger, aber weit tragender Stimme. »Verene, die dem Oberen Horn diente; Holik aus den Smaragdhügeln und Sawni, die der großen Wüste diente und einmal Trahns Lehrerin war.«

Jaryd schaute seinen Freund an und sah, wie Tränen über dessen dunkle Wangen liefen.

»Wir wollen einen Augenblick lang schweigen«, fuhr die Eulenweise fort, »und Arick und Duclea bitten, unsere Freunde mit offenen Armen aufzunehmen.«

Das Schweigen, das daraufhin Amarids Haus umgab, war beinahe mit Händen zu greifen, und es schwiegen nicht nur die Magier des Ordens, sondern auch die vielen Menschen, die ihnen durch die Straßen hierher gefolgt waren und Jessamyns Worte ebenfalls vernommen hatten.

Dann brach Jessamyn die Stille, und nun schwangen Freude und Aufregung in ihrer Stimme mit. »Dieses Jahr brachte auch die erste Bindung von zwei Menschen, die diesem

Land mit ihrer Magie dienen wollen. Alayna aus Brisalli und Jaryd aus Accalia, würdet ihr bitte zu mir kommen?«

Jaryd erhob sich, ebenso wie Baden, der den jungen Mann mit einem ermutigenden Lächeln zu der Eulenweisen führte. Der junge Magier spürte plötzlich wieder deutlich Ishallas Krallen in seiner Schulter und ihre Gegenwart in seinem Geist. Er gewöhnte sich mehr und mehr an die Verbindung, die zwischen ihnen bestand. Tatsächlich fiel es ihm bereits schwer, sich daran zu erinnern, wie es vorher gewesen war, bevor er ununterbrochenen Zugang zu ihrer Wahrnehmung gehabt hatte. Er wusste, dass die meisten Menschen in Tobyn-Ser ihr ganzes Leben nur mit ihren eigenen Gedanken verbrachten und nie eine solche magische Partnerschaft erfuhren. Das kam ihm plötzlich sehr einsam vor.

Dann standen er, Baden, Alayna und Sartol in der Mitte des Hufeisentisches, direkt vor Jessamyn, die sie lächelnd betrachtete. Jaryd warf Alayna einen raschen Blick zu und bemerkte, dass auf ihrem schönen Gesicht ein seltsamer Ausdruck lag.

»Alayna und Hardy«, begann die Eulenweise, »Arick hat euch beiden wunderbare erste Bindungen beschert. Ich muss tatsächlich ein wenig von dem üblichen Verlauf dieser Zeremonie abweichen, um noch einmal öffentlich zu verkünden, was viele von uns vielleicht schon bemerkt haben: Dies ist das erste Mal, dass wir in einem Jahr zwei neue Magier im Orden begrüßen, die sich beide an einen von Amarids Falken gebunden haben. Ich weiß nicht, was das bedeutet«, fügte sie mit einem raschen Blick auf Baden und Sartol hinzu, »aber ich denke, es kann nur etwas sehr Gutes sein.« Sie hielt inne, bevor sie mit den rituellen Worten fortfuhr. »Ihr wurdet beide von den Magiern und

Meistern dieses Ordens willkommen geheißen. Nun müsst ihr eure Wahl treffen. Wollt ihr schwören, die Kräfte, über die ihr verfügt, im Dienste dieses Landes zu verwenden?«

»Ja«, erwiderten Jaryd und Alayna gleichzeitig.

»Werdet ihr geloben, die Gesetze, die Amarid für diesen Orden geschaffen hat, zu ehren und zu halten?«

»Ja«, erklärten die beiden Magier.

»Dann wiederholt die Gesetze nun mit mir zusammen«, befahl Jessamyn.

Jaryd hatte nicht versucht, sich an Amarids Gesetze zu erinnern, seit Baden sie an jenem Abend im Seegebirge zum ersten Mal für ihn aufgezählt hatte. Wenn jemand ihn zuvor an diesem Tag gefragt hätte, ob er sich an den genauen Wortlaut erinnern könne, hätte er vermutlich verneint. Aber als er nun vor Jessamyn stand und der gesamte Orden und die meisten Bürger von Amarid zusahen und es beinahe so schien, als wartete auch der Erste Magier persönlich irgendwo im Schatten, fand Jaryd die Worte und verlieh ihnen seine Stimme.

»Ich werde dem Volk dieses Landes dienen«, erklärte er gleichzeitig mit Alayna. »Ich werde Schlichter von Streitigkeiten sein. Ich werde meine Kräfte einsetzen, um in Notzeiten zu helfen und zu trösten.

Niemals werde ich meine Kräfte benutzen, um mir von den Machtlosen Dienste oder Bezahlung zu verschaffen.

Niemals werde ich meine Kräfte gegen einen anderen Magier einsetzen. Unsere Streitfälle werden vom Orden geschlichtet.

Niemals werde ich meinem Vogel Schaden zufügen.«

Einen Augenblick lang war es still, dann stieg Jubel rings um den Tisch auf und wurde von den Menschen, die sich in der Nähe von Amarids Heim befanden, aufgegriffen und verstärkt. Länger und länger dauerte der Jubel an und stieg in die Nacht auf. Während er dastand und zuhörte, wusste Jaryd, dass der Jubel ebenso dem Orden und Amarid galt wie ihm und Alayna, vielleicht sogar mehr. Aber er hörte in den Stimmen auch ein Flehen, wie er glaubte, das sich direkt an die beiden jungen Magier richtete und sie bat, das wieder zu heilen, was durch die Angriffe des vergangenen Jahres zerstört worden war. Und als Antwort auf dieses Flehen schwor er wortlos, zu tun, worum man ihn bat.

Als der Jubel schließlich verklang, schaute Jessamyn Sartol und Baden an. »Sie sind bereit«, sagte sie schlicht.

Jaryd spürte eine Berührung an seiner Schulter, und als er sich zu Baden umdrehte, sah er, dass er Eulenmeister einen neuen waldgrünen Umhang in den Händen hielt. Wie Badens Umhang hatte auch dieser eine zarte, hellgrüne Einfassung an Kapuze und Ärmeln, und die Schärpe war kunstvoll schwarz und golden bestickt. Jaryd war froh zu erkennen, dass die Arme und Schultern des Gewands mit Leder verstärkt waren, um ihn ein wenig vor Ishallas Krallen zu schützen. Er sah auch, dass die Taschen groß genug waren, um alle Federn aufzunehmen, die man ihm bei der Lichterprozession überreicht hatte.

Mit einem so breiten Lächeln, dass seine Wangen schmerzten, wandte Jaryd Baden den Rücken zu und breitete die Arme aus, damit sein Onkel ihm den Umhang anlegen konnte, der ähnlich wie ein weiter Mantel geschnitten war. Alayna hatte sich ebenfalls umgedreht, damit Sartol dasselbe tun konnte, und die beiden standen einander nun grinsend gegenüber, während Ishalla und Fylimar von ihren Schultern aufflogen. Einen Augenblick später, als beide ihre Umhänge trugen und sich wieder Jessamyn zugewandt hatten, ließen sich die beiden schieferfarbenen und einander so ähnlichen Vögel wieder auf ihren Schultern nieder.

»Meinen Glückwunsch«, sagte Jessamyn lächelnd, und erneut setzte Jubel ein. Und plötzlich waren sie von den anderen Magiern umgeben, die ihnen die Hände schüttelten, sie umarmten und im Orden willkommen hießen. Aber bevor beide in den Wirbel von Menschen davongetragen wurden, drehte sich Jaryd noch einmal zu Alayna um und sah ihr lächelnd in die dunklen Augen. »Meinen Glückwunsch, Falkenmagierin Alayna«, flüsterte er.

Sie erwiderte sein Lächeln. »Gleichfalls, Falkenmagier Jaryd.«

Der Rest der Nacht war ein Kaleidoskop aus Liedern, Tanz und Wein. Die Musiker kehrten zurück, verstärkt durch weitere Kollegen, und spielten nun schnellere und rhythmischere Lieder. Jaryd, der normalerweise nicht oft tanzte, fühlte sich von der Musik und einer Aufforderung Jessamyns veranlasst, es ausnahmsweise zu versuchen, und bevor die Nacht zu Ende ging, hatte er mit mehreren Frauen aus der Stadt und einigen Magierinnen getanzt, darunter auch Alayna, wenn auch nur kurz und bloß, weil dieser besondere Tanz einen Wechsel der Partner erforderte. Meist jedoch tanzte er mit Kayle, die ihn gefunden hatte, sobald sein erster Tanz mit Jessamyn zu Ende gegangen war, und sich den Rest des Abends in seiner Nähe aufhielt.

Kurz nachdem Alayna und Jaryd ihre Umhänge erhalten hatten, verkündete Jessamyn, sie werde sich nun zurückziehen und die Delegation zu Therons Hain werde beim ersten Morgenlicht vor der Großen Halle aufbrechen, ganz gleich, wie lange einige ihrer Mitglieder auf dem Fest blieben. Musik und Tanz dauerten bis weit in die Nacht. Jaryd, Baden und Trahn verließen Amarids Haus erst kurz vor Morgengrauen, und immer noch sah es so aus, als würde das Fest kein Ende nehmen. Sie begleiteten Alayna und Sartol zu ihrem Gasthaus, das nicht weit vom Adlerhorst entfernt lag, und warteten, während die beiden ihre Sachen abholten. Von dort gingen die fünf zurück zu Maimuns Haus, wo Jaryd, Baden und Trahn rasch ihr Gepäck abholten. Dann wollten sie sich auf den Weg zur Großen Halle machen, aber im Hof des Adlerhorstes begegneten sie Kayle.

»Falkenmagier«, rief sie Jaryd mit schläfriger Stimme zu und bedachte ihn mit dem nun schon vertrauten schiefen Grinsen. Sie ging zu ihm und küsste ihn leicht auf die Wange. Sie roch nach Wein. »Ich hatte mich schon gefragt, wohin du verschwunden warst.« Sie sah die anderen Magier an. »Ihr wollt die Stadt verlassen?«

Jaryd warf Alayna einen raschen Blick zu und war irgendwie dankbar dafür, dass sie die Kellnerin misstrauisch beäugte. Dann wandte er sich wieder Kayle zu. »Ja«, sagte er leise, »wir gehen.« Er lächelte. »Pass auf dich auf, ja?«

»Das werde ich. Wohin wollt ihr?«, fragte sie in demselben trägen Tonfall.

Jaryd zögerte.

»Wir sind auf dem Weg zu Therons Hain«, sagte Baden.

»Arick steh euch bei«, erwiderte sie. Das Lächeln war ihr vergangen, und die rosige Färbung ihrer Wangen war verschwunden. »Meint er das ernst?«, fragte sie Jaryd erschrocken.

Jaryd nickte. Am Vortag hätte Kayles Reaktion dazu geführt, dass all seine Ängste zurückkehrten. Aber er hatte an diesem Abend einen Schwur abgelegt, nein, es waren sogar zwei gewesen: einen, den er laut ausgesprochen hatte, und einen lautlosen. Er konnte es sich nicht leisten, Angst zu haben.

»Arick steh euch bei«, wiederholte Kayle, die immer noch versuchte zu verdauen, was Baden ihr gesagt hatte. Sie sah Jaryd lange schweigend an. Irgendwo in der Ferne begann ein Vogel zu singen.

»Jaryd, wir sollten gehen«, sagte Baden leise.

Jaryd nickte abermals, aber er schaute Kayle immer noch an. Schließlich lächelte er. »Leb wohl, Kayle. Wir werden uns wiedersehen. Darauf gebe ich dir mein Wort.« Er drückte ihr einen Kuss auf die Wange, wie sie es einen Augenblick zuvor getan hatte. Und ohne ein weiteres Wort machten die Magier sich auf den Weg und ließen Kayle allein in dem schmutzigen Hof zurück. Jaryd schaute einmal zurück, bevor sie in eine breitere Gasse einbogen, und sah Kayle immer noch dort stehen, klein und einsam, und sie schaute ihnen immer noch hinterher. Er hielt inne, aber nur kurz, und dann begann seine Reise zu Therons Hain.

9

Die Gruppe verließ die Stadt überraschend unauffällig. Radomil und Sonel waren gekommen, um sie zu verabschieden, und mehrere der blau gewandeten Diener der Großen Halle halfen, die Pferde zu satteln und die Satteltaschen zu befestigen. Aber das war alles. Als Jaryd und seine vier Begleiter eintrafen, hatten Jessamyn und Peredur sich schon verabschiedet. Orris saß bereits im Sattel und schaute so mürrisch und ungeduldig drein wie immer. Baden, Alayna und Sartol gingen rasch zu ihren Pferden und begannen, ihre Sättel richtig festzuschnallen, und Jaryd versuchte, Freundschaft mit dem Tier zu schließen, das Trahn für ihn ausgesucht hatte.

Es war ein braun-weißes Pferd mit einem schwarzen Fleck auf der Nase, und obwohl Jaryd der Ansicht war, dass es schrecklich groß war, musste er dennoch zugeben, dass es ein wenig kleiner war als die Pferde, die Trahn für den Rest ihrer Gruppe besorgt hatte.

»Es ist ein Wallach«, sagte Trahn und legte Jaryd tröstend die Hand auf die Schulter. »Er ist vielleicht nicht so schnell wie die Hengste, die ich für die anderen gekauft habe, aber er ist flink genug für unsere Zwecke und wird viel weniger dazu neigen, dich abzuwerfen oder zu bocken.«

Das trug wenig dazu bei, Jaryds Angst zu lindern, aber das Tier stand vollkommen reglos, als Jaryd mehrmals ungeschickt versuchte, sich in den Sattel zu schwingen. Und als es ihm endlich gelungen war, begann er zu glauben, dass er es vielleicht doch schaffen konnte, mit diesem wunderbar zahmen und unendlich geduldigen Pferd zurechtzukommen.

Dann machte sich die Gruppe auf den Weg, ritt eine breite Straße entlang zur alten Stadtmitte und schließlich über eine der Holzbrücken über den Larian in den Falkenfinderwald. Die ersten Meilen blieb Trahn neben Jaryd und versuchte, ihm die Grundlagen des Reitens beizubringen.

»Es ist eigentlich ganz leicht«, erklärte Trahn in einem nicht allzu überzeugenden Versuch, beruhigend zu wirken. »Versuche einfach, dich mit dem Pferd zu bewegen. Statt im Sattel herumzuhüpfen, wenn das Tier galoppiert, solltest du im Rhythmus mit deinem Pferd bleiben. Dein Körper wird sich zunächst nur schwer daran gewöhnen«, fügte der Magier grinsend hinzu, »aber es wird dir eine Menge Unannehmlichkeiten ersparen.«

Jaryd verstand diese Dinge recht schnell, und er war froh festzustellen, dass der Wallach sofort auf seine manchmal verzweifelten Versuche reagierte, ihn zu lenken oder zum Stehen zu bringen. Aber er begriff auch schnell, dass selbst Trahns Hilfe und die Sanftheit seines Reittieres nicht viel gegen seine Unerfahrenheit mit Pferden und gegen die Tatsache halfen, dass sein Körper für die Qualen der Reise überhaupt nicht bereit war. Innerhalb einer Stunde, nachdem sie Amarid verlassen hatten, begannen die Muskeln in Jaryds Oberschenkeln, Hinterteil und Rücken vor Müdigkeit und Schmerz förmlich zu schreien. Zwei Stunden später, als die Gruppe eine kleine Rast einlegte und etwas aß, stellte Jaryd fest, dass er das Bein kaum hoch genug heben konnte, um abzusteigen. Und sobald er dann unten war, konnte er nicht mehr laufen. Also setzte er sich hin, direkt neben das Pferd, kaute auf einem Stück Räucherfleisch und fragte sich, warum er so sehr darauf versessen gewesen war, sich dieser Delegation auszuschließen.

Die Magier legten noch zweimal eine Rast ein, bevor sie schließlich endgültig Halt machten, um neben einem smaragdgrünen See im Hochland der Parnesheimberge ihr Nachtlager aufzuschlagen. Jaryd hörte, wie die anderen über die wunderbare Aussicht und die Schönheit des Gletschersees sprachen. Aber er, der immer noch auf dem Pferd saß, das bereits begonnen hatte, geräuschvoll das Berggras zu fressen, konnte sich nicht einmal dazu bringen hinzusehen. Er spürte nichts als die Schmerzen, die sich von seinen Beinen und vom Rücken in jeden Muskel seines Körpers ausgebreitet hatten, darunter in viele, deren er sich zuvor noch nie bewusst gewesen war. Selbst seine Verbindung mit Ishalla schien schwächer zu werden, gedämpft von seinem Schmerz und seiner Erschöpfung. Als er schließlich abstieg, sackte er einfach neben seinem Pferd auf dem Boden zusammen. Er konnte nicht laufen und war viel zu erschöpft, um etwas zu essen, und so lauschte er nur dem stetigen Kauen seines Pferdes und wartete darauf, dass der Schlaf ihn von seinem Elend erlöste.

»Wenn du dich auf den Bauch drehst, kann ich dir vielleicht helfen, deine Muskeln ein wenig zu entspannen«, hörte er jemanden sagen.

Er öffnete die Augen und sah, dass sich die Eulenweise über ihn beugte und ihn mitleidig, wenn auch ein wenig amüsiert ansah. Langsam und unter noch größeren Schmerzen drehte er sich um. Jessamyn kniete sich neben ihn und legte ihm die Hände auf den Rücken. Sofort spürte Jaryd, wie ihre Kraft in seinen Körper eindrang, warm und beruhigend wie die Sommersonne.

»So ein erster Ritt kann sehr schwer sein«, sagte sie mitleidig. »Der Mangel an Erfahrung führt oft zu großen Schmerzen, aber mit der Zeit wird es besser werden.«

»Ich weiß«, krächzte Jaryd mühsam. »Ich hätte es mir nur nicht so schlimm vorgestellt.«

»Ich habe eigentlich mit dem Pferd gesprochen«, entgegnete Jessamyn trocken.

Und es sah so aus, als könnte er immer noch lachen, obwohl das ebenfalls furchtbar wehtat.

Die Weise bearbeitete ihn weiter, vielleicht eine halbe Stunde lang, und bewegte ihre Hände geschickt und sicher über seinen Rücken und die Beine. Der Schmerz verschwand nicht vollkommen, ließ aber nach, bis er nur noch ein mattes Ziehen war. Als Jessamyn fertig war, konnte Jaryd wieder laufen, wenn auch ungeschickt, und er stellte fest, dass er gewaltigen Hunger hatte. Nachdem er etwas gegessen hatte, kroch er zu einer Stelle nahe dem Feuer und fiel in einen tiefen, traumlosen Schlaf. Am nächsten Morgen fühlte er sich besser, aber nur für eine kurze Zeit. Nach einem leichten Frühstück stiegen alle wieder in den Sattel. Und mit dem ersten ruckartigen Schritt des Pferdes kehrten Jaryds Schmerzen zurück.

Die Qualen dieses zweiten Tages schienen, wenn das auch kaum zu glauben war, die des ersten noch zu übertreffen. Das Bergland blieb rau, und sie ritten länger als am Vortag. Wieder heilte Jessamyn am Abend Jaryds schmerzende Muskeln, und wieder erholte er sich genug, um essen und schlafen zu können, nur um feststellen zu müssen, dass seine Schmerzen zurückkehrten, sobald der Ritt am nächsten Tag wieder begann. Dieses Muster wiederholte sich mehrere Tage lang, während die Gruppe die Berge durchquerte und schließlich Tobyns Wald erreichte. Aber irgendwann am vierten Tag, als sie im kühlen Schatten des ausgedehnten Waldes eine Rast einlegten, bemerkte Jaryd, dass die Schmerzen langsam nachließen. Als sie wieder aufstiegen und weiterritten, stellte er auch fest, dass er ein etwas besserer Reiter geworden war. Er wurde nicht mehr so herumgerüttelt, er bewegte sich besser im Einklang mit seinem Pferd, und er spürte, dass das Tier sich nun weniger anstrengen musste als zuvor, zweifellos in Reaktion auf seine wachsende Vertrautheit mit dem Reiten. Trahn, der dies ebenfalls gespürt zu haben schien, lenkte sein Pferd näher zu Jaryd heran und meinte mit einem boshaften Grinsen: »Siehst du, ich habe dir doch gesagt, es ist gar nicht so schwer.«

Auch Baden ritt neben ihn. »Es scheint dir besser zu gehen«, sagte der Eulenmeister mit einem mitleidigen Lächeln.

»Ja«, erwiderte Jaryd mit echter Erleichterung. »Ich fühle mich, als wäre ich von den Toten auferstanden.«

»Gut. Dann hast du ja etwas, worüber du mit Theron fachsimpeln kannst«, sagte Trahn.

Die drei lachten und blieben den größten Teil des Tages zusammen und erzählten einander Geschichten und alberten auf jene Weise herum, die sie schon an den Abenden während der Versammlung entwickelt hatten. Jaryd war froh, wieder bei ihnen zu sein und dass seine Schmerzen genug nachgelassen hatten, um sich an ihrer Gesellschaft erfreuen zu können.

Als er nun mit seinen Freunden ein paar Schritte vor den anderen herritt, begann Jaryd auch zum ersten Mal, das Gelände wieder wahrzunehmen, durch das sie sich bewegten. Während der ersten Tage hatte er die Landschaft der Parnesheimberge kaum genießen können. Durch den

Nebel von Schmerzen und Müdigkeit war er sich vage verschneiter Gipfel und majestätischer Aussichten bewusst gewesen, aber das meiste, was er sah, war nicht wirklich zu ihm vorgedrungen. Nun jedoch, als die Delegation durch Tobyns Wald zog und Jaryds Unbehagen nachließ, nahm er die Schönheiten des Götterwaldes gierig in sich auf.
Er und Baden hatten auf ihrer Reise von Accalia nach Amarid den nördlichen Teil von Tobyns Wald durchquert, aber aus irgendeinem Grund hatte ihn das weniger beeindruckt als jetzt. Sich in Leoras Wald zu bewegen, dem Wald, den Jaryd während seiner Jugend kennen gelernt hatte, war die Erfahrung eines Zusammenspiels von Licht und Schatten. Der Wald selbst, mit seinen unzähligen Grüntönen, seinem endlosen Flickwerk aus Lichtungen und Hainen, schien so launisch und lebhaft wie die Göttin, nach der er benannt war. Jaryd hatte, wie er nun begriff, angenommen, dass alle Wälder des Landes so wären wie der der Göttin. Aber Tobyns Wald war anders. Die massiven, hoch aufragenden Eichen, Ahorn- und Hickorybäume und Ulmen drängten sich an den Weg, dem die Gruppe folgte, und die hohen Äste verzweigten sich zu einer dichten, gewichtigen Kuppel, die kaum Licht auf den Waldboden dringen ließ. Während Leoras Wald im Sonnenlicht tanzte, grübelte Tobyns Wald störrisch in seinen eigenen Schatten, machtvoll, aber finster, wie der Gott, der ihn geschaffen hatte. Und dennoch, trotz seiner Schwere, trotz seiner Melancholie war der Wald voller Leben. Hunderte und aberhunderte kleiner Bäche plätscherten dahin, gespeist vom Regen und den Schneefällen in den Parnesheimbergen, und speisten ihrerseits wieder breitere Bäche, die sich nach Süden und Westen zum Vier-Fälle-Fluss und schließlich zum mächti-

gen Dhaalismin schlängelten. Zwischen den Bächen wuchsen Farne und Edelsteinkraut, Falkenbalsam und samtblaue Shanblätter, alle satt und üppig, als wollten sie dem Schatten, den die Bäume warfen, trotzen. Der flötende Gesang der Drosseln hallte zwischen den riesigen Baumstämmen wider, Eichhörnchen schwatzten laut, wenn sie einander über den Boden und in den Baumkronen jagten, und hin und wieder schlich verstohlen ein Fuchs durchs Unterholz. Als die Reisenden an diesem Abend um das helle Lagerfeuer saßen, brachten ihnen Zikaden und Grillen ein Ständchen, und Eulen riefen ganz aus der Nähe und ließen die Vögel der Magier unruhig werden.

Nach dem Essen arbeiteten Baden und Trahn mit Jaryd daran, die Magie des jungen Mannes zu entwickeln. Sie ließen ihn Feuer entzünden, große und kleine, und sie brachten ihm bei, wie man Holz formt. Sie verlangten auch, dass die anderen Magier für den Rest der Reise mit all ihren kleinen blauen Flecken und Kratzern zu Jaryd kommen sollten, damit er sich in der Heilkunst üben konnte. Ohne einen Ceryll fiel es Jaryd schwer, seine Kraft genügend auf die feineren Arbeiten zu konzentrieren, aber er wurde immer besser und gewann an Selbstvertrauen. Er spürte, wie seine Verbindung zu Ishalla intensiver wurde, und hieß diese Erneuerung willkommen wie ein gutes Essen nach Tagen erzwungenen Fastens.

Eines Morgens, während die Magier Fladenbrot, Käse und Trockenobst aßen, äußerte sich Jessamyn besorgt über das rasche Dahinschwinden ihrer Lebensmittelvorräte. Alle waren der Ansicht, sie sollten bei der nächsten Siedlung eine Rast einlegen und weitere Vorräte kaufen oder eintauschen. Es dauerte aber beinahe bis zum Mittag, bis sie endlich ein kleines Dorf erreichten, das sich dicht an die riesigen Bäume drängte und an dem ein schmaler Bach vorbeifloss. Sie bogen vom Weg ab und ritten auf die Siedlung zu, kamen aber nicht einmal bis zum Marktplatz. Als sie eine kleine Holzbrücke erreichten, die den einzigen Zugang zum Dorf bildete, fanden sie sich einer Gruppe von zwanzig oder dreißig Dorfbewohnern gegenüber, die alle bewaffnet waren. Sie griffen nicht an – wie hätten sie das auch tun können? Dreißig Männer und Frauen mit Äxten, Messern und Werkzeugen hätten gegen acht Magier nichts ausrichten können. Die Menschen konnten ihre Angst nicht verbergen, als sie dort auf ihrer Brücke standen. Aber keinem der Magier entging die Entschlossenheit und – es gab kein anderes Wort dafür – der Hass, der sich auf den grimmigen Mienen der Dorfbewohner abzeichnete.

Ein kräftiger Mann, ein wenig älter als der Rest und mit einer schweren Doppelaxt bewaffnet, trat in die Mitte der Brücke und sprach die Magier an.

»Wenn ihr hier seid, um uns zu töten«, sagte er mit lauter, ruhiger Stimme, »dann werden wir euch bekämpfen bis zum Tod, obwohl wir wissen, dass es vergeblich wäre.« Er hielt inne und sah die Reisenden einen nach dem anderen an. »Wenn ihr aus einem anderen Grund kommt«, fuhr er fort, immer noch laut, aber eine Spur freundlicher, »dann verzeiht uns, aber wir möchten euch bitten weiterzuziehen und uns in Ruhe zu lassen.«

Für einen Zeitraum, der Jaryd wie eine Ewigkeit vorkam, reagierte niemand in der Magiergruppe, bis Jessamyn schließlich mit belegter Stimme sagte: »Wir gehen.« Sie wendete ihr Pferd ohne ein weiteres Wort und ritt auf den Hauptweg zurück, gefolgt von den anderen.

Die Magier kamen den Rest des Tages gut voran und legten nur eine kurze Rast ein, um etwas zu essen und ihre Pferde zu tränken. Aber nach ihrer Begegnung mit den Dorfbewohnern hatte sich ein Schatten über sie gelegt. Sie sprachen nur, wenn es sich nicht vermeiden ließ, und keiner von ihnen schien die bemerkenswerte Landschaft wahrzunehmen, die sie durchquerten. Was Jaryd anging, so hörte er die Worte des Mannes mit der Axt wieder und wieder in seinem Kopf. Auch in Taima hatte er einer zornigen Menschenmenge gegenübergestanden, aber das hier war schlimmer gewesen. Die Leute in Taima hatten zumindest einen Anlass für ihren Ärger gehabt. Aber soweit Jaryd wusste, hatten die Bewohner dieses Dorfes hier im Wald keinen Schaden erlitten. Es waren keine Spuren von Feuer oder Blutvergießen zu sehen gewesen. Sie hatten sich einfach geweigert, die Magier in ihr Dorf zu lassen. Die Gerüchte über die Korruption innerhalb des Ordens forderten einen noch höheren Tribut, als Jaryd befürchtet hatte.

Spät an diesem Nachmittag kamen sie zur Flussdreieck-Traverse, einer riesigen moosbedeckten Steinbrücke unterhalb der Stelle, an der der Saphirfluss und der Vier-Fälle-Fluss in den Dhaalismin mündeten. Tausende von Jahren vor der Entdeckung der Magie durch Amarid und Theron errichtet, überspannte die Brücke den breiten Strom in einem hohen Bogen, dessen Anmut und Zartheit die riesigen Steine, aus denen er bestand, Lügen strafte. Die einzig sichtbaren Stützen waren vier Plattformen, zwei an jedem Ende der Brücke, deren Gewicht die anderen Steine an Ort und Stelle hielt. Auf diesen Plattformen standen Statuen, die zwar verwittert waren, aber deutlich erkennbar Arick, Duclea, Leora und Tobyn darstellten. Eine Mauer aus kleineren Steinen, die bis zu Jaryds Oberschenkel reichte, zog sich als Geländer an beiden Seiten der breiten Brücke entlang. Es war ein Ehrfurcht erregender Anblick, beeindruckender als vieles, was Jaryd je gesehen hatte. Und dennoch, selbst das verscheuchte nicht die finstere Stimmung, die die Magier seit ihrer Begegnung mit den Dorfbewohnern nicht mehr losgelassen hatte.

Sie schlugen ihr Lager direkt vor der Brücke auf, im Schatten des uralten Baus. Jessamyn und Peredur zogen sich gleich nach dem Essen zurück, und die anderen Magier blieben ums Feuer sitzen und schwiegen und grübelten über die Ereignisse des Tages nach. Am Ende war es Orris, der das tiefe Schweigen brach.

»Wir hätten bleiben und mit ihnen reden sollen«, sagte er, und er klang für seine Verhältnisse ungewöhnlich bedrückt. »Wir hätten nicht einfach weiterziehen sollen.«

»Wozu?«, fragte Sartol. »Sie hatten offensichtlich Angst vor uns. Sie wollten, dass wir gehen.«

Wütend starrte Orris den Eulenmeister an. »Und dann lassen wir einfach zu, dass sie weiterhin schlecht von uns denken?«, fragte er. »Wir müssen unsere Verbindung mit dem Volk von Tobyn-Ser wieder aufbauen.«

»Damit magst du Recht haben, Orris«, warf Baden ein, »aber ich bin nicht sicher, ob dies ein geeigneter Zeitpunkt gewesen wäre. Ich glaube nicht, dass sie uns zugehört hätten, ganz gleich, was wir gesagt hätten.«

»Das wissen wir nicht mit Sicherheit«, entgegnete Orris. »Es hätte funktionieren können.«

»Ich bin der gleichen Ansicht wie Orris«, warf Jaryd ein und überraschte sich damit ebenso wie den untersetzten Magier, wenn man dessen Miene richtig deutete. »Es gibt

wahrscheinlich keinen wirklich geeigneten Zeitpunkt, den Schaden zu beheben, der bereits geschehen ist, aber wir sollten es versuchen.«
»Du sagst also, wir hätten uns den Weg ins Dorf erzwingen sollen, um Frieden mit den Leuten zu schließen?«, entgegnete Alayna zornig und starrte Jaryd aus dunklen Augen an. »Das ist doch lächerlich.«
»Das habe ich nicht gesagt!«, erwiderte Jaryd. »Aber wir hätten versuchen können, mit ihnen zu reden. Ich finde einfach, dass es nicht gut war weiterzureiten.«
»Vielleicht sollten wir dich ja an Jessamyns Stelle zum Eulenweisen machen«, zischte Alayna, »da du so genau weißt, was das Beste für uns ist!«
Jaryd fragte sich, wieso dies plötzlich sein Kampf geworden war, und schaute zu Orris, der mitleidig grinste und mit den breiten Schultern zuckte. »Das habe ich auch nicht gesagt«, meinte Jaryd und wandte sich wieder Alayna zu. »Ich war einfach nur anderer Ansicht als du. Das geschieht manchmal unter Erwachsenen. Man nennt es eine Diskussion. Vielleicht wirst du zu so etwas irgendwann, wenn du erst älter bist, auch in der Lage sein.«
Selbst im Feuerlicht konnte Jaryd sehen, wie Alayna dunkelrot anlief. Sie blieb einen weiteren Augenblick lang vollkommen reglos sitzen und starrte ihn an, dann sprang sie auf und stapfte in die Nacht davon.
Eine Zeit lang sagte niemand etwas, bis Trahn Jaryd schließlich über das Feuer hinweg ansah. »Sie hatte kein Recht, diese Dinge zu sagen, mein Freund, aber meinst du nicht, dass du ein bisschen grob mit ihr umgesprungen bist?«
Jaryd nickte. »Kann schon sein«, sagte er leise. »Ich weiß

einfach nicht, warum sie mich so behandelt. Ich glaube, ich hatte einfach genug davon.«

Trahn nickte, und im Lauf der nächsten Minuten zogen sich alle vom Feuer zurück, bis Jaryd schließlich allein war. Er blieb noch lange Zeit sitzen, lauschte dem unaufhörlichen Rauschen der Flüsse und fragte sich, ob er und Alayna wohl je ein friedliches Gespräch führen würden.

Während des folgenden Morgens hörten die Reiter ununterbrochen das gedämpfte Geräusch von Regentropfen, die auf die Blätter über ihnen fielen. Wasser tröpfelte von den Zweigen auf sie herunter oder rann über die Baumstämme. Als sie ihre Mittagsrast einlegten, hatte es allerdings aufgehört zu regnen. Später, als sie sich dem Waldrand näherten, war der Baumbestand dünner, und schräge Strahlen der untergehenden Sonne brachen durch die Lücken in der grünen Kuppel. Dann verließen sie endgültig den Schatten von Tobyns Wald und ritten in eine lichtdurchflutete Landschaft. Im Westen erhoben sich die dicht belaubten Smaragdberge, umhüllt von geisterhaftem Nebel, der von den Bäumen selbst auszugehen schien. Im Süden erstreckte sich Tobyns Ebene, deren Grasdecke im leichten Wind schimmerte und schwankte und sich bis zum Horizont zog.

Die Magier schlugen ihr Lager auf, gingen früh schlafen und standen am nächsten Morgen noch vor der Dämmerung auf. Als sich Jaryd nach dem Frühstück daranmachte, in den Sattel zu steigen, kam Jessamyn auf ihn zu. Wie immer war Peredur an ihrer Seite.

»Fühlst du dich jetzt besser im Sattel, Jaryd?«, fragte ihn die Eulenweise.

Jaryd grinste verlegen und nickte. »Ja, Eulenweise. Und ich danke dir.«

Sie erwiderte das Lächeln. »Ich freue mich, das zu hören. Ich möchte jetzt, wenn wir auf der Ebene sind, gerne ein wenig schneller vorwärts kommen. In den Bergen und im Wald sind wir recht langsam gewesen, und ich möchte etwas von der verlorenen Zeit aufholen. Glaubst du, du kannst das aushalten?«

Wieder nickte er. Die Weise lächelte, drückte sanft seinen Arm und ging davon.

Kurze Zeit später, als die Sonne am östlichen Horizont auftauchte, machten sich die Magier wieder auf den Weg. In den nächsten Tagen ritten sie nach Süden über die Ebene, und ihre Vögel flogen über ihnen. Am zweiten Morgen kam der Moriandral in Sicht, und den Rest dieses Tages und am nächsten Tag ritten sie am Ostufer des träge dahinströmenden Flusses entlang. Weit im Westen schlichen sich Sturmwolken wie dunkle Spinnen über den Horizont, und der Regen hing unter ihnen wie lange, dünne Beine. Hin und wieder zuckte ein Blitz aus einer Wolke in Richtung Boden. Aber der Himmel über der Magiergruppe blieb klar, und am Nachmittag stieg die Hitze auf, bis der Horizont zu verschwimmen begann. Sie kamen an mehreren Dörfern vorbei, aber nach ihrer Erfahrung in Tobyns Wald entschieden sie sich weiterzureiten.

Während des dritten Tages auf der Ebene des Gottes zügelte Sartol, der neben Alayna vor Jaryd hergeritten war, sein Pferd und ließ sich von Jaryd einholen.

»Reitest du freiwillig allein, Jaryd«, fragte der Eulenmeister, »oder darf ich mich dir anschließen?«

»Ich würde mich freuen, wenn du neben mir reitest, Sartol«, erwiderte Jaryd. Aber er wusste, dass ihn seine Stimme verriet. Alayna hatte ihr Pferd angespornt und war nun auf gleicher Höhe mit Baden und Trahn. Seit ihrem zornigen Wortwechsel an der Brücke hatte sie nicht mehr mit Jaryd gesprochen. Selbstverständlich war das nichts Neues; sie hatte ihn stets gemieden und den größten Teil ihrer Zeit mit Sartol verbracht, aber wann immer Jaryd und ihr Lehrer ein Gespräch begonnen hatten, hatte sie sich einfach abgewandt und war davongegangen. So verwirrt und gekränkt er auch durch ihre schweigende Gleichgültigkeit gewesen war, fand Jaryd diese offene Feindseligkeit noch schlimmer. Sie waren seit Tagen zusammen unterwegs, aber die Kluft zwischen ihnen war nur noch größer geworden.

Er beobachtete sie noch einen Augenblick und bemerkte, wie geschickt und anmutig sie ritt. Dann fiel ihm auf, dass Sartol mit ihm sprach. Trotz allem, was Baden und Trahn über die Vergangenheit des Eulenmeisters gesagt hatten, mochte Jaryd ihn. Er hielt ihn für äußerst intelligent und ungewöhnlich freundlich, und es gefiel ihm, dass Sartol anders als die Übrigen willig, ja sogar begierig schien, über ihre Mission zu sprechen.

»Ich finde es interessant«, sagte der dunkelhaarige Magier nun, »dass der Orden endlich zu Theron zurückgefunden hat. Der Kreis hat sich geschlossen.«

»Der Kreis?«, fragte Jaryd laut, um das Dröhnen der Hufe zu übertönen. »Ich bin nicht sicher, ob ich begreife, wovon du sprichst.«

»Denk doch nur an die Geschichte des Ordens und der Magie. Trotz der Legenden, die sich die Menschen von Tobyn-Ser erzählen, wissen wir, dass Theron ebenso wie Amarid für die Entdeckung der Magie und die Gründung des Ordens verantwortlich war. Offensichtlich hat er seine

Kräfte missbraucht und wurde angemessen bestraft. Aber durch den Fluch und seinen Tod verloren die Magier seiner Generation Therons Beiträge zu ihrem Erbe aus dem Blick – ein Irrtum, den wir bis auf den heutigen Tag fortsetzen. Ich finde es einfach interessant, dass der Weg zu unserer eigenen Rettung nun durch den Hain des Ausgestoßenen führen soll.«

Jaryd dachte einige Zeit darüber nach. »Glaubst du, dass er es so geplant hat?«, fragte er schließlich. »Glaubst du, dass er deshalb diese Angriffe unternommen hat – falls er überhaupt dafür verantwortlich ist?«

»Gute Fragen«, entgegnete Sartol. »Und ich bin ebenso interessiert an deinen Gedanken zu diesem Thema wie du an meinen. Aber eines wundert mich. Du hast gesagt: ›Falls er verantwortlich ist.‹ Teilst du nicht die Überzeugung deines Onkels?«

»Ich weiß nicht einmal, ob Baden so sicher ist«, gestand Jaryd. »Ich glaube, es ist eher eine Arbeitshypothese als eine Überzeugung, obwohl er und Trahn glauben, selbst wenn Theron nicht verantwortlich sein sollte, könnte er uns vielleicht den oder die Schuldigen nennen.«

Sartol schaute zu Baden und Trahn hin, die sich leise mit Alayna unterhielten. »Das wäre möglich«, murmelte der Eulenmeister vor sich hin, so dass Jaryd sich anstrengen musste, um ihn zu verstehen. »Vorausgesetzt, dass er überhaupt etwas sagt.«

Jaryd schwieg und entschloss sich, nicht mehr nachzufragen.

Einen Augenblick später schien Sartol sich seiner Anwesenheit wieder bewusst zu werden. »Das klingt, als hätte dein Onkel alles sorgfältig durchdacht«, meinte er. »Wenn diese Mission ein Erfolg wird, werden der Orden und ganz Tobyn-Ser tief in seiner Schuld stehen.«

Baden warf einen Blick zurück, und ein ironisches Lächeln zuckte um seine Mundwinkel. »Und wenn es schief geht?«, rief er über die Schulter.

»Tut mir Leid, Baden«, sagte Sartol, »mir war nicht klar, dass du zugehört hast.«

Baden schüttelte den Kopf. »Das habe ich auch nicht«, versicherte er dem Eulenmeister. »Ich habe nur deine letzte Bemerkung aufgeschnappt.«

»Ah. Nun, das habe ich ganz ehrlich gemeint.«

»Du bist wirklich zu freundlich«, sagte Baden, abermals im Sattel leicht nach hinten gewandt, »aber du hast meine Frage nicht beantwortet.«

»Wenn es schief geht«, sagte Sartol ohne eine Spur von Humor, »dann denke ich nicht, dass noch viele einen Gedanken an dich verschwenden werden.«

Baden nickte, und die Gruppe ritt weiter. Aber Jaryd dachte noch lange über Badens und Sartols Worte nach.

Ein paar Stunden später konnten die Reiter einen ersten Blick auf den Südsumpf werfen, dessen dürre, sonnengebleichte Bäume und spärliche Büschel bräunlichen Grases einen deutlichen Kontrast zu dem fruchtbaren Grasland der Ebene bildeten. Schon aus der Ferne konnten sie den Sumpf riechen. Der schwere, Ekel erregend süße Gestank nach Fäulnis und Verfall ging so deutlich von dem Land aus wie Blut von einer Wunde. Jaryd fürchtete schon, dass Jessamyn vorhatte, den Sumpf sofort zu durchqueren, aber stattdessen führte die Weise ihren Trupp nach Südwesten, und sie ritten noch ein paar Meilen um den Sumpf herum und schlugen dann ihr Lager auf.

Die nächsten beiden Tage zogen sie weiter am Rand des Sumpfes entlang, weil sie vorhatten, ihn an der schmalsten Stelle zu durchqueren, die sechzig Meilen weiter südlich lag. Sie hielten sich gerade noch in Sichtweite, waren aber immer noch nahe genug, dass der Gestank sie erreichte, wann immer stärkerer Wind aufkam. Und mit jeder Stunde, die sie näher an die Durchquerung brachte, wurde Jaryd unruhiger. Baden schätzte, dass der Sumpf selbst an seiner engsten Stelle zwanzig Meilen breit war. Sie würden für einen ganzen Tag diese widerliche Luft einatmen müssen.

Als sie spät am Nachmittag des zweiten Tages die gesuchte Stelle erreichten, waren die anderen Magier ebenso nervös wie Jaryd. Die letzte Stunde des Tagesrittes verging in einer angespannten Stille, die auch den Abend über anhielt. Die Stimmung wurde noch dadurch verschlechtert, dass Sartol offenbar krank geworden war. Man musste zu seinen Gunsten sagen, dass der Eulenmeister nicht jammerte, aber er hatte seit dem Frühstück nichts mehr gegessen, und als sie sich schlafen legten, glühte er vor Fieber. Baden versuchte, das Fieber zu senken, konnte aber nichts bewirken.

Am nächsten Morgen standen die Magier im ersten Tageslicht auf, und als Jessamyn feststellte, dass es Sartol nicht besser ging, bot sie an, den Ritt durch den Sumpf für einen oder zwei Tage zu verschieben. Sartol erklärte allerdings das sei nicht nötig, und die Eulenweise, die deutlich bemüht war, Therons Hain so bald wie möglich zu erreichen, nahm ihn beim Wort. Sie brachen kurze Zeit später das Lager ab und lenkten ihr Pferde auf den Sumpf zu. Sie ritten durch den dünnen Nebel, der immer noch über der Ebene hing, und Jaryd wurde übel von dem Gestank und er fürchtete sich vor dem, was vor ihnen lag. Sobald sie den eigentlichen Sumpf betreten hatten, wurde ihm klar, dass dies der bisher längste und schwierigste Tag ihrer Reise sein würde. Der Gestank war unerträglich, und Jaryd wusste, dass es im Lauf des Tages noch schlimmer werden würde. Aber als die Sonne höher stieg, erkannte er auch, dass die schlechte Luft noch ihr geringstes Problem darstellte.

Die Hitze war viel gefährlicher, vor allem für Sartol, der nun unnatürlich rot geworden war und stark schwitzte. Jessamyn und Peredur, die älter waren als der Rest, wirkten unter der gnadenlosen Sonne ebenfalls schnell geschwächt. Anders als die Ebene, auf der der stetige Wind trotz des Mangels an Schatten stets für Abkühlung gesorgt hatte, schien der Sumpf tot, vollkommen windstill und in einen unsichtbaren stinkenden, erdrückenden Nebel gehüllt zu sein. Es hätte vielleicht geholfen, sich schneller zu bewegen, aber der dicke Schlamm verhinderte das, und so fanden sie keine Erholung von der brütenden Hitze.

Moskitos, Schnaken, Wespen, Hornissen und Stechfliegen aller erdenklichen Farben, Größen und Formen schwirrten ununterbrochen um Jaryd und seine Begleiter herum und trieben sie alle, ebenso wie die Pferde, zur Verzweiflung. In seinem gesamten Leben hatte Jaryd noch nicht so viele Insekten gesehen, von einem einzigen Tag gar nicht zu reden. Spät am Morgen bedeutete Jessamyn der Gruppe, eine kurze Rast einzulegen, um eine leichte Mahlzeit zu sich zu nehmen und die Pferde zu füttern und zu tränken. Sofort wurden sie von einer Wolke angriffslustiger Insekten eingehüllt, so dass sie sich beeilten und so schnell wie möglich wieder in den Sattel stiegen, ohne selbst etwas gegessen zu haben. Sie ritten weiter, schlugen auf alles ein, was sie vom Sattel aus erreichen konnten, und hofften, dass die Pferde die Sumpfdurchquerung verkraften würden. Früh am Nachmittag, als die Hitze immer unerträglicher wurde, wickelte sich Jaryd zum Schutz in seinen Umhang ein und zog die Kapuze über. Dennoch, sein Gesicht und die Hände waren bald von roten Stichwunden bedeckt. Am späten Nachmittag brannten die Muskeln in seinen Beinen und im Rücken von einem Schmerz, wie er ihn seit dem Beginn ihrer Reise nicht mehr erlebt hatte.

Die Magier erreichten den Rand des Sumpfes, als die Sonne schon hinter ihnen unterging, aber sie ritten noch mehrere Meilen weiter, bis der Gestank nur noch eine schlechte Erinnerung war und sie den Schattenwald erreicht hatten. Als Jaryd schließlich sah, wie Jessamyn das Zeichen zum Halten gab, ließ er sich unter Schmerzen von seinem Pferd gleiten, unendlich dankbar, diese Prüfung hinter sich gebracht zu haben. Seine Erleichterung hielt allerdings nur kurze Zeit an. Es ging Sartol erheblich schlechter. Der Umhang des Eulenmeisters war schweißdurchtränkt, und er schwankte gefährlich im Sattel. Orris entzündete sofort ein Feuer, und Baden und Alayna eilten an Sartols Seite und halfen ihm vom Pferd. Mit Trahns Hilfe führten sie den erschöpften, fiebernden Eulenmeister zu einem Platz am Feuer. Wie schon am Vorabend versuchte Baden, Sartols Fieber zu senken, aber die Krankheit des Magiers widersetzte sich seinen Kräften. Auch Orris und Jessamyn versagten bei ihren Versuchen, dem Eulenmeister zu helfen. Schließlich fiel Sartol in einen unruhigen Schlaf, während Alayna ihm kalte Tücher auf die Stirn drückte. Widerstrebend machten sich die anderen Magier daran zu essen.

Jaryd packte Brot, Käse und Trockenobst in eine saubere Schale und brachte sie zu Alayna. Er stellte sie auf den

Boden neben die junge Frau, aber als erwieder gehen wollte, hielt sie ihn zurück.

»Du musst nicht gleich wieder gehen«, sagte sie und fügte dann zögernd hinzu: »Ich ... ich wäre ganz froh über ein bisschen Gesellschaft.«

Überrascht von ihrer Einladung, blieb Jaryd einen Augenblick lang stehen, dann setzte er sich. Er wies mit dem Kinn auf Sartol. »Wie geht es ihm?«

Alayna zuckte die Achseln, war aber sichtlich immer noch besorgt. »Er schläft«, sagte sie schlicht. »Ich nehme an, das ist gut.«

Jaryd nickte und saß unbehaglich da, ohne noch etwas zu sagen. In der Ferne waren die Blitze eines Gewitters zu sehen, und im Schattenwald rief ein Vogel, was bewirkte, dass Ishalla und Fylimar neugierig zu dem schwarzen Waldrand hinüberspähten.

Nach einiger Zeit lachte Alayna leise und schüttelte den Kopf. »Wir können das nicht sonderlich gut, wie?«

»Nun ja, ich bin nicht derjenige, der immer davonläuft, wenn wir einander etwas zu sagen hätten!«, erwiderte Jaryd hitziger als beabsichtigt.

Alaynas dunkle Augen blitzten, und sie setzte zu einer Antwort an. Aber dann schien sie sich zurückzuhalten und schaute auf Sartol hinab. Es war beinahe dunkel, und das verschwitzte Gesicht des Magiers glitzerte im Licht seines Cerylls, den Alayna neben ihn gelegt hatte. »Ich war wohl nicht sehr nett zu dir«, sagte sie schließlich. »Es tut mir Leid.« Wieder schaute sie Jaryd an. »Aber du warst auch ziemlich widerwärtig! Du hättest das wirklich nicht sagen sollen! Mich unreif zu nennen! Ich bin schon länger Magier als du.«

»Du hast Recht«, erwiderte Jaryd und hob beschwichtigend die Hände. »Ich hätte das nicht sagen sollen, und ich entschuldige mich dafür. Aber ich bin einfach durcheinander. Ich habe immer wieder überlegt, was ich eigentlich getan habe, um dich zu beleidigen.«

Alayna lächelte bedauernd und schüttelte den Kopf. »Du hast nichts getan, jedenfalls nicht mit Absicht.«

Jaryd neigte den Kopf leicht zur Seite. »Nicht mit Absicht? Das verstehe ich nicht.«

»Ich weiß«, sagte Alayna. Sie holte tief Luft. »Können wir nicht einfach noch mal von vorne anfangen? So tun, als wäre nichts geschehen? Geht das?«

Jaryd grinste und nickte. »Ja, sicher.«

Sie erwiderte sein Lächeln. »Gut.«

Sie sahen einander noch einen Moment lang an, dann spähte Jaryd zu den anderen. »Wenn du ein bisschen schlafen willst«, bot er an, »können wir uns abwechselnd um Sartol kümmern. Ich bin sicher, dass die anderen ebenfalls helfen wollen, und ich könnte die erste Wache übernehmen.«

»Danke, aber ich glaube nicht, dass das notwendig ist.« Sie sah den schlafenden Magier an. »Es scheint ihm ganz gut zu gehen. Und wenn er mich braucht, wird Huvan mich wecken«, fügte sie hinzu und zeigte auf Sartols große Eule, die ein paar Fuß entfernt auf einem Ast hockte, die gelben Augen groß und wachsam, die Ohrfedern erwartungsvoll gesträubt.

»Also gut«, sagte Jaryd und stand auf. »Schlaf gut.« Er ging ein paar Schritte aufs Feuer zu und drehte sich dann noch einmal zu Alayna um. »Und danke.« Sie lächelte, und Jaryd machte sich auf die Suche nach einem Schlafplatz. Er war glücklicher als seit vielen Tagen.

»Cailin!«, hörte sie ihre Mutter rufen. Die Stimme war leise und schien von weit her zu kommen. »Cailin! Es ist beinahe Zeit zum Abendessen!«
Das kleine Mädchen lächelte und spielte weiter in dem schlammigen Sand am Flussufer. Beinahe Zeit zum Abendessen, hatte Mutter gesagt. Das bedeutete, dass sie noch einen Augenblick lang spielen konnte, bis dann ihr Vater nach ihr rufen würde. Wenn Papa rief, dann ging sie immer gleich zurück zum Haus. Papa wurde manchmal böse, wenn sie nicht sofort heimkam, wenn er rief.
Sie stand auf, bewunderte ihre Arbeit und schob sich das dunkle Haar mit einem schmutzigen Handrücken aus der Stirn. Dann erst bemerkte sie den Sand an ihrer Hand und wischte sich beide Hände vorn an ihrem schlichten beigefarbenen Kleid ab.
Die Burg, die sie am Fluss gebaut hatte, war beinahe fertig, aber sie wollte noch nicht aufhören. Manchmal kamen ältere Jungen aus ihrer Schule vorbei, wenn sie Burgen baute und sie über Nacht stehen ließ, und zerstörten ihr Werk. Cailin war sich nicht sicher, warum sie das taten, aber inzwischen rechnete sie damit. Und diese Burg war so gelungen, dass sie einfach noch eine Weile hier bleiben und sie bewundern wollte, bevor sie nach Hause ging. Die Burg hatte hohe, dicke Mauern mit Wehrgängen darauf und einem runden Turm an jeder Ecke, von wo aus die Wachen in alle Richtungen sehen konnten. In der Mitte des Hofs stand das Hauptgebäude, das sehr groß war und Fenster hatte, aus denen man über die Mauer hinweg die trägen Fluten des Moriandral sehen konnte. Oben auf dem Gebäude gab es bunte Flaggen, die im Wind flatterten, und dahinter lag, beleuchtet von der Spätnach-

mittagssonne, der schöne Garten der Prinzessin, die dort wohnte.
Cailin suchte noch ein paar glatt geschliffene Flusssteine, wie sie sie schon für die Fenster benutzt hatte, und schob sie vorsichtig in die sandige Fassade des Hauses. Sie hatte weiches, grünes Gras und ein paar winzige gelbe Blüten für den Garten gefunden, und sie hatte Blätter eines Baums, der am Ufer stand, als Flaggen verwendet und sie auf das Burgdach gesteckt. Aber am stolzesten war sie auf den tiefen Graben, den sie rings um die Burganlage gegraben hatte. Mit Hilfe eines spitzen Stocks hatte sie einen Kanal von einem Teich am Flussufer zum Graben gezogen und ihn auf diese Weise mit Wasser voll laufen lassen.
Sie platzierte die letzten Steinfenster und betrachtete abschätzend die fertige Burg. Das hier war, entschied sie, die schönste, die sie bisher gebaut hatte.
»Cailin!«, rief ihr Vater. »Komm jetzt. Zeit zum Abendessen!«
Mit einem letzten Blick auf ihr Kunstwerk kletterte das kleine Mädchen das Ufer zum hohen Gras von Tobyns Ebene hinauf und lief auf die Holzhäuser zu, die am Rand der dunklen, waldigen Hügel standen. Dabei zählte sie vor sich hin: »Ein-eintausend, zwei-eintausend, drei-eintausend«, um ihre Zeit während des Laufens festzuhalten – einmal hatte sie es in weniger als einhundertzehn geschafft; das wollte sie wieder probieren.
Aber auf halbem Weg – sie war gerade bei dreiundfünfzig angekommen – entdeckte sie einen blauen Schimmer im Gras und blieb stehen, um sich die Sache genauer anzusehen. Zwischen zwei hohen Grashalmen hing eine Feder. Sie war beinahe so lang wie Cailins Hand und auf einer Seite

des hellen Kiels blau und auf der anderen blauschwarz gefleckt. Federn, das wusste Cailin, brachten Glück – »Geschenke Amarids« nannte ihr Vater sie –, und obwohl ihr das niemand je direkt gesagt hatte, ging sie davon aus, dass man sich etwas wünschen durfte, wenn man eine Feder fand.

Sie nahm die Feder in die Hand, schloss die Augen und wünschte sich, was sie sich immer wünschte. »Ich wünschte, ich wäre älter«, sagte sie laut. Sie war jetzt sieben, und das war schon ziemlich alt, aber sie wollte lieber vierzehn sein wie Zanna, die Tochter der Nachbarn, die manchmal auf Cailin aufpasste, wenn ihre Eltern arbeiteten. Dann würden die Jungen ihre Burgen nicht mehr zerstören, und sie würde wie Zanna in die kleine Stadt auf der anderen Flussseite gehen dürfen. Cailin war nicht sicher, was es dort gab, denn sie hatte ihr ganzes Leben in Kaera verbracht. Der Gedanke, das Dorf alleine zu verlassen, und sei es nur, um den Fluss zu überqueren, kam ihr exotisch und aufregend vor.

»Cailin!«, erklang die Stimme ihres Vaters abermals, und diesmal hörte er sich an, als könnte er böse werden.

Sie schaute zum Haus. Er stand auf der Veranda hinter dem Haus, die Hände in die Hüften gestemmt, und sein dunkles, lockiges Haar wehte leicht im Wind. Cailin hielt die Feder ganz fest – wenn sie sie verlor, hatte sie schon vor langer Zeit entschieden, würde ihr Wunsch nicht in Erfüllung gehen – und fing wieder an zu laufen. Jetzt zählte sie nicht mehr mit.

»Rein mit dir«, sagte ihr Vater, hielt die Tür auf und ließ sie unter seinem ausgestreckten Arm hindurchhuschen. »Dein Essen wird kalt.« Seine Stimme klang immer noch entschlossen, aber er grinste, als sie an ihm vorbei ins Haus ging.

»Wo warst du denn?«, fragte ihre Mutter, die schon am Tisch saß, und lächelte. Ihre Mutter war die hübscheste Frau, die Cailin je gesehen hatte. Ihr Haar hatte dieselbe Farbe wie Cailins, aber es war sogar noch länger, und ihre Augen waren hellblau, wie die ihrer Tochter.

»Ich habe eine Feder gefunden«, antwortete Cailin atemlos und zeigte ihren Eltern ihren Schatz. »Ein Geschenk von Amarid. Ich hab mir etwas gewünscht. Du und Papa, ihr habt mir doch gesagt, dass Federn Glück bringen.«

Ihre Mutter hörte auf zu lächeln und sah ihren Vater ernst an. Cailin dachte, dass sie beinahe ängstlich aussah. Das Mädchen wandte sich seinem Vater zu, der nun ebenfalls grimmig dreinschaute.

»Bringen sie denn kein Glück?«, fragte Cailin plötzlich unsicher.

Ihr Vater zögerte, dann nickte er. »Doch«, erwiderte er und warf ihrer Mutter einen raschen Blick zu. »Sie bringen Glück.« Er beugte sich vor und drückte Cailin einen Kuss auf die Stirn. »Du solltest dir lieber die Hände waschen!«

Erleichtert wandte sich Cailin ihrer Mutter zu, die jetzt wieder lächelte, obwohl ihr Blick immer noch ernst war.

»Ja, Papa«, sagte Cailin, beruhigt zu wissen, dass sich ihr Wunsch erfüllen würde. Sie eilte nach draußen zum Trog an der Seite des Hauses und wusch sich rasch den Sand von den Händen. Als sie nach Westen schaute, über den Fluss hinaus, sah sie die Sonne, die sich riesig und orangefarben langsam hinter den Horizont schob. Sie fragte sich, ob ihre Burg wohl noch stand.

Dann eilte sie nach drinnen, setzte sich an den Tisch und

faltete die Hände, während ihr Vater die Dankesworte an Arick sprach. Als er fertig war und sie alle den gebratenen Fisch und das Gemüse aßen, das ihre Mutter gekocht hatte, erzählte Cailin ihren Eltern alles über die Burg, die sie am Fluss gebaut hatte. Die Eltern lächelten und stellten Fragen über die Prinzessin, die in der Burg wohnte, obwohl Cailin viel mehr an der Burg selbst interessiert war.

»Papa, gibt es Prinzessinnen in Tobyn-Ser?«, fragte Cailin, als ihr schließlich nichts mehr einfiel, was sie noch erzählen könnte.

»Nein«, antwortete ihr Vater kopfschüttelnd. »Aber in Abboriji gibt es eine Königin, und ich glaube, sie hat zwei Töchter, die beide Prinzessinnen sind.«

»Warum gibt es denn hier keine Prinzessinnen?«

Ihr Vater warf ihrer Mutter über den Tisch hinweg einen Blick zu. »Nun«, begann er, »wir haben hier in Tobyn-Ser keine Adligen, weil wir keine brauchen. Jedes Dorf und jede Stadt verwaltet sich selbst, und alle kommen miteinander zurecht.«

»Wenn sie nicht miteinander zurechtkommen, gibt es dann Krieg?«

»Cailin!«, rief ihre Mutter lachend. »Was sind denn das für Fragen?«

»In Abboriji gibt es Kriege«, meinte Cailin verteidigend. »Der Lehrer hat uns das erzählt.«

»Das stimmt«, sagte ihr Vater, und wieder hatte er den Blick auf ihre Mutter gerichtet. »Aber wenn Städte oder Dörfer in Tobyn-Ser sich streiten, dann wird der Streit geschlichtet.«

»Was ist denn ›schlichten‹?«, fragte Cailin neugierig.

»Das ist, wenn jemand, der mit dem Streit nichts zu tun hat,

beiden Seiten hilft, um den Streit beizulegen«, erklärte ihre Mutter.
»Und wer schlichtet, wenn es einen Streit zwischen Dörfern gibt?«
Eine Zeit lang saßen ihre Eltern schweigend da und starrten einander über den Tisch hinweg an. Schließlich sah Cailins Vater seine Tochter wieder an und holte tief Luft. »Die Söhne und Töchter Amarids helfen uns, unsere Streitigkeiten zu lösen«, sagte er. »Zumindest war das früher einmal so.«
»Warum haben sie damit aufgehört?«, wollte Cailin wissen und schaute von ihrem Vater zu ihrer Mutter.
»Sie haben nicht unbedingt damit aufgehört, Liebes«, erwiderte ihre Mutter zögernd. Dann schwieg sie und sah Cailins Vater an, ohne den Gedanken zu Ende zu führen.
»Cailin«, sagte ihr Vater ruhig, »ich weiß, dass wir dir gesagt haben, dass die Söhne und Töchter Amarids unsere Freunde sind und uns beschützen und sich um uns kümmern.« Bevor er weitersprach, sah er noch einmal Cailins Mutter an. »Aber manchmal wird man von Freunden auch enttäuscht und stellt fest, dass sie keine Freunde mehr sind.«
Plötzlich fürchtete sich Cailin. »Die Söhne und Töchter Amarids sind nicht mehr unsere Freunde?«
Ihr Vater schüttelte den Kopf. »Nein«, sagte er schlicht.
Solange sie sich erinnern konnte, hatten ihr ihre Eltern von den mächtigen Magiern erzählt, die wunderschöne Vögel auf den Schultern trugen und durch Tobyn-Ser zogen, um die Menschen zu beschützen und zu heilen. Cailin selbst hatte oft Träume von Falken und Eulen, und sie wollte unbedingt eine Magierin werden, wenn sie groß war. Und nun waren die Magier plötzlich keine Freunde mehr?
»Nicht einmal Meister Holik?«, fragte sie.

Ihr Vater holte tief Luft. »Meister Holik ist letzten Winter gestorben, Cailin. Erinnerst du dich nicht, dass wir dir das erzählt haben?«
Sie hatte es vergessen. Aber nun erinnerte sie sich, wie sie sich bei dieser Nachricht gefühlt hatte. Selbst ihre Mutter hatte geweint. Holik war ein netter Mann gewesen. Er hatte Cailin seine kleine, langbeinige Eule am Kinn kraulen lassen. Nun war er tot, und die Söhne und Töchter Amarids würden sich um niemanden mehr kümmern. Cailin hätte am liebsten geweint, aber sie strengte sich sehr an, es nicht zu tun. »Wer wird uns dann beschützen?«
»Deine Mutter und ich werden dich beschützen«, versicherte ihr Vater ihr, »ebenso wie Davon und die anderen in Aricks Tempel und Wachtmeister Rugnar und seine Männer. Du weißt doch, dass wir hier in Kaera und auch in anderen Dörfern Freunde haben. Wir passen aufeinander auf.«
Cailin nickte, aber sie hatte immer noch Angst. Sie spürte, wie ihr die Tränen kamen, und sie schaute nach unten, weil sie nicht wollte, dass ihre Eltern es merkten. Die blaue Feder, die sie gefunden hatte, lag auf dem Tisch neben ihrem Teller. »Bedeutet das, dass die Geschenke Amarids kein Glück mehr bringen?«, fragte sie heiser.
Ihr Vater streckte die Hand aus und strich ihr sanft über die Wange. Er sah ihr in die Augen. »Amarid war der größte Mensch, der je in Tobyn-Ser lebte«, sagte er und wischte ihr eine Träne ab. »Und seine Geschenke bringen immer noch Glück.«
Cailin hätte gerne gefragt, wie Amarids Geschenke immer noch Glück bringen konnten, wenn seine Kinder nicht mehr die Freunde der Menschen waren, aber sie nickte nur

und steckte die Feder in die Tasche. Sie sah ihre Mutter an, die ebenfalls Tränen in den Augen hatte.
»Es ist für uns alle schwer«, erklärte ihre Mutter und versuchte zu lächeln, als sie sich die Tränen mit einer Serviette abwischte. Nach langem Schweigen standen beide Eltern auf und begannen, die schmutzigen Teller abzuräumen.
»Es ist bald Schlafenszeit, Cailin«, sagte ihre Mutter über die Schulter hinweg, als sie die Teller nach draußen zum Trog brachte. »Zieh dein Nachthemd an, und dann kommen wir und sagen dir Gute Nacht.«
Cailin wusste, sie hätte auf ihre Mutter hören sollen, aber sie hatte noch immer Angst, und daher folgte sie ihnen in die Nacht hinaus. Es war dunkel. Der Mond war noch nicht aufgegangen, und hohe, dünne Wolken ließen nur die hellsten Sterne durchscheinen. Ihre Eltern schienen nicht zu merken, dass Cailin ihnen gefolgt war, und spülten schweigend die Teller. Aber als sie fertig waren, ging ihr Vater zu Cailin und hob sie hoch.
»Was wir dir gesagt haben, hat dir ein bisschen Angst gemacht, wie?«, fragte er leise.
»Ein kleines bisschen«, gab Cailin zu.
»Das wollten wir nicht«, versicherte ihr Vater ihr, und ihre Mutter kam ebenfalls zu ihnen und gab Cailin einen Kuss auf die Stirn. »Aber du bist jetzt schon ein großes Mädchen, und das bedeutet, dass man manchmal auch Dinge zu hören bekommt, die nicht so schön sind. Verstehst du das?«
»Ja«, erwiderte Cailin und lächelte ein wenig. Sie mochte es, wenn ihre Eltern sie so behandelten, als wäre sie größer.
»Gut«, sagte ihre Mutter und lächelte ebenfalls. »Und jetzt bringen wir dich ins Bett.«
Cailin schaute zu ihrer Mutter und dann zu ihrem Vater,

und ein schelmisches Blitzen trat in ihre Augen. »Aber wenn ich jetzt ein großes Mädchen bin, darf ich dann nicht länger aufbleiben?«, fragte sie.
Ihre Eltern sahen einander an und begannen zu lachen. »Wenn du dir jetzt ganz schnell das Gesicht wäschst und dein Nachthemd anziehst«, sagte ihre Mutter, »dann wird Papa dir vielleicht noch eine Geschichte erzählen, bevor du einschläfst.«
Cailin quiekte entzückt, als ihr Vater sie absetzte. Sie lief zur Tür, aber als sie sie erreicht hatte, hörten alle drei alarmierte Schreie aus dem Dorf. Cailin drehte sich zu ihren Eltern um, und ihre Angst war sofort wieder da.
»Edrice, bring Cailin ins Haus und schließ die Tür ab«, sagte ihr Vater.
Ihre Mutter nickte, die hellen Augen vor Angst weit aufgerissen. Sie hob Cailin hoch und trug sie ins Haus. Sobald sie drinnen waren, setzte sie Cailin wieder ab und verriegelte die Tür hinter ihnen. Cailin lief zum vorderen Fenster, das auf den Marktplatz hinausging. Ihr Vater war nun vor dem Haus, wo er sich mit Zannas Vater unterhielt, der eine Axt in einer und eine Fackel in der anderen Hand hielt. Er sah im Fackellicht bleich und zornig aus. Cailin sah, wie der ältere Mann auf die Smaragdhügel zeigte, die dunkel hinter dem Dorf aufragten. Und als Cailin sich ebenfalls in diese Richtung drehte, sah sie, dass zwei glühende rote Lichter langsam den Hügel hinab auf Kaera zukamen.
»Was ist denn los?«, fragte sie ihre Mutter, die nun zu ihr ans Fenster trat.
»Arick steh uns bei!«, hauchte Edrice einen Augenblick später, als hätte sie Cailins Frage nicht gehört.
»Mama?«, fragte Cailin ängstlich.

Ihr Vater klopfte an die Haustür. Ihre Mutter zog den Riegel auf und ließ ihn herein.
»Es ist wahrscheinlich harmlos«, sagte er und ging direkt zur Hintertür. »Wir wissen ja nicht einmal, ob diese Geschichten wahr sind. Aber wir sollten lieber vorsichtig sein.« Er öffnete die Hintertür und ging hinaus. Dann kam er wieder herein und brachte die Axt mit, die er immer zum Holzhacken benutzte. Er verriegelte die Hintertür.
»Was ist denn?«, fragte Cailin abermals, und ihre Stimme hob sich zu einem Jammern. Tränen liefen ihr über die Wangen.
»Cailin!«, fauchte ihr Vater. Dann schloss er die Augen und holte tief Luft. Cailin schluchzte nun. »Cailin«, begann er abermals, nun etwas sanfter, »bleib einfach hier bei deiner Mutter, und alles wird gut. Ich komme bald wieder.«
»Warum sagt ihr mir nicht, was los ist?«, fragte Cailin verwirrt.
»Es wird schon alles gut«, wiederholte ihr Vater, gab ihr einen Kuss auf die Wange und umarmte Edrice. Er öffnete die Tür und wollte gehen.
Und in diesem Augenblick wusste Cailin es. »Es sind die Magier, nicht wahr?«, sagte sie. »Sie kommen und wollen uns holen.«
Ihr Vater blieb in der Tür stehen und starrte ihre Mutter an. Keiner sagte ein Wort, aber Cailin sah ihrem Vater an, dass sie Recht hatte.
»Halte die Tür verriegelt«, sagte ihr Vater schließlich bedrückt. Er ging hinaus, und Edrice verriegelte die Tür hinter ihm. Cailin und ihre Mutter gingen wieder ans Fenster und sahen zu, wie ihr Vater ins Dorf ging. Bald schon verlor Cailin ihn unter all den Männern mit Fackeln, die sich

versammelt hatten, aus den Augen. Instinktiv und beinahe gegen ihren Willen schaute sie dann zu den beiden roten Lichtpunkten, die immer näher kamen.
Sie hatten beinahe den Fuß des Hügels erreicht. Von nahem sahen sie nun viel heller aus. Cailin starrte sie an, konnte den Blick nicht abwenden, wie gebannt von diesen näher kommenden Lichtern.
»Sieh dir das an!«, hörte sie ihre Mutter rufen, und in ihrer Stimme schwang Stolz mit.
Cailin riss sich von den roten Lichtern los und sah, dass Zannas Mutter und mehrere andere Frauen aus ihren Häusern kamen, bewaffnet mit Rechen, Mistgabeln, Fleischmessern und anderen Werkzeugen, mit denen sie gegen die Magier kämpfen wollten. Die Frauen trafen sich ein paar hundert Fuß von Cailins Haus entfernt und begannen, ihren Männern und Brüdern zum Dorfplatz zu folgen. Cailin schaute ihre Mutter an und entdeckte ein grimmiges Lächeln. Die Angst, die Cailin noch vor einem Augenblick bei ihrer Mutter bemerkt hatte, war verschwunden und einer Miene gewichen, die nach Zorn aussah. Schweigend ging Edrice durch die Hintertür hinaus und kam dann mit einer Hacke in der Hand wieder herein.
»Bleib hier, Cailin«, befahl sie auf eine Weise, die keinen Widerspruch duldete, »und verriegle hinter mir die Tür.«
Edrice eilte den anderen Frauen hinterher, und Cailin sah ihr von der Tür aus nach. »Wir passen aufeinander auf«, hatten ihre Eltern ihr noch vor kurzer Zeit versichert. Und nun taten sie genau das. Vielleicht brauchten sie die Söhne und Töchter Amarids tatsächlich nicht. Ihre Mutter und ihr Vater und der Rest der Dorfbewohner würden die Magier

vertreiben und dafür sorgen, dass niemandem in Kaera etwas geschah.
»Ich möchte zusehen«, sagte Cailin in die Nacht hinaus. Und dann ignorierte sie die Anweisung ihrer Mutter und begann zum Dorfplatz zu laufen.
Sofort hörte sie, wie ihr Name gerufen wurde. Als sie sich umdrehte, sah sie Zanna, die in der Tür des Nachbarhauses stand. »Cailin!«, wiederholte das ältere Mädchen nun lauter. »Was willst du denn hier?«
»Ich werde zusehen, wie sie gegen die Magier kämpfen«, erwiderte Cailin.
»Haben deine Mama und dein Papa dir nicht gesagt, dass du hier bleiben sollst?«, fragte Zanna auf eine Weise, die Cailin deutlich machte, dass die Ältere die Antwort bereits kannte.
Cailin zögerte einen Moment, dann drehte sie sich einfach wieder um und rannte weiter.
»Cailin!«, hörte sie Zanna rufen. »Cailin!«
Über die Schulter sah Cailin, wie Zanna hinter ihr herrannte und sie schnell einholte. Sie versuchte schneller zu laufen, aber als sie den Rand des Markplatzes erreichte, spürte sie, wie Zanna sie hinten am Kleid packte und grob festhielt.
»Cailin, hast du den Verstand verloren?«, rief das ältere Mädchen und musste dann nach Luft schnappen.
»Lass mich los!«, rief Cailin und versuchte sich loszureißen. »Ich will Mama und Papa suchen!«
»Nein! Du musst wieder nach Hause gehen! Ich werde –«
Beide hielten abrupt inne, als sie von der anderen Seite des Dorfes einen Schrei hörten. Dann schoss plötzlich ein blutroter Lichtblitz über den Nachthimmel und an den Häusern

entlang, zischte wie eine Schlange und schlug mit einer lauten Explosion in dem Schrein ein, in dem die Dorfbewohner Arick und die anderen Götter verehrten. Einen Augenblick später war ein zweiter Blitz zu sehen, dann ein dritter, und Glas und Holz splitterten. Feuer brach aus und begann, Kaeras Läden und die Schmiede zu verschlingen. Und wieder ertönte ein Schrei von den Dorfbewohnern, die hinausmarschiert waren, um sich den Magiern zu stellen, aber selbst Cailin wusste, das dies kein Schrei des Zorns oder des Trotzes war. Es war ein Schrei der Angst und furchtbaren Schmerzes – ein Todesschrei.

Noch während die beiden Mädchen nebeneinander standen und sich nun fest umklammert hielten, flackerten Flammen in den Himmel über dem Dorf, weitere Schreie waren zu hören, und wieder blitzte es rot. Einmal konnten sie ein großes, geflügeltes Geschöpf über den Häusern erkennen, das einen Moment lang reglos schwebte und dann herabstieß, die Flügel mit unirdischer Anmut ausgebreitet. Sie sahen es noch einmal, oder vielleicht war es ein zweites – sie hätten es nicht sagen können. Aber sie wussten, dass diese Geschöpfe nicht aussahen wie die Vögel, die sie kannten.

Die erste Hitzewelle von den Feuern hatte sie erreicht, und mit ihr kam der Geruch nach brennendem Holz und Fleisch. Männer und Frauen, die beim Anblick der roten Lichter vor kurzer Zeit so mutig ihre Häuser verlassen hatten, um ihr Dorf zu verteidigen, rannten nun wieder auf die Mädchen zu, ihre Gesichter vom Schreien verzerrt, die Augen vor Angst weit aufgerissen.

Eine Gestalt, deren Kleider und Haare lichterloh brannten – Cailin war nicht sicher, ob es ein Mann oder eine Frau

war –, taumelte mit der Menge, bevor sie zu Boden fiel, den Mund zu einem lautlosen Schrei aufgerissen. Und dahinter folgten mit den sicheren, ruhigen Bewegungen von Menschen, die die angsterfüllte, fliehende Menge vor ihnen zu verspotten schienen, zwei Männer, die beide in lange, grüne Kapuzenumhänge gekleidet waren. Sie hielten Stäbe in den Händen, auf deren Spitzen rote Steine glühten und aus denen sich die verzehrenden roten Flammen ergossen, die ein Haus nach dem anderen vernichteten, einen Menschen nach dem anderen töteten. Und mit ihnen kamen die großen Vögel, so schwarz, wie die Nacht einmal gewesen war, bis auf ihre leuchtenden Augen, die von Feuer und Blut zu glühen schienen, als sie wieder und wieder herabstießen und die Rücken und Hälse der fliehenden Dorfbewohner mit rasiermesserscharfen Krallen aufrissen.
Cailin, die nicht imstande war, den Blick abzuwenden, sah ihre Mutter und ihren Vater auf sie zurennen, panikerfüllt wie alle anderen. Ihr Vater, der immer noch die Axt in der Hand hielt, blutete aus einer Wunde an der Schläfe.
»Mama!«, rief Cailin laut. »Papa!« Sie machte einen Schritt auf sie zu, als sie sicher war, dass sie sie entdeckt hatten.
»Cailin!«, schrie ihr Vater ihr zu. »Lauf weg!«
Sie hatten sie schon beinahe erreicht – ihr Vater setzte bereits dazu an, sich zu bücken, um sie im Laufen hochheben zu können –, als einer der großen, schrecklichen Vögel auf sie herabschoss wie ein Falke auf seine Beute. Cailin hörte ihren Vater vor Schmerz aufschreien, als der Vogel ihm die Krallen über den Hals zog und er daraufhin zu Boden fiel.
»Nein!«, kreischte Cailins Mutter und fiel neben ihrem Mann auf die Knie. »Dunstan! Nein!«

Cailin schrie, aber sie hatte keine Zeit mehr, noch etwas anderes zu unternehmen. Einer der Magier, der nun nur noch ein paar Schritte von der Stelle entfernt war, wo ihre Mutter im Blut ihres Vaters kniete, richtete seinen Stab auf ihre Mutter und drückte, wie es Cailin vorkam, den Daumen an die Seite des Stabs, knapp unterhalb des Steins. Ein roter Feuerblitz schoss aus dem Stein auf ihre Mutter zu, riss sie zu Boden und ließ sie in Flammen aufgehen, bevor sie auch nur schreien konnte.

Cailin schrie abermals, und diesmal sah der Magier sie direkt an. Er hatte die Kapuze tief ins Gesicht gezogen, aber in dem heißen orangefarbenen Licht, das die Flammenmauern warfen, die einmal ein Dorf gewesen waren, konnte sie sehen, dass er einen Bart hatte, eine schiefe Nase und dunkle, tief liegende Augen. Er lächelte dünn, als er sie ansah. Dann hob er lässig den Stab und bewegte den Daumen noch einmal.

Cailin spürte die Hitze des Blitzes, als er direkt an ihr vorbeizischte, Zanna traf und das ältere Mädchen nach hinten und in den Dreck riss, als wäre sie eine Lumpenpuppe. Cailin versuchte, sich nach ihrer Freundin umzusehen, obwohl sie sicher war, dass Zanna bereits tot sein musste, aber der Magier, dessen Lächeln jetzt deutlicher wurde, sah ihr in die Augen. Sie wollte unbedingt davonrennen – oder noch besser: die Axt ihres Vaters aufheben und diesen Mann töten. Aber stattdessen spürte sie, wie ihr schwindlig wurde und dass sie sich übergeben musste. Das Letzte, was sie sah, als sie zu Boden fiel und spürte, dass sie das Bewusstsein verlor, war der Magier, der auf sie zukam und dann an ihr vorbeiging, als wäre sie gar nicht da.

Als Cailin wieder zu sich kam, brannten die Feuer immer noch. Sie roch den Rauch und das verbrannte Fleisch. Aber abgesehen von dem Knistern der Flammen war nichts zu hören. Keine Rufe, überhaupt nichts. Und als sie versuchte, besser zu sehen, spürte sie, wie jemand sie grob in eine sitzende Position hochzog. Die verschwommene Gestalt vor ihr war in Grün gekleidet, und auf ihrer Schulter hockte ein großer schwarzer Vogel. Und als sie wieder klar sehen konnte, erkannte sie, dass sie den bärtigen Magier vor sich hatte. Sie wand sich, wollte fliehen.
»Nicht so schnell, kleines Mädchen«, sagte der Mann mit einem gespenstischen Grinsen. Er hatte einen seltsamen Akzent, wie ihn Cailin noch nie zuvor gehört hatte.
Sie wollte schreien, aber er legte ihr seine schwielige Hand auf den Mund. »Nicht schreien«, befahl er, und dann grinste er abermals. »Es hört dich sowieso keiner.«
Also sind alle tot, dachte Cailin, und fing an zu weinen.
»Hör mir zu«, sagte der Magier, nahm die Hand von ihrem Mund und brachte sein Gesicht dichter an ihres. »Hör genau zu. Die Leute werden dich finden. Und sie werden dich fragen, wer das hier getan hat. Und dann sagst du ihnen, es waren die Söhne und Töchter Amarids. Du sagst ihnen, dass wir Tobyn-Ser nicht mehr dienen. Von nun an dient Tobyn-Ser uns. Verstanden?«
Cailin weinte weiter und sagte nichts.
»Hast du mich verstanden?«, wiederholte er lauter und schüttelte sie.
Cailin nickte.
Der Mann lächelte. »Gut.« Er nahm eine Feder aus seinem Umhang und reichte sie ihr. Die Feder war schwarz und sehr lang. Der Anblick erinnerte sie an die blaue Feder, die

sie immer noch in der Tasche hatte, und an ihren Wunsch. Nun wünschte sie sich, sie wäre tot. »Wenn die Leute kommen«, sagte er, »gibst du ihnen diese Feder.«
Dann blickte der Mann auf, schaute etwas über ihrem Kopf an und nickte. Einen Augenblick später spürte Cailin eine Explosion von Schmerz in ihrem Hinterkopf, und sie sackte ins Dunkel zurück.

10

Indem sie den Westrand des Sumpfes umritten und ihn weiter südlich durchquert hatten, war die Gruppe ein kalkuliertes Risiko eingegangen, das ihre Zeit im Sumpf verringert, aber die Entfernung vergrößert hatte, die sie im Schattenwald zurücklegen mussten. Am nächsten Morgen begannen sie bereits, für diese Entscheidung zu bezahlen.
Der üppige Wald in der Südostecke von Tobyn-Ser war einmal als Ducleas Wald bekannt gewesen. Von der Wassergöttin mit einer Unzahl von Quellen, Bächen und glitzernden Stromschnellen gesegnet, durchteilt vom Moriandral und auf drei Seiten von Meer und Golf umgeben, hatte der Wald einmal zu den schönsten Regionen des Landes gehört. Er war ein Zentrum des Handels gewesen und dank seiner Vielzahl an Harthölzern die Heimat der bekanntesten Holzschnitzer in Tobyn-Ser. Aber das war gewesen, bevor Theron sich in einem Hain direkt vor der kleinen Stadt Rholde an seinen ersten Falken gebunden und sein Zuhause verlassen hatte, ein junger Ausgestoßener und Praktizierender jenes Handwerks, das bald als Magie bezeichnet wurde, das die Menschen in seiner Jugend aber noch Hexerei nannten.
All das hatte sich vor tausend Jahren verändert. Mit Therons Fluch und der Rückkehr des unbehausten Geistes des Eulenmeisters zu Therons Hain war Ducleas Wald zu einem Ort der Angst geworden. Innerhalb von fünf Jahren nach Therons Tod waren die Menschen von Rholde, die der unbehauste Magier gnadenlos quälte, aus ihrer Heimat geflohen. Innerhalb von hundert Jahren war der gesamte

Wald, ja das ganze Land hinter dem Sumpf, verlassen worden. Therons Hain wurde der gefürchtetste Ort in Tobyn-Ser, der Name stand für Tod, und aus Ducleas Wald wurde der Schattenwald. Er hatte weder die Ehrfurcht erregende Macht von Tobyns Wald noch die blendende Schönheit von Leoras Wald. Aber der Schattenwald war wilder als die anderen. Er war nun seit hunderten von Jahren unberührt, verändert nur von der Zeit, von den wechselnden Jahreszeiten. Und jetzt, im hellen Sonnenlicht dieses warmen Sommertags, widersetzte er sich den Eindringlingen so störrisch und unermüdlich wie eine Sturmwelle auf dem Meer.

Nichts im Wald war so unangenehm wie das, was sie gerade erst im Sumpf erlebt hatten. Aber das Holz präsentierte Hindernisse und Frustrationen ganz eigener Art. Sie kamen jämmerlich langsam vorwärts, immer wieder aufgehalten von dichtem Brombeergebüsch und Ranken, die sich um die Baumstämme und zwischen ihnen wanden, und von falschen Pfaden, die einen in den Schatten lockten, dann aber ganz plötzlich verschwanden, so wie Kerzen in einer Bö verlöschen. An einigen Stellen standen die Bäume so dicht beieinander, dass die Magier hintereinander reiten mussten. Selbst an offeneren Stellen machten es knorrige Wurzeln und das beinahe undurchdringliche Unterholz unmöglich, im Galopp zu reiten. Jaryd hatte gehofft, neben Alayna durch den Wald reiten zu können, aber er konnte nichts anderes tun, als sein Pferd mit größter Vorsicht durch den Forst zu navigieren. Er musste sich so auf das Reiten konzentrieren, dass er sich kaum bewusst war, dass Ishalla über ihm kreiste. Was Alayna anging, so war sie mit Sartol beschäftigt, der zwar besser aussah und sich besser fühlte als im Sumpf, aber immer noch schwach war und unsicher im Sattel saß.

Sie zogen weiter, bis der Himmel, der hin und wieder zwischen den belaubten Zweigen sichtbar wurde, einen tiefen Indigoton angenommen hatte und sie nicht mehr weiterreiten konnten; dennoch hatten sie kaum mehr als die Hälfte der Entfernung vom Waldrand zu Therons Hain zurückgelegt, viel weniger, als sie gehofft hatten. An diesem Abend saßen sie entmutigt ums Feuer, verärgert über ihr langsames Fortkommen, und wappneten sich für ihren letzten Reisetag.

Zum ersten Mal seit mehreren Abenden gesellte sich Sartol wieder zu ihnen, das wettergegerbte Gesicht hager und bleich im wechselhaften Licht des Feuers. Er hatte seinen Appetit wiedergefunden, und lange nachdem die anderen mit dem Essen fertig waren, setzte der Eulenmeister noch seine Mahlzeit aus Käse, Brot und Trockenfleisch fort. Während er aß, begann Jessamyn mit den anderen über ihre bevorstehende Begegnung mit Theron zu sprechen.

»Mit einigem Glück werden wir morgen am späten Nachmittag an Therons Hain eintreffen«, erklärte sie und schaute ins Feuer, während die weiße Eule auf ihrer Schulter sich in der Runde umsah. »Sollte das der Fall sein, dann möchte ich keine Zeit verschwenden, bevor wir den Hain betreten. Also sollten wir unsere Strategie schon heute Abend ausarbeiten, so dass wir morgen, wenn wir dort sind, die notwendigen Vorbereitungen ohne weitere Verzögerungen treffen können.« Sie schaute Baden an, der ihr auf der anderen Seite des Feuers gegenübersaß und in dem flackernden Licht noch hagerer als sonst aussah. »Baden, wir sind vor allem wegen deiner Ideen hier. Ich möchte dich bitten, morgen im Namen des Ordens zu sprechen.«

»Das wäre eine Ehre für mich, Weise Jessamyn«, sagte der Eulenmeister nüchtern.
»Hast du einen Rat für die von uns, die dich in den Hain begleiten werden?«, fragte die Eulenweise.
Baden zögerte einen Moment, bevor er antwortete. »Es wird wohl keinen der Anwesenden überraschen, wenn ich sage, dass ich so etwas noch nie zuvor getan habe«, meinte er mit einem ironischen Lächeln, das so schnell wieder verschwand, wie es aufgetaucht war. »Aber Trahn und ich haben uns recht ausführlich über diese Dinge unterhalten, und wir haben ein paar Ideen.« Er stand auf und begann, langsam vor dem Feuer hin und her zu gehen, und seine abgehackten Gesten zeigten, wie angespannt er war. »Nach allem, was wir von den Unbehausten wissen, nach allem, was sie uns von sich erzählt haben, scheint es, dass sie uns nicht belügen können; sie können sich nur entscheiden, Informationen zurückzuhalten. Also sollten unsere Fragen so genau wie möglich sein; je genauer sie sind, desto informativer werden Therons Antworten sein.«
»Immer vorausgesetzt, dass er sich überhaupt entschließt, mit uns zu sprechen«, warf Orris ein.
Baden nickte. »Dafür haben wir natürlich keine Garantie«, stimmte er zu.
»Können wir ihn zwingen zu sprechen?«, fragte Jaryd seinen Onkel.
»Nein.« Baden schüttelte den Kopf. »Das glaube ich zumindest nicht.« Er warf Trahn, der ebenfalls den Kopf schüttelte, einen Blick zu. »Wie Trahn in der Vergangenheit bereits festgestellt hat«, fuhr Baden fort, »sollten wir auch nicht vergessen, dass die Unbehausten über Wissen verfügen, das weit über ihre Region hinausgeht. Selbst wenn Theron

nicht für die Angriffe auf Tobyn-Ser verantwortlich ist, könnte er uns vielleicht helfen herauszufinden, wer es ist.«

Alayna schaute Baden an, als wollte sie etwas sagen.

»Alayna«, fragte der Eulenmeister, »hast du etwas hinzuzufügen?«

»Ja«, erwiderte sie. Sie holte tief Luft und sah sich im Kreis der Magier um. »Nach allem, was wir von Therons Leben wissen, hatte er einen scharfen Geist. Er wird vielleicht mit uns spielen und uns Hinweise in der Art geben, wie er seine Sätze wählt, seine Worte betont. Wir müssen uns alles, was er sagt, sehr genau merken. Wir sollten auch versuchen, nicht unterwürfig zu wirken. Er kam damit schon zu Lebzeiten nicht gut zurecht und wird es wahrscheinlich immer noch nicht tun. Und wir sollten so ehrlich mit ihm sein wie möglich – wenn man bedenkt, wie brillant er war, wird es ohnehin schwierig sein, ihn zu täuschen. Ich möchte nicht einmal in der Nähe des Hains sein, wenn er uns bei einer Lüge erwischt. Und schließlich möchte ich davor warnen, Amarids Namen zu benutzen, wenn wir mit Theron sprechen. Wenn wir ihn grüßen, so sollten wir das ›im Namen des Ordens und der Menschen von Tobyn-Ser‹ tun und nicht ›im Namen Amarids, des Gründers des Ordens‹. Wir sollten von Amarids Gesetzen als von ›den Gesetzen, die den Orden leiten‹ sprechen. Wenn wir wollen, dass er mit uns spricht, sollten wir nicht als Botschafter des Ersten Magiers auf ihn zugehen.«

Die anderen nickten zustimmend. »Gute Ratschläge«, stellte Baden fest. Dann holte der Eulenmeister tief Luft. »Ich fürchte, das bringt uns zu den finstereren Wirklichkeiten dieser Mission. Sobald wir den Hain betreten, wird Theron wissen, dass wir da sind. Von diesem Zeitpunkt an sind wir in ernster Gefahr. Trahn hat bei der Versammlung bereits angemerkt, dass Theron keinen eigenen Ceryll hat und dass seine Kraft, solange er keinen Zugang zu unseren hat, begrenzt sein könnte. Selbstverständlich wissen wir nicht, ob das wirklich der Fall ist, aber theoretisch klingt es vernünftig, und ich würde empfehlen, dass wir alle unsere Cerylle zurücklassen, ehe wir zu ihm gehen. Dennoch, selbst wenn wir solche Vorsichtsmaßnahmen treffen, bleibt Theron ein sehr gefährlicher Gegner. Beim ersten Anzeichen von echten Problemen müssen wir den Hain verlassen. Soweit wir aus der Geschichte dieses Waldes wissen, erstreckt sich Therons Kraft über diese kleine Baumgruppe hinaus, aber dort ist er vermutlich am stärksten. Wir werden außerhalb des Hains eine bessere Chance haben, einem Angriff Therons zu widerstehen.«

»Möge Arick gewähren, dass es nicht dazu kommt«, murmelte Peredur leise.

»Ich hoffe, er hat dich gehört, alter Freund«, sagte Jessamyn und stand auf. »Aber als Eulenweise und Anführerin dieser Mission muss ich auf alles vorbereitet sein.« Sie warf Baden einen Blick zu. »Ich danke dir, Eulenmeister, für deinen weisen Rat.« Damit hatte sie wieder die Führung übernommen. Baden, der das sofort verstand, nickte und setzte sich.

»Ich danke euch allen für eure Kraft und eure Vernunft«, fuhr die Eulenweise fort. »Wir werden all das brauchen können, bevor diese Geschichte vorüber ist. Aber nicht alle in derselben Funktion. Ich bin der Ansicht, dass einige aus dieser Gruppe vor dem Hain warten sollten, während andere hineingehen, nur für den Fall, dass unsere Begegnung mit Theron ... nicht gut verläuft. Es sollte jemand übrig bleiben, um die Nachricht von unserem Versagen zur Großen Halle zurückzubringen.«

Jaryd und die anderen holten tief Luft. Sie hatten alle, wie er begriff, einen weiten Weg zurückgelegt, um sich dem unbehausten Eulenmeister zu stellen. Niemand wollte jetzt noch ausgeschlossen werden.

»Alayna, Jaryd«, fuhr die Eulenmeisterin fort und sah die beiden jungen Leute nacheinander an. »Ich bin sicher, dass ich für uns alle spreche, wenn ich sage, ich würde euch beide gerne zurücklassen. Nicht, weil ich der Ansicht bin, dass es euch an etwas mangelt. Im Gegenteil, ihr macht einen sehr vielversprechenden Eindruck, und ich möchte das gerne für die Zukunft dieses Landes bewahren. Aber Alayna, wir brauchen dein Wissen über Theron. Und Baden hat bereits gesagt, dass die Vision, die du, Jaryd, vor dem Angriff auf Taima hattest, dich schon lange zuvor auf diesen Weg gebracht hat. Arick hat entschieden, dass du bei dieser Sache eine Rolle zu spielen hast, und ich wage nicht, mich seinem Willen zu widersetzen.«

Wenn ihm jemand vor sechs Monaten gesagt hätte, dass er sich einmal über die Nachricht, dass er einen Tag später Therons Hain betreten sollte, freuen würde, hätte Jaryd diese Person für verrückt gehalten. Aber während er Jessamyn zuhörte, verspürte er eine gewaltige Erleichterung. Als er Alayna ansah, bemerkte er dieselbe Reaktion. Sie schaute ihn an, und sie lächelten beide.

Die Euleweise wandte sich ihrem Ersten zu, der neben ihr saß. »Peredur, mein Freund, ich hatte auch gehofft, dich aus der Delegation herauszuhalten, aber Anführer können nicht immer jene beschützen, die sie am meisten lieben.« Sie hob die Stimme. »Baden wird, wie ich schon sagte, für den Orden sprechen. Peredur und ich werden ebenfalls anwesend sein. Ich habe daher entschieden, dass Orris, Sartol und Trahn zurückbleiben werden.«

Orris und Sartol begannen zu protestieren, aber die Eulenweise brachte sie mit einer Geste zum Schweigen. Trahn hatte, wie es seine Art war, nichts gesagt, aber Jaryd konnte erkennen, wie die Muskeln am Kiefer des dunkelhäutigen Magiers arbeiteten, als er ins Feuer starrte.

»Ich weiß, dass ihr uns alle drei in den Hain begleiten wollt«, sagte sie beruhigend. »Und bitte glaubt mir, wenn ich euch sage, dass keiner von uns euren Mut oder eure Hingabe an den Orden und dieses Land in Frage stellt. Aber du, Sartol, bist krank gewesen und immer noch schwach – zu geschwächt jedenfalls für das, was wir vielleicht im Hain erleben werden.«

»Ich habe mich erholt, Eulenweise«, entgegnete der Eulenmeister. »Das Fieber ist weg. Ihr werdet mich brauchen.«

Jessamyn lächelte ihn freundlich an. »Es geht dir besser, Sartol. Ich sehe das, und es freut mich. Aber man erholt sich nicht über Nacht von einem Fieber, wie du es hattest.«

»Aber bis morgen –«, setzte Sartol an.

»Mein Entschluss ist gefasst, Sartol«, sagte Jessamyn und beendete damit die Diskussion. »Ihr beiden verfügt über das Vertrauen und die Unterstützung der jüngeren Magier. Man wird euch brauchen, wenn wir anderen umkommen sollten.«

»Man wird uns im Hain nur noch mehr brauchen«, meinte Orris barsch. »Wir sind stärker als die jungen Leute; wir sollten an ihrer Stelle gehen. Dieser Junge hat eine Vision, und plötzlich ist er –«

»Das genügt, Orris«, unterbrach Jessamyn ihn zornig. Sie

sah sich nach den anderen um, und ihre Augen glühten wie Kohlen. »Ich habe mich entschieden!«, erklärte sie mit fester Stimme. »Ich schlage vor, wir versuchen jetzt alle zu schlafen.«

Ohne ein weiteres Wort trat Jessamyn aus dem Feuerkreis und ging davon, um sich einen Schlafplatz zu suchen. Peredur folgte ihr, und die anderen blieben in unbehaglichem Schweigen sitzen, die Worte der Eulenweisen noch in den Ohren.

Schließlich rührte sich Baden und holte tief Luft. »Ich denke, wir sollten wirklich schlafen, wie sie gesagt hat.«

Orris sprang auf und warf Baden einen wütenden Blick zu. Er zeigte anklagend auf den Eulenmeister. Einen Augenblick lang sah es so aus, als wollte er etwas sagen. Aber dann nahm er sich zusammen und stapfte aus dem Kreis.

Trahn schaute dem Falkenmagier hinterher, bevor auch er Baden ansah, ein trauriges Lächeln auf den Lippen. Die beiden blickten einander einige Zeit an, bevor Trahn seinem Freund die Hand auf den Arm legte und sich dann umdrehte und in die Nacht hinausging.

Baden wandte sich Sartol zu. »Es war nicht meine Entscheidung«, sagte er leise, als wollte er von einer Schuld freigesprochen werden.

»Ich weiß«, erwiderte Sartol und versuchte zu lächeln, aber es kam nur eine Grimasse dabei heraus. »Niemand gibt dir die Schuld, Baden. Wir sind nur enttäuscht, und Männer wie Orris brauchen in einer solchen Situation jemanden, an dem sie das auslassen können. Mach dir keine Sorgen.«

Sartol stand auf, und langsam gingen die beiden Eulenmeister ebenfalls davon.

»Ich sollte wohl wütend auf Orris sein«, sagte Jaryd zu

Alayna, die ihn im ersterbenden Feuerlicht ansah, »nach allem, was er darüber gesagt hat, dass wir beide nicht zu der Delegation gehören sollten. Aber ich glaube, ich hätte mich an seiner Stelle ganz ähnlich gefühlt.«

Alayna nickte, aber sie sagte zunächst nichts. Als sie es schließlich doch tat, überraschte sie ihn. »Wir haben viel Zeit verschwendet, die wir besser genutzt hätten, um einander kennen zu lernen«, sagte sie und fuhr sich mit einer Geste durch das dunkle Haar, die Jaryd nun schon genau kannte, »und es ist möglich, dass keiner von uns Therons Hain lebend wieder verlässt. Aber wenn du willst, werde ich morgen neben dir reiten.«

Jaryd spürte, wie sein Herz einen Schlag aussetzte. Seltsam, dachte er – nach allem, was er hinter sich hatte, konnte eine so schlichte Geste von dieser Frau ihn derart berühren. »Gerne«, sagte er. »Aber du solltest dir über eines klar sein: Wenn wir durch irgendeinen Zufall überleben, dann laufen wir Gefahr, Freunde zu werden.«

Sie lachte. »Ich fürchte, dieses Risiko werden wir eingehen müssen.«

Dann zogen sie sich beide zurück, um sich einen Schlafplatz zu suchen, und Jaryd schlief schon den zweiten Abend hintereinander mit Gedanken an Alayna ein.

Er lag auf einem Bett aus Laub und Fichtennadeln, lauschte den Geräuschen des nächtlichen Waldes und grinste ins Dunkel. »Keiner von uns stellt euren Mut und eure Hingabe an den Orden und dieses Land in Frage«, hatte die Hexe gesagt. Und er hatte im Geist erwidert, genau, und dafür werdet ihr sterben. Es lief wirklich alles ganz wunderbar. Oh, es gab ein paar kleine Komplikationen, um die er sich

würde kümmern müssen, aber sie waren unbedeutend; nichts, womit er nicht zurechtkommen konnte.
In jeder wichtigen Hinsicht funktionierte sein Plan genau so, wie er es sich vorgestellt hatte. Nur eine Einzelheit blieb, nur eine. Aber sie war der Schlüssel zu allem anderen, und in dieser Sache würde er improvisieren, auf eine Möglichkeit warten müssen, die er dann erkennen und ergreifen würde. Dies war der Teil seines Plans, mit dem er am wenigsten zufrieden war, diese Notwendigkeit, sich von den Ereignissen führen zu lassen. Er zog es vor, nichts dem Zufall zu überlassen, aber das war in diesem Fall unmöglich. Es war allerdings auch egal. In weniger als einem Tag würden sie Therons Hain erreichen – nichts würde ihn jetzt mehr aufhalten können. Er stellte im Kopf ein paar schnelle Berechnungen an: Wenn alles nach Calbyrs Zeitplan verlaufen war, dann hatte der Angriff auf Kaera an einem der letzten Abende stattgefunden. Inzwischen würden sich die Gerüchte von den neuesten Gewalttaten des Ordens schon überall in Tobyn-Ser ausbreiten. Sein Lächeln wurde breiter. Alles lief sehr, sehr gut.

Sie wussten alle, dass sie bis zum Abend den Hain erreicht haben würden. Dennoch begann dieser Tag nicht anders als die anderen: Alle standen beim ersten Morgenlicht auf, nahmen ein leichtes Frühstück zu sich, und sie ritten los, als die Sonne am Osthimmel erschien. Wie sie am Abend zuvor ausgemacht hatten, ritten Jaryd und Alayna den ganzen Tag zusammen und erzählten einander Geschichten von ihren Dörfern, ihrer Kindheit, ihren Familien. Sie beschrieben einander auch ihre Erfahrungen als Schüler, ebenso wie ihre Bindungen, die sich, wie sich herausstellte, ganz ähnlich zugetragen hatten. Spät am Morgen legten sie am Ufer des Moriandral eine Rast ein. Eine Stunde, nachdem sie ihr Lager abgebrochen hatten, hatten sie bereits begonnen, dem Fluss zu folgen. Jaryd, der neben Alayna saß, bemerkte, dass sie einen Stab mit einem Ceryll an Sattel und Satteltaschen geschnallt hatte.

»Sartol hat ihn mir kurz nach der Umhangzeremonie gegeben, am letzten Abend der Versammlung«, erklärte sie, als Jaryd sie danach fragte.

»Meinen Glückwunsch«, erwiderte Jaryd und bewunderte das schön geschnitzte Holz des Stabs und den schimmernden lila Stein, mit dem er gekrönt war. »Er ist sehr schön!«

Alayna sah den Stein sehnsüchtig an. »Ja. Ich werde nie den Augenblick vergessen, als er ihn mir gab. Der Stein hatte keine Farbe und kein eigenes Licht, ehe Sartol mir den Stab in die Hände drückte. Und sobald ich ihn berührte, begann er zu leuchten.« Sie schüttelte den Kopf, bewegt von der Erinnerung. »Das werde ich nie vergessen«, wiederholte sie.

»Warum trägst du ihn dann nicht?«, fragte Jaryd.

Sie zuckte die Achseln. »Ich weiß es nicht.« Sie überlegte. »Ich denke, ich bin der Ansicht, dass ich noch viel lernen muss und einfach noch nicht verdiene, ihn zu tragen.« Wieder zuckte sie die Achseln.

»Du wurdest von der Eulenweisen persönlich auserwählt, dem Geist eines der beiden mächtigsten Männer gegenüberzutreten, die je in diesem Land existierten«, sagte Jaryd. »Ich denke, du hast diesen Stab verdient.«

Einen Augenblick sah sie ihn lächelnd an. »Vielleicht hast du Recht«, meinte sie. »Vielleicht sollte ich damit anfangen.«

»Gut«, erwiderte Jaryd. »Solange du ihn nicht mit in den Hain nimmst.«
Alayna lachte. »Ich werde versuchen, das nicht zu vergessen.«
Kurze Zeit darauf stiegen alle wieder in den Sattel und ritten weiter. Jaryd und Alayna blieben auch am Nachmittag zusammen, aber je näher sie dem Hain kamen, desto spärlicher wurden ihre Gespräche, ebenso wie die ihrer Begleiter. Sie kamen an diesem Tag sogar noch langsamer voran als am vorigen. Es wurde heißer, und in der Ferne konnten sie leises Donnergrollen hören.
Später am Tag, lange nachdem die Sonne ihren Abstieg nach Westen begonnen hatte, wurde der Wald plötzlich lichter, und bald konnten sie auf der anderen Flussseite die Ruinen von Rholde erkennen. Und hinter den verfallenen Gebäuden, hinter dem verwilderten Grasland und den vereinzelten Bäumen stand, auf dem Land, das einmal Therons Zuhause gewesen war, der Hain. Er sah nicht anders aus als der Schattenwald, der auf seiner anderen Seite wieder begann. Er bestand aus denselben riesigen Eichen und Ahornbäumen, er wirkte ebenso dicht und überwachsen. Aber die Macht und die Böswilligkeit, die von diesem Ort ausgingen, waren nicht zu übersehen. Selbst Jaryd konnte sie spüren, obwohl ihm all diese Dinge noch neu waren. Als er den Hain ansah, empfand er eine instinktive, urtümliche Angst, als versuche sein Körper verzweifelt zu fliehen, obwohl sein Geist darauf bestand, dass er blieb. Sein Pferd war unruhig geworden, und Ishalla stieß einen klagenden Schrei aus. Sie klammerte sich fester an seine Schultern, bis er ihre Krallen durch die Lederpolster des Umhangs spüren konnte. Alaynas Vogel antwortete, und Alayna und Jaryd

wechselten einen kurzen, nervösen Blick. Hintereinander lenkten sie dann ihre unruhigen Pferde über eine uralte Steinbrücke, die zwar recht vernachlässigt, aber immer noch stabil aussah. Nachdem sie auf der anderen Seite angekommen waren, stiegen die Magier ab und schlugen ihr Lager auf, wie sie es schon in den vergangenen zwei Wochen getan hatten. Es kam Jaryd beinahe so vor, als versuchten alle so zu tun, als wären dieses Lager und diese Nacht genau wie alle anderen.

Die Pferde wussten es allerdings besser, und bald wurde klar, dass sich die Tiere nicht beruhigen würden, bis man sie weiter vom Hain wegbrachte. Während der Rest der Gruppe auf Jessamyns Vorschlag ein wenig ruhte oder es zumindest versuchte, führten Baden und Trahn die Tiere wieder zum Fluss zurück, wo das Geräusch des fließenden Wassers sie vielleicht beruhigen würde. Kurze Zeit darauf war Jessamyn mit Peredur zu einem anderen Teil des Ufers gegangen, um ihren eigenen Rat zu befolgen.

Später sah Jaryd, wie sich die Eulenweise dann wieder zu dem offenen Bereich begab, wo er zusammen mit Alayna und Sartol stand. Orris ging auf sie zu und sprach kurz mit ihr. Sie nickte einmal, und dann ging der Falkenmagier weiter auf die Ruinen der alten Stadt zu. Jaryd bemerkte, dass der Wind stärker geworden war. Wieder donnerte es in der Ferne, aber schon näher als zuvor.

»Es kommt ein Unwetter auf«, stellte die weißhaarige Weise fest, als sie die drei erreicht hatte. »Einer oder zwei von euch sollten dabei helfen, die Vorräte und die Ausrüstung mit Planen zuzudecken, und ein anderer sollte Holz für die Fackeln suchen, die wir heute Abend mit in den Hain nehmen werden.«

»Fackeln, Eulenweise?«, fragte Jaryd.
»Ohne unsere Cerylle werden wir schließlich Licht brauchen, nicht wahr, Jaryd?«, erwiderte Jessamyn trocken.
»Selbstverständlich«, sagte er und kam sich ein bisschen dumm vor.
»Wenn Jaryd und Alayna so freundlich wären, sich um die Vorräte zu kümmern«, bot Sartol an, »dann kümmere ich mich um die Fackeln.« Er zwinkerte den beiden jungen Leuten zu und lächelte wissend, bevor er sich zu einer Baumgruppe aufmachte, die zwischen dem Lager und Therons Hain stand. Alayna errötete.
»Das war nett von ihm«, bemerkte Jaryd lächelnd, als er mit Alayna zu den Vorräten eilte.
Sie nickte und wurde wieder rot.
Der Wind war stärker geworden, und es wurde rasch kühler.

Gelegenheiten ergaben sich auf die seltsamste Weise, dachte Sartol, als er das Lager verließ. Zwei Nächte zuvor, als er am Feuer gelegen und die Krankheit ertragen hatte, die er sich selbst zugefügt hatte, und versucht hatte, weiterhin krank genug zu sein, um sich Badens Heilkräften widersetzen zu können, hatte er Alaynas Gespräch mit Jaryd belauscht. Er wusste, dass sie am Vorabend zusammen wach geblieben waren, und er hatte beobachtet, wie sie während des heutigen Tagesrittes zusammen geredet und gelacht hatten. Es ärgerte ihn, und es machte den Gedanken, beide zu töten – besonders Badens aufgeblasenen Welpen –, so viel verlockender. Nicht, dass er in der Sache eine Wahl gehabt hätte. Die Falken saßen auf den Schultern der jungen Magier, und das Versprechen von Macht, das sie verkörperten, hatte Alaynas und Jaryds Schicksal schon lange besiegelt. Wie passend, dass ihre kleine Schäkerei ihm eine so ideale Möglichkeit lieferte, den wichtigsten Teil seines Plans zu vollenden.

Selbstverständlich, die Fackeln! Es war einfach perfekt. Er hätte es wissen sollen. Er kam sich beinahe so dumm vor, wie Jaryd geklungen hatte, als er die alte Hexe fragte, wieso sie die Fackeln bräuchten. Es hätte von dem Augenblick an offensichtlich sein sollen, als sie verabredet hatten, dass die Delegation ihre Cerylle vor dem Hain lassen würde. Die Fackeln. Er schüttelte den Kopf darüber, wie blind er gewesen war. Tatsächlich bezweifelte Sartol kaum, dass Theron die Delegation ohne seine Hilfe töten könnte, aber er hielt es für besser, ganz sicherzugehen. Er blieb vor dem kleinen Gehölz stehen, wo er hoffte, ein paar Äste zu finden, die für Fackeln geeignet waren. Hinter dem Gehölz begann Therons Hain, nur ein paar hundert Schritte entfernt. Er schauderte unwillkürlich. Widerstrebend gab er zu, dass es nicht gerade eine Kleinigkeit war, was Baden, die alte Hexe und die anderen da vorhatten. Er war nicht sicher, ob er jemals auch nur daran gedacht hätte, den Hain zu betreten.

Wieder schüttelte er den Kopf, als könnte er mit dieser Bewegung auch die Gedanken abschütteln. Er hatte zu tun. In dem kleinen Gehölz fand er bald mehrere Äste, die etwa so lang und so dick waren wie sein Arm. Er breitete sie auf dem Boden vor sich aus und wählte einen, der ein wenig größer aussah als die anderen. Er kniete sich hin, legte eine Hand auf diesen größeren Ast und schloss die Augen, während er gleichzeitig mit seinem Geist nach der großen Eule tastete, die auf seiner Schulter saß. Sofort spürte er die Macht, die ihn durchströmte wie Gezeiten, gewaltig und unaufhaltsam. Wenn sie nur wüssten, wie stark ich bin, dachte er lächelnd, die Augen immer noch geschlossen. Sie hatten ihn einmal bestraft, ihn im Interesse dieser Narren, denen er »diente«, gedemütigt, und sie hatten ihn zugunsten von Jessamyn übergangen, als Feargus gestorben war. Aber schon bald, sehr bald, würden sie vor der Macht, die er einsetzte, erbeben.

Es dauerte nur einen Augenblick. Als er die Augen wieder öffnete und die Hand zurückzog, gab es eine kleine Höhlung in dem künftigen Schaft der Fackel. Dann griff er in den Umhang und holte einen einzelnen Ceryll heraus, so klar wie Glas und nur geringfügig kleiner als die Höhlung, die er im Holz geschaffen hatte.

»Ein Geschenk für dich, Theron«, sagte er leise, und ein boshaftes Grinsen breitete sich auf seinem Gesicht aus. »Nutze es gut.«

Er steckte den Ceryll in den Ast, legte die Hand wieder über die Höhlung, schloss die Augen und stellte abermals den Kontakt mit Huvan her. Beinahe sofort konnte er spüren, wie sich das Holz über der Höhlung unter seiner Hand zu schließen begann.

Und gerade in diesem Augenblick hörte er Schritte hinter sich.

»Sartol«, sagte Jessamyn, »nachdem du dich aufgemacht hattest, ist mir eingefallen, dass wir vielleicht noch ein paar zusätzliche Fackeln brauchen könnten, zwei oder drei ...«

Sie hielt inne. Er wusste, warum: Er hatte sich noch nicht umgedreht, hatte ihre Gegenwart nicht offiziell zur Kenntnis genommen. Er wusste, er sollte sich umdrehen, sonst würde sie misstrauisch werden, aber er brauchte einfach noch einen Augenblick ...

»Sartol.« Sie klang drängender. »Was machst du denn da?«, wollte sie wissen.
Er lauschte, wie sie noch näher kam, und als sie ihn beinahe erreicht hatte, fuhr er herum und kam auf die Beine, die Augen vor Angst weit aufgerissen. »Wer da?«, keuchte er. Dann tat er erleichtert. »Eulenweise. Du bist es, den Göttern sei Dank.«
»Sartol? Ist alles in Ordnung?«, fragte sie und sah ihn misstrauisch, aber auch besorgt an.
Er lächelte in sich hinein.
»Ich denke schon«, erwiderte er und holte tief Luft. »Ich hatte Schritte gehört, ich wusste nicht, wer ... ich glaube, ich habe kurz das Bewusstsein verloren. Ich erinnere mich nur noch, dass ich nach Ästen suchte, die sich für Fackeln eignen.« Er wischte sich über die Stirn. »Ich denke, das Fieber hat mich mehr geschwächt, als ich dachte.«
»Es sieht ganz danach aus«, sagte sie und blickte ihn prüfend an. »Du siehst ein wenig erschöpft aus.« Sie schaute sich im Gehölz um. »Ich kann dir ja helfen«, bot sie an und ging an ihm vorbei, »und dann bringen wir dich ins Lager zurück.«
Er versuchte, die Äste, die er schon gesammelt hatte, vor ihr zu verbergen, aber es war zu spät. Er stand reglos da, wartete, wusste, was geschehen würde und was er tun musste. Wieder blitzte es, und dann folgte ein neuer Donnerschlag.
»Es sieht so aus, als hättest du schon ein paar gefunden, die –«
Er hörte, wie sie nach Luft schnappte, als sie die veränderte Fackel bemerkte, und dann wandte er sich ihr langsam zu. Ihre Miene war beinahe komisch: Schrecken und Angst zuckten über ihre verwitterten Züge, als sie zwischen dem

Eulenmeister und dem Ast mit dem halb verborgenen Ceryll hin und her sah.
»Hast du den Verstand verloren?«, flüsterte sie.
Er war überraschend ruhig, in gewisser Weise erleichtert, dass man ihm die Last der Täuschung abgenommen hatte. Und er freute sich darüber, dass die Hexe in dem Wissen sterben würde, dass er es war, der sie tötete. Es war allerdings wichtig, dass er es vorsichtig tat, denn wenn die anderen magisches Feuer sahen, würden sie vielleicht seine Farbe erkennen.
Sie wich einen Schritt zurück, und er grinste, fletschte die Zähne.
»Ich fürchte, Eulenweise«, sagte er, als er auf sie zuging, »dass ich dir jetzt nicht mehr gestatten kann, zu den anderen zurückzukehren.«
Sie hob den Stab, um ihn abzuwehren, und öffnete den Mund zu einem Schrei.

Baden schüttelte den Kopf, als der Wind noch stärker wurde. Als er zum Himmel aufblickte, sah er eine große Wolke über den Ruinen von Rholde, die die aufgehenden Sterne einen nach dem anderen verdunkelte. Es war ihm und Trahn beinahe gelungen, die Pferde zu beruhigen. Beinahe. Die Tiere waren bei jedem Schritt, den sie vom Hain weg und auf das Wasser des Moriandral zu machten, ruhiger geworden. Als die beiden Magier sie an ein paar Bäume am Rand der alten Brücke anbanden, hatten die Tiere sich schon beträchtlich entspannt. Dann hatte das Unwetter begonnen, mit seinen hellen Blitzen und dem dröhnenden Donner, und das hatte bewirkt, dass die Tiere wieder begonnen hatten, nervös zu wiehern. Baden glaubte nicht, dass sie übermäßig aufgeregt waren, und er hätte die Tiere durchaus gelassen, wo sie waren. Aber Trahn hatte andere Vorstellungen.

»Diese Pferde haben dich und unsere Lebensmittel und die Ausrüstung beinahe vierhundert Meilen weit getragen«, erinnerte er Baden, »und du willst sie hier lassen, ungeschützt in diesem Unwetter? Ich finde, du wirst mit dem Alter ein bisschen verbiestert, Baden«, meinte der dunkelhäutige Magier mit einem boshaften Grinsen.

»Ich bin nicht verbiestert«, entgegnete Baden in einem Tonfall, der seine Worte Lügen strafte. »Ihr Südländer seid einfach zu weich; demnächst wirst du den Viechern noch Schlafsäcke geben wollen.«

Noch während sie sprachen, banden sie die Pferde los und führten sie zu der alten Stadt, wo sie eine Ruine fanden, die wohl einmal ein Bauernhaus gewesen war. Die verbliebenen, halb eingestürzten Mauern boten Schutz vor dem Wind, und die Tiere begannen sofort, das dichte Gras zu fressen, das durch die Ritzen im Boden wuchs. Baden musste zugeben, dass dies ein viel besserer Übernachtungsplatz für die Pferde war.

Als die beiden Magier wieder aus der Ruine kamen, entdeckten sie, wie sich ein bernsteinfarbenes Licht aus der Richtung näherte, wo sich einmal der Marktplatz von Rholde befunden hatte.

»Orris?«, fragte Baden leise, denn er hatte die Farbe des Cerylls erkannt.

»Ja«, erwiderte Trahn. »Ich frage mich, was er dort treibt.«

Sie warteten schweigend, während der kräftige Magier auf sie zukam und sich schließlich vor ihnen aufbaute. Er starrte von einem zum anderen, sein Gesicht war bleich, und er zitterte vor Anspannung.

»Ich habe gerade mit Ursel gesprochen«, sagte er heiser. »Sie hat unsere Cerylle benutzt, um mit mir Kontakt aufzunehmen.«

Die Verbindung der Steine, dachte Baden voller Entsetzen. *Ceryll-Var* hatte Amarid es in der alten Sprache genannt. *Etwas muss geschehen sein.* Diese Art der Verbindung verlangte mehr von Magier und Vogel als jede andere bekannte Magie. Die Schwierigkeit lag nicht nur in der Errichtung und Aufrechterhaltung der Gedankenverbindung, obwohl das schon erschöpfend genug war. Aber als Erstes hatte Ursel Orris' Ceryll im Geist suchen und ihre Ceryll-Farbe hineinprojizieren müssen, um Orris auf diese Weise zu zeigen, nach wessen Gedanken er seinerseits suchen sollte. Baden nutzte diese Art von Kommunikation nur in den extremsten Notfällen. Er war auf schlechte Nachrichten gefasst.

»Es hat einen weiteren Angriff gegeben«, erklärte Orris, und seine barsche, kalte Stimme hallte anklagend in die Nacht hinaus. »Vor zwei Tagen wurde das Dorf Kaera am Nordrand von Tobyns Ebene überfallen.«

Kaera, wiederholte Baden im Stillen. Er war einmal dort gewesen, als jüngerer Mann, als Falkenmagier; und vor nur ein paar Tagen waren sie in etwa zwanzig Meilen Entfernung an dem Dorf vorbeigekommen.

»Ursel konnte nicht genug Leute zusammenbekommen, um die gesamte Ebene zu überwachen«, sagte Orris und bedachte Baden mit einem stechenden Blick. »Dank dir und Odinan standen nicht genug Magier zur Verfügung. Und dank all euch Eulenmeistern haben wir das geistige Netz nicht gespannt. Dieser Angriff ist deine Schuld, Baden.«

»Orris!«, fauchte Trahn. »Das reicht jetzt! Baden trägt keine Schuld an dieser Sache!«
»Zumindest nicht er allein!«, entgegnete Orris und richtete nun seinen Zorn gegen den Falkenmagier. »Dein Kompromiss hat ebenfalls dazu beigetragen!«
Es muss noch mehr geben, dachte Baden, als er zuhörte, wie Trahn und Orris Beschuldigungen austauschten – dass Ursel sich überhaupt auf diese Weise mit Orris in Verbindung gesetzt hatte, und dieser Zorn, diese Qual in Orris' Blick – es musste noch mehr geben.
»Orris!«, schnitt er beiden Falkenmagiern das Wort ab. »Was ist in Kaera geschehen?«
Orris holte tief Luft. »Das Dorf wurde vollkommen zerstört«, antwortete er mit tonloser Stimme, »die Häuser wurden niedergebrannt. Alle Einwohner sind tot, bis auf ein kleines Mädchen.«
Baden fühlte sich, als hätte man ihm einen Schlag versetzt. Das ganze Dorf zerstört, und alle Einwohner bis auf ... »Was ist mit dem Mädchen passiert?«, brachte er mit halb erstickter Stimme hervor. Er befürchtete, sich übergeben zu müssen.
Orris schüttelte den Kopf. »Als die Leute aus dem Nachbardorf sie fanden, war sie bewusstlos. Ein Schlag auf den Hinterkopf.«
»Hatte sie einfach Glück?«, fragte Baden und bedauerte diese Formulierung, sobald er die Worte ausgesprochen hatte.
Aber Orris verstand anscheinend, was er meinte.
»Es ist anzunehmen, dass sie als Zeugin dienen sollte«, erwiderte er. »Sie fanden in ihrer Kleidung eine schwarze Feder.«

»Hat sie etwas gesagt?«

Orris schüttelte den Kopf. »Sie ist erst vor ein paar Stunden wieder zu sich gekommen, und sie hat bisher noch kein Wort gesprochen. Ursel erwähnte allerdings«, fügte er verbittert hinzu, »dass sie offenbar große Angst vor den Magiern hatte, die mit ihr sprachen.«

»Es tut mir Leid, Orris«, sagte Baden. »Es tut mir wirklich Leid.«

»Leid!«, äffte Orris ihn mit schriller Stimme nach. »Es tut dir Leid? Sag das dem kleinen Mädchen. Sag das allen Leuten in Tobyn-Ser, die heute Nacht nicht schlafen können, weil sie darauf warten, dass abtrünnige Magier sie angreifen. Wir haben sie verraten. Mir ist egal, dass wir zweihundert Meilen entfernt waren, als Kaera brannte: Wir haben sie verraten.« Wütend starrte er erst Baden und dann Trahn an. Er atmete schwer, und die Adern an seinen Schläfen traten im Licht der drei Cerylle deutlich hervor. »Ich bin der Ansicht, dass ihr beiden dafür verantwortlich seid«, fuhr Orris fort, »ebenso wie Jessamyn und Odinan. Wenn wir dieses geistige Netz gespannt und jedes Ordensmitglied für Patrouillen eingesetzt hätten, wie ich es vorgeschlagen habe, dann hätten wir diesen Angriff verhindern können; wir hätten das Leben dieser Menschen retten können. Ich gehe jetzt sofort zu Jessamyn, und ich werde verlangen, dass wir umgehend nach Kaera aufbrechen, um Ursel zu helfen, nach Spuren zu suchen.«

Mit diesen Worten drehte er sich auf dem Absatz um und stürmte zum Lager. Baden und Trahn blieben wie betäubt stehen und versuchten zu verdauen, was er gesagt hatte. Schweigend sahen sie zu, wie das Licht seines Kristalls schwächer wurde, bis es schließlich verschwunden war.

Sobald Orris das kleine Mädchen erwähnt hatte, hatte Baden eine Vision ihres Gesichts gehabt, und dieses Gesicht, das wie eine Blüte oder eine Flamme plötzlich aufgetaucht war, war jede Sekunde klarer geworden. Nun versuchte er verzweifelt und vergeblich, es von sich wegzuschieben. Bald schon, vielleicht innerhalb der nächsten Stunde, würde er Therons Geist gegenüberstehen. Er konnte den Hain nicht betreten, solange sich das Gesicht des kleinen Mädchens – irgendwie wusste er, dass sie Cailin hieß – immer wieder ungebeten in seinen Kopf drängte. Er fühlte sich alt, und er hatte Angst – nicht gerade das Bild, das er dem Ersten Eulenmeister gegenüber hatte verkörpern wollen.
»Du hättest dich nicht bei ihm entschuldigen sollen, Baden!«, sagte Trahn schließlich zornig. »Er hatte kein Recht, uns so zu bezichtigen.«
Baden zuckte müde die Schultern. »Das ist doch unwichtig«, murmelte er.
Einen Augenblick später nickte Trahn. »Du hast Recht«, gab er leise zu. Er hielt inne, und als er wieder sprach, hatte er Tränen in den Augen. »Ich sehe immer wieder dieses kleine Mädchen vor mir.«
»Cailin«, sagte Baden verzweifelt. »Sie heißt Cailin. Ich sehe sie ebenfalls.«
»Sie sieht aus, als wäre sie im selben Alter wie meine Jaynell.«
Baden wusste nicht, was er antworten sollte. Trahn, der dies vielleicht spürte, wechselte das Thema. »Was wird Jessamyn tun?« fragte er. »Wird sie uns nach Kaera führen?«
»Ich weiß es nicht«, erwiderte der Eulenmeister. »Ich kann mir nicht vorstellen, dass sie darauf bestehen wird umzukehren, ohne dass wir im Hain waren, aber du kannst mir

glauben, diese Nachricht wird sie noch schwerer treffen als uns.«

Ein Blitz zuckte, und ein paar Sekunden später bebte der Boden, als der Donner grollend antwortete. Beide Magier machten sich wieder auf den Weg zum Lager.

»Glaubst du immer noch, dass Theron hinter den Angriffen steckt?«, fragte Trahn, nachdem sie einen kleinen Teil des Weges zurückgelegt hatten.

Baden setzte zu einer Antwort an. Aber in diesem Augenblick schrie jemand auf der anderen Seite des Lagers auf und brach dann abrupt ab.

Die Magier blieben stehen und starrten einander an.

»Jessamyn!«, rief Baden, und beide rannten in die Richtung, aus der der Schrei gekommen war. Aber sie waren weit weg. So weit weg.

»Ich muss zugeben, dass ich Angst habe«, sagte Jaryd, als er und Alayna in ihrer Ausrüstung nach den Planen suchten, »aber ich bin ruhiger, als ich erwartet hätte.«

Alayna nickte. »Ich auch. Es ist, als hätte ich mich darauf vorbereitet – hier sind sie«, sagte sie und hielt die Planen hoch, »– als hätte ich mich schon mein ganzes Leben lang auf diese Nacht vorbereitet. Ich weiß nicht, wie ich es anders ausdrücken soll.«

Sie falteten die Planen auf und begannen, sie über Ausrüstung und Vorräte zu legen.

»Ich denke, es wäre beinahe schwieriger, vor dem Hain zu warten«, stellte Jaryd fest. »Ich beneide die anderen nicht.«

»Hat Trahn mit dir darüber gesprochen?«

Jaryd schüttelte den Kopf. »Nein. Aber«, fügte er hinzu, »das hat nicht viel zu bedeuten. Trahn gehört nicht zu den

Leuten, die viel Theater um ihre Empfindungen machen. Hat Sartol etwas zu dir gesagt?«
Sie zuckte die Achseln. »Nur, dass er sich wünschte, nicht krank geworden zu sein. Er kam mir nicht allzu enttäuscht vor, aber ich denke, er hat es nur vor mir verborgen.«
»Was ist mit Orris?«
»Fragst du mich, ob er etwas zu mir gesagt hat?«
»Ja.«
Alayna lachte. »Selbstverständlich nicht; ich glaube nicht, dass Orris mit irgendjemandem spricht.«
Jaryd lachte ebenfalls. »Ich bin erleichtert: Ich dachte schon, er könnte nur mich nicht leiden.«
»Nein«, sagte Alayna, die wieder aufgehört hatte zu lächeln, »aber er scheint dir gegenüber tatsächlich besonders feindselig zu sein.«
»Das ist mir auch schon aufgefallen«, stimmte Jaryd ihr zu, »obwohl ich keine Ahnung habe, was der Grund dafür sein könnte.«
»Er kann offenbar Baden nicht sonderlich leiden. Vielleicht ist es nur, weil du Badens Neffe bist«, schlug Alayna vor.
»Mag sein.«
Sie arbeiteten eine Weile schweigend weiter, steckten die Ecken der Planen unter Ausrüstungsteile, damit der Wind sie nicht wegwehte, und zogen jedes Stück so zurecht, dass es das nächste überlappte. Einmal hielt Jaryd inne und schaute zu Ishalla und Fylimar, die zusammen auf einem Baumstumpf saßen und einander so ähnlich sahen.
»Darf ich dich etwas fragen?«, wagte er sich vor und drehte sich wieder zu Alayna um.
Sie sah ihn nicht an, aber ein Lächeln zuckte um ihre Mundwinkel. »Ich bin nicht sicher«, antwortete sie schüch-

tern. »Ich glaube, ich weiß, was du fragen willst, und ich bin nicht sicher, ob ich jetzt darüber sprechen möchte.«

»Wie werden vielleicht nie eine andere Gelegenheit bekommen, Alayna.«

Nun sah sie ihn an, und ihr Lächeln verging langsam, als er ihren Blick erwiderte. Schließlich nickte sie.

»Als du mich neulich gebeten hast, mich zu dir zu setzen –«

»Als ich mich um Sartol gekümmert habe?«, warf sie ein.

»Ja.«

»Das dachte ich mir«, sagte sie und lächelte abermals. »Weiter«, fügte sie hinzu.

»Als ich dich fragte, was ich dir getan hätte«, fuhr Jaryd fort, »sagtest du, ich hätte nichts getan, und dann hast du das berichtigt, ich glaube, du hast gesagt: ›Jedenfalls nicht mit Absicht.‹ Was hast du damit gemeint?«

Sie hatten aufgehört zu arbeiten, obwohl sie die Planen noch festbinden mussten. Alayna starrte ihn an, und Jaryd dachte daran, wie er sie zum ersten Mal gesehen hatte, in dem kleinen Wäldchen an Amarids Haus, als sich die Magier des Ordens für die Eröffnungsprozession der Versammlung aufgestellt hatten. Ein Gewitter näherte sich; schon jetzt konnte Jaryd den Donner hören. Und dennoch schien die Luft rings um sie sich plötzlich nicht mehr zu regen. Jaryd spürte, wie heftig sein Herz klopfte.

»Du machst mir Angst, Jaryd«, sagte sie angespannt. »Du machst mir mehr Angst als jeder Mann, den ich je gekannt habe.«

»Angst?«, fragte Jaryd verblüfft. »Aber warum denn?«

»Erinnerst du dich, als wir uns zum ersten Mal in die Augen sahen?«, fragte sie.

»Ja«, erwiderte er mit sanfter Stimme. »Ich erinnere mich sehr gut.«
Sie lächelte. »Ich ebenfalls. Aber das war nicht das erste Mal, dass ich dich gesehen habe.«
»Ich kann dir nicht folgen.«
Sie holte tief Luft. »Ich hatte schon lange vor der Versammlung Visionen von dir.«
Jaryd schwieg eine Zeit lang; er war nicht sicher, was er antworten sollte. Was sie ihm gesagt hatte, hätte ihn schockieren sollen, aber irgendwie hatte er offenbar so etwas erwartet.
Er sah sie an und stellte fest, dass sie ihn beobachtet hatte. »Was für eine Art von Visionen?«, fragte er schließlich.
Sie errötete ein wenig. »Ich bin nicht sicher, ob ich sie beschreiben kann«, erwiderte sie. »Ich bin auch nicht sicher, was sie bedeuten.«
»Hast du mich gleich erkannt?«, fragte er.
»Bei der Versammlung?«
Er nickte.
»Ich war ziemlich sicher«, erwiderte sie, »aber nicht vollkommen, ehe du am zweiten Tag mit deinem Falken aufgetaucht bist. Dann wusste ich es.«
Jaryd nickte abermals. Endlich begriff er. Er verstand, wieso sie ihn so seltsam behandelt hatte. Immerhin wusste er, was es bedeutete, unerwartete Visionen zu haben. »Und was machen wir jetzt?«, fragte er. »Gab es irgendetwas in deinen Visionen, das uns davon abhalten sollte, Freunde zu werden?«
Alayna zögerte, aber nur einen Augenblick. »Nein«, sagte sie lächelnd. »Überhaupt nicht.«

Er erwiderte das Lächeln. »Das freut mich.« Er stieg über den Ausrüstungshaufen hinweg, bis er vor Alayna stand, und griff nach ihren Händen. »Sieh mal«, begann er und schaute ihr in die Augen, die grün und braun waren wie ein Wald. »Ich weiß nicht einmal, ob wir morgen noch leben werden. Aber falls wir ...« Er hielt inne, denn er wusste nicht, wie er den Satz zu Ende bringen sollte.
Sie lächelte ihn strahlend an, machte dann einen Schritt vorwärts und küsste ihn sanft auf die Wange. »Falls wir überleben«, sagte sie leise.
Er wollte sie auf die Lippen küssen, aber dann entdeckte er aus dem Augenwinkel, wie Jessamyn auf sie zukam. Rasch lösten sich die jungen Leute voneinander und kehrten an ihre Arbeit zurück. Mit Seilen banden sie die Planen fest. Als Jaryd kurze Zeit wieder von der Arbeit aufblickte, bemerkte er, dass die Eulenweise die Richtung gewechselt hatte und nun auf die Baumgruppe nahe Therons Hain zuging, wo Sartol nach Fackelholz suchen wollte.
»Das hätte peinlich werden können«, meinte Jaryd mit einem Grinsen.
Alayna zuckte die Achseln. »Ich weiß nicht«, sagte sie und erwiderte sein Lächeln. »Jessamyn würde es sicher verzeihen. Sie fände es vermutlich süß.«
»Na wunderbar«, meinte Jaryd sarkastisch. Dann fiel ihm etwas ein. »Wie würde Sartol reagieren?«, fragte er.
»Gut, denke ich. Immerhin hat er sich bereit erklärt, die Fackeln zu holen, damit wir zusammen sein können«, erinnerte sie ihn.
»Stimmt«, sagte er. »Ich fragte mich nur, weil ihr beide so viel Zeit miteinander verbringt.«
»Du und Baden, ihr verbringt ebenfalls viel Zeit miteinan-

der«, meinte sie spitz. »Gibt es da etwas, was ich wissen sollte?«

Jaryd spürte, wie er rot wurde. »Ich hab's begriffen«, erwiderte er, und Alayna kicherte.

»Was ist mit der Blonden?«, fragte sie einen Augenblick später in ernsterem Ton.

»Der Blonden?«

»Der, die dich an dem Morgen geküsst hat, als wir aus Amarid abgereist sind«, erinnerte ihn Alayna. »Wie viele Blonde gibt es in deinem Leben?«

Jaryd nickte, als er begriff, wen sie meinte. »Du sprichst von Kayle.« Er lächelte. »Bist du eifersüchtig?«

»Spiel nicht mit mir, Jaryd.« Sie blieb weiter ernst. »Nicht, was diese Dinge angeht.«

»Entschuldige«, sagte er. »Kayle ist nur eine Freundin. Das verspreche ich dir.«

»Das sah an diesem Morgen aber anders aus.«

»Ich weiß, wie es aussah.« Er strengte sich an, überzeugend zu wirken. »Aber wir sind nur Freunde.«

Sie starrte ihn an, sah ihm lange in die Augen, als wollte sie abschätzen, ob er die Wahrheit sagte. Nach einiger Zeit nickte sie, und dann arbeiteten sie schweigend weiter.

Gerade, als sie mit dem Sichern der Planen fertig waren, hörten sie Schritte, und als sie sich umdrehten, sahen sie, wie Peredur auf sie zukam.

»Hat einer von euch Jessamyn gesehen?«, fragte er.

»Ja, Erster«, erwiderte Jaryd, »wir haben vor kurzem gesehen, wie sie zu diesen Bäumen dort ging.« Er zeigte auf die kleine Baumgruppe. »Sie ist in dieselbe Richtung gegangen wie Sartol.«

»Danke«, erwiderte Peredur zerstreut und machte sich

sofort in die Richtung auf, in die Jaryd gezeigt hatte. »Sie sagt uns allen, wir sollen uns ausruhen«, meinte er, »aber sie selbst gönnt sich keine Ruhe.«
»Er kümmert sich wirklich gut um sie«, bemerkte Alayna, als sie dem Ersten der Weisen auf seinem Weg zur Baumgruppe hinterherschaute.
»Soweit das möglich ist«, sagte Jaryd mit einem leisen Lachen. »Ich glaube nicht, dass er eine einfache Aufgabe hat.«
Blitze zuckten über den Himmel, und einen Moment lang wirkte es, als wäre das Tageslicht zurückgekehrt. Sie warteten gespannt auf den Donner. Er kam schneller, als Jaryd erwartet hätte, und seine Lautstärke ließ den Boden unter ihnen vibrieren.
»Sind wir hier fertig?«, fragte Alayna mit einem Blick auf den planenüberzogenen Ausrüstungshaufen.
»Wenn wir jetzt zu dem Unterstand gehen, den Jessamyn vorbereitet hat, dann bleiben wir vielleicht trocken«, erwiderte Jaryd.
Alayna starrte weiter die Planen an, und eine gewisse Sehnsucht stand in ihrem Blick. »Hm«, meinte sie verlegen, »nach der ganzen Arbeit habe ich jetzt Hunger.«
Jaryd lachte und holte ein kleines Päckchen Trockenfleisch aus seiner Kutte. »Zum Glück hatte ich die weise Voraussicht ...«
Sie warf ihm einen neckischen Blick zu. »Jaryd, du bist einfach –«
Sie brachte den Satz nicht zu Ende. Aus der Baumgruppe, zu der erst Sartol und dann Jessamyn gegangen waren, erklang ein Hilfeschrei, der erschreckend abrupt endete.
»Das klang wie Jessamyn!«, rief Alayna.

Jaryd nickte, und dann rannten die beiden auf die Bäume zu, und ihre Falken folgten ihnen in der Luft.

Sie war für ihr Alter überraschend kräftig, und er hatte erwartet, dass sie ihn angriff und sich nicht nur schützend in ihre eigene Macht hüllte. Aus diesem Grund gelang es ihr zu schreien, bevor er sie zum Schweigen brachte. Aber er brachte sie zum Schweigen. Er war ein so großer Magier, dass er nur einen Augenblick brauchte, um sich über ihre Verteidigung hinwegzusetzen, und dann hielt er mit einer raschen Geste, nicht mehr als das Ballen einer Faust, ihre Atemzüge auf. Er weidete sich an dem Entsetzen in ihrem Blick, an ihren verzerrten Zügen, die deutlich zeigten, wie erschrocken sie über die Leichtigkeit war, mit der er sie tötete. Sicherlich, dachte er – und vielleicht waren das auch ihre Gedanken in diesen letzten Augenblicken ihres Lebens – hatte es seit Amarid und Theron keinen so mächtigen Magier mehr gegeben.

Er hatte so viele Jahre so schwer gearbeitet, um diese Macht zu erreichten, hatte die Grenzen für sich und seinen Vogel immer weiter ausgedehnt, bis er mit kaum mehr als einer Geste töten konnte. Er erinnerte sich an einen besonderen Abend, als er am Ufer eines kleinen, abgelegenen Sees in der Nähe seines Zuhauses am Nordrand von Tobyns Wald gestanden hatte und sein magisches Feuer ins Wasser ergoss, so lange er und Huvan es ertragen konnten. Er hatte jegliches Gefühl für die Zeit verloren, war sich nur noch der Flut von Kraft bewusst gewesen, die ihn durchströmte. Aber als er schließlich erschöpft zusammengebrochen war, hatte das Seewasser Blasen geworfen und gedampft wie ein Topf Suppe auf dem Feuer und hunderte und aberhunderte toter Fische an die Oberfläche getragen. Er hatte lange dort gelegen, zu erschöpft, um sich bewegen zu können. Aber am folgenden Abend hatte er es wieder getan.

Und nun zahlte sich seine Mühe endlich aus. Zu spät sprang die weiße Eule von Jessamyns Schulter und versuchte ihn anzugreifen, aber Huvan, die kräftigere von beiden, konnte sie abwehren. Einen Moment später sank die Eulenweise auf die Knie, die Augen vorquellend, die Hände immer noch um ihren Stab geklammert. Sie starrte zu ihm auf, flehte ihn an, sie zu verschonen.

Er lächelte grimmig. »Es tut mir Leid, Jessamyn«, sagte er zu ihr, »dass du auf diese Weise erfahren musst, wie mächtig ich geworden bin. Du begreifst doch, dass sie dich nie hätten zur Eulenweisen machen sollen? Dass ich derjenige war, der es verdiente? Es ist wirklich ungerecht, dass du nun für ihren Fehler büßen musst, aber falls dir das ein Trost ist, du wirst nicht allein sein. Auch andere werden zahlen. Wenn ich jetzt schon so stark bin«, fügte er hinzu, »dann stell dir einmal vor, wie meine Macht fließen wird, wenn ich mich erst mit dem Rufstein verbunden habe.«

Die Eulenweise, die ihn immer noch aus weit aufgerissenen Augen anstarrte, kippte zur Seite und wand sich jämmerlich am Boden. Nun war es nicht mehr so erheiternd zuzusehen, und er wandte sich ab, als sie starb. Dadurch sah er sofort das perlige Licht von Peredurs Ceryll, als der Erste der Weisen das Wäldchen betrat. Sobald Jessamyn geschrien hatte, hatte er erwartet, dass die anderen kommen würden. Aber nicht so schnell. Er konnte nichts anderes tun, als Peredur ebenfalls zu töten.

»Jessamyn?«, hörte er den alten Mann mit vor Sorge bebender Stimme rufen. Dann entdeckte der Eulenmeister ihn und eilte vorwärts. »Sartol. Hast du vielleicht gesehen –« Peredur erstarrte, gelähmt von dem Anblick von Jessamyns Leiche auf dem Boden. Sartol ließ dem alten Dummkopf keine Zeit, Alarm zu schlagen. Er schloss die Augen für eine Moment, um Huvan, die gerade auf seine Schulter zurückgekehrt war, einen Gedanken zu übermitteln. Sofort stürzte sich die große Eule auf Peredur. Der Magier zuckte zusammen, und in diesem Augenblick änderte Huvan den Kurs und packte die kleine Eule des Ersten mit den Krallen. Sie ließ sich mit ihrer Beute auf einem nahe gelegenen Ast nieder, riss mit einer schnellen Drehbewegung ihrer kräftigen Füße den Kopf des kleineren Vogels ab und begann gierig zu fressen.

»Es sieht so aus, Peredur, als würdest du dich nun den Reihen der Unbehausten zugesellen«, meinte Sartol spöttisch. »Ich hatte gehofft, dass auch Jessamyn zu euch stoßen würde, aber leider ist ihr Vogel entkommen.«

Der Erste versuchte, den anderen eine Warnung zuzurufen, aber diesmal war Sartol schneller. Wieder ballte er die Faust und schnitt damit den Atem des alten Mannes ab. Dann brachte er beide Fäuste zusammen und machte eine Drehbewegung, die der von Huvan nicht unähnlich war, mit der sie Peredurs Eule getötet hatte. Der Kopf des Ersten wurde zur Seite gerissen, sein Genick brach, und er sackte neben der Frau, die er geliebt hatte, zusammen.

Noch während er fiel, konnte Sartol allerdings hören, wie die anderen auf die Baumgruppe zugerannt kamen. Alayna und Badens Gör, nahm er an. Die Ereignisse gerieten beängstigend schnell außer Kontrolle; er konnte doch nicht alle Mitglieder der Delegation töten? Oder doch? Wenn er allein war, konnte ihm kein Magier im gesamten Orden mehr etwas antun. Er konnte die Delegation töten, sich selbst ein paar hässliche, aber harmlose Wunden zufügen und alles Theron in die Schuhe schieben und behaupten, nur durch Glück dem Tod entgangen zu sein. Jaryd und Alayna stellten keine Bedrohung dar: Sie hatte gerade erst begonnen, ihre Kraft zu entwickeln, und der Junge hatte nicht einmal einen Ceryll. Die einzig wirkliche Gefahr ging von Baden und Trahn aus, weil sie stets zusammen unterwegs waren, aber er war ziemlich sicher, dass er auch mit ihnen zurechtkommen würde. Sollte sich Orris allerdings mit ihnen zusammentun ... nun, daran wollte Sartol lieber nicht denken.

Die jungen Magier hatten ihn beinahe erreicht; er konnte das lila Licht des Cerylls sehen, den er Alayna gegeben hatte. Er musste eine Entscheidung treffen. Als er sich umsah, begriff er, dass er kaum eine Wahl haben würde. Huvan war immer noch damit beschäftigt, Peredurs Vogel zu fressen; die veränderte Fackel lag neben den Leichen der Eulenweisen und ihres Ersten am Boden. Er war unvorsichtig gewesen, er hatte seinen eigenen Plan ruiniert, und nun würde er die jungen Magier töten müssen, vielleicht auch die anderen. Aber mit ein wenig Glück würde das nicht geschehen. Wieder einmal würde er nach einer Gelegenheit Ausschau halten müssen.

Jaryd und Alayna stürzten durchs Unterholz und blieben ein paar Schritte von ihm entfernt stehen. Er sah ihre entsetzten Gesichter, als sie entdeckten, was sie vor sich hatten. Es begann, in großen, schweren Tropfen zu regnen.

»Sartol, was ist passiert?«, fragte Alayna atemlos, und sie konnte den Blick nicht von den Leichen von Jessamyn und Peredur abwenden.

Arme Alayna, dachte er erheitert, du wirst tot sein, bevor du begreifst, wie sehr ich dich verraten habe.
»Du hast sie getötet, nicht wahr?«, fragte Jaryd herausfordernd und starrte ihn an. Der Junge hatte Mut, das musste Sartol zugeben, obwohl nicht viel dahinter war.
»Jaryd!« fauchte Alayna. »Wie kannst du das auch nur denken?«
»Deshalb!«, entgegnete Jaryd und zeigte zu Huvan und dem blutigen Kadaver von Peredurs Vogel. »Das ist die Eule des Ersten, die Huvan getötet hat, nicht wahr, Sartol?«
Alayna starrte den Vogel ungläubig an. »Sartol?«, sagte sie beinahe schluchzend.
»Hast du auch nur die geringste Vorstellung, Jaryd, wie viel Freude es mir machen wird, dich umzubringen?«, fragte er, ballte die Finger zu einer Faust und grinste zufrieden, als er sah, wie sich Jaryd plötzlich an den Hals griff, das junge, regennasse Gesicht panikerfüllt.
Alayna fuhr herum, als Sartol Jaryd ansprach, und als sie sah, was geschah, schrie sie Jaryds Namen. Magisches Feuer zuckte aus ihrem Stab auf Sartols Kopf zu.
Und wurde beinahe ohne jede Anstrengung von Sartols Ceryll blockiert, der die Energie einfach zu absorbieren schien.
Aber in dem Augenblick, als er sich gegen Alayna verteidigen musste, lockerte Sartol seinen Griff um Jaryd. Nach Luft schnappend warf sich der junge Falkenmagier zu Boden und griff nach einer der Fackeln – tatsächlich war es die veränderte Fackel –, um sie als Waffe zu benutzen. Und zum ersten Mal in dieser Nacht verspürte Sartol so etwas wie Angst. Jeder andere Magier in der Gruppe hätte dasselbe Stück Holz anfassen können, in dem der schlafende

Ceryll halb verborgen war, und nichts wäre geschehen. Aber Jaryd brauchte noch einen eigenen Stein. Sobald er die Hand auf die Fackel legte, erwachte der Ceryll zum Leben und strahlte durch das kleine Loch im Holz ein helles, saphirblaues Licht ab. Und ohne einen Augenblick zu zögern – vielleicht sogar ohne zu wissen, was er da tat, dachte Sartol mit einem Teil seines Geistes, der kühl und distanziert geblieben war –, richtete er seine eigenen Magie gegen den Eulenmeister. Wieder wehrte Sartol den Angriff mit Leichtigkeit ab, aber nun hatte er es schon mit zwei Magiern zu tun, die beide Cerylle hatten. Und trotz seiner Vorbereitungen wurde er langsam müde. Er musste eine Möglichkeit finden, diesen Kampf bald zu beenden, bevor er sich auch noch Orris, Baden und Trahn stellen musste.

»Huvan!«, schrie er. Sofort stürzte sich seine Eule auf Alaynas Vogel. Ishalla flog los, um Fylimar zu verteidigen, und die drei Vögel, die beiden so ähnlichen Falken und die schwerere, kräftigere Eule, stiegen im Regen auf, um ihren Kampf oberhalb der Bäume auszufechten. »Und nun wollen wir einmal sehen, wie ihr beiden zurechtkommt, wenn eure Vögel um ihr Leben kämpfen«, sagte Sartol und trat den beiden jungen Leuten in den Weg, damit sie nicht ins Lager flüchten konnten. »Ich bin immer noch im Besitz meiner Fähigkeiten«, versicherte er ihnen. »Und ihr?«

Alayna und Jaryd sahen einander einen Augenblick lang an, dann richteten sie ihre Stäbe auf ihn. Sartol bereitete sich darauf vor, ihr Feuer abzuwehren, aber im letzten Augenblick packte Jaryd Alayna an der Hand und zog sie mit sich zur anderen Seite der Baumgruppe. Sartol, seine eigene Dummheit verfluchend, folgte ihnen, brach durch Zweige und Unterholz, nur ein paar Schritte hinter ihnen.

Aber als sie das offene Land hinter der Baumgruppe erreichten, wurde der Vorsprung der beiden größer, und Sartol tobte innerlich. Bisher hatte er Glück gehabt; er hatte sich den anderen nicht verraten müssen, indem er sein magisches Feuer benutzte. Nun war sein Glück offenbar aufgebraucht. Die beiden Magier würden den Schattenwald erreichen, bevor er sie einholte, und wenn sie erst dort waren, würden sie nur schwer zu finden sein. Widerstrebend blieb er stehen und richtete seinen Stab auf sie.
Aber dann hielt er inne, und ein Lächeln breitete sich auf seinen Zügen aus. Jaryd und Alayna rannten nicht in den Schattenwald. Sie rannten direkt auf Therons Hain zu. Er senkte den Stab und folgte ihnen weiter. Wenn er sie in den Hain treiben konnte ...
Er wusste selbst nicht, wieso er in diesem Augenblick zur Seite schaute. Vielleicht hatte er eine Bewegung wahrgenommen, oder ein Geräusch hatte seine Aufmerksamkeit einen Augenblick von seiner Beute abgelenkt. Was auch immer der Grund gewesen sein mochte, die Geste rettete ihm das Leben. Er sah, wie das magische Feuer aus Orris' Ceryll auf ihn zuraste, und hatte gerade noch Zeit, seinen Stab herumzureißen und das Feuer zu erwidern. Die beiden Salven, die eine bernsteinfarben, die andere gelb, kollidierten nur ein paar Schritte von ihm entfernt, und die Heftigkeit der Explosion ließ Sartol hintenüberfallen.
»Du bist ein Verräter und ein Mörder, Sartol!«, rief Orris ihm zu. »Ergib dich, oder ich schwöre bei Arick, dass ich dich umbringen werde!«
Sartol kam steif wieder auf die Beine und holte tief Luft. Er war nun gefährlich erschöpft, und als Huvan wieder auf seiner Schulter landete, spürte er, dass es dem Vogel kaum

besser ging. Er konnte sich immer noch um Orris kümmern – und es würde ihm ein Vergnügen sein –, aber er wusste, dass er nach dieser Begegnung keinen weiteren Kampf riskieren durfte.

»Ich werde mich nicht ergeben, Orris«, schrie er über das Gewitter hinweg und konzentrierte sich, »du wirst mich also töten müssen. Aber ich kann dir eins versprechen: Du wirst den Versuch nicht überleben.«

Er warf einen Blick über die Schulter und sah, wie Alayna und Jaryd in Therons Hain verschwanden, und dann wandte er sich wieder Orris zu.

11

Gerade als Baden und Trahn das Lager erreichten, fing es an zu regnen. Traubengroße Tropfen fielen auf die Planen mit den Vorräten und der Ausrüstung, und der üppige, süße Duft des Gewitters legte sich schwer über die Lichtung. Sie hatten nur den einen, abgerissenen Schrei gehört, dann nichts mehr. Und als sie sich nun in dem verlassenen Lager umsahen, versuchte Baden ohne sonderlichen Erfolg, gegen seine schlimmen Ahnungen anzukämpfen. Er war ziemlich sicher gewesen, dass dieser abgehackte Schrei von Jessamyn gekommen war. Zweifellos hatten die anderen sie ebenfalls gehört und waren losgerannt, um ihr zu helfen. Aber wohin?

»Baden!«, sagte Trahn plötzlich und zeigte in die Richtung, wo Therons Hain lag. »Unter diesen Bäumen ist Licht.«

Baden sah es ebenfalls: ein Schimmern aus einer kleinen Baumgruppe direkt vor dem Hain. Die Farben waren trüb und nicht gut zu erkennen, aber es schien offensichtlich, dass sie von mehr als einem einzigen Ceryll stammten. Aber noch während die beiden Magier dastanden und zu dem Gehölz starrten, schrie eine andere Stimme – die von Alayna – Jaryds Namen, und lila Licht blitzte unter den Bäumen auf. Kurze Zeit später war ein zweiter Blitz zu sehen, dieser in tiefem Blau. Baden erkannte die Farbe sofort, obwohl er sich nicht erklären konnte, wie das möglich sein sollte. Irgendwie waren er und Trahn bereits auf dem Weg zu der Baumgruppe, sich schmerzlich bewusst, dass seit Jessamyns Schrei schon viel Zeit vergangen war und dass sie noch ein Stück Weg vor sich hatten, bevor sie Alayna helfen konnten.

»Hast du das gesehen?«, rief Trahn über das Gewitter hinweg, die Worte mühsam im Laufen hervorstoßend.
»Ja«, schrie Baden zurück und versuchte zu erraten, was dieses blaue Blitzen zu bedeuten hatte.
»Keiner von uns hat einen blauen Ceryll«, meinte Trahn, und die Angst war ihm deutlich anzuhören. »Hat man uns verfolgt?«
»Nein«, antwortete Baden. »Das war Jaryd.«
»Jaryd? Hat er denn einen Ceryll?«
»Nicht dass ich wüsste«, erwiderte Baden. »Ich habe keine Ahnung, wo dieser Ceryll hergekommen sein soll, aber ich hatte Visionen von Jaryd als Magier. Ich bin sicher, dass dies seine Farbe war.«
»Was in Aricks Namen hat das dann zu bedeuten?«, fragte Trahn.
Baden schüttelte den Kopf. »Wenn ich das bloß wüsste.«
Die beiden Magier rannten weiter auf das Gehölz zu, aber noch bevor sie es erreichten, hörten sie Rufe von der anderen Seite der Bäume und sahen, wie magisches Feuer in die Nacht aufzuckte.
Sie blieben beide schwer atmend stehen, und ihre Vögel setzten sich auf ihre Schultern.
Trahn starrte konzentriert in den Himmel. »Das sind die Farben von Orris und Sartol«, sagte er.
»Ja«, stimmte Baden zu, »aber kämpfen sie nun gegeneinander oder gegen andere?«
»Ich kann kein anderes Feuer erkennen«, meinte Trahn grimmig, »also nehme ich an, dass sie gegeneinander kämpfen.«
»Das denke ich auch. Was sollen wir also tun?«
Trahn sah den Eulenmeister an, und sein regennasses

Gesicht glänzte im Licht seines Cerylls. »Ich bin nicht sicher, ob wir überhaupt etwas tun können. Wir wissen nicht, warum sie kämpfen, und wir können uns nicht einmischen, ohne das Gleichgewicht in die eine oder andere Richtung zu verschieben. Ich fürchte, wir werden warten müssen, wer gewinnt, bevor wir etwas unternehmen können.«

Baden fluchte leise. »Erst Jessamyns Schrei und dann Alayna. Und nun versuchen Orris und Sartol einander umzubringen, und wir können nichts dagegen tun.« Er schüttelte den Kopf. »Zumindest können wir hingehen und Zeugen dessen werden, was da geschieht«, sagte er schließlich.

Trahn nickte, und sie rannten weiter.

Als sie die Baumgruppe erreichten, ertönte aus dem Schattenwald plötzlich ein unirdisches Jammern und verklang dann wieder. Die Magier hielten inne und schlichen dann am Rand des Gehölzes entlang, bis sie Therons Hain sehen konnten. Auf einer Lichtung direkt vor dem Hain sahen Baden und Trahn eine einzelne Gestalt mit einem hellgelben Ceryll, die langsam und schwankend auf sie zukam. Die Gestalt hielt einen Augenblick inne, und eine große Eule glitt aus dem Dunkel herbei, um auf ihrer Schulter zu landen. Dann kam Sartol weiter auf sie zu. Von nahem konnte Baden erkennen, dass der Eulenmeister eine schwärzliche, nässende Brandwunde an seinem Bein und einen blutigen Riss auf der Stirn hatte. Dunkles, gerinnendes Blut färbte die Krallen seiner Eule.

»Baden!«, rief er besorgt. »Trahn! Habt ihr Alayna und Jaryd gesehen?«

»Nein«, erwiderte Trahn misstrauisch. »Warum?«

»Das hatte ich befürchtet«, sagte Sartol, ohne Trahns Frage zu beantworten. »Arick möge ihnen beistehen.«

»Was ist passiert, Sartol?«, drängte Baden.
Der verwundete Eulenmeister sah unter dem nassen schwarzsilbernen Haar bleich aus, und er umklammerte seinen Stab mit zitternden Händen. »Wir wurden verraten«, erklärte er mit bebender Stimme.
»Was ist mit Jaryd und Alayna?«, fragte Baden. »Und wo ist Jessamyn?«
»Jessamyn ist tot, ebenso wie Peredur. Orris hat sie umgebracht. Und ich fürchte, dass Alayna und Jaryd auf der Flucht vor ihm in Therons Hain gerannt sind.«
Baden stöhnte.
Trahn schüttelte widerstrebend den Kopf, als wollte er bestreiten, was er gerade gehört hatte. »Orris soll dafür verantwortlich sein?«, fragte er.
»Ja«, erwiderte Sartol mit fester Stimme.
»Wo ist er jetzt?«
»Er ist mir entkommen«, sagte Sartol verbittert und senkte den Blick. »Ich habe versucht, ihn gefangen zu nehmen oder zu töten, aber er war zu stark – viel stärker, als er hätte sein sollen«, fügte der Eulenmeister hinzu und schaute wieder Baden an. »Ich verstehe nicht, wie er so mächtig werden konnte, aber das muss der Grund sein, wieso es ihm gelungen ist, die Eulenweise und den Ersten umzubringen.«
»Was ist mit Jaryd und Alayna?«, fragte Baden erneut.
Sartol zuckte die Achseln und machte eine hilflose Geste. »Anscheinend haben sie Orris überrascht, als er ...« Der Eulenmeister hielt inne. Er schluckte und schloss die Augen, um sich wieder zu fassen. »Als er Jessamyn und Peredur umbrachte«, fuhr er einen Augenblick später fort. »Ich war unterwegs zu dieser Baumgruppe dort, weil ich hörte, wie Jessamyn schrie. Dann schrie auch Alayna, und ich sah

magisches Feuer. Als ich das Gehölz erreichte, waren die Weise und der Erste schon tot, also ging ich weiter. Orris jagte den jungen Leuten hinterher. Ich versuchte ihn aufzuhalten, und es ist mir auch gelungen, aber da waren Alayna und Jaryd schon in den Hain gerannt.« Verzweifelt und verängstigt schaute er von Baden zu Trahn. »Alayna hatte den Ceryll bei sich, den ich ihr gegeben habe.«

»Wir müssen sie finden!«, rief Baden und setzte dazu an, zum Hain zu gehen.

Sartol streckte die Hand aus, um ihn aufzuhalten, und schüttelte den Kopf. »Dieses Risiko können wir nicht eingehen. Theron wird uns alle umbringen.«

Baden stürzte an Sartol vorbei und begann, auf die dunkle Masse von Bäumen zuzulaufen, die sich nicht weit entfernt drohend erhoben.

Sartol rief ihm hinterher, aber es war Trahns Stimme, die ihn schließlich aufhielt. »Baden! Sartol hat Recht!«, rief der Falkenmagier. »Theron hat Alaynas Ceryll. Wenn er ihn benutzen will, um die beiden zu töten, könnte nichts, was wir tun oder sagen, ihnen das Leben retten. Wir würden uns nur selbst umbringen.«

Baden wandte sich ihnen zu. »Aber wir müssen doch etwas tun!«, erwiderte er beinahe flehentlich.

»Aber nicht das«, erklärte Trahn. »In den Hain zu gehen wäre einfach nur dumm. Theron ist zu stark, wenn er einen Ceryll hat. Das Schicksal der beiden liegt in seinen Händen – und in denen von Arick. Wir können nichts tun.«

»Und wir dürfen Orris nicht vergessen«, fügte Sartol hinzu. »Wenn Theron uns umbringt und Orris den Orden verraten hat, wie sollen die anderen dann die Wahrheit erfahren? Wer wird sich ihm entgegenstellen?«

Baden wandte sich wieder dem Hain zu. »Jaryd!«, schrie er. »Alayna!« Keine Antwort. Er hatte im Grunde auch keine erwartet. Tief im Herzen wusste er, dass Sartol und Trahn Recht hatten. Er schloss die Augen, und ihm wurde beinahe schwindlig. Genau wie in dem Augenblick, als Orris ihm von dem letzten Angriff erzählte, glaubte er, sich übergeben zu müssen. Es war einfach zu viel für eine einzige Nacht: zuerst die Zerstörung von Kaera und jetzt das. Jessamyn und Peredur tot; Jaryd und Alayna in Therons Hain mit einem Ceryll. Es war einfach zu viel. Er war furchtbar müde. Als er im strömenden Regen wieder zu Trahn und Sartol zurückging, wollte er einfach nur noch schlafen und am nächsten Morgen aufwachen und feststellen, dass sie alle immer noch im Schattenwald lagerten, einen Tagesritt von Therons Hain entfernt.

»Ich kann nicht glauben, dass Orris den Orden verraten hat«, sagte Trahn, als Baden zu den anderen zurückgekehrt war. »Orris würde so etwas niemals tun.« Der Falkenmagier hatte die Fäuste geballt und beäugte Sartol mit unverhohlenem Misstrauen.

»Orris und ich hatten unsere Differenzen«, sagte Sartol zu Trahn, »aber ich hätte ihm so etwas auch niemals zugetraut.«

»Könnte es sein, dass du dich geirrt hast, Sartol?«, fragte der Falkenmagier kühl.

»Nein«, erwiderte Sartol mit tonloser Stimme. »Er hat versucht, mich umzubringen.«

Baden wusste, dass Trahn Sartol nie hatte leiden können. Er hatte ihm nie vertraut. Nun zeigte sich dieses Misstrauen, das seit dem Beginn der letzten Versammlung gefährlich nah unter der Oberfläche gelauert hatte, deutlich in den

Worten des Falkenmagiers. So erschöpft und traurig er war, Baden spürte dennoch, wie er sich die alten Bürden abermals aufhalste. Er hätte gerne um Jessamyn geweint und wäre in Therons Hain geeilt, um dort nach Jaryd zu suchen. Aber stattdessen stand er hier und versuchte, den Frieden zwischen Trahn, seinem engsten Freund, und Sartol aufrechtzuerhalten, dem Eulenmeister, der vermutlich den Orden demnächst durch seine kritischste Zeit seit tausend Jahren führen würde.

»Vergiss nicht, Trahn«, hörte Baden sich selbst sagen, »dass Orris angekündigt hat, mit Jessamyn sprechen zu wollen, als er uns verlassen hat. Und er war sehr zornig.«

»Zornig worüber?«, fragte Sartol rasch.

»Es hat einen weiteren Angriff gegeben«, sagte Baden, »schlimmer als die anderen.«

»Viel schlimmer«, fügte Trahn bedrückt hinzu. »Orris hat uns gesagt, er wolle mit der Eulenweisen sprechen und fordern, dass wir sofort umkehren und Ursel bei ihrer Suche nach den Verantwortlichen helfen.«

»Vielleicht hat er sie deshalb getötet«, meinte Sartol. »Vielleicht hat sie sich geweigert und wollte zuerst in den Hain gehen, und Orris hat sie aus Zorn und Enttäuschung getötet.«

»Das glaube ich nicht«, entgegnete Baden, und plötzlich hatte er das Gefühl, wieder aus dem düsteren, zähen Nebel herauszukommen, der ihn noch vor einem Augenblick umgeben hatte. »Wenn das der Fall war, wieso sollte er Peredur töten? Wieso sollte er versuchen, Jaryd und Alayna umzubringen? Oder dich, Sartol? Wenn er sie aus Zorn getötet hat, was hätte er davon, den Rest von uns anzugreifen?«

»Wir waren Zeugen seines Verbrechens«, sagte Sartol. »Vielleicht hat er versucht, sich vor der Strafe zu schützen.«

Baden schüttelte den Kopf. »Es muss noch mehr geben als das.« Er hielt inne und wandte sich abrupt einer weiteren unverständlichen Einzelheit dieser schrecklichen Nacht zu. »Sartol. Als du zur Baumgruppe gelaufen bist, nachdem Alayna geschrien hatte, hast du da blaues magisches Feuer leuchten sehen?«

»Blau?«, wiederholte der Eulenmeister nachdenklich. »Nein, nicht dass ich wüsste«, erwiderte er schließlich, »aber ich kann mich auch nicht erinnern, dass jemand von uns einen blauen Ceryll hatte.«

»Du hast Recht, es gab keinen. Aber Trahn und ich haben blaues Feuer gesehen, direkt nach Alaynas lilafarbenem.« Baden starrte über die Schulter hinweg ins Unterholz. »Ich möchte mir gerne einmal ansehen, wo ... ich möchte sehen, wo das alles passiert ist.« Er wandte sich Sartol zu. »Aber wenn du willst, werde ich mich erst um diese Wunden kümmern.«

Sartol nickte und setzte sich ins nasse Gras. Baden kniete sich neben ihn und legte ihm sachte die Hand auf die Brandwunde am Bein, während Trahn begann, an dem Riss über dem Auge des Eulenmeisters zu arbeiten. Nach kurzer Zeit hatten sie die Wunden geschlossen, obwohl die Verfärbung an Sartols Bein, wie Baden wusste, noch ein paar Tage bleiben würde.

»Danke«, sagte Sartol und kam steif wieder auf die Beine. »Ich danke euch beiden«, wiederholte er und sah Trahn eindringlich an.

Baden nickte. »Nichts zu danken.« Er holte tief Luft.

»Kannst du uns jetzt zeigen, wo du Jessamyn und Peredur gefunden hast?«
Wortlos ging Sartol an Baden und Trahn vorbei und führte sie in die Baumgruppe hinein. Regen fiel immer noch auf die Blätter und Zweige, und Blitze erhellten hin und wieder den Nachthimmel, aber der Donner war nun weiter entfernt, und der Wind hatte begonnen nachzulassen. Sie drängten sich durch ein Netz aus Zweigen und Unterholz und erreichten bald die Mitte des Gehölzes, wo sie im rötlichen Licht ihrer Cerylle die Leichen der Eulenweisen und ihres Ersten sahen. Jessamyn starrte blicklos ins Dunkel, und Peredurs Kopf und Hals saßen in einem unmöglichen Winkel auf seinem Oberkörper. Jessamyns weiße Eule hockte auf ihrem Arm und betrachtete die Magier und ihre Vögel misstrauisch. Als sie näher kamen, zischte der Vogel bedrohlich, weigerte sich aber, die Eulenweise zu verlassen. Sartols eigene Eule plusterte sich auf und nahm eine drohende Haltung an.
»Wonach suchen wir hier, Baden?«, fragte Trahn leise.
Baden versuchte, seine Gefühle angesichts der Leichen seiner Freunde zu beherrschen und Stärke und Gelassenheit zu bewahren. »Nach dem, was wir hier gesehen haben«, sagte er zu seinem Freund, »und was wir von Sartol erfahren haben, habe ich zwei Fragen. Ich glaube, sie stehen miteinander in Verbindung, und ich glaube, die Antworten werden uns verraten, wieso Orris die Eulenweise und den Ersten getötet und warum er versucht hat, Alayna und Jaryd zu töten.« Trahn nickte ihm ermutigend zu; Sartol war näher zu ihnen getreten, um zu hören, was sie besprachen. »Erstens, was wollte Jessamyn hier in diesem Gehölz, so weit vom Lager entfernt? Und zweitens, woher hat Jaryd einen Ceryll erhalten?«

»Jaryd?«, fragte Sartol erstaunt. »Was bringt dich darauf zu glauben, dass Jaryd einen Ceryll hatte?«

»Das blaue magische Feuer, das wir gesehen haben, stammte von Jaryd.«

»Bist du sicher?«

Baden nickte. »Ich hatte vor langer Zeit eine Vision von Jaryd, wie er aussehen würde, nachdem er sich seiner Macht bewusst wurde. Der Ceryll, den er in dieser Vision benutzte, schimmerte in demselben Blau, das Trahn und ich heute Nacht gesehen haben.« Ohne ein weiteres Wort begann er, das Gehölz nach Hinweisen zu durchsuchen, die ihm vielleicht erklären konnten, wieso Orris etwas so Schreckliches getan hatte. Trahn und Sartol folgten seinem Beispiel. Als er an Jessamyns Leiche vorbeikam, blieb Baden stehen, bückte sich vorsichtig, um die weiße Eule nicht zu erschrecken, und schloss die Augen der Eulenweisen. Die Eule zischte ihn erneut an, flog aber nicht weg.

»Baden!«, rief Sartol, der nur ein paar Schritte entfernt war. »Ich glaube, ich habe die Antwort auf deine erste Frage gefunden.«

Rasch ging Baden zu der Stelle, wo der Eulenmeister sich auf ein Knie niedergelassen hatte. Trahn hatte ebenfalls aufgehört zu suchen und wandte seine Aufmerksamkeit Sartol zu, kam aber nicht näher.

»Sieh dir das mal an«, sagte Sartol und zeigte auf mehrere Äste, die nebeneinander am Boden lagen.

Baden nickte. »Fackeln. Aber natürlich. Wir hätten sie gebraucht, wenn wir ohne Cerylle in den Hain gegangen wären.« Er schüttelte den Kopf und lächelte bedauernd. »Es war typisch für Jessamyn, sie selbst zu holen, statt jemanden zu schicken.«

Sartol lächelte bei dieser Bemerkung. »Ja«, stimmte er zu, »so war sie.« Er stand wieder auf. »Aber was könnte die Tatsache, dass Jessamyn Fackeln vorbereiten wollte, damit zu tun haben, dass Jaryd einen Ceryll gefunden hat?«, fragte er.

Baden fuhr sich mit der Hand durch sein nasses Haar und seufzte. »Das weiß ich nicht«, erwiderte er schließlich. »Ich weiß es einfach nicht.«

»Ich bin nicht sicher, ob wir wirklich genügend Zeit haben, das so ausführlich miteinander zu besprechen«, meinte Trahn. »Wenn Sartol Recht hat, was Orris angeht –«, er warf dem Eulenmeister widerstrebend einen zustimmenden Blick zu, »– und das scheint tatsächlich möglich zu sein, dann müssen wir Amarid noch vor Orris erreichen und die anderen warnen. Die Eulenmeister müssen auch ein neues Oberhaupt wählen; der Orden sollte nicht zu lange ohne Führung sein.«

»Aber wenn Orris vorhat, Alayna und Jaryd zu töten«, entgegnete Baden, »sollten wir dann nicht hier bleiben, um sie zu schützen, wenn sie aus dem Hain kommen?«

Trahn legte Baden die Hand auf die Schulter. »Sie könnten schon tot sein, Baden.«

»Aber vielleicht leben sie auch noch«, entgegnete der Eulenmeister gereizt.

»Vielleicht sollten wir uns trennen«, schlug Sartol vor und schaute von einem zum anderen.

Baden nickte. »Gute Idee. Ich bleibe hier.«

Trahn schüttelte den Kopf. »Du musst gehen, und das weißt du auch. Als Eulenmeister musst du bei der Wahl anwesend sein. Ich werde hier warten, und ich schwöre dir in Aricks Namen«, erklärte er, »dass ich die beiden vor Orris und vor jeder anderen Gefahr schützen oder bei dem Versuch sterben werde.« Trahn sah seinem Freund in die Augen, bis Baden mit einem zögernden Nicken nachgab. Dann wandte er sich an Sartol. »Ich denke, dass die Meister dich zum neuen Weisen wählen werden. Meinen Glückwunsch«, sagte er ohne jede Ironie.

Sartol nickte. »Danke, Trahn. Ich würde lügen, wenn ich behauptete, dass ich niemals hätte Weiser sein wollen. Aber ich hätte auf diese Ehre gerne noch viele Jahre gewartet, wenn das bedeutet hätte, dass Jessamyn noch leben würde.«

»Das wissen wir, Sartol«, erwiderte Baden freundlich, »aber Trahn hat Recht. Als Eulenmeister sind wir beide verpflichtet, im Interesse des Ordens und des Landes zu handeln, selbst wenn das einen hohen Preis von uns fordert. Ich glaube, Trahn hat Recht, wenn er vorhersagt, dass die Meister dich zum neuen Weisen wählen werden; ich weiß, dass ich für dich stimmen werde. Aber ich beneide dich nicht – dies sind schwierige Zeiten für ein Ordensoberhaupt.«

Sartol lächelte kurz. »Aus diesem Grund«, sagte er bedeutungsvoll und richtete den Blick auf Baden, »sollte ich einen möglichst fähigen Ersten wählen. Ich möchte dich bitten, darüber nachzudenken, Baden, ob diese Stellung dir zusagen würde.«

Baden war vollkommen verblüfft. Nach einem Augenblick nickte er, sagte aber nichts.

»Baden und ich werden im Morgengrauen aufbrechen«, erklärte Sartol, als wäre nun klar, dass ihm die Entscheidungen zufielen. »Wir werden zwei Pferde nehmen, und wir werden die Stäbe von Jessamyn und Peredur nach Amarid zurückbringen. Trahn, sobald du herausgefunden hast, was mit Jaryd und Alayna passiert ist, setz dich über die Cerylle mit uns in Verbindung und lass es uns wissen.«

»Selbstverständlich«, versicherte Trahn.

»Inzwischen«, fuhr Sartol in feierlicherem Ton fort, »sollten wir einen Scheiterhaufen für die Eulenweise und ihren Ersten errichten.«

Die drei Magier begannen, Holz für den Scheiterhaufen zu sammeln und verbrachten den größten Teil der restlichen Nacht damit, es in zwei großen Haufen nebeneinander in der Nähe des Lagers aufzuschichten. Kurz vor Anbruch der Dämmerung, als die erste Vorahnung von Licht den Osthimmel berührte, kehrten Baden und Trahn zu der Baumgruppe zurück, um die Leichen von Jessamyn und Peredur zu holen und zu den Scheiterhaufen zu bringen. Jessamyns Eule saß immer noch wachsam auf dem Arm der toten Frau, aber sie flog zu einem niedrigen Ast, als Baden sich bückte, um die Eulenweise hochzuheben, und dann folgte sie Trahn und Baden, als diese das Gehölz verließen.

»Pass unterwegs auf dich auf«, warnte Trahn leise, als sie die Weise und den Ersten zum Lager zurücktrugen. »Ich weiß, dass du dich nicht sonderlich gut mit Orris verstanden hast, aber es fällt mir immer noch schwer, Sartols Geschichte zu glauben. Wenn er tatsächlich lügt, dann ist er ein Verräter am Orden, und dein Leben ist in Gefahr.«

»Ich verstehe, was du meinst«, erwiderte Baden. »Ich werde aufpassen. Aber du solltest dasselbe tun. Wenn Sartol die Wahrheit sagt, dann könnte es sein, dass du dich Orris stellen musst.«

Trahn lächelte, aber seine grünen Augen blitzten leidenschaftlich. »Wenn Orris tatsächlich Jessamyn und Peredur getötet hat, dann sollte er sich lieber fern halten.«

Baden grinste. »Du wirst mir fehlen, mein Freund. Arick steh dir bei.«

»Und dir«, entgegnete der Falkenmagier.

Sie hatten die Scheiterhaufen erreicht, an denen Sartol schon wartete, und schweigend hoben sie Jessamyn und Peredur hinauf.

Dann standen die drei Magier Schulter an Schulter in kurzer Entfernung von den Holzhaufen, richteten die Stäbe darauf und bereiteten sich darauf vor, das Holz anzuzünden.

»Mit Holz und Feuer, Geschenken von Tobyn und Leora, befreien wir die Geister von Jessamyn, Tochter Amarids, und Peredur, Sohn Amarids«, intonierte Sartol. »Öffnet ihnen eure Arme, Arick und Duclea, und gewährt ihnen Ruhe und Frieden.«

Bei Sartols letzten Worten fuhr Feuer aus den Ceryllen der drei Magier – gelbes von Sartol, bräunliches von Trahn und orangefarbenes von Baden – und zuckte in die Zweige unten an jedem Scheiterhaufen. Trotz des Regens, der inzwischen schwächer geworden war, begann das Holz zu knistern, und die Flammen stiegen langsam durch die Scheiterhaufen auf, um die Leichen der Eulenweisen und des Ersten zu verzehren.

Baden hatte einen langen und vielleicht gefährlichen Weg vor sich, und er wusste, so bedrückt und müde er auch sein mochte, er würde wachsam bleiben müssen, wenn er mit Sartol nach Norden ritt. Dennoch gestattete er sich, leise um Jessamyn zu weinen. Sie hatte es verdient, und er hätte ohnehin nicht anders gekonnt.

»Leb wohl, Freundin«, flüsterte er und sah zu, wie die Flammen zum heller werdenden Himmel aufflackerten. »Arick und Duclea mögen dir Frieden gewähren.«

In diesem Augenblick flatterte die weiße Eule der Weisen über sie hinweg, hielt kurz über Jessamyns Scheiterhaufen inne und machte sich dann auf den Weg nach Norden, zurück in ihre Heimat in der kältesten Region von Tobyn-Ser.

Er dachte nicht darüber nach, wohin sie rannten; es schien unwichtig zu sein. Sartol hatte Alaynas magisches Feuer und dann auch sein eigenes abgewehrt, und das ohne jede Anstrengung. Und zu diesem Zeitpunkt hatten Ishalla und Fylimar noch auf ihren Schultern gesessen. Es war durchaus möglich, dass Alayna imstande war, weiter mit Sartol zu kämpfen, obwohl Fylimar damit beschäftigt war, sich gegen den Vogel des Eulenmeisters zu verteidigen. Aber er hatte keine Ahnung, wie er selbst dieses erste blaue Blitzen hergestellt hatte, und schon gar nicht, wie er es ohne Ishalla schaffen sollte. Also hatte er Alayna an der Hand gepackt, und sie waren blindlings durch das Unterholz geflohen, dann über eine Grasfläche und schließlich ins schützende Dunkel des Waldes. Noch im Laufen – er musste Alayna mit sich zerren, weil sie nicht glauben konnte, dass ihr Mentor gerade versucht hatte, sie umzubringen – machte er sich darauf gefasst, jeden Augenblick von dem magischen Feuer aus Sartols Ceryll niedergestreckt zu werden. Dann hörte er Rufe, sah, wie gelbes und bernsteinfarbenes Licht von den regennassen Blättern der Bäume vor ihnen reflektiert wurde, und ohne innezuhalten und nachzusehen, was geschehen war, stürzten er und Alayna in den Wald hinein. Immer weiter führte er sie, alles andere als überzeugt, dass sie der Gefahr entkommen waren. Erst als das blitzende Licht nicht mehr bis zu ihnen drang und die

Rufe verklungen waren, wurden Jaryd und Alayna langsamer und begannen sich zu fragen, wo sie waren.
Sie brauchten nicht lange, um das herauszufinden. Sobald sie aufgehört hatten, sich zu bewegen, und ihr rasender Puls und die keuchenden Atemzüge langsam wieder normaler wurden, begriffen sie es. Die dunkle Macht, die sie schon wahrgenommen hatten, als sie zum ersten Mal aus der Sicherheit der Ruinen zu Therons Hain hinübergeschaut hatten, war hier, im Herzen des Hains, tausendfach größer. Böswilligkeit schien selbst vom Boden und von den Bäumen auszugehen und gnadenlos auf ihre Sinne einzudreschen; selbst der Regen, der von den Blättern tröpfelte, schien zu brennen, wenn er ihnen auf Gesicht und Hände fiel. Alaynas Ceryll schimmerte weiter, und das blaue Licht des Cerylls in dem Ast, den Jaryd trug, leuchtete immer noch durch das Loch im Holz. Aber beide Steine wirkten hier gedämpft, als fühlten auch sie sich von der Dunkelheit des Waldes erstickt.
»Du weißt, wo wir sind, nicht wahr?«, flüsterte Alayna.
Jaryd nickte. »Wir sind im Hain.« Seine Stimme klang laut und seltsam in der bedrückenden Stille des Waldes.
»Gut, dass du mich daran erinnert hast, den Stab mitzunehmen«, sagte sie.
Jaryd musste einfach lachen. An diesem finstersten aller Orte, an den sich seit hunderten von Jahren kein Mensch mehr gewagt hatte, lachte Jaryd, und Alayna lachte mit ihm. Und in diesem Augenblick traf es ihn wie ein Schlag, und er dachte: Ich könnte mich in diese Frau verlieben.
Ihr Lachen verging allerdings schnell; Jaryd zwang sich, sich von diesem letzten Gedanken abzuwenden. Er und Alayna waren hier in Therons Hain, und es war gut mög-

lich, dass Sartol da draußen auf sie wartete, bereit, sie zu töten, falls es ihnen irgendwie gelingen sollte, dem unbehausten Geist des Ersten Eulenmeisters zu entgehen.
»Wir müssen von hier weg«, sagte Alayna angespannt. »Sofort.«
»Ich weiß. Aber nicht auf dem Weg, auf dem wir gekommen sind. Da draußen wartet Sartol.«
Alayna machte eine kleine Geste – es war schwer zu sagen, ob es Ungeduld oder Abwehr war. »Ich kann es immer noch nicht glauben«, murmelte sie. »Er hat versucht, dich zu töten.«
»Das wäre ihm auch gelungen, wenn du ihn nicht angegriffen hättest«, sagte Jaryd. »Du hast mir das Leben gerettet.«
»Warum hat er das getan?«, fuhr sie fort, als hätte sie ihn nicht gehört. »Ich verstehe das einfach nicht.«
Jaryd packte sie an der Schulter. »Alayna, hör mir zu. Wir müssen hier weg. Wir können später versuchen, Sartol zu begreifen, aber jetzt müssen wir erst mal einen Weg hier raus finden.«
Sie holte tief Luft, dann nickte sie. Jaryd sah sich um und versuchte, sich in der undurchdringlichen Dunkelheit zu orientieren. Sie waren vom Westen her gekommen, und er hatte zwar ihren Weg nicht so genau verfolgt, wie es nötig gewesen wäre, aber er war doch einigermaßen sicher, dass sie in dieselbe Richtung weitergelaufen waren. Er hatte keine Ahnung, wo Sartol sich aufhielt, aber der Eulenmeister war allein und konnte nicht die gesamte Umgebung des Hains überwachen. Wenn sie sich nun nach Süden wandten, würden sie näher am Lager wieder aus dem Wald herauskommen und könnten Schutz bei den anderen suchen.
»Ich denke, wir sollten hier entlanggehen«, sagte Jaryd und

zeigte in die Richtung, von der er hoffte, dass es Süden war. »Aber wenn du eine andere Idee hast, bin ich gerne bereit, deinen Vorschlag anzunehmen.«

Alayna schüttelte den Kopf. »Ich bin vollkommen durcheinander. Ich werde dir folgen.«

Ein plötzliches Flügelflattern bewirkte, dass Alayna schaudernd aufkeuchte und eine Welle kalter Angst Jaryd durchzuckte. Einen Augenblick später, als Ishalla auf seiner Schulter landete, hätte er vor Schreck beinahe aufgeschrien.

»Ich glaube, das ist das erste Mal, seit ich mich an Ishalla gebunden habe, dass ich sie tatsächlich vergessen hatte«, sagte Jaryd und kraulte seinem Falken das Kinn.

»Ich bin sicher, dass sie dir das unter diesen Umständen verzeihen wird«, erwiderte Alayna ein wenig zittrig. »Geht es ihr gut?«

»Ich glaube schon. Und Fylimar?«

»Sie ist offenbar in Ordnung.«

Jaryd griff nach Alaynas Hand. »Gut, dann gehen wir –«

»Jaryd, sieh doch.« Alaynas Tonfall ließ ihm das Blut in den Adern gefrieren.

Noch bevor er sich umdrehte, wusste er, was geschehen war. Er hörte es in ihrer Stimme, er sah es an der Angst, die ihre Züge verzerrte, als sie über seine Schulter hinwegstarrte, ihren Augen weit aufgerissen, die Wangen plötzlich vollkommen farblos. Es schien im Hain heller zu sein als noch einen Augenblick zuvor. Er wusste auch, was das bedeutete. Jaryd drehte sich langsam um und sah, wie ein diffuses smaragdgrünes Licht durch die Bäume auf sie zukam, schimmernd wie Strahlen von Mondlicht auf einem windbewegten See, und es hing wie Regen an den Zweigen und Blättern, so dass es aussah, als leuchteten sie selbst. Hätte er nicht in Therons Hain gestanden, dann hätte Jaryd dieses Licht so schön gefunden wie die bewegten Lichtvorhänge am Herbsthimmel in der Nacht von Leoras Fest. Aber die Lichtnacht war noch mehr als zwei Monate entfernt. Als Jaryd nun voller Staunen und Entsetzen dem näher kommenden Licht entgegenstarrte, erkannte er eine Gestalt in seiner Mitte, die zunächst verschwommen aussah, aber bei jedem Schritt mehr Substanz gewann, bis Jaryd Einzelheiten erkennen konnte. Die Gestalt hatte einen langen Vollbart und dichtes schulterlanges Haar, das grau gewesen wäre, wenn es nicht grünlich geleuchtet hätte. Tiefe Falten durchzogen das Gesicht, aber obwohl es sich um die Gestalt eines alten Mannes handelte, hielt sie sich wie ein viel jüngerer, aufrecht und lebhaft. Auf seiner Schulter, so schimmernd wie er, saß ein großer Falke mit dunklem Kopf und Rücken und Markierungen im Gesicht, die wirkten, als hätte der Vogel einen Schnurrbart. Und in der Hand hielt der Mann einen langen Stab aus Holz, an dessen Spitze sich vielleicht einmal ein Ceryll befunden hatte, aber nun war das Holz gesplittert und verkohlt.

»Sollen wir fliehen?«, flüsterte Jaryd, ohne den Blick von der geisterhaften Gestalt abzuwenden.

»Glaubst du wirklich, wir würden es schaffen?«, flüsterte Alayna zurück.

Er schüttelte den Kopf.

»Ich auch nicht«, sagte sie, »aber ich bin sicher, wenn wir versuchen zu fliehen, wird er uns töten. Also können wir auch hier bleiben und versuchen, mit ihm zu reden.«

Jaryd holt tief Luft und nickte.

Die Erscheinung kam näher, und nun konnte Jaryd die

Augen des Mannes sehen. Sie waren hart und hell wie Cerylle und weit entfernt von dem weichen grünen Schimmern, das ihn umgab, und in diesen Augen standen ein Hass und eine Bitterkeit, die schon tausend Jahre tobten. Als sie diese Augen sahen, spürten, wie dieser Unheil verkündende Blick auf sie fiel, erbebten Jaryd und Alayna.

Und dann hörten sie zum ersten Mal die Stimme von Therons unbehaustem Geist. »Könnt ihr mir einen Grund nennen«, fragte der Eulenmeister, und seine Worte rollten wie Donner durch den Hain, »warum ich euch nicht umbringen sollte?«

Ishalla und Fylimar krächzten nervös und breiteten die schiefergrauen Flügel aus, versuchten aber nicht wegzufliegen. Erstarrt unter Therons durchdringendem Blick und gleichzeitig heftig zitternd brachte Jaryd irgendwie den Mut auf zu sprechen.

»Ich heiße Jaryd«, sagte er mit leiser Stimme. »Und das hier ist Alayna.«

»Ich weiß, wer ihr seid«, grollte der Geist ungeduldig. »Ich weiß, wer ihr alle seid: die Toten, der Verräter, ihr alle. Und ich weiß, wieso ihr gekommen seid. Nichts davon interessiert mich. Sagt mir, warum ich euch nicht umbringen soll; das könnte mich amüsieren.«

»Wir haben nichts getan, um dich zu beleidigen«, sagte Alayna, aber sie klang schwach und verängstigt.

»Eure Anwesenheit hier ist schon eine Beleidigung!«, brüllte Theron. »Seit tausend Jahren habe ich nicht zugelassen, dass man meine Einsamkeit stört, und ganz bestimmt habe ich keine Dummköpfe und keine eingebildeten Kinder hierher vordringen lassen. Andere, die hierher kamen, haben den Verstand verloren, bevor sie starben. Das könnte auch euer Schicksal sein. Nun frage ich euch zum letzten Mal: Warum sollte ich euch verschonen?«

»Wenn du von den Toten und dem Verräter weißt«, antwortete Jaryd schnell, »dann weißt du auch, dass wir nicht freiwillig hier sind; dass wir nur in den Hain eingedrungen sind, um uns zu retten.«

Der Eulenmeister kniff die Augen zusammen, und ein Lächeln zuckte über seine Lippen. »Wie ironisch«, sagte er boshaft. »Und außerdem«, fuhr er nun tückischer fort, »habt ihr eine weite Reise zurückgelegt, um hierher zu gelangen. Ihr hättet den Hain doch zweifellos früher oder später betreten, auch ohne den Verräter, der euch verfolgte.«

Ich spiele ein gefährliches Spiel, dachte Jaryd, und das mit einem Geist, der schon seit tausend Jahren hier verweilt. Ich muss verrückt sein.

»Ja, das hätten wir«, warf Alayna ein, »aber nur, um deinen Rat zu suchen, und nur als Teil einer Delegation, die von der Eulenweisen und dem Ersten des Ordens angeführt worden wäre.«

»Ich nehme an, das sollte mich beeindrucken«, sagte Theron verächtlich. »Tut es aber nicht. Und es täuscht mich auch nicht: Ihr seid gekommen, um mich zu bezichtigen, dass ich Verbrechen gegen das Land begangen habe, und mich davon abzuhalten, weiteren Schaden anzurichten. Wenn möglich, indem ihr mich überredet, aber zur Not auch unter Anwendung von Gewalt. Ist das nicht so?« Der Tonfall des Geistes war immer noch verächtlich, aber etwas an seiner Haltung sagte Jaryd, dass er und Alayna dem Tod entgangen waren, wenn auch nur für eine Weile.

»Ja, so ist es«, bestätigte Jaryd. »Genau das hatten wir

vor.« Es hatte keinen Sinn, den Eulenmeister betrügen zu wollen, aber vielleicht, wenn sie ganz offen zu ihm waren ...

»Ihr Narren!« zischte Theron. »Hätte ich Rache nehmen wollen, glaubt ihr wirklich, dass mich eine Hand voll menschlicher Magier hätte aufhalten können?« Er zeigte mit einer umfassenden Geste auf den beleuchteten Hain. »Seht euch um. Ich bin die Macht selbst, wie alle Unbehausten. Wir sind alle reiner Ausdruck von Magie.« Er zeigte auf die beiden jungen Leute. »Erkennt ihr es denn nicht?«, donnerte er, und der Boden unter ihren Füßen begann zu beben. »Gegen mich seid ihr nichts, ihr Kinder von Amarid!« Ein grüner Lichtblitz löste sich von seiner Hand, schoss zwischen Jaryd und Alayna hindurch und fuhr krachend hinter ihnen in einen Baum. Jaryd war entsetzt, unfähig zu reagieren, und er erwartete halb, im nächsten Augenblick zu sterben. Aber stattdessen fuhr der Eulenmeister fort: »Ich war ebenso verantwortlich für die Entdeckung der Magie und die Gründung des Ordens wie er. Und sie schicken Kinder, um mit mir zu sprechen, Kinder, die sich an Amarids Falken gebunden haben.« Er starrte Alayna durchdringend an. »So nennt man sie heutzutage doch, oder?«, fragte er.

»Ja«, erwiderte Alayna ehrlich.

»Und zweifellos hält man euch beide für etwas ganz Besonderes, weil ihr euch an sie gebunden habt; das ist wahrscheinlich der Grund, wieso man euch in diese Delegation aufgenommen habt. Sagt mir eins«, fuhr Theron fort und zeigte gereizt auf den Vogel auf seiner Schulter, »andere haben sich an Vögel wie Jevlar hier gebunden, oder nicht?« Er wartete erst gar nicht auf eine Antwort. »Selbstverständlich ist das der Fall. Aber diese Vögel sind nicht als Therons Falken bekannt, oder?«

»Man erinnert sich an dich wegen deines Fluches, Eulenmeister«, sagte Jaryd, und er war selbst verblüfft, sich sprechen zu hören, und das auch noch so dreist. »Und um der Qualen willen, die du den Menschen von Rholde zugefügt hast. Dein Name ist der gefürchtetste in Tobyn-Ser. War das nicht, was du wolltest?«

»Schweig!«, brüllte Theron, und seine Augen blitzten. Wieder fragte sich Jaryd, ob er nun sterben würde. Aber dann begann der Eulenmeister zu lachen, zunächst leise, und dann wurde es immer lauter, bis er den Kopf zurücklegte und laut zum Himmel auflachte. Seine hellen Smaragdaugen allerdings blieben kalt, und keine Heiterkeit zeigte sich darin. »Ja«, sagte der Geist schließlich und lachte nicht mehr, sondern grinste nur noch sardonisch. »Genau das wollte ich.« Sein Grinsen verschwand, und er schaute von Jaryd zu Alayna. »Aber ihr nehmt an, dass ich es leid bin, nur gefürchtet zu werden, dass mir Angst alleine vielleicht nicht mehr genügt. Aus diesem Grund, so glaubt ihr, habe ich die Angriffe verursacht, die euch solche Sorgen machen. Habe ich Recht?«

Jaryd und Alayna sahen einander an. »Aus diesem Grund«, sagte Jaryd, »oder vielleicht, um unsere Aufmerksamkeit auf dich zu ziehen.«

»Ah, natürlich«, bemerkte Theron sarkastisch. »Weil mir eure Aufmerksamkeit so viel wert ist.«

»Hattest du einen anderen Grund?«, fragte Alayna. »Einen, der uns entgangen sein könnte?«

Theron sah sie lange Zeit schweigend an. Dann wandte er sich wieder Jaryd zu. »Sag mir, Falkenmagier«, fragte er mit

leiser, verschwörerischer Stimme, »warum hast du deinen Ceryll in diesem Ast da? Er sieht anders aus als jeder andere Magierstab, den ich je gesehen habe.«
Jaryd starrte das Stück Holz an, in dem der schimmernde blaue Ceryll halb verborgen war. Er hatte nicht viel darüber nachgedacht; dafür war keine Zeit gewesen. Aber als er nun über Therons Frage nachdachte, begriff er plötzlich andere Einzelheiten dieser schrecklichen Nacht. Sartol hatte Jessamyn und Peredur getötet. Warum? Was hatte er vor? Was wollte er? Jessamyn hatte ihn gebeten, Holz für Fackeln zu suchen. Nein!, begriff Jaryd plötzlich. Sie hat uns alle drei wegen des Zudeckens der Vorräte und der Fackeln angesprochen. Sartol hat sich freiwillig für die Fackeln gemeldet!
»Sartol hat den Ceryll in diesen Ast gesteckt!«, sagte er aufgeregt und schaute Theron an. Dann wandte er sich Alayna zu. »Dieser Ast sollte eine Fackel werden, und er hat einen Ceryll hineingeschmuggelt!«
Alayna begann zu nicken, als sie begriff, wohin seine Gedanken führten. »Dann hat er Jessamyn deshalb umgebracht«, sagte sie. »Sie hat ihn erwischt, als er gerade diese Fackel vorbereitete. Deshalb ist der Ceryll auch noch zu sehen: Er hatte keine Gelegenheit, seinen Plan zu vollenden.«
»Aber wo könnte er einen Ceryll herhaben?«, fragte Jaryd. »Haben Magier nicht immer nur einen?«
»Man sollte nur einen haben«, berichtigte Alayna. »Aber Magier erhalten ihre Steine aus der Ceryllhöhle auf Ceryllon. Niemand könnte sie davon abhalten, so viele zu nehmen, wie sie wollen; es ist einfach Ehrensache, nur einen zu nehmen. Zumindest hat Sartol mir das so erklärt«, fügte sie hinzu und verzog angewidert das Gesicht.

»Warum sollte der Verräter einen Stein in den Ast einsetzen?« dröhnte Theron gereizt, und die beiden jungen Leute wandten ihre Aufmerksamkeit wieder ihm zu.
»Unsere Delegation hatte vor, die Cerylle vor dem Hain zu lassen. Wir glaubten, wenn du keinen Zugang zu einem Ceryll hättest, könntest du uns vielleicht keinen Schaden zufügen. Also muss Sartol gewollt haben, dass du uns tötest.«
»Und warum sollte er das wünschen?«
»Aus verschiedenen Gründen«, erwiderte Alayna. »Nach Jessamyns Tod wird er der wichtigste Kandidat für das Amt des Ordensoberhaupts sein. Er hätte Jessamyn aus dem Weg geräumt und dir die Schuld zugeschrieben.« Sie hielt inne und sah den Eulenmeister lange an; sie fuhr sich mit den Fingern durch ihr langes regennasses Haar und schob es sich aus dem Gesicht. »Darum geht es dir doch, oder?«, fragte sie schließlich. »Dass man dir die Schuld für diese Angriffe zuschreibt, genau wie Sartol nun vorhat, dir die Schuld an unserem Tod zu geben.«
»Und wenn du die Delegation getötet hättest«, fügte Jaryd hinzu, »dann hätte der Rest des Ordens es als Bestätigung deiner Verantwortung für die Angriffe betrachtet.«
»Sehr gut«, schnaubte Theron höhnisch. »Es ist euch also gelungen, meine Unschuld zu beweisen. Die Eulenweise und ihr Erster machen den weiten Weg hierher, und es sind die Kinder, die das Rätsel lösen.«
»Hätte es funktioniert?«, fragte Jaryd den Eulenmeister und ignorierte den Spott einfach. »Bei dem, was wir dir mitteilen wollten, und bei der Zusammensetzung der Delegation – hättest du diesen Ceryll benutzt, um uns zu töten?«
»Mag sein«, antwortete Theron mit einem kalten Lächeln auf den Lippen. »Das könnte ich auch immer noch tun.«

Jaryd zögerte, aber nur einen kurzen Augenblick. »Das glaube ich nicht«, sagte er. Er wusste, dass er ein gewaltiges Risiko einging, aber er hatte viel über Theron nachgedacht, seit Baden ihm zum ersten Mal vom Fluch des Eulenmeisters erzählt hatte. »Du hast den Orden geschaffen«, fuhr er fort, »du und Amarid, und du willst ihn ebenso wenig vernichtet sehen wie wir. Und ganz bestimmt möchtest du nicht für seine Vernichtung verantwortlich gemacht werden. Ich glaube nicht, dass du die Delegation getötet hättest, und ich glaube nicht, dass du uns töten wirst. Wir sind die Einzigen, die dir helfen können, Sartol aufzuhalten.«

»Ihr solltet nicht zu viel auf meine Zuneigung zum Orden setzen!«, zischte Theron. »Und was Sartol angeht, den kann ich gut verstehen.«

»Meinst du, weil er einmal Geld für seine Dienste genommen hat?«, fragte Alayna.

Zum ersten Mal schien der Eulenmeister überrascht zu sein. »Davon wusste ich nichts«, gab er zu. »Ich sprach von seiner Verachtung für die Schwäche und Nachlässigkeit der heutigen Magier.« Er warf Jaryd einen zornigen Blick zu. »Selbst wenn ich immer noch stolz darauf bin, den Orden gegründet zu haben, betrachte ich ihn dennoch nicht mehr als etwas, das meiner Achtung würdig wäre. Er hat es nicht verdient, diese Krise zu überstehen.«

»Du sagst, du verstehst Sartol«, sagte Jaryd herausfordernd, »aber vorher hast du von ihm als ›Verräter‹ gesprochen. Wenn dir der Orden gleichgültig ist, wieso bezeichnest du seine Taten dann als Verrat?«

Theron starrte ihn eine Zeit lang an und zupfte sachte an seinem langen Bart. »Du erinnerst mich an Amarid«, sagte

er schließlich mit eisigem Ton, »und das nicht nur wegen deines Falken und des blauen Cerylls.«
»Dennoch«, entgegnete Jaryd mit wachsendem Selbstvertrauen.
»Was willst du damit sagen?«, fragte Theron gereizt.
»Einfach, dass der Orden dir etwas bedeutet, und nun braucht der Orden deine Hilfe.«
»Ich habe dir doch schon vorhin gesagt«, erklärte Theron, »dass ich mich dem Orden gegenüber nicht verpflichtet fühle, und schon gar nicht dazu, dich und die anderen Magier zu retten! Ja, es gab Zeiten, da wünschte ich, dass man mich fürchtet!«, fuhr er fort, und seine Stimme wurde immer lauter. »Aber ich hätte nie geglaubt, dass man mich ignorieren würde, dass mein Platz in der Geschichte des Ordens als so nichtig abgetan werden würde!« Er hielt inne, und als er wieder sprach, war er beherrschter. »Ich war der Erste, der sich an eine Eule band. Ich wäre vielleicht der Erste gewesen, mich an irgendein anderes Geschöpf als einen Vogel zu binden. Das haben wir nie herausgefunden.«
Wir, dachte Jaryd. Theron und Amarid. Manchmal war es schwer, sich daran zu erinnern, dass all diesen Geschichten einmal Freundschaft zugrunde gelegen hatte. Diese Tragödie hatte so viele Dimensionen. »Gemeinsam haben wir den Rufstein gefunden«, sagte Theron leise. »Gemeinsam haben wir den Orden gegründet, und dann brauchte er mich plötzlich nicht mehr.« Der Geist hielt inne und schien sich wieder daran zu erinnern, dass Jaryd und Alayna noch vor ihm standen. »Nun gut«, fuhr er einen Augenblick später kühl fort, »bald wird es den Orden nicht mehr geben, und ihr könnt euch mir in meiner Vergessenheit und Überflüssigkeit anschließen.«

»Oder du kannst uns helfen«, schlug Alayna vor, »und dein Erbe wieder für dich beanspruchen.«
Der Geist antwortete nicht, aber Jaryd sah, wie ein Hauch von Zweifel in seinen schimmernden grünen Augen aufblitzte.
»Was ist diese Krise, wie du es genannt hast?«, bohrte Alayna weiter. »Warum bist du so sicher, dass es das Ende des Ordens sein wird?«
»Gibt es im Orden noch andere wie euch beide?«, fragte Theron und ignorierte Alaynas Fragen einfach. »Jung, mutig und klug?«
»Ja«, erwiderte Jaryd, »es gibt andere. Es gibt viele im Orden, besonders unter den Falkenmagiern, die mit der Untätigkeit der älteren Meister unzufrieden sind. Wir sind nicht alle schwach und träge.«
»Und wir haben deinen Platz in der Geschichte nicht alle vergessen«, warf Alayna ein. »Wir haben es versäumt, den Rest von Tobyn-Ser darüber zu informieren, wie wir es hätten tun sollen. Aber vergessen haben wir dich nicht.«
»Nun, jetzt ist es zu spät«, sagte der Eulenmeister.
Jaryd schüttelte den Kopf. »So muss es aber nicht sein.«
»Du verstehst mich falsch«, entgegnete Theron. »Es ist nicht zu spät wegen etwas, was ich tun oder lassen könnte. Die Angriffe auf Tobyn-Ser haben den Orden zu einem Gegenstand der Angst gemacht. Wenn die Magier ausgerechnet jetzt auch noch meinen Anteil an der Geschichte der Magie und des Ordens betonen, wird das alles nur noch schlimmer machen. Die Menschen dieses Landes werden das nur als weiteren Beweis für den Verfall des Ordens sehen.« Therons Ton blieb weiter kühl, aber die Sehnsucht in seinem Blick kündete von einem so alten und tiefen Schmerz, dass Jaryd

keine Worte finden konnte, mit denen er ihn trösten, keine Argumente, mit denen er die Wahrheit dessen bestreiten konnte, was im Kern der Aussage des Eulenmeisters gelegen hatte. Jaryd hatte sich dem Zorn des Geistes gestellt und seine Verachtung ertragen. Aber er kannte keine Antwort auf Therons Trauer.
»Es sieht so aus«, sagte Alayna mit einem Blick auf Theron, »dass wir tatsächlich einen gemeinsamen Feind haben.«
Der schimmernde Geist blieb reglos und dachte über diese Worte nach. Er schaute Alayna direkt in die Augen. »Das könnte schon sein«, gab er schließlich zu. »Aber ich bin noch nicht bereit, den Orden in dieser Angelegenheit als Verbündeten zu betrachten.«
»Nach dem, was du uns in dieser Nacht erzählt hast«, wagte sich Jaryd abermals vor, »bin ich nicht sicher, ob wir warten können, bis du dich entschieden hast.«
Anscheinend war das zu viel gewesen. »Ich werde mir in dieser Angelegenheit keine Schuld zuschieben lassen!«, antwortete der Eulenmeister empört und mit blitzenden Augen. »Vergesst nicht, mit wem ihr sprecht!«
Jaryd lachte leise, als er mit einer umfassenden Geste – ganz ähnlich der, die der Meister zuvor angewandt hatte – auf den hell beleuchteten Hain zeigte. »Das kann ich wohl kaum vergessen, Eulenmeister.« Dann fuhr er entschlossener fort. »Aber ganz gleich, ob mit deiner Hilfe oder ohne sie – Alayna und ich werden versuchen, Sartol davon abzuhalten, den Orden zu vernichten. Wenn du also vorhast, uns zu töten, dann tu es jetzt, oder lass uns gehen. Ganz gleich, was du tust, wir haben hier schon viel zu viel Zeit verschwendet.«
Jaryd hörte, wie Alayna neben ihm tief Luft holte, aber

ansonsten regte sie sich nicht. Theron ragte über ihm auf, die Züge starr, eine Hand zerstreut am dichten Bart zupfend, die andere fest um den verbrannten Stab gekrallt. Dann veränderte sich der Ausdruck des Eulenmeisters, und der Hauch eines Lächelns umspielte seine Lippen. »Du bist wirklich mutig, Falkenmagier«, knurrte der Geist, »das muss man dir lassen. Aber ich frage mich, wie viel davon noch übrig sein wird, wenn du eine Nacht in Therons Hain hinter dir hast.«
Bei diesen Worten hob Theron den Arm und riss ihn nach vorn, als wollte er einen Stein werfen. Wieder flog eine Kugel grünen Feuers aus seinen Händen, und diesmal prallte sie zwischen Jaryd und Alayna auf dem Boden auf, mit einer Explosion, die die Erde erzittern ließ und Jaryd auf den Waldboden schleuderte. Ishalla sprang kreischend in die Luft und begann über ihnen zu kreisen; Jaryd hörte, wie Alayna nach ihm rief, und er kam rasch wieder auf die Beine, aber schon waren die jungen Magier von einer Flammenwand getrennt, die hoch in die Nacht aufflackerte und die Regentropfen, die immer noch fielen, zischen ließ.
»Sehen wir, wie ihr eine Nacht als meine Gäste verkraften könnt!«, sagte Theron und lachte mit seiner Donnerstimme. Rasch sah sich Jaryd nach dem Geist des Eulenmeisters um, aber Theron war nirgendwo mehr zu sehen.
»Jaryd!«, rief Alayna abermals. Schon schien ihre Stimme von weit her zu kommen.
»Alayna!«, erwiderte er. »Bleib, wo du bist! Ich werde versuchen, dich zu erreichen!« Sie reagierte nicht. Jaryd fragte sich, ob sie ihn überhaupt gehört hatte. Er hob den Arm für Ishalla und gestattete ihr, sich wieder auf seiner Schulter niederzulassen. Dann versuchte er, näher an die Flammen

heranzukommen, aber die Hitze war zu stark. Und was noch schlimmer war, die Flammen breiteten sich aus und trennten ihn noch weiter von ihr. Jaryd begriff, dass dies die Absicht des Feuers war. Das hier war kein zufälliges Flackern: Diese Flammen schienen zielgerichtet zu handeln, wie ein Rudel Wölfe, das seine Beute verfolgt – sie wussten genau, wohin sie ihn treiben wollten. Jaryd gab nur widerwillig nach, weigerte sich zu fliehen, aber er hatte keine Chance. Er spürte, wie er in eine unbekannte Richtung getrieben wurde, und er konnte nichts tun, um sich zu widersetzen.

Die Flammen krochen noch lange Zeit vorwärts, sprangen von Baumstamm zu Baumstamm und fegten über das niedrige Gebüsch, das den Boden des Hains bedeckte, und die ganze Zeit zwangen sie Jaryd, sich weiter vor ihnen zurückzuziehen. Es gab keinen Rauch, aber Jaryd konnte die Hitze auf Gesicht und Brust spüren, als er weiter zurückwich. Hin und wieder rief er nach Alayna, aber er spürte, dass sie außer Hörweite war. Er hatte keine Ahnung mehr, wo er sich befand, er hatte die Orientierung vollkommen verloren. Endlich hörte es auf zu regnen, aber das Feuer drängte ihn weiter, bis er schließlich eine kleine Senke erreichte, die ein wenig offener war als der Rest des Hains. Hier hielten die Flammen inne und breiteten sich am Rand der Senke aus, bis Jaryd vollkommen eingekreist war.

Seine Verzweiflung und sein Zorn waren gewachsen, als die Flammen ihn weiter und weiter von Alayna weggetrieben hatten, aber als er nun in der Senke stand und darauf wartete, was Theron mit ihm vorhatte, spürte er, wie diese Empfindungen kalter Angst wichen. »Sehen wir, wie ihr eine Nacht als meine Gäste verkraften könnt«, hatte der Eulenmeister gesagt. Jaryd erschauderte.

»Jaryd«, erklang eine dünne Stimme hinter ihm, und sein Herz setzte vor Schreck einen Schlag aus.

Jaryd fuhr herum und schnappte bei dem Anblick, der sich ihm bot, nach Luft. »Nein!«, hauchte er.

Ein kleiner Junge stand vor ihm. Sein Haar war lang und glatt wie das von Jaryd, und er hatte ein rundes Gesicht mit einer kleinen Stupsnase. Seine Augen waren jedoch vollkommen schwarz, und ein grünliches Schimmern hing an ihm wie der Geruch des Todes. Ishalla schrie verängstigt auf.

»Erinnerst du dich an mich?«, fragte der Junge, und seine Stimme schien aus weiter Ferne zu kommen.

Jaryd nickte. Sein Mund war trocken, und er zitterte am ganzen Körper. Selbstverständlich erinnerte er sich. Das hier war der kleine Junge, der verschwunden war, kurz bevor Jaryd vor zwei Wintern seine erste Vision gehabt hatte. Und an dem Tag, als Jaryd vom Ertrinken in kaltem, wildem Wasser träumte, hatten sie die Leiche des Jungen im Fluss gefunden. »Du bist Arley«, brachte Jaryd mit Mühe hervor.

Der Junge lächelte geisterhaft. »Du erinnerst dich tatsächlich! Vielleicht erinnerst du dich dann ja auch an meinen Freund.«

Eine zweite Gestalt kam auf die Lichtung, schien aus den Flammen aufzutauchen. Es war ein großer, dünner, kahlköpfiger Mann mit einem buschigen Schnurrbart. Wie Arley schimmerte auch er in weichem Smaragdlicht, bis auf die Augen, die schwarz waren wie die Nacht. Iram, dachte Jaryd und überraschte sich selbst ein wenig mit seiner

Gelassenheit und seinem klaren Denken. Ja, es war nur folgerichtig, dass auch er sich hier befand. Iram war Apotheker in Accalia gewesen, bis das Feuer, das Jaryd in seiner Vision vorhergesehen hatte, Irams Laden zerstört und ihn getötet hatte.

»Ja«, flüsterte Jaryd und schaute wieder den Jungen an. »An ihn erinnere ich mich auch.«

»Dich zu erinnern genügt nicht!«, sagte Iram barsch, und auch seine Stimme schien, wie die von Arley, aus weiter Ferne zu kommen. »Du schuldest uns mehr als das!«

»Ich schulde euch mehr?«, wiederholte Jaryd. Er erschauderte und spürte, wie sich sein Magen zusammenkrampfte. »Das verstehe ich nicht.«

»Iram ist wütend, weil du uns nicht gerettet hast«, erklärte Arley, die schrecklichen schwarzen Augen weiter auf Jaryd gerichtet. »Du hast es gesehen, aber nichts unternommen.«

Jaryd schüttelte den Kopf, aber nun weinte er und konnte nicht mehr klar erkennen, was geschah. »Gesehen? Ihr meint die Träume?«

Arley trat einen Schritt vor, den Kopf leicht zur Seite geneigt. Er sah so jung, so unschuldig aus. Aber seine Augen ... »Du hast gesehen, was mit uns geschehen wird, und du hast es dennoch geschehen lassen.«

Wieder schüttelte Jaryd den Kopf, unfähig zu sprechen.

»Du hast uns sterben lassen!«, klagte ihn Iram an, und seine Stimme war wie ein schneidender Wind. »Du hattest die Macht, uns zu schützen, und du hast uns sterben lassen!«

»Das ist nicht wahr!«, rief Jaryd.

»Sieh uns doch an!«, tobte Iram und breitete die Arme aus. »Willst du etwa abstreiten, dass wir tot sind? Willst du abstreiten, dass du Visionen dessen hattest, was uns getötet hat?«

Der junge Magier sank auf die Knie, die Arme schlaff an den Seiten. Tränen liefen ihm über die Wangen. Er konnte die Geister nicht mehr ansehen. »Ich habe nicht begriffen, was die Träume bedeuteten«, flehte er. »Ich habe es erst nach dem Feuer verstanden.«

»Und deshalb sind wir gestorben«, verkündete Iram.

Jaryd holte tief Luft und schaute dem Apotheker in die schwarzen Augen. »Ja.«

Iram sah aus, als wollte er mehr sagen, aber dann hielt er inne. Jaryd entdeckte zwei weitere Gestalten, die aus den Flammen in die Senke kamen. Er stand auf und wandte sich ihnen zu. Und wieder schnürte ihm der Anblick beinahe die Kehle zu.

»Weise Jessamyn!«, flüsterte er. »Erster Peredur!« Er ging einen Schritt auf sie zu, dann blieb er stehen. Die Eulenweise und ihr Erster waren von grünem Licht umgeben, aber während Jessamyns Augen so schwarz waren wie die der beiden anderen Geister, schimmerten Peredurs mit einem perligen Leuchten, das zur Farbe seines Cerylls passte. Beide Magier trugen ihre Stäbe, und Jessamyns große weiße Eule saß immer noch auf ihrer Schulter. Aber Peredur wurde von einem kleinen Falken begleitet, den Jaryd nicht kannte.

»Ich bin ungebunden gestorben«, erklang die weit entfernte Stimme des Ersten, als Jaryd den Vogel anstarrte. »Wegen dir bin ich jetzt unbehaust.«

Jaryd taumelte rückwärts, als hätte man ihn geschlagen. »Wegen mir?«

»Die Weise hat dir die Wahl gelassen«, erinnerte ihn Peredur streng, »dir und der anderen. Und ihr habt es dem Abtrünnigen überlassen, sich um die Fackeln zu kümmern. Wenn du diese Wahl nicht getroffen hättest, wären wir noch am Leben.«

»Aber woher hätte ich das wissen sollen?«, fragte Jaryd flehentlich und spürte, dass seine Tränen abermals zu fließen begannen. »Ich habe Sartol vertraut! Das haben wir alle! Was hätte ich tun sollen?«

»Wir verstehen nicht immer die Konsequenzen unserer Entscheidungen, wenn wir sie treffen«, sagte Jessamyn zu ihm. »Aber das macht uns nicht weniger verantwortlich.«

»Aber ich wollte nicht, dass es geschieht!«

»Du hast dem Abtrünnigen gestattet, die Fackel zu verändern.« Peredur machte nicht den Eindruck, als könnte er Jaryd jemals vergeben. »Jessamyn hat ihn dabei angetroffen, und er hat sie umgebracht. Dann hat er mich umgebracht. Wärest du ins Gehölz gegangen und hättest es dem Abtrünnigen und der anderen überlassen, sich um die Ausrüstung zu kümmern, dann wären wir noch am Leben.«

»Ich habe es nicht gewusst«, sagte Jaryd demütig.

»Und dein Unwissen hat uns getötet!«, tobte der Erste. »Am Ende könnte das für die Vernichtung des ganzen Landes verantwortlich sein!«

Jaryd schloss die Augen und schüttelte den Kopf. »Nein!«, rief er. »Nein!« Er wandte sich von den Geistern ab, und sein ganzer Körper wurde von Schluchzern geschüttelt. »Nein«, sagte er wieder, diesmal leiser, und schlug die Hände vors Gesicht.

So blieb er lange stehen, bis er sich schließlich fragte, ob sie immer noch da waren. Und dann hörte er, wie sein Name abermals gerufen wurde, von einer anderen Stimme, obwohl sie von derselben unirdischen Art war wie die übrigen.

Er richtete sich auf, wischte sich die Tränen ab und drehte sich um. Arley und Iram waren weg, ebenso wie die Weise und ihr Erster. Zwei Frauen standen nun vor ihm, oder genauer gesagt, die Geister von zwei Frauen. Sie trugen Stäbe und Eulen und Magierumhänge. Eine war hoch gewachsen, mit kurzem Haar und hageren, kantigen Zügen. Die andere war kleiner und kräftiger und hatte ein rundes Gesicht und weit auseinander stehende Augen. Dennoch hatte Jaryd den Eindruck, dass sie einander irgendwie ähnlich sahen. Und obwohl er sie nicht erkannte, kamen sie ihm überraschend vertraut vor.

»Weißt du, wer wir sind?«, fragte die Große.

Das war genau dieselbe Frage, die ihm Baden im vergangenen Frühjahr in Accalia gestellt hatte. »Ich glaube schon«, erwiderte er und bemerkte, dass sein Herz wieder begonnen hatte zu rasen. »Ihr seid Lyris und Lynwen, meine Urgroßmutter und Großmutter.«

Die kleinere Frau nickte. »Ja. Sehr gut.«

»Aber ich weiß nicht, welche welche ist.«

»Ich bin Lyris«, sagte die Kleinere.

Jaryd schluckte. »Habe ich noch etwas falsch gemacht? Seid ihr deshalb gekommen?«

Lynwen schüttelte den Kopf. »Nein. Wir sind gekommen, um dir einen Ausweg zu zeigen.«

»Ja?«, fragte er hoffungsvoll.

Statt einer Antwort wandten sich die Frauen dem anderen Ende der Senke zu. Dort erstarben die Flammen nun, und eine Öffnung entstand im Flammenkreis. Jaryd schaute zu den Geistern zurück, unsicher, was sie von ihm erwarteten.

»Hier entlang«, sagte Lyris und zeigte mit einer schimmernden grünen Hand auf die Öffnung.
Jaryd sah sie noch einen Augenblick lang an, weil er immer noch unsicher war. Dann wandte er sich seiner Großmutter zu, die ermutigend nickte. »Also gut«, murmelte er und begann, auf die Öffnung am Ende der Senke zuzugehen. Die Geister und die verbliebenen Flammen folgten ihm.
Sie gingen einige Zeit durch einen dichten Bereich des Hains und dann einen steilen Uferhang hinab. Jaryd hörte Wasser rauschen, und dann erreichten sie einen kleinen, rasch fließenden Bach.
»Folge dem Bach abwärts, und er wird dich zum Moriandral führen, kurz hinter den Ruinen von Rholde«, erklärte Lynwen. »Von dort aus kannst du zu deinen Freunden zurückfinden.«
Jaryd spähte in die Richtung, in die sie gezeigt hatte, aber der Wald war zu dicht, um über die erste Biegung des Baches hinwegsehen zu können. Er wandte sich wieder seiner Großmutter zu. »Was ist mit Alayna?«
Die beiden Geister sahen einander an. »Das hier ist dein einziger Ausweg«, sagte Lyris und blickte ihn aus schwarzen Augen an.
»Das hatte ich nicht gefragt.«
»Du hat Therons Hain betreten, und dafür wird ein Preis gefordert. Aber ihr braucht nicht beide zu sterben. Das hier ist dein einziger Ausweg«, sagte sie abermals, »und du hast nicht mehr viel Zeit.«
Jaryd schüttelte den Kopf und verschränkte die Arme vor der Brust. »Nein.«
»Sei nicht dumm, Kind«, fauchte Lynwen. »Wir geben dir eine Chance zu fliehen!«

»Ihr verlangt von mir, dass ich Alaynas Leben gegen mein eigenes eintausche!«, entgegnete Jaryd. »Das werde ich nicht tun!« Er schaute von einem Geist zum anderen. »Würdet ihr das wirklich von mir verlangen? Ist es das, was ihr von Bernels Sohn erwartet?«

Beide wandten den Blick ab. »Wenn du dich weigerst, können wir nichts mehr für dich tun«, sagte Lyris leise. »Du wirst wieder seiner Gnade ausgeliefert sein.«

Jaryd nickte grimmig. »Also gut. Ich muss Alayna finden.«

Sofort begannen seine Großmutter und seine Urgroßmutter zu verblassen. Auch die Flammen lösten sich auf. »Leb wohl, Kind!«, rief Lynwen ihm mit leiser werdender Stimme zu. »Arick möge dir beistehen!«

»Vergiss uns nicht!«, rief Lyris, und ihre Worte waren kaum mehr als ein Flüstern.

Einen Augenblick später war Jaryd im Dunkeln allein. Das einzige Licht kam von dem blauen Ceryll in dem Ast, den er nach wie vor in der Hand trug, und es schien immer noch gedämpft von der Macht des Hains. Ishalla krächzte leise. Jaryd kraulte ihr tröstend das Kinn. *Schon gut,* sagte er im Geist zu ihr. *Wir werden sie finden.* Er holte tief Luft und machte sich dann wieder auf zur Mitte des Hains, um Alayna zu suchen.

Sie hatte keine Ahnung, wo sie sich befand, und sie verstand nicht, wieso die Flammen, die sie nun umzingelten, sie an diesen Ort getrieben hatten. Aber als sie die geisterhafte grüne Gestalt vor sich anschaute und beruhigende Gedanken zu Fylimar aussandte, wusste Alayna, dass all das nicht mehr zählte. Das kleine Mädchen hatte noch kein Wort gesagt, aber das brauchte es auch nicht. Alayna wusste, wer es war, obwohl sie einander nie begegnet waren, oder zumindest konnte sie sich nicht daran erinnern. Das Kind sah Alaynas Mutter und auch ihr selbst so ähnlich, dass eine Verwechslung ausgeschlossen war. Das hier war Danise, Alaynas ältere Schwester, die im Alter von vier Jahren krank geworden und gestorben war, als Alayna noch ein Baby gewesen war. Sie war sehr schön, selbst mit diesen erschreckenden schwarzen Augen, mit denen sie jetzt zu Alayna aufblickte.

Alaynas Eltern hatten ihr nur sehr wenig von Danise erzählt; und soweit sie wusste, hatten sie Faren, Alaynas jüngerer Schwester, noch weniger gesagt. Aber während all der Jahre zu Hause war Danise eine fünfte Präsenz in ihrem Haus gewesen, hatte an allem, was die Familie tat und sagte, Anteil gehabt. Als Kind hatte Alayna nachts wach gelegen und sich gefragt, wie es gewesen wäre, eine ältere Schwester zu haben, und hatte sich vorgestellt, mit Danise zu sprechen. Und nun stand ihre Schwester hier vor ihr. Als sie das kleine Mädchen ansah, musste Alayna weinen. Sie zitterte am ganzen Körper, und als sie versuchte zu sprechen, stellte sie fest, dass das nicht ging.

»Du kennst mich also«, sagte der Geist kühl und mit einer Stimme, die von sehr weit her zu kommen schien.

Alayna nickte.

»Was hast du mir zu sagen?«

»Ich ... ich weiß nicht, was du meinst«, stotterte Alayna unter Tränen, und ihre Stimme kam ihr laut und misstönend vor. »Ich habe mir oft gewünscht, ich könnte dich kennen lernen.«

Danise lachte schrill und freudlos. »Ach ja?«

»Ja!«, versichere Alayna ihr verblüfft.

»Seltsam«, höhnte das kleine Mädchen. »Mir kommt es so vor, als hättest du dein ganzes Leben damit verbracht, Mama und Papa vergessen zu lassen, dass es mich jemals gab!«
Alayna schüttelte heftig den Kopf. »Das stimmt nicht!«
»Doch!«, entgegnete das Kind. »Du hast dich so sehr angestrengt, ihnen Freude zu machen und dafür zu sorgen, dass sie stolz auf dich sein konnten, weil du Angst hattest, dass sie mich lieber hatten! Du dachtest, wenn du sie glücklich machen könntest, würden sie mich vergessen!«
»Nein!« rief Alayna. Sie konnte einfach nicht aufhören zu schluchzen. »Das stimmt einfach nicht!«, sagte sie wieder. Aber es klang hohl und leer, selbst für ihre eigenen Ohren. Es lag mehr Wahrheit in den Worten des Geistes, als sie zugeben wollte.
Schon als kleines Kind, kaum älter als das Mädchen, das nun vor ihr stand, war sich Alayna bewusst gewesen, wie sehr ihre Mutter ihre erste Tochter vermisste. Und Alayna hatte einen großen Teil ihres Lebens damit verbracht, den Schmerz ihrer Mutter auf die einzige Weise zu erleichtern, die sie kannte: indem sie bei allem, was sie tat, die Beste war.
»Ich wollte nie, dass sie dich vergessen«, sagte sie schließlich zu dem Kind und wischte sich die Tränen aus den Augen, so sinnlos das auch sein mochte, weil sie immer weiter weinte. »Das war es nicht, was ich wollte.«
»Du wolltest nur, dass sie dich mehr lieben.«
»Ich wollte, dass sie glücklich sind!«, schrie Alayna das Kind an.
Danise wich einen Schritt zurück.
Sie mag ein Geist sein, erinnerte sich Alayna, aber sie ist

auch ein kleines Mädchen. »Sie klangen so traurig, wenn sie von dir sprachen«, begann sie von neuem, und diesmal ruhiger und leiser, »dass ich wollte, dass sie an etwas anderes dachten. Manchmal habe ich Mama nachts, nachdem ich schon ins Bett gegangen war, weinen gehört, und ich wusste, dass sie um dich weint. Ich wollte einfach, dass sie glücklich ist.«

Schwarze Linien erschienen auf dem Gesicht des Mädchens. Alayna brauchte einen Moment, bevor sie begriff, dass auch Danise weinte. »Also hast du versucht, meinen Platz einzunehmen.«

»Nein, Danise«, sagte Alayna und schüttelte abermals den Kopf. »Ich hätte niemals deinen Platz einnehmen können. Das könnte niemand. Deshalb war Mama ja die ganze Zeit so traurig. Aber du warst weg, und Faren und ich brauchten es, dass Mama und Papa sich auf uns konzentrierten. War das denn so schlimm von uns?«

Der Geist zögerte. »Ich weiß es nicht«, gab sie zu. »Ich nehme an ...« Plötzlich hielt sie inne und riss die schwarzen Augen auf. »Da kommt jemand!«, flüsterte sie.

Sofort begann das grün schimmernde Abbild zu verblassen.

»Danise, nein!«, rief Alayna ihr zu. »Bitte geh nicht weg!«

»Leb wohl, Alayna!«, rief ihre Schwester, die Stimme schon so weit entfernt, dass es sich kaum anders anhörte als ein warmer Sommerwind in den Blättern.

Einen Augenblick später war Danise verschwunden. Auch das Feuer war ausgegangen, und Alayna und Fylimar konnten sich nur noch im Licht von Alaynas lilafarbenem Ceryll orientieren. Die Falkenmagierin spähte ins Dickicht und fragte sich, wer da wohl näher kam. Wenn das Licht ihres Kristalls doch nur die erdrückende Dunkelheit des Hains besser durchdringen könnte!

Sie hatte erwartet, Jaryds blauen Stein zu sehen oder vielleicht das smaragdfarbene Glühen des Geistes des Eulenmeisters. Was sie stattdessen erblickte, ließ sie erstarren. Es war ein gelber Ceryll. Fylimar stieß einen Warnschrei aus und sprang von Alaynas Schulter. Auch Alayna wandte sich zur Flucht, aber bevor sie mehr als einen oder zwei Schritte machen konnte, hielt eine allzu vertraute Stimme sie auf.

»Bitte lauf nicht davon, meine Liebe!«, rief Sartol. »Ich würde dich wirklich ungern umbringen.«

Alayna wappnete sich und versuchte, ihr hektisch klopfendes Herz zu beruhigen. Sie drehte sich um und sah ihrem Mentor entgegen. »Ich bin nicht sicher, ob ich das glauben kann«, sagte sie, als er näher kam. »Vor nicht allzu langer Zeit schienst du nur zu erpicht darauf, mich zu töten.«

Er schüttelte den Kopf. »Nicht dich, meine Liebe. Vielleicht den Jungen. Aber nicht dich. Tatsächlich warst du diejenige, die versuchte, mich zu töten, wenn ich mich recht an diese kleine Begegnung erinnere.«

»Du wolltest Jaryd umbringen!«, entgegnete sie. »Was hätte ich denn tun sollen?«

»Genau darum geht es ja: Die Sache hatte mit mir und dem Jungen zu tun, nicht mit dir.« Der hoch gewachsene Magier machte einen weiteren Schritt auf sie zu. »Wie könnte ich dir jemals wehtun?«

»Komm nicht näher!«, warnte sie ihn. Fylimar, die auf ihre Schulter zurückgekehrt war, zischte leise.

Sartol lachte. »Oder was? Du wirst mich umbringen? Ich

glaube nicht. Selbst wenn du dich dazu überwinden könntest, es zu versuchen – was ich nicht glauben kann –, bist du einfach nicht stark genug.«

»Dann werde ich bei dem Versuch sterben!«, sagte sie, und sie war froh zu hören, wie fest ihre Stimme klang.

»Das wäre mir gar nicht recht«, meinte er mit einem entwaffnenden Lächeln. »Aber du solltest wissen, dass ich über Tobyn-Ser herrschen werde, ganz gleich, was hier geschieht. Meine Hoffnung ist – und es war immer meine Hoffnung –, dass wir das gemeinsam tun könnten. Aber ganz gleich, dieses Land wird mir gehören.«

»Ich glaube dir nicht!«, antwortete sie. »Baden und die anderen werden dich aufhalten!«

»Baden und die anderen sind tot. Nur ihr beide, du und Jaryd, seid noch übrig. Verstehst du denn nicht, meine Liebe? Für meinen Erfolg ist gesorgt. Wenn du dich weigerst, werde ich dich ebenso töten wie die anderen und die Schuld dafür Theron zuschieben. Dann werde ich nach Amarid zurückkehren und Oberhaupt des Ordens werden. Niemand wird je erfahren, was wirklich geschehen ist.«

Alayna weinte wieder. *Baden und die anderen sind tot.* Der Mann, dem sie mehr als allen anderen auf der Welt vertraut hatte, war ein Mörder und Verräter. Und es gab nichts, um ihn aufzuhalten.

»Bitte weine nicht, Alayna«, sagte er sanft. »Du hättest nichts tun können, um sie zu retten. Aber du kannst dich selbst retten. Ich liebe dich; ich habe dich schon immer geliebt. Und ich möchte, dass du meine Erste wirst. Ich möchte, dass wir zusammen über den Orden herrschen. Wenn du nur wüsstest, wie stark ich bin und wie viel stärker ich noch werden kann! Und du auch! Ich werde dich unterrichten, genau so, wie ich dir beigebracht habe, eine Magierin zu sein!«

»Warum tust du das?«, schluchzte sie. »Warum hast du Jessamyn und Peredur umgebracht?«

»Jessamyn und Peredur waren mir im Weg!«, fauchte Sartol. »Sie waren schwach, und sie haben den Orden geschwächt! Unter mir wird die Magie mächtiger sein als je zuvor!«

Alayna richtete sich auf. »Nein! Das werde ich nicht zulassen!«

»Das ist nicht deine Entscheidung«, erwiderte Sartol kalt. »Entweder schließt du dich mir an und lebst, oder du weigerst dich und stirbst. Eine andere Wahl hast du nicht.«

Alayna richtete den Stab auf den Eulenmeister. »Dann werde ich sterben!«

Sartol hob ebenfalls den Stab. »Ich warne dich, meine Liebe. Lass dich von meiner Zuneigung zu dir nicht täuschen. Ich werde dich töten, wenn es sein muss.«

»Es wird dir nichts anderes übrig bleiben, Sartol! Denn wenn du es nicht tust, werden ich jeden Tag meines Lebens damit verbringen, dich aufzuhalten!«

»Sei nicht dumm, Alayna! Ich biete dir dein Leben und eine Möglichkeit, mehr Macht zu haben, als du dir jemals hättest träumen lassen!«

Alayna grinste finster. »Ich bin mit meiner derzeitigen Macht ganz zufrieden!«

»Das ist deine letzte Chance!«, knurrte Sartol und fletschte die Zähne.

Alayna wappnete sich gegen Sartols magisches Feuer, denn sie wusste, dass sie nicht gegen ihn würde bestehen können. In diesem Augenblick hörte sie allerdings, wie jemand ihren Namen rief.

»Jaryd!«, schrie sie zurück. Und dann: »Lauf, Jaryd! Sartol ist hier! Lauf!« Sie hielt inne. Plötzlich war es nicht mehr notwendig zu schreien. Sie war allein. Sartol war verschwunden, falls er überhaupt jemals da gewesen war. Einen Augenblick später hatte Jaryd sie erreicht und schlang die Arme um sie.

»Was hast du mir da zugerufen?«, fragte er nach einiger Zeit, ohne sie loszulassen.

»Nichts«, flüsterte sie, ebenso unwillig wie er, die Umarmung zu beenden.

Schließlich ließ er sie los, trat einen Schritt zurück und sah ihr forschend in die Augen. »Geht es dir gut?«

Sie nickte. »Jetzt schon. Wie hast du mich gefunden?«

»Ich habe das Licht gesehen.« Er blickte sich um. »Zumindest glaubte ich das.«

Sie lächelte müde. »Vor einiger Zeit gab es hier noch mehr Licht.«

»Das Feuer?«, fragte er.

»Das ist schon vor einer Weile niedergebrannt«, erwiderte sie. »Sartol war hier.«

»Was!«

»Oder ein Bild von ihm. Ich weiß es nicht.«

»Was hat er gesagt?«, fragte der junge Magier verwundert.

Alayna zuckte die Achseln. »Er sagte, er habe vor, den Orden zu beherrschen, und er will, dass ich dabei als seine Erste an seiner Seite stehe.«

»Glaubst du, das hat er ernst gemeint?«

»Ich weiß es nicht«, antwortete sie aufrichtig. »Wie ich schon sagte, ich bin nicht einmal sicher, ob er es wirklich war. Er hat sich in Luft aufgelöst, sobald ich deine Stimme hörte.«

Jaryd nickte. »Das passt.«

Alayna sah ihn fragend an. »Wie meinst du das?«

»Die Dinge in diesem Hain sind nicht, was sie zu sein scheinen. Wie dieses Feuer: Es sah echt aus und fühlte sich auch so an, aber es hat weder Bäume noch Büsche verbrannt.«

»Das ist in gewisser Weise tröstlich«, murmelte Alayna.

»Warum?« fragte Jaryd und sah ihr forschend ins Gesicht. »Was hast du noch gesehen?«

Alayna schüttelte den Kopf und holte schaudernd Luft. »Darüber möchte ich lieber nicht sprechen«, sagte sie ihm, so sanft sie konnte. »Eines Tages vielleicht, aber nicht jetzt.«

Er nickte und seufzte tief. »Ich verstehe.«

Sie schaute ihn an. Selbst in dem trüben Licht ihrer Ceryllе konnte sie den Schmerz in seinem Blick erkennen. »Ich glaube dir«, flüsterte sie. Sie küsste ihn sanft auf die Wange und nahm ihn erneut in die Arme.

»Und was machen wir jetzt?«, fragte Jaryd müde.

»Ich glaube nicht, dass wir heute Nacht noch viel erreichen können«, erwiderte sie. »Wir sollten versuchen, uns auszuruhen.«

Jaryd nickte. »Wahrscheinlich hast du Recht. Aber was, wenn Theron noch nicht mit uns fertig ist?«

»Ich bin sicher, dann wird er uns wecken«, sagte Alayna lächelnd.

Jaryd lachte.

Die beiden jungen Magier suchten die Umgebung nach einem geeigneten Schlafplatz ab und fanden bald eine

besonders dichte Baumgruppe, unter der der Boden noch trocken war.
»Das sieht gut aus«, sagte Jaryd und streckte sich auf dem trockenen Laub aus.
Jetzt, als sie einen Schlafplatz hatte, spürte Alayna, dass die Müdigkeit sich um sie wickelte wie eine Decke. Sie legte sich neben Jaryd. »Ich kann es kaum glauben«, sagte sie und spürte bereits, wie sie in den Schlaf glitt. »Wir haben eine Nacht in Therons Hain überlebt.«
»Sieht so aus«, erwiderte Jaryd schläfrig. »Hoffen wir nur, dass wir auch die Welt außerhalb des Hains lebend überstehen.«

Das Abenteuer geht weiter in

Die Chroniken von Amarid II:

Der Kristall der Macht

Danksagung

Ich bin vielen Personen Dank schuldig, deren Beiträge zu diesem Buch mehr als ein paar schlichte Worte der Anerkennung verdient haben.

Mein guter Freund Harold Roth hat sich bereit erklärt, als mein Agent zu dienen, und hat seinen beträchtlichen Ruf eingesetzt, um etwas zu verkaufen, was zu diesem Zeitpunkt nur ein rohes, halb vollendetes Manuskript war. Harolds Erfolg bei diesem Unternehmen zeugt eher von seiner Begabung als Agent als von der meinen als Autor.

Ich bin Tom Doherty zutiefst dankbar, dass er einem Autor, dessen Fähigkeiten er nicht kannte, eine Chance gegeben hat, und ich danke James Frenkel, meinem Lektor bei Tor Books, dafür, dass er mich Tom Doherty empfohlen hat. Jim versteht sehr gut, was ich mit meiner Welt und meinen Personen erreichen möchte. Dass seine Lektoratsarbeit dieses Buch verbessert hat, versteht sich von selbst, aber ich bin überrascht, wie weit die Verbesserung ging.

Außerdem schulde ich Dank: James Minz, Jims Lektoratsassistent; all den wunderbaren Menschen bei Tor, die mitgeholfen haben, dieses Buch druckfertig zu machen; meinen Freunden Alan Goldberg und Chris Meeker, die erste Fassungen des Romans gelesen haben; meinen Geschwistern Bill, Liz und Jim und meinen verstorbenen Eltern Jacques Coe jr. und Sylvia W. Coe, die mich geliebt und unterstützt haben, obwohl sie nicht immer verstanden, was ich mit meinem Leben anfing.

Schließlich und ganz besonders möchte ich meiner Frau Nancy Berner danken. Sie hat nicht nur ohne Widerspruch zugesehen, wie ich eine stabile, aber unbefriedigende Laufbahn als Historiker aufgegeben habe, um meinem Traum, Fantasy zu schreiben, folgen zu können – sie hat mich dazu gedrängt. Ich danke ihr nicht nur für ihre Einsicht und ihre kluge Kritik am Manuskript, sondern auch für ihre unbeirrbare Ermutigung und Liebe. Ohne sie wäre dieses Buch nie geschrieben worden.